Michelle Holman

HERZKURVEN

Michelle Holman

HERZKURVEN

Roman

Aus dem Englischen von
Vanessa Lamatsch

KNAUR

Die englische Originalausgabe erschien 2009
unter dem Titel »Knotted« bei HarperCollins Publishers
New Zealand

Die Folie des Schutzumschlags sowie die Einschweißfolie
sind PE-Folien und biologisch abbaubar.
Dieses Buch wurde auf chlor- und säurefreiem Papier gedruckt.

Besuchen Sie uns im Internet:
www.knaur.de

Deutsche Erstausgabe Oktober 2010

Redaktion: Kathrin Stachora
Umschlaggestaltung: ZERO Werbeagentur, München
Satz: Adobe InDesign im Verlag
Druck und Bindung: CPI – Ebner & Spiegel, Ulm
Printed in Germany
ISBN 978-3-426-65240-4

2 4 5 3 1

Dieser Roman ist meinem Dad,
Arthur (1924–2009),
und meiner Schwiegermutter,
Ethel (1926–2009),
gewidmet.

KAPITEL 1

Als Daneka Lawton um sechs Uhr morgens von ihrem Radiowecker mit Lily Allens »Smile« geweckt wurde, ahnte sie nicht, dass ihre persönliche Nemesis gerade am Auckland Airport einer 747 entstiegen war.

Mühsam öffnete sie die Augen und verfluchte den Wecker. Lächeln war bei ihr im Moment nicht gerade an der Tagesordnung. Ihre Zwillingsschwester Daniella war vor sechs Monaten im Alter von zweiunddreißig Jahren gestorben und hatte Danny zurückgelassen – mit der Verantwortung für ihren elfjährigen Neffen Matt, seine achtjährige Schwester Mia, einem Haufen Schulden und einem Haus, das ihr über dem Kopf zerbröselte wie ein schimmliger Kuchen. Danny war von dem Tod ihrer Schwester immer noch aus der Bahn geworfen und hatte sich noch nicht ansatzweise damit abgefunden. Wie es schien, war die Tatsache für ihr Hirn einfach nicht zu verarbeiten, ähnlich Einsteins Relativitätstheorie.

Nellas Tod wäre vermeidbar gewesen. Ihre Mutter, Rose, war an Brustkrebs gestorben, als die Schwestern neunzehn waren, also wussten die Mädchen, dass bei ihnen das Risiko erhöht war, ebenfalls daran zu erkranken. Danny war regelmäßig zu ihren Brustkrebs-Vorsorgeuntersuchungen gegangen und hatte gedacht, dass ihre Schwester das auch tat. Aber Nella hatte die Briefe weggeworfen und den Knoten in ihrer Brust einfach ignoriert. Als Danny schließlich verstand, dass ihre Schwester krank war, war es schon

zu spät. Wie ihre Mutter hatte Nella ihr gesamtes Leben damit verbracht, allem auszuweichen, was unangenehm sein konnte, und es Danny überlassen, in der realen Welt zu leben und alle Familienkämpfe auszufechten.
Aber das war ein Kampf gewesen, den Danny nicht gewinnen konnte.
Als sie in ihrem Beruf als Krankenschwester in der örtlichen Notaufnahme einen langen Urlaub einreichte, um ihre Schwester zu pflegen, ließ Nella nicht zu, dass sie ihren amerikanischen Lebensgefährten Patrick Fabello kontaktierte, um ihm von der Krebserkrankung zu erzählen.
»Ich will nicht, dass er mich so sieht«, hatte sie erklärt. »Er würde es hassen.«
In Dannys Augen war Nellas Beziehung mit ihrem verantwortungslosen, verschwenderischen Liebhaber sehr einseitig. Patricks Besuche in Neuseeland waren unregelmäßig und kurz, und manchmal hörte Nella monatelang nichts von ihm. Danny vermutete, dass Patrick nur auftauchte, wenn er nichts Besseres zu tun hatte und gerade nirgendwo anders willkommen war.
»Arbeitet er überhaupt jemals?«, hatte sie gefragt.
»Ich glaube, seine Familie hat Geld«, antwortete Nella vage. »Du machst dir zu viele Gedanken um materielle Dinge.«
»Und du nicht genug.«
Wie eine Gewächshauspflanze, die ständige Pflege und jede Menge Dünger benötigt, brauchte Patrick jemanden, der ihm ununterbrochen den Bauch pinselte und ihn in seiner Meinung bestärkte, der Mittelpunkt des Universums zu sein. Er brauchte auch einen übergroßen Plasmafernseher, einen Fitnessraum und einen Whirlpool.
»Warum?«, hatte Danny ihn gefragt, als Nella ihm ihr weniges Erspartes übergab, um den Whirlpool zu kaufen. »Du bist nie hier, um ihn zu benutzen.«

»Er ist nicht nur für mich, sondern für die ganze Familie«, meinte Patrick.
Nella hatte sich nervös in der Nähe herumgetrieben und offenbar versucht zu entscheiden, ob sie ihn verteidigen oder sich lieber im Garten verstecken sollte. Niemand mit auch nur drei Gehirnzellen legte sich mit ihrer acht Minuten jüngeren Schwester an. Dannys Hirn sprintete, wo das von anderen Leuten nur joggte, und ihre Zunge war scharf wie ein Skalpell, was ihre Gegner rot anlaufen ließ und zum Stottern brachte.
Danny hob die Augenbrauen und schürzte die Oberlippe. Patrick fing an zu schwitzen. Er hasste Nellas Schwester. Sie erinnerte ihn an seinen Bruder. »Ich nehme meine persönliche Fitness sehr ernst.«
Eine Augenbraue wanderte noch höher, wie ein spöttisches Fragezeichen. Patrick nahm seine gesamte persönliche Erscheinung sehr ernst – Danny nahm an, dass er in einem vorherigen Leben ein Supermodel gewesen war. »Die einzigen Körperteile, die ich je im Training sehe, sind dein Daumen auf der Fernbedienung und der Arm, der den Föhn schwenkt – der bekommt wirklich jede Menge Training.«
Lange schwarze Locken hingen über Patricks Schultern – Danny hatte auf Nellas Drängen hin gerade erst aufgehört, ihn d'Artagnan zu nennen.
Patrick bekam einen Wutanfall und drohte damit zu gehen.
Nella brach in Tränen aus. »Hör auf! Warum musst du immer alles so schwierig machen?«
Nachdem Danny so zum Rückzug gezwungen war, warf Patrick ihr einen triumphierenden Blick zu. Er mochte ja nicht die größte Leuchte sein, aber er wusste genau, wie viel Macht er über Nella besaß und dass Danny eifersüchtig auf ihn war.

Patrick behandelte Matt und Mia auf dieselbe Art wie ihre Mutter: An den ersten paar Tagen hing er ständig an ihnen, bis der Reiz des Neuen nachließ. Patrick konkurrierte nicht gern um Nellas Aufmerksamkeit. Danny hatte schnell realisiert, dass es Zeitverschwendung war, Nella dazu bringen zu wollen, darauf zu achten, dass die Kinder nicht an den Rand gedrängt wurden. Wenn es um Patrick ging, benahm sie sich wie ein oberflächlicher, vernarrter Teenager. Dannys Kommentare sorgten nur für weitere Wortgefechte und vertieften den Graben zwischen den Geschwistern. Nella mochte ja am Ende der Schlange gestanden haben, als die grauen Zellen ausgeteilt wurden (Danny fragte sich, ob sie in dieser Schlange wohl Patrick getroffen hatte), aber in puncto Dickköpfigkeit war sie als Erste bedient worden.

»Du verstehst das einfach nicht!«, hatte Nella erklärt. »Ich will keine langweilige, vorhersehbare Beziehung mit einem Stubenhocker. Ich will das, was Mum und Dad hatten. Ich will Spaß und Spontaneität. Ich will Leidenschaft!«

»Daran werde ich dich das nächste Mal erinnern, wenn du weinst, weil Patrick seine Hälfte der Hypothekenrate nicht geschickt hat«, hatte Danny wütend geantwortet. »Und welcher Teil genau in der Beziehung unserer Eltern beinhaltete Spaß? Ich erinnere mich nur an jede Menge Streit und Geheule, bevor Dad uns verlassen hat.«

»Immer verdrehst du mir die Worte im Mund! Warum kannst du dich nicht für mich freuen?«

Weil ich ihn nicht mag und ihm nicht traue, dachte Danny. »Was ist mit seiner Familie? Er redet nie über sie.«

Nella zögerte. »Sie haben sich entfremdet.«

Danny zog eine Augenbraue hoch. »Nein, wirklich?«

»Entfremdet« war genau die Art von Tatsachenverdrehung, die Patrick sich ausdenken würde. Danny tauschte »entfremdet« gegen »stinksauer« aus. Wenn sie mit dem Wissen leben müsste, dass sie genetisches Material mit Patrick Fabello gemeinsam hatte, wäre sie ihm auch entfremdet.

»Du bist unmöglich!«, beschuldigte Nella sie. »Du gibst Patrick das Gefühl, als wäre er in seinem eigenen Zuhause nicht willkommen.«

Sie schien völlig vergessen zu haben, dass sie und die Kinder nur ein Dach über dem Kopf hatten, weil Danny darauf bestanden hatte, dass Patrick seine Hälfte der Anzahlung rüberwachsen ließ. »Ich werde die andere Hälfte auftreiben und zu den Raten beitragen, unter der Bedingung, dass mein Name neben deinem und Nellas im Grundbuch steht«, erklärte sie Patrick. Es war der einzige Weg, um sicherzustellen, dass er ihnen das Haus nicht unter dem Hintern wegverkaufte, wenn er einmal Geld brauchte.

Patrick schmollte und bekam noch ein paar Wutanfälle, aber Danny gab nicht nach. Nella tat, was sie am besten konnte – sie wartete ab und schmeichelte in regelmäßigen Abständen Patricks verletztem Ego. Danny beobachtete, wie Nella ihn genau dorthin bekam, wo sie ihn haben wollte, während sie gleichzeitig weiter ihre Rolle als die gute Freundin spielte. Sobald Danny den Boden bereitet hatte, war Nella entschlossen, ein Haus zu bekommen, und Danny würde es ihr besorgen. Patrick mochte in Nellas persönlichem Sonnensystem die Sonne darstellen, aber Danny bildete die Schwerkraft, die alles am rechten Platz hielt. Patrick spuckte das Geld schließlich aus, aber erst, *nachdem* er klargemacht hatte, dass es Geld war, das er für eine Mount-Everest-Besteigung beiseitegelegt hatte.

Danny hätte sich vor Lachen fast in die Hosen gemacht. »Selbst *du* kannst nicht ernsthaft glauben, dass Patrick den

Mount Everest besteigen will! Auf dem Weg zum Gipfel gibt es keine Kneipen, und er hätte auch keinen Strom für seinen Föhn!«

Das nahm die gute Nella ihr übel. »Nur weil du keine Träume hast, heißt das nicht, dass du dich über Patricks lustig machen kannst!«

Danny war schwer in Versuchung, ihr zu erwidern, dass auf sie und die Kinder aufzupassen ihr kaum Zeit für Tagträumereien ließ und dass es schön wäre, wenn Nella ein einziges Mal den Herausforderungen des Lebens gerecht würde. Aber sie hielt den Mund, aus Respekt vor der metaphysischen Verbindung mit ihrer Zwillingsschwester. Und außerdem traute Danny ihrer Schwester einfach nicht zu, die richtigen Entscheidungen für Matt und Mia zu treffen.

♥

In den Wochen nach Daniellas Tod verbrachte Danny auf der Suche nach Patrick Stunden am Telefon und im Internet. Schließlich fand sie heraus, dass er vor der Küste der Salomonen betrunken von einer Jacht gefallen und ertrunken war.

Matt und Mia hatten niemals auch nur eine Geburtstagskarte aus den USA erhalten, also wurde Danny unruhig, als plötzlich Briefe von Anwälten eintrudelten, die einen Ross Fabello vertraten und Informationen über und Zugang zu den Kindern einforderten. Danny ignorierte die Briefe. Eine Familie, die Patrick hervorgebracht hatte, vermochte Matt und Mia nichts zu geben. Wenn Ross Fabello auch nur ansatzweise seinem Bruder ähnelte, dann war er ein Schwachkopf mit einem enzyklopädischen Wissen über Haarpflegemittel.

Das war eine ernsthafte Fehlkalkulation auf Dannys Seite. Die Briefe häuften sich, und genau jetzt lag auf dem Nachttisch ein weiterer. Nur diesmal stammte er von einer Rechtsanwaltskanzlei in der Innenstadt von Auckland.

»Kommen Sie raus! Was tun Sie da?«
Danny schaute durch das Seitenfenster des Lastwagens auf den Arbeiter mit seinem gelben Helm und formte mit den Lippen einen klassisch neuseeländischen Gruß: *Beiß deinen Arsch!*
Hätte sie nicht ihre Krankenschwesteruniform getragen und hätte der Truck nicht direkt vor der Notaufnahme gestanden, hätte Danny ihm zur Sicherheit noch den Stinkefinger gezeigt. Sie war fertig mit Höflichkeiten, fertig damit, auf den Baustellenaufseher zu warten, damit dieser den Criterion-Construction-Lastwagen wegfuhr, der die Einfahrt zur Notaufnahme blockierte. Drinnen hockten sie gedrängt Rollstuhl an Krücke. Als Stationsschwester der Frühschicht war Danny dafür verantwortlich, dass die Behandlung der Patienten im Fluss blieb, und sie musste auch sicherstellen, dass die Notarztwagen die Patienten ausladen konnten und auf die Straße zurückkamen. Sie hatte die letzten zwanzig Minuten mit zornentbrannten Sanitätern, Notarzthelfern sowie schlechtgelaunten Patienten und Angehörigen verbracht, weil der Truck den Hauptzugang zur Notaufnahme versperrte. Die Krankenhausverwaltung konnte das Management bei Criterion Construction nicht erreichen, der Vorarbeiter war mit den Schlüsseln verschwunden, und der Lastwagen hatte eine Automatikschaltung, also konnte man ihn auch nicht schieben.
Auf den Notarztwagenplätzen außerhalb der Notaufnah-

me wanderten Krankenträger, Sanitäter und Arbeiter herum und versuchten, einen Lösung zu finden. Was als kalter Krieg angefangen hatte, stand inzwischen kurz davor, in offene Kämpfe auszuarten.
Als das Handy klingelte, das sie als verantwortliche Krankenschwester trug, hob Danny ab und hielt es an ihr Ohr. Vanessa Cooper, ihre beste Freundin und ebenfalls Krankenschwester in der Notaufnahme, sagte: »Wir hatten gerade einen Code Blau. Ein siebenundvierzigjähriger Herzinfarkt ist auf dem Weg. Kommt in fünf Minuten an.«
Danny steckte das Telefon ein und stiefelte auf den nächststehenden Arbeiter zu. Sie zeigte auf den gelben Bagger, der am Fuß des Hügels neben der Straße Erde aushob, wo die Grundmauern für eine neue Notaufnahme errichtet wurden. »Holen Sie dieses Ding hier hoch und schleppen Sie diesen Truck aus der Einfahrt! *Jetzt!*«
Er wirkte schockiert. »Das können wir nicht machen! Der Boss tickt aus!«
Ein zweiter Arbeiter kam den Hügel heraufgelaufen. Er wedelte mit einem Schlüsselbund. »Ich habe ein zweites Set gefunden.«
Danny hätte ihn am liebsten geküsst. »Fantastisch!« Sie riss die Fahrertür des Lastwagens auf und schaute den Arbeiter erwartungsvoll an.
Er zögerte.
»Worauf warten Sie?« Sie wedelte ungeduldig mit ihrer Hand.
»Der Boss macht Kleinholz aus dir«, warnte der andere.
Danny trat einen Schritt näher und drohte: »Nicht, wenn ich Sie vorher in Einzelteile zerlege!«
Er wurde rot und trat zurück. »Jetzt hören Sie mal, Lady …« Sein Kollege räusperte sich nervös. »Der Vor-

arbeiter ist wirklich empfindlich, wenn jemand seinen Lastwagen fährt. Er ist nagelneu; er hat ihn erst seit letzter Woche.«

In der Ferne näherte sich die Sirene eines Notarztwagens. Danny schnappte sich die Schlüssel, sprang ins Führerhaus des Lastwagens, knallte die Tür zu und verriegelte sie.

Und formte mit ihren Lippen einen neuseeländischen Gruß.

Sie startete den Motor und fuhr an, über das Gras und den Hügel nach unten in Richtung Baustelle. Das Fahrzeug wirkte im Gegensatz zu ihrem Nissan schwerfällig, aber Danny ging davon aus, dass das schon okay war. Sie hatte vor ein paar Jahren einen Kurs in defensivem Fahren absolviert, und außerdem musste sie den Lastwagen ja nur an den Fuß des Hügels befördern. Unglücklicherweise hatten mehrere Tage anhaltender Frühlingsregen und ständiger Verkehr von Traktoren, Baggern, Lastwagen und Arbeitsschuhen mit Stahlkappen die Erde in eine braune klebrige Masse verwandelt.

Der Truck wurde schneller. Danny umklammerte das Lenkrad und versuchte, sich zu erinnern, ob ihr Fahrlehrer irgendeinen Ratschlag zum Besten gegeben hatte, wie man einen rutschenden Lastwagen einen schlammigen Hügel hinabfuhr. Sie hörte eine körperlose Stimme in ihrem Kopf: *In einer rutschigen Situation ist es wichtig, dass der Fahrer ruhig bleibt und auf keinen Fall zu fest auf die Bremse tritt. Das Bremspedal langsam betätigen …*

Danny drückte langsam auf die Bremse.

Nichts passierte.

Sie trat fester zu.

Der Truck drehte sich seitlich, und das ließ die Betonblöcke, die auf dem Tieflader gestapelt waren, wie Kanonenkugeln gegen die Seite der Ladefläche knallen. Die Räder auf der Fahrerseite hoben sich so elegant wie der Arm einer Ballerina in *Schwanensee*.

»Oh!«, keuchte sie. »Oh, Scheeeiße!«

Zu spät ging ihr auf, dass es etwas völlig anderes war, einen Lastwagen zu fahren als ihr Auto, und dass ein Kurs in defensivem Fahren keine Hilfe bot, wenn man gerade in einem Lastwagen, beladen mit Betonblöcken, einen matschigen Hang hinunterschlitterte. Sterben war keine Option. Wenn ihr etwas passierte, dann gäbe es niemanden mehr, der sich um Matt und Mia kümmern konnte.

Sie riss das Lenkrad nach rechts, und die Räder des Lastwagens bekamen wieder Bodenkontakt. Er schoss allerdings weiter auf den Fuß des Abhangs zu und sorgte dafür, dass Arbeiter sich eilig in Sicherheit brachten. Sie sah am Ende des Hügels einen Haufen aus Erde und der Art von Betonblöcken, wie sie auch auf dem Lastwagen geladen waren. Ein großer Monty-Python-artiger Finger schien durch die Wolken zu brechen und auf diesen Erdhaufen zu zeigen. Danny hielt mit dem Lastwagen genau darauf zu.

»Ich kann das«, stieß sie grimmig hervor. »Ich kann das!«

Sie trat sanft auf die Bremse, und der Truck wurde langsamer. Das unheilvolle Geräusch der nach vorn rutschenden Betonblöcke ließ sie erschaudern. Sie knallten in dem Moment von hinten gegen das Fahrerhaus, als Danny auf ein besonders matschiges Stück Erde fuhr. Die Räder drehten durch, und der Lastwagen rutschte den Hang hinunter, direkt in die Wand aus Betonblöcken.

Danny war nicht angeschnallt. Der Aufprall hob sie aus dem Fahrersitz, ihre Stirn kollidierte mit der Windschutzscheibe, und sie sah Sterne, als sie in den Sitz zurückgeworfen wurde. Der Truck schwankte heftig und warf sie dabei vor und zurück wie eine Puppe. Danny öffnete ihren Mund zu einem stummen Schrei, als ihr Gesicht erst einmal, dann noch einmal gegen das Lenkrad geschlagen wurde. Sie fand Halt und klammerte sich mit schmerzhaft verkrampften Fingern fest, um nicht wieder nach vorn geworfen zu werden. Irgendwo in der Entfernung hörte sie eine Sirene, aber sie war nicht annähernd so laut wie das Summen in ihren Ohren, als hätte jemand in ihrem Kopf ein Telefon abgenommen.

Danny stöhnte.

Sie wollte ihr Geld von diesem Fahrlehrer zurück.

♥

Jemand versuchte, zu ihr zu kommen.

»Schließen Sie die Tür auf!«, schrie die rauhe, harsche Stimme eines Mannes. »Schließen Sie auf!«

Danny bewegte sich nicht. Sie konzentrierte sich darauf, sich von dem brennenden Gefühl auf ihrer Stirn zu distanzieren. Es fühlte sich an, als hätte jemand dort ein Streichholz angezündet. Weit entfernt hörte sie den Mann schreien: »Schützen Sie Ihren Kopf! Wir werden das Fenster einschlagen!« Sie schrie, als Glassplitter um sie herum explodierten.

Die Tür wurde aufgerissen und die rauhe Stimme verlangte zu wissen: »Sind Sie in Ordnung? Können Sie mich hören?« Der Akzent klang amerikanisch.

Danny hob langsam ihren Kopf, und die Hupe hörte auf zu jaulen. Sie starrte sie für einen Moment überrascht an, bevor sie langsam den Blick zu dem Gesicht des Mannes hob, der seinen Kopf ins Fahrerhaus gesteckt hatte. »Jemand …«, begann sie mit zitternder Stimme, »hat das Telefon … nicht aufgelegt.«

Er zog seine dichten schwarzen Augenbrauen hoch, die

wie dafür gemacht waren, finster dreinzublicken. »Zur Hölle, Sie sehen schrecklich aus!«
Seine Stimme klang, als käme sie von weit entfernt. Das Innere von Dannys Kopf fühlte sich an wie ein Stück Schweizer Käse – es war, als flösse ihr Hirn durch die Löcher davon. Es war nicht mehr genug übrig, um zu verstehen, was er sagte. Der klare Teil ihres Selbst stand neben ihr und beobachtete das Geschehen. Dannys Ohren summten immer noch. Ihr Herz schlug unregelmäßig gegen ihr Brustbein, im Takt mit dem Hämmern in ihrem Kopf.
Das Summen verwandelte sich plötzlich in ein Winseln und dann in ein zwitscherndes Geräusch, als flögen Vögel um ihren Kopf. Danny wedelte mit der Hand über sich herum, immer noch benommen. »Sind hier Vögel?«, fragte sie schwach.
Ihr klarer Teil vergrub das Gesicht in den Händen und schüttelte verzweifelt den Kopf.
Der Mann fing ihre Hand ein und zog sie sanft nach unten. Danny war überrascht, wie warm er sich anfühlte und wie kalt sie offensichtlich war. Sie betrachtete das schwarze Sweatshirt, das seine Brust bedeckte, und wollte sich darin vergraben. Hinter ihm erklangen wütende Stimmen. Er rieb ihre Hand zwischen seinen und rief über die Schulter: »Wir brauchen einen Arzt!«
Die klare Danny schaute genauer hin. Blutunterlaufene schwarze Augen in einem gebräunten Gesicht mit einem Bartschatten – sie entschied, dass die Designerklamotten ihm nicht besonders gut standen. Er wirkte mehr wie ein Serienkiller. Und diese Nase! Sie ragte wie ein Monument aus der Mitte seines Gesichts auf. Er wirkte entfernt vertraut, und Danny folgerte, dass sie sein Gesicht wahrscheinlich in *Aktenzeichen* XY *ungelöst* gesehen hatte.
»Sie sehen aus wie ein Serienkiller.«

Danny ging erst auf, dass sie es laut ausgesprochen hatte, als der Serienkiller aufhörte, ihre Hände zu reiben. »Ich sehe um einiges besser aus als Sie. Was zur Hölle haben Sie sich dabei gedacht?«, wollte er wissen. »Sie hätten jemanden umbringen können.«
Es war, als hätte er sie geohrfeigt. Sie schob seine Hände von sich und leckte sich die Lippen. »Ich will hier raus.«
»Warten Sie, bis die Sanitäter da sind, Sie bluten!«
Sie starrte ihn überrascht an. »Tue ich das?«
Er schaute auf ihre Stirn und nickte.
Als wäre das ein Stichwort gewesen, lief etwas ihre Nase entlang. Blut? Danny hob die Hand und berührte ihr Gesicht.
Er fing ihr Handgelenk ein und zog es nach unten. »Vorsicht!«
Sie blickte auf die klebrige rote Spur auf ihren Fingern und presste die Augen zu. Es fühlte sich an, als würde ihr Gesicht mit stumpfen Nadeln malträtiert. Als sie ihre Augen wieder öffnete, war der Serienkiller von einem anderen Gesicht mit dünner werdendem braunen Haar abgelöst worden, das sie mit den Augen eines Cockerspaniels ängstlich durch eine Brille musterte.
Der Cockerspaniel drückte ihr sanft ein Taschentuch gegen die Stirn und erkundigte sich mit amerikanischem Akzent: »Sind Sie okay?«
Danny nahm ihm das Taschentuch ab und fragte sich, wo der Serienkiller abgeblieben war und warum es hier so viele Amerikaner gab. Sie unterdrückte ein Kichern.
Gehirnerschütterung, leicht hysterisch, entschied die klare Danny.
Der Cockerspaniel hob seine Hand. »Wie viele Finger?«
Ihre Zähne begannen zu klappern. »Warum? H-Haben Sie welche v-verloren?«

Der Serienkiller hatte sich neben den Cockerspaniel geschoben. »Die Sanitäter sind unterwegs, lass sie das erledigen.« Er bemerkte Dannys Zittern und verschwand wieder. Dann verschwand CS und SK tauchte wieder auf, ohne sein Sweatshirt.

Danny kicherte. »Sprecht ihr eure Auftritte ab?«

»Hören Sie auf!«, grollte SK.

»Kann ich nicht!« Sie lachte, dann wimmerte sie, als der Schmerz zunahm.

»All dieses Herumzappeln macht es nur schlimmer«, tadelte SK.

Danny öffnete ein Auge. Schlimmer für wen? Für ihn oder sie?

Er lehnte sich vor, um sie mit seinem Pullover zuzudecken, erstarrte aber, als er das Namensschild an ihrem blauen Kittel bemerkte.

Danny fiel auf, dass am Ärmel seines Hemdes, am Handgelenk, ein leuchtend roter Fleck langsam größer wurde.

»S-Sie bluten.«

SK antwortete nicht.

Sie biss die Zähne gegen die Schmerzen zusammen und berührte die Manschette seines Hemdes. *»Sie bluten!«*

Er starrte sie böse an. »Daneka Lawton? Sie sind Daneka Lawton?«

Sie ließ die Hand in ihren Schoß fallen. »Ja. Warum interessiert Sie das?«

Der Cockerspaniel tauchte wieder hinter SK auf, um ebenfalls eingehend ihr Namensschild zu mustern. Er riss die Augen auf, dann legte er eine beruhigende Hand auf die Schulter von SK. »Nicht jetzt, Ross! Sie ist verletzt.«

Seine Worte klangen unheilvoll, aber Danny konnte nicht darüber nachdenken. Das Gesicht des Serienkillers wuchs und schrumpfte in ihrer Sicht, während ihr Magen anfing, eine La-Ola-Welle zu starten, die sich langsam in ihre Speiseröhre fortsetzte. Sie atmete tief durch und versuchte, sich zu konzentrieren. Ross? Sein Name war Ross? Das war wichtig, aber sie konnte sich nicht mehr erinnern, warum. Ihr Magen verkrampfte sich – sie musste aus diesem Truck raus.

»Sitzen Sie still!«, blaffte Ross, der Serienkiller. »Die Sanitäter sind da.«

Plötzlich erschien der Name auf dem Brief, den sie am Morgen bekommen hatte, vor Dannys innerem Auge. Ross Fabello. Sie starrte Ross an, während ihr Magen sich hob.

Er starrte mit versteinerter Miene zurück.

Sie musste fragen. »Wer *sind* Sie?«

Seine schwarzen Augen bohrten sich in ihre. »Ich bin Ross Fabello«, antwortete er. »Ich bin Patricks Bruder.«

Danny schlug sich die Hände vor den Mund.

Ross Fabello lehnte sich einen Moment zu spät zurück.

Danny beugte sich aus der Tür.

Und kotzte ihm über die Schuhe.

KAPITEL 2

Vier Stunden«, erklärte Vanessa Cooper Ross. »Stationsschwester Lawton wird vier Stunden neurologisch beobachtet, bevor die Ärzte auch nur darüber nachdenken, Sie zu ihr zu lassen.« Ihre Nasenlöcher bebten, als hätte sie etwas Widerliches gerochen. »Es ist Ihre Entscheidung, ob Sie warten wollen oder nicht. Sie stehen wegen Ihres Arms auf der Warteliste, aber schneller ginge es, wenn Sie zu dem privaten Unfall- und Medizinzentrum auf der anderen Straßenseite gehen.«

Das würde auch dafür sorgen, dass er verschwand.

»Ich werde warten.«

Vanessa wirkte nicht glücklich. »Wenn ich einen Moment Zeit habe, verbinde ich Sie selbst.«

Das klang wie eine Drohung. Offensichtlich war Ms. Cooper eine Freundin von Daneka Lawton. Sie war nach dem Unfall den Hügel hinabgerannt und geblieben, während die Sanitäter ihre Patientin in die Notaufnahme brachten. Weitere Krankenhausangestellte hatten schon dort gewartet, inklusive des Krankenhausmanagers. Jetzt, wo er sie endlich gefunden hatte, würde Ross sich nicht durch vier kurze Stunden davon abhalten lassen, mit Daneka Lawton zu sprechen.

Vanessa schaute auf seine Turnschuhe und sagte: »Oje, hat die Kotze Ihre Schuhe ruiniert?«

Ross warf ihr einen finsteren Blick zu und ging los, um sich zwischen den wandelnden Verletzten im Wartezimmer einen Platz zu suchen. Jeff hatte ihm ein Paar Turnschuhe geliehen, die er in seinem Kofferraum gefunden hatte, aber sie waren zu klein und drückten an den Zehen. Ross ließ sich auf einen orangefarbenen Plastikstuhl sinken und dachte gereizt, dass Blasen genau das waren, was ihm zusätzlich zu dem Geruch von Erbrochenem an seiner Hose noch fehlte. Er wusste, dass Daneka Lawton nicht geplant hatte, sich auf seine Schuhe zu übergeben, dass er nur unglücklicherweise zur falschen Zeit am falschen Ort gewesen war – aber er hatte das kurze Lächeln auf ihrem kleinen, schlimm zugerichteten Gesicht gesehen, als er den Sanitätern geholfen hatte, sie aus dem Fahrerhaus auf eine kleine rote Bahre zu überführen. Bevor sie sie bewegt hatten, hatten sie ihr eine Halskrause angelegt. Ross' Überzeugung nach wäre eine Zwangsjacke besser gewesen.

Einer der Sanitäter hatte sie Danny genannt, und er fand, das passte viel besser zu ihr als *Daneka* – *Danny* ließ ihn an rauflustige, nervige Jungs denken.

Er starrte schlecht gelaunt auf seine Schuhe. Wäre Breda, seine Mutter, hier gewesen, hätte sie die Gelegenheit ergriffen, die weise irische Mami zu spielen und irgendein unverständliches Sprichwort aufzusagen wie: *Du musst die Nuss knacken, bevor du den Kern essen kannst.* Ross fühlte sich, als hingen seine Nüsse in einem Schraubstock, seitdem ihm der Job übertragen worden war, nach Neuseeland zu reisen, um sich Zugang zu Patricks zwei Kindern zu verschaffen. Zur Hölle, jeder wusste, dass Ross Fabello, sollten Aliens auf dem Planeten landen, nicht gerade die erste Wahl wäre, um Kontakt aufzunehmen! Hätte er gute Laune, würde er vielleicht vom Rand aus zuschauen und sich Notizen machen, aber wenn sie an einem seiner schlechteren Tage landeten, würde er sie nur anschreien, aus seinem Vorgarten zu verschwinden. Deirdre, die jüngste seiner Schwestern, hätte einen viel besseren Kandidaten abgegeben, aber sie war ihm einen Schritt voraus gewesen und hatte sich aus der Affäre gezogen, indem sie behauptet hatte, ihr neuster Freund könnte vielleicht *der eine* sein. Das war alles, was es brauchte, um Breda in einen Hochzeitstaumel zu treiben und Ross zu einem Flug über den Pazifischen Ozean zu verurteilen.

Nichts würde verhindern, dass Ross mit Ms. Lawton sprach, jetzt, wo er sie gefunden hatte. Er konnte sein Glück kaum fassen oder auch nur entscheiden, ob es Glück oder Unglück war. Er hatte versucht, sie zu kontaktieren, seitdem Patrick gestorben war und die Familie entdeckt hatte, dass er zwei Kinder hatte – und das ausgerechnet in Neuseeland. Dass Patrick nie daran gedacht hatte, seinen Eltern diese kleine Information zukommen zu lassen, überraschte niemanden: Patrick hatte gern das schwarze Schaf gespielt. Wann immer er nach Hause gekommen war, hatte er sich mit dem Rest der Familie zerstritten und war beleidigt wieder abgezogen. Nichts war jemals sein Fehler – er wurde immer missverstanden. Er war außerdem faul, egoistisch und eifersüchtig auf den Erfolg seines Bruders als Schriftsteller gewesen. Jedes Mal, wenn Ross die Verwirrung und den Schmerz in den Gesichtern seiner Eltern sah, wollte er Patrick den Hals umdrehen. Sein Bruder hatte über die Jahre einige lausige Fehler gemacht, aber Breda und Vito nichts von ihren zwei Enkelkindern zu erzählen stellte den schlimmsten dar. Sie wollten verzweifelt Kontakt zu Patricks Kindern, denn sie bildeten ihre letzte Verbindung zu ihrem toten Sohn.

Es war reiner Zufall gewesen, dass Ross sich auf der Krankenhaus-Baustelle aufgehalten hatte. Jeff Roseman war ein alter Freund; sie waren in derselben Straße aufgewachsen und zusammen zur Schule gegangen. Als Jeff seine in Neuseeland geborene Freundin Christine heiratete und in ihr Heimatland zog, hielt Ross den Kontakt. Jeff, der zusammen mit seinem Schwiegervater Besitzer von Criterion Construction war, hatte Ross am Auckland Airport abgeholt, als er am Morgen angekommen war. Und als Ross erklärt hatte, dass er bis zum Abend wach bleiben wollte, statt sich ins Bett zu legen, hatte Jeff vorgeschlagen, dass er ja mit ihm das Criterion-Krankenhausprojekt besuchen könnte.

Sie waren gerade rechtzeitig angekommen, um den Lastwagen den Hügel hinunterschießen zu sehen, und waren die Ersten vor Ort, als er gegen die Betonblöcke krachte. Es war Ross, der das Fenster eingeschlagen hatte, um an die Irre heranzukommen, die mit dem Wagen eine Schlittenfahrt den Berg hinunter gestartet hatte. Dabei hatte er sich das Handgelenk aufgeschnitten. Er war erleichtert, als sich die über dem Lenkrad zusammengesunkene Frau bewegte, und sprachlos, als er sie sich genauer ansah. Sie hatte blaue Haare – oder zumindest kurze hellblonde Haare mit blauen Spitzen – und trug als Ohrringe silberne Sicherheitsnadeln. Als sie nicht mehr nach oben verdreht waren, erinnerten ihre Augen Ross an die Sahnebonbons, die seine Granny O'Rourke immer zu Weihnachten aus Irland schickte. Aber die größte Überraschung war der Name auf dem Schild vorn an ihrer Uniform gewesen: *Daneka Lawton, Fachkrankenschwester für Intensivpflege, Notaufnahme.*

Ross war fassungslos. Als er den Sanitätern dabei geholfen hatte, Danny Lawton aus dem Lastwagen zu heben, war sie leicht wie eine Feder gewesen, mit den graziösen Gliedmaßen einer Ballerina. Und dem zerschundenen Gesicht eines Rummelringers.

♥

Er hielt einen Plastikbecher mit grauenhaftem Kaffee vor seiner Brust und versuchte, auf seinem Plastikstuhl eine bequeme Stellung zu finden. Der Krankenhausmanager hatte ihn davon abgehalten, Danny in den Untersuchungsraum zu folgen. Der Lastwagen war wie ein Lieferzug gegen die Betonblöcke geknallt, und sie war nicht angeschnallt gewesen. Es war ein Wunder, dass sie nicht durch die Windschutzscheibe geflogen war, allerdings hatte sie einen üblen Schnitt und eine Riesenbeule an der Stirn davongetragen.

Ross musterte das Wartezimmer und dachte darüber nach, dass die Wartezimmer von Krankenhäusern überall in der Welt gleich aussahen: müde, schlecht eingerichtet und gefüllt mit einer Mischung aus frustrierter Verzweiflung und endloser Langeweile. Trotz der Umstände saugte der Schriftsteller in ihm alles auf und ordnete es in seinen mentalen Karteikasten ein, um es das nächste Mal herausziehen zu können, wenn er eine Szene im Krankenhaus ansiedelte oder sich daran erinnern musste, wie Verzweiflung oder Langeweile aussah, sich anfühlte und – er zog über seinem Kaffeebecher eine Grimasse – schmeckte. Obwohl Gott allein wusste, wann er wieder etwas Anständiges schreiben würde – er litt nicht so sehr an einer Schreibblockade, es war mehr eine Schreibdürre, so lange dauerte sie schon an.

Er beobachtete eine gestresste junge Mutter, die darum kämpfte, ihr schlechtgelauntes Kind im Spielbereich zu beschäftigen, während sie so tat, als hätte sie Junior nicht angeschrien, wenn hinter ihr nicht ein ganzer Haufen Leute gesessen hätte. Neben Ross strickte eine untersetzte, matronenhafte Frau etwas Pinkfarbenes auf dicken Plastiknadeln. Ihre Finger flogen, und ihr Ellbogen stieß immer wieder an Ross' Arm, aber sie hatte es aufgegeben, sich zu entschuldigen. Ihre Augen schossen durch den Raum, während fast magisch immer weiter purpurne Wolle aus ihrer Tasche erschien. Es erinnerte Ross an Mary Poppins. Er stellte sich vor, wie sie in ihre Tasche abtauchte und einen Hutständer hervorzog.

In der Ecke gegenüber dem Spielbereich befand sich ein großes rundes Aquarium, in dem dicke Goldfische ihre Runden zogen, die jene Kinder, die ihre Gesichter gegen das Glas pressten oder dagegenklopften, völlig ignorierten. Ein großer Fernseher war unter der Decke befestigt, die Lautstärke heruntergedreht. Zerfledderte Magazine und alte Zeitungen bedeckten mehrere niedrige Tische und hatten sich auch auf den Teppich darunter ergossen. Ein langes Metallregal mit Informationsbroschüren stand schief im Raum, und kindliches Gekrakel auf diversen Prospekten zeugte von Eltern, die versucht hatten, ihre gelangweilten Kinder zu beschäftigen.

Vanessa Cooper beobachtete Ross durch das Glasfenster, das den Empfangsschreibtisch umgab. Er bemerkte, dass sie für jeden außer ihm ein Lächeln übrighatte, aber er ignorierte ihre giftigen Blicke, während er im Kopf weiter all seine persönlichen Kümmernisse aufzählte. Er litt unter dem Jetlag; sein Magen war von schlechtem Kaffee übersäuert; seine Füße taten weh; er stank nach Kotze, und sein Hintern war vom Sitzen auf dem harten Stuhl taub. Was zur Hölle hatte sich Danny Lawton gedacht? Und warum war der verdammte Lastwagen überhaupt in der Notaufnahme-Einfahrt geparkt gewesen? Ross hatte gehört, wie der Krankenhausmanager Jeff erklärt hatte, dass eine Nachricht über einen sterbenskranken Patienten auf dem Weg zur Notaufnahme Danny dazu gebracht hatte, die Sache selbst in die Hand zu nehmen. An ihrer Stelle hätte Ross dasselbe getan, aber dieses Verhalten wirkte für eine Person, der die alleinige Sorge für zwei Kinder oblag, nicht gerade vertrauenerweckend. Er schüttelte den Kopf, weil er immer noch Mühe hatte zu glauben, dass Pat Vater gewesen war. Verantwortung und Patrick – das passte nicht gerade gut zusammen.

Als der Krankenhausmanager erwähnte, dass Daneka Lawton gerade einen persönlichen Verlust erlitten hatte und in letzter Zeit viel Stress ausgesetzt gewesen war, schickte Jeff Ross einen vielsagenden Blick. Jeff hatte schon immer eine weiche Seite besessen, aber Ross dachte, dass er vielleicht weniger mitfühlend wäre, wenn er gesehen hätte, was Pats Tod seinen Eltern angetan hatte. Als der Manager erklärte, dass Danny die verantwortliche Stationsschwester war, dachte Ross, er würde sich einen Scherz erlauben. Er würde ihr nicht einmal die Verantwortung für einen Limonadenstand übertragen, ganz zu schweigen von einer ausgelasteten Notaufnahme. Als der Manager dann seinen eigenen Arsch zu retten versuchte, indem er alle Verantwortung auf Danny abschob, erklärte Ross ihn innerlich zu einem Penner.

Jeff erschien plötzlich mit grimmiger Miene im Wartezimmer. Er schnappte sich den leeren Stuhl neben Ross.

»Ich habe den Aufseher gefunden und gefeuert. Der Patient, der eingeliefert wurde, liegt in der Kardiologie, und es geht ihm so weit gut.« Jeff hielt inne, schaute zu Vanessa in ihrem Glasgefängnis und lächelte. Sie nickte zurück.

»Schon etwas gehört?«

»Nein.«

»Was macht dein Arm?«
»Dank der eisigen Kühle, die von Ms. Cooper ausgeht, fühle ich gar nichts. Was ist mit dem Lastwagen?«
»Können wir abschreiben.« Jeff verzog das Gesicht. »An der Windschutzscheibe klebte Blut. Das war ein ziemlicher Schlag, den sie abbekommen hat.«
Ross erinnerte sich an das Blut, das über Danny Lawtons Gesicht geflossen war, und daran, wie kalt und klamm ihre Haut sich angefühlt hatte. Erbrechen war nach einer Kopfverletzung auch nicht gerade ein gutes Zeichen. »Was für eine geistig gesunde Person zieht so eine Aktion ab?«, fragte er gereizt.
»Sie hatte nicht das Gefühl, als bliebe ihr eine Wahl«, erklärte Jeff. »Du hast gehört, was der Manager gesagt hat: Ein todkranker Patient sollte jeden Moment mit dem Krankenwagen eingeliefert werden. Wenn mein Vorarbeiter seinen Job anständig gemacht hätte, hätte es überhaupt kein Problem gegeben.«
Ross grunzte. Er hatte wirklich schlechte Laune – und das schon, seitdem die Schreibblockade eingesetzt hatte. »Sie hat *blaue Haare*.«
»Ja, ist mir aufgefallen.«
»Und Sicherheitsnadeln in den Ohren.«
Jeff zog die Augenbrauen hoch. »Echte?«
»Nein«, gab Ross widerstrebend zu. »Ich wette, sie hat ein Piercing im Nabel und Tätowierungen auf dem Hintern.«
Jeff starrte ihn ungläubig an. »Seit wann bist du so ein voreingenommener Spießer? Eine deiner Freundinnen hatte gepiercte Brustwarzen und auch nicht gerade Scheu davor, sie jedem zu zeigen.« Er schaute Ross vielsagend an. »Wenn du mich fragst, ist es nicht Danny Lawton, die sich Gedanken darüber machen sollte, wie sie aussieht.«

Ross war unrasiert, seine Augen blutunterlaufen und seine Kleidung zerknittert. Als Jeff ihn am Flughafen aufgesammelt hatte, lehnte Ross das Angebot ab, an dem Apartment mit Blick über den Hafen abgesetzt zu werden, das er gemietet hatte. Jeffs Ehefrau Christine hatte Ross herzlich eingeladen, bei ihnen zu wohnen, aber Jeff hatte ihr erklärt, dass Ross seine Privatsphäre sehr wichtig war.

»Ich dachte, ich hätte meine Mutter in den Staaten gelassen«, meinte Ross.

Jeff nahm sich ein Beispiel an Breda Fabello und antwortete freiheraus: »Du siehst aus wie die Hölle. Wenn du darauf bestehst, jetzt mit Danny Lawton zu reden, wird sie wahrscheinlich den Sicherheitsdienst rufen.« Er schnüffelte. »Und du stinkst.«

»Zu dumm! Es hat mich Monate gekostet, sie zu finden, und jetzt werde ich mich nicht von kleinen Dingen wie zerknitterter Kleidung, Bartstoppeln und ihrem Erbrochenen auf mir aufhalten lassen.«

Jeff fragte sich, was zur Hölle mit Ross nicht stimmte. Er konnte launisch sein, aber er war nie bösartig gewesen und hatte den besten Sinn für Humor besessen, den Jeff je erlebt hatte – aber im Moment schien er ihn verlassen zu haben, zusammen mit seinen Manieren. Er wirkte … abgebrüht. Jeff erinnerte sich daran, dass Ross um fünf Uhr dreißig morgens nach einem langen Flug aus einer Maschine aus den Staaten gestiegen war und dass seine Familie ihm eine schwere und leidvolle Aufgabe übertragen hatte. Pat und Ross hatten sich nie nahegestanden, hauptsächlich wegen Pats Weigerung, erwachsen zu werden, und seiner Eifersucht auf den Erfolg seines älteren Bruders. Jeff hob kapitulierend die Hände. »Okay, aber sei nicht überrascht, wenn die arme Frau schreiend aus dem Raum rennt!«

Ross schnaubte. »Nun mach mal halblang! Glaubst du wirklich, dass eine Frau, die einen Lastwagen gegen einen Haufen Betonblöcke fährt, vor Bartstoppeln und zerknitterten Klamotten wegrennen wird?«

Vanessa unterbrach sie, um ihnen mitzuteilen, dass Danny jetzt bereit war, Ross zu sehen.

Jeff kam ihm mit der Frage zuvor: »Wie geht es ihr?«

»Sie hat eine Gehirnerschütterung, eine Platzwunde am Kopf und überall Prellungen, also wird sie den Rest der Woche Schmerzen haben.« Sie spießte Ross mit ihren kalten grünen Augen auf. »Was sie nicht braucht, ist noch mehr Stress. Wenn es nach mir ginge, würden Sie nicht einmal in ihre Nähe kommen. Unglücklicherweise geht es nicht nach mir.«

Ross lächelte sie an. »Dann ist das wohl mein Glückstag.«

Vanessa führte ihn zu einem Raum, an dessen Tür ein Schild mit der Aufschrift FACHKRANKENSCHWESTERN hing. Sie ließ Ross warten, während sie hineinging und die Tür hinter sich schloss. Er hörte, wie sie ausdruckslos sagte: »Er ist da.«

Er vernahm, wie Danny Lawton fragte: »Welcher? Der mit den Cockerspaniel-Augen oder der Serienkiller?«

Er hatte ihren früheren Kommentar über seine Ähnlichkeit mit einem Serienkiller auf das Konto der Gehirnerschütterung verbucht, aber jetzt war er sich nicht mehr so sicher. Verlegen berührte Ross die Stoppeln auf seinem Kinn. So schlimm sah er nicht aus. Oder?

»Der Serienkiller. Der Cockerspaniel«, Vanessas Stimme wurde lauter, »der Nette scheint mit ihm befreundet zu sein.«

»Pech gehabt!«, antwortete Danny.
»Soll ich ihm sagen, dass er verschwinden soll?«, erkundigte Vanessa sich hoffnungsvoll.
Versuch's doch!, dachte Ross grimmig.
»Nein.« Danny klang erschöpft. »Ich bringe es lieber hinter mich.«
Ross fühlte einen verräterischen Stich des Mitgefühls und ermahnte sich selbst, hart zu bleiben. Auf keinen Fall würde er ihr erlauben, diesen Alptraum für seine Eltern noch in die Länge zu ziehen. Er schob die Tür auf und trat in den Raum. »Ich will ja die Party nicht stören, aber wir Serienkiller agieren in engen Zeitfenstern.«
Danny saß hinter einem der vier Schreibtische, die an der gegenüberliegenden Wand aufgereiht standen. Als sie Ross sah, verzog sie das Gesicht. Sie versuchte, ihn von oben herab zu betrachten, aber der Effekt misslang, weil sie saß – und weil ihre Nase auf die doppelte Größe angeschwollen war. Ross war entsetzt, wie schlecht sie aussah. Ihre Lider waren geschwollen und wurden schwarz, während die Wunde auf ihrer Stirn gesäubert worden war und jetzt von weißen Pflastern zugehalten wurde. Mit ihren kurzen Haaren und der flachen Brust wirkte Danny Lawton mehr wie ein männlicher Teenager als wie eine Frau. Sie schien verletzlich und nicht in der Lage zu der Unterhaltung, die sie gleich führen würden. Ross wünschte, er könnte den Raum verlassen und ein andermal wiederkommen.
Vanessa schien Danny nicht mit ihm allein lassen zu wollen, und musterte ihn misstrauisch, als würde sie vermuten, dass er irgendwo unter seiner Kleidung eine Axt versteckt hielt.
»Du gehst besser an den Empfang zurück, Van«, sagte Danny schließlich.

»Oh, um Himmels willen!«, blaffte Ross. »Ich habe meine Machete und den Eispickel zusammen mit meiner Skimütze zu Hause gelassen.«

Aus Dannys Richtung erklang ein unterdrücktes Lachen, aber als er sie ansah, war ihr Gesicht ausdruckslos, und sie starrte auf den Schreibtisch.

»Müssen Sie nicht irgendeinem armen Kerl eine Spritze setzen oder vielleicht einen Einlauf?«, fragte Ross Vanessa.

Sie verengte ihre Augen zu Schlitzen. »Wenn Sie sie aufregen, Gott sei mein Zeuge, dann werde ich einen Weg finden, Ihnen einen Einlauf zu setzen, mit einer langen Nadel!«, drohte sie über ihre Schulter, als sie endlich ging.

Seine Lippen zuckten, und Danny runzelte die Stirn. Sie wollte nicht, dass er ihr plötzlich menschlich erschien.

Ross nahm sich Zeit, um das Büro zu mustern. Auf einer schmalen Bank an einem Ende des Raums standen zwei Computer. Hinter zweien der Schreibtische hingen von Kindern gemalte Bilder an der Wand, neben den verschiedensten Tabellen und Flugblättern, die unterschiedlichste Fortbildungen anpriesen. Er las die Aufschriften auf mehreren der im Raum verteilten Tassen.

Superkrankenschwester.

Musst du deine Medikamente nehmen oder ich meine?

Auf der Tasse auf Dannys Tisch stand in schwarzen Buchstaben: *Wie oft muss ich noch spülen, bis du verschwindest?* Ein Zettel hinter ihr verkündete: *Als zusätzlichen Service bieten wir Sarkasmus.* Ross entdeckte auf einem der Schreibtische neben ihr ein zerfleddertes Exemplar eines seiner frühesten Romane. Eine Seite war mit einem hölzernen Zungenspatel eingemerkt.

Danny deutete mit einer gleichgültigen Bewegung auf einen blauen Stuhl vor ihrem Schreibtisch. Er setzte sich und richtete seine Aufmerksamkeit auf den zweistöckigen

Ablagekorb auf ihrem Schreibtisch. Das Namensschild mit ihrem Namen, das daran klebte, war durchgestrichen, und darunter waren mit Filzstift verschiedene Namen geschrieben, jedes Mal in einer anderen Handschrift. Ross las Duh-Nika, Nika und schließlich Snickers.
Danny drehte den Korb schnell herum, so dass das Namensschild zu ihr zeigte. »Warum sind Sie noch hier?«
Ross lehnte sich im Stuhl zurück und verschränkte die Arme vor seiner Brust, eine entspannte Haltung, die Danny sagen sollte: *Ich habe alle Zeit der Welt und bin es gewöhnt zu bekommen, was ich will.* »Haben Sie wirklich geglaubt, dass ich einfach wieder verschwinde, nachdem es mich viel Zeit gekostet hat, Sie aufzutreiben?«
Danny lehnte sich ebenfalls zurück und verschränkte die Arme vor ihrem Uniformkittel. Ihre Körpersprache sendete zurück: *Eilmeldung: mich auch.* »Nachdem ich Sie jetzt gesehen habe, bin ich der Meinung, dass meine Instinkte exzellent funktionieren.«
Ross schenkte ihr seinen angsteinflößendsten Blick. »Wie ich aussehe, ist nicht von Bedeutung, Ms. Lawton.«
Danny zog ungläubig die Augenbrauen hoch, und die weißen Pflaster bildeten einen kleinen Hügel auf ihrer Stirn. »Nicht von Bedeutung? Haben Sie in letzter Zeit einmal in den Spiegel geschaut? Sie sehen aus wie ein verrückter Axtmörder.«
»Umwerfend komisch!«
»Nicht das, was ich sehe.«
Ross war fasziniert. Es war lange, wirklich lange her, dass er sich mit jemandem in die Haare gekriegt hatte, dem es völlig egal war, dass er RF O'Rourke, der gefeierte Schriftsteller war, und noch länger lag es zurück, dass er einmal eine Diskussion verloren hatte. Familienstreitigkeiten zählten nicht; seine Familie betrachtete seine zu-

nehmende Launenhaftigkeit als Freifahrtschein, sich in sein Leben einzumischen. Ross ging auf, dass er sich vielleicht in dieses Alptraummonster verwandelt hatte, die prominente Primadonna. Dann verwarf er die Idee wieder; er war nicht der Typ dafür.

»Nur zu Ihrer Information, Ms. Lawton: Ich bin heute Morgen um fünf Uhr dreißig aus einem Flugzeug aus den USA gestiegen.«

»Es ist zwei Uhr nachmittags. Jede Menge Zeit, um sich frisch zu machen, außer Sie hatten etwas anderes zu tun. Eine Serienkillerkonferenz? Eine Tagung für verrückte Axtmörder?«

Danny Lawton hatte ja vielleicht eine Schraube locker, aber sie war durchaus eine unterhaltsame Irre. »Sie glauben, dass ich mir Sorgen darüber machen muss, einen guten ersten Eindruck zu hinterlassen? Und das bei einer Frau, die einen Lastwagen in einen Haufen Betonblöcke gefahren hat?«

»Das haben wir alles erklärt«, entgegnete sie steif.

Ein kurzes Klopfen war der Vorbote von Vanessa, die mit einem Stethoskop, einem Blutdruckmessgerät, einer kleinen Taschenlampe und einem Krankenblatt auf einem Tablett den Raum betrat. »Zeit für deine neurologische Untersuchung, Danny.«

»Sollten Sie nicht irgendwo liegen?«, fragte Ross Danny.

Sie schob ihren Ärmel nach oben, damit Vanessa die Manschette befestigen konnte. »Sollten Sie nicht irgendwo in Amerika sein?«

Er schaute sie finster an.

Als Vanessa wieder weg war, fragte Danny: »*Was* genau wollen Sie?«

Als er antwortete: »Meinen Neffen und meine Nichte sehen«, hatte Ross das Gefühl, für einen Moment Angst in ihren Augen zu erkennen.

»Warum?«, wollte sie wissen.
»Warum was?«
»Warum, nach all diesen Jahren wollen Sie plötzlich Matt und Mia kennenlernen? Sie haben niemals auch nur eine Geburtstagskarte von den Fabellos bekommen. Warum also das plötzliche Interesse? Wieso?« Ihr Blick war schneidend. »Schuldgefühle?«
Ross versteifte sich. »Wir wussten nichts von ihnen, bis wir nach seinem Tod Pats Sachen geordnet haben.«
Dannys verächtliche Miene verriet Ross genau, was sie von ihm und seiner Familie hielt. »Warum sollte ich zulassen, dass Sie sie kennenlernen? Wenn Sie auch nur ansatzweise sind wie ihr Vater, dann werden Sie nach ein paar Wochen verschwinden und vielleicht einmal im Jahr wiederauftauchen.«
Wut und Verbitterung hinterließen einen säuerlichen Geschmack in seinem Mund. Also hatte Pat mit seinen Kindern genauso Schindluder getrieben wie mit seiner Familie. Er hatte oft genug nach den katastrophal selbstsüchtigen Aktionen seines Bruders aufräumen dürfen.
»Die Kinder sind ein Teil der Fabello-Familie«, erklärte Ross kühl. »Und wir sind darauf erpicht – nein«, er lehnte sich vor und schickte Danny einen unerbittlichen, tiefschwarzen Blick, »lassen Sie es mich anders formulieren: Wir sind entschlossen, sie besser kennenzulernen. Mein Bruder ist tot, und seine Kinder sind alles, was wir noch von ihm haben. Sie haben Großeltern, Tanten, Onkel, Cousins und Cousinen.«
Danny blickte auf die Schreibtischplatte.
Ross wartete. Sie stand kurz davor, sich zu übergeben. »Meine Güte, Sie sagen, es gibt noch mehr von Ihnen?!«
Er biss die Zähne zusammen. »Treiben Sie es nicht zu weit, Ms. Lawton!«

Danny lehnte sich mit glühenden Augen nach vorn. »Wagen Sie es nicht, mir zu drohen, Mr. Fabello! Meine Schwester – die Mutter von Matt und Mia – ist tot, und ihr sogenannter Vater hat es nie erfahren, weil er keinen Bock hatte, Kontakt zu halten. Er wusste nicht einmal, dass sie krank war, weil sie ihm keine Sorgen bereiten wollte. Also können Sie Ihre große glückliche Familie nehmen und sie sich in den Arsch schieben!« Abrupt hörte sie auf zu reden und lehnte sich zurück.
Sie hatten beide in den letzten Monaten Geschwister verloren, aber das Verhältnis der Lawton-Schwestern war offensichtlich um einiges enger gewesen, als das zwischen Ross' Bruder und ihm. Er hatte Tränen in Dannys Augen gesehen, bevor sie den Blick abgewandt hatte.
»Wie ist sie gestorben?«, fragte er leise.
»Brustkrebs.«
Er verschränkte seine Hände im Nacken und starrte an die Decke. Er wünschte wieder, dass er nicht den kurzen Strohhalm gezogen hätte und ausgeschickt worden wäre, dieses besondere Familienproblem zu regeln. Deirdre hätte gewusst, was sie zu Danny sagen sollte; Ross hatte keine Ahnung. Was konnte man unter diesen Umständen schon erwidern? Er konnte sich vorstellen, dass Daniella Lawtons Tod völlig anders gewesen war als Pats betrunkener Sturz von einer Jacht.
Ross riss seine Augen von der Decke und schaute Danny an. »Es tut mir leid.«
Sie zuckte mit den Achseln und starrte weiter auf den Schreibtisch.
»Wann ist sie gestorben?«
»Vor sechs Monaten.«
»Sie standen sich …«, hakte er nach, »… nahe?«
Schmerz und Trauer legten sich auf Dannys geschunde-

nes Gesicht. Ross knetete seinen Nacken, um sich davon abzuhalten, seine Hand über den Schreibtisch zu strecken und sie zu berühren.

»Wir waren Zwillinge«, antwortete sie leise.

Ross hatte Zwillingsschwestern und wusste, wie stark die Verbindung zwischen Danny und ihrer Schwester wahrscheinlich gewesen war. Er konnte sich Aoife oder Annie nicht ohne die jeweils andere vorstellen. Ehe, Kinder und Wohnorte, die ein paar Stunden Fahrt voneinander entfernt waren, hatten keinen Unterschied gemacht in Bezug auf das tiefe innere Band, das die beiden teilten. Sie waren wie zwei Hälften eines Ganzen – wenn man eine verletzte, verletzte man auch die andere.

Ross konnte sehen, dass es Danny unangenehm war, so viel über sich preiszugeben, und war nicht überrascht, als sie in die Offensive ging – an ihrer Stelle hätte er dasselbe getan.

»Was für einen Beweis habe ich, dass Sie Patricks Bruder sind? Ich wusste nicht einmal, dass er einen Bruder hat.«

Sie war jetzt merklich blasser. Ross hatte es plötzlich eilig, das Gespräch zu beenden, damit Danny sich ausruhen konnte und er ein wenig Abstand zwischen sich und all diese offenen Gefühle bringen konnte. Aus irgendeinem Grund war Daniella Lawtons Tod für ihn realer als Pats. Er deutete auf das Taschenbuch auf dem anderen Schreibtisch. »Das bin ich.«

Danny schaute auf das Buch. »Was?«

»Ich bin dieser Schriftsteller.«

Sie starrte ihn an. »Sie versuchen, mir zu verklickern, dass Sie RF O'Rourke sind?«

Er fühlte sich wie ein Esel. »Ja.«

Danny berührte das Buch. »Sie haben dieses Buch geschrieben?«

»Ja. Wenn Sie auf das hintere Cover schauen, ist da wahrscheinlich ein Foto.«

Danny drehte das Buch um und musterte das Bild. Es war ein Schwarzweißfoto eines Mannes, der eine alte Lederjacke mit aufgestelltem Kragen trug und ohne zu lächeln in die Kamera starrte, während hinter ihm Autos vorbeischossen. Danny hielt es hoch. »Sie versuchen, mir zu erzählen, dass das Sie sind?«

Okay, dann war das Foto eben ein paar Jahre alt, aber Ross hasste Werbebilder – es war nicht so, als wollte er erkannt werden. Ihr ungläubiges Erstaunen fing trotzdem an, ihn zu nerven. »Das *bin* ich.«

»Aha.« Sie nickte langsam. »Entweder wurde das hier höllisch weichgezeichnet, oder sie haben George Clooney als Ihr Double benutzt, weil es überhaupt nicht aussieht wie Sie.« Danny klopfte auf das Bild. »*Dieser* Mann wirkt menschlich.« Sie hätte fast hinzugefügt: *Dieser Mann hat eine normal große Nase.*

»Es ist ein altes Bild. Ich habe das Buch vor Jahren geschrieben.«

»Natürlich haben Sie das«, entgegnete sie von oben herab. »Aber selbst wenn Sie RF O'Rourke sein sollten, macht Sie das noch nicht zu Ross Fabello, oder?«

»Es ist ein Pseudonym! O'Rourke ist der Mädchenname meiner Mutter; das RF steht für Ross Fabello. Ich werde Ihnen die Telefonnummer meiner Agentin geben; sie wird bezeugen, was ich Ihnen sage.«

»Ich bin doch nicht von gestern! Da habe ich dann wahrscheinlich Ihre Schwester oder die Freundin des Cockerspaniels am anderen Ende der Leitung.«

»Nennen Sie mich etwa einen Lügner?«

Ihre Brauen wanderten nach oben, und auf ihrer Stirn bildete sich der kleine Hügel. »Erwarten Sie von mir, dass ich

Ihnen einfach glaube – einem völlig Fremden, der Zugang zu Matt und Mia will?«

Da war etwas dran. Ross wechselte das Thema. »Warum nennen Sie Jeff ständig einen Cockerspaniel?«

»Weil er wunderschöne braune Augen hat.«

»Im Gegensatz zu den Augen eines Serienkillers?«

Wieder verzog sie angewidert das Gesicht. »Ja.«

»Die wie aussehen?«, wollte Ross wissen.

»Schwarz, blutunterlaufen und verrückt.«

Danny klammerte sich plötzlich am Tisch fest und schloss die Augen.

»Was ist los?« Ross war halb aus seinem Stuhl aufgesprungen, als Vanessa in den Raum kam.

Sie eilte an Dannys Seite. »Danny, du siehst schrecklich aus!«

Danny atmete tief durch. »Danke.«

»Es ist Zeit, dass Sie gehen«, erklärte Vanessa Ross mit einer Stimme, die deutlich sagte: *Leg dich nicht mit mir an!*

Er fühlte sich zerrissen zwischen der Sorge um Danny und der Angst, sie wieder aus den Augen zu verlieren. »Wir sind noch nicht fertig.«

»Doch, sind wir«, widersprach Danny leise.

»Doch, sind Sie«, widerholte Vanessa bestimmt.

»Ich werde mich bald wieder melden«, erklärte Ross nachdrücklich.

Als Vanessa die Tür hinter ihm schloss, hörte Ross Danny noch schwach sagen: »Lauf ein, Fabello!«

♥

Als Jeff ihn wegen einer Einladung zum Abendessen anrief, erzählte Ross, dass Danny fand, er sähe aus wie ein Cockerspaniel.

»Tut sie das? Warum?«
»Sie meint, du hättest schöne braune Augen.«
Jeff lachte leise. »Wie, denkst du, habe ich Christine dazu gekriegt, mich zu heiraten? Und was denkt sie über dein Aussehen?«
»Das geht dich überhaupt nichts an.«
»So schlimm, hm?«
Ross grunzte. »Was bedeutet ›Lauf ein‹? Sie kann ja wohl kaum meinen, ich solle in den Hafen der Ehe einlaufen.«
»Hat Danny Lawton dir erklärt, du sollst einlaufen?«
»Hmmm. Gehe ich recht in der Annahme, dass sie mir auch nicht einen Sieg beim Marathon gewünscht hat?«
»Du hast es kapiert.«

KAPITEL 3

Danny kauerte über ihrem Laptop und drückte sanft die Tasten. Es war vier Uhr morgens, und sie recherchierte über den Feind. Falls – wenn – Vanessa feststellte, dass sie verschwunden war, würde Kommandant Cooper sie sofort wieder ins Bett schaffen. Danny machte es nichts aus; es war ganz schön, zur Abwechslung einmal jemand anderen die Verantwortung übernehmen zu lassen. Sie hatte allerdings jeden Versuch zu schlafen aufgegeben, nachdem Vanessa sie zum zweiten Mal geweckt hatte, um sicherzustellen, dass sie nicht bewusstlos geworden war.

»Wie fühlst du dich?«, hatte Vanessa gefragt.

»Mein Kopf tut weh.«

Vanessa gähnte. »Das weiß ich, aber weißt du, wo du bist?«

»Ich bin in der Hölle, und da gehöre ich nicht hin. Der verdammte Ross Fabello schon, aber ich nicht.«

»Mit dir ist alles in Ordnung.« Vanessa legte sich wieder hin und schlief ein.

Danny beobachtete sie von der anderen Seite des Doppelbettes und wünschte sich, sie könnte dasselbe tun. Schließlich gab sie es auf. Die vorsichtigen Bewegungen und Windungen, die sie ausführte, um Vanessa nicht zu stören, warnten Danny schon einmal vor, was sie am Morgen erwarten durfte: Überall auf ihrem Körper hatten sich riesige blaue Flecken gebildet.

Sie schlurfte an Matts und Mias Schlafzimmern vorbei in die Küche und fuhr den winzigen, schicken, grauen Laptop hoch, den Patrick bei seinem letzten Besuch gekauft hatte – zumindest zur Hälfte gekauft: Danny hatte die Raten übernommen, als Nella gestorben war. Als sie das winzige Gerät zum ersten Mal gesehen hatte, hatte Danny sich Sorgen gemacht, ob Patrick sich zusätzlich zu seinen ganzen Haarpflegemitteln auch noch einen Schminkkoffer gekauft hatte.

Das Leuchten des Laptops erhellte die Küche. Danny neigte ihren Kopf schräg, um auf den Bildschirm zu schauen; eine Seite ihrer Nase war mehr geschwollen als die andere, und nur so konnte sie etwas sehen.

Mehrere Dinge an Ross Fabello beunruhigten sie: an erster Stelle, dass er überhaupt hier war, aber auch, dass er überhaupt nicht so zu sein schien wie sein Bruder und auch eine Ausstrahlung besaß, die seinem Bruder völlig gefehlt hatte. Patrick mochte ja besser ausgesehen haben, aber es war offensichtlich, dass sein älterer Bruder das Hirn abbekommen hatte. Danny konnte Leute gut einschätzen und vertraute ihren Instinkten. Ein Blick aus diesen durchdringenden schwarzen Augen hatte ihr klargemacht, dass Ross nicht manipuliert werden konnte wie sein Bruder. Danny hatte Patrick in verbalen Streitigkeiten mühelos in die Tasche gesteckt – obwohl, um fair zu sein, das natürlich auch daran gelegen hatte, dass Patrick ein Idiot war. Dannys Gespräch mit Ross nach dem Unfall hatte gezeigt, dass er durchtrieben und – noch beunruhigender – genauso dickhäutig und unhöflich war wie sie. Dadurch hatte er ihr die besten Waffen genommen und mehr getan, als sie nur auf dem falschen Fuß zu erwischen; er hatte sie auf den Hintern gesetzt. Sie musste sich sammeln und schnell mit einem anderen Aktionsplan aufwarten. Ihren Kopf in den Sand zu stecken und zu hoffen, dass er verschwinden würde, hatte nicht funktioniert.

Danny überlegte kurz, Nellas Taktik einzusetzen, aber dann verwarf sie diese Idee wieder. Das würde sie nie schaffen; sie fand arrogante Männer mit blutunterlaufenen Augen und großen Nasen nicht attraktiv, und sie wusste, dass Ross auch sie nicht anziehend fand. Anders als ihre Mutter und Schwester war Danny eine lausige Schauspielerin. In ihrer Jugend war es Nella gewesen, der sich die Jungs zu Füßen warfen, Nella, die sich ständig neu verliebte, Nella, der ständig das Herz gebrochen wurde – manchmal hielt das dann sogar für eine ganze Woche. Danny war wählerisch, mit wem sie ausging, und sie war immer diejenige, die die Beziehungen abbrach. Je mehr sie einen Kerl mochte, desto früher beendete sie die Liaison; und sie war einsichtig genug, um zu erkennen, dass sie die Männer abservierte, bevor diese sie verlassen konnten, wie es ihr Vater getan hatte. Sie verstand auch, dass Nellas Beziehung mit Patrick Fabello eine Kopie der Beziehung zwischen ihrem Vater und ihrer Mutter war. Mike Lawton war ein englischer Seemann, der sich in den siebziger Jahren in Neuseeland niedergelassen hatte. Er hatte Rose Smith niemals geheiratet und war wochenlang nicht zu Hause gewesen, während er auf den Küstenrouten um Neuseeland arbeitete und auch einmal jährlich für längere Zeit England besuchte. Er hatte Rose und die Zwillinge nie mitgenommen, weil es angeblich zu teuer war. Danny war überzeugt, dass er eine Ehefrau und Familie gehabt hatte, von der sie nichts wussten und die nichts von ihnen wusste.

»Du bist zäh, Danny«, hatte Mike ihr gesagt, bevor er das letzte Mal nach England abgereist war, angeblich, um seine kranke Mutter zu besuchen. »Du bist nicht wie deine

Mutter und Schwester. Während ich weg bin, trägst du die Verantwortung.«

Danny stand ihrem Vater viel näher als ihrer Mutter. Es war Mike, der ihre Wildfang-Tendenzen noch unterstützte und ihren Namen zu Danny statt dem weiblicheren *Dani* abkürzte. Sie vermisste Mike viel mehr, als Nella es getan hatte, wenn er weg war, und folgte ihm wie ein Schatten, wann immer er zurückkehrte.

»Du bist wie ich, Danny. Du wirst von deinem Kopf bestimmt, nicht von deinem Herzen«, hatte er immer behauptet.

Danny fragte sich, ob ihre angebliche Zähigkeit es ihm einfacher gemacht hatte, die Familie zu verlassen. Die Briefe, die Rose an die Adresse in England schickte, die Mike ihnen gegeben hatte, kamen mit der Aufschrift *Falsch adressiert* zurück, und die Telefonnummer war nicht mehr in Betrieb. An dem Tag, an dem Danny sich endlich eingestand, dass ihr Vater nicht mehr zurückkommen würde, hatte sie sich die Haare kurz geschnitten und sie mit rosafarbenem und grünem Haarmascara angemalt. Das war die einzige Rebellion, die sie sich selbst erlaubte. Sie war jetzt das Oberhaupt der Familie, und wenn sie sich nicht am Riemen riss, würde ihre Mutter völlig zusammenbrechen.

Vier Jahre später starb Rose an Brustkrebs. Sie hatte sich vor der Geburt der Zwillinge mit ihrer Familie zerstritten, also hatten die Mädchen ihre Verwandten mütterlicherseits niemals getroffen. Sie waren neunzehn Jahre alt und allein. Während Danny härter wurde, wurde Nella abhängiger und war völlig damit zufrieden, Danny bestimmen zu lassen, wo es langging, bis Patrick Fabello auf der Bildfläche erschien. Es dauerte nicht lang, bis Danny sich darüber klarwurde, dass Patrick ihrer Schwester keine lebenslange Hingabe versprach. Als sich Matt und dann

Mia einstellten, übernahm Danny auch für sie die Verantwortung.

Sie googelte RF O'Rourke und beobachtete die sich aufbauende Seite. Er hatte eine Website, aber Danny war nicht daran interessiert herauszufinden, wie alt Ross gewesen war, als er gelernt hatte, aufs Töpfchen zu gehen, oder wann er seinen ersten Zahn verloren hatte. Sie wollte Fotos von RF O'Rourke sehen, um sie mit dem Gesicht des Serienkillers zu vergleichen, und sie wollte die schmutzigen Storys – je schmutziger, desto besser.

Es gab jede Menge Fotos. Und sie waren alle von Ross Fabello; zugegebenermaßen ein ordentlicherer, geschniegelterer Ross Fabello, aber die schlechtgelaunte Miene und die tiefen schwarzen Augen waren unverwechselbar. Bis vor ein paar Jahren hatte er mit der Ballerina Simone Marchant zusammengelebt – von der sogar Danny schon gehört hatte. Sie musterte ein Foto von Ross in einem Smoking auf irgendeinem roten Teppich, während Simone an seinem Arm hing. Sie war eine rehäugige, schwarzhaarige Schönheit mit einem strahlenden Lächeln und der graziösen, aufrechten Haltung sowie dem wohlgeformten Körper einer Tänzerin. Sie trug ein Vera-Wang-Original und sah nett aus – viel zu nett für Ross, der ungefähr so fröhlich wirkte wie ein Truthahn an Erntedank. Danny musste zugeben, dass er sauber ganz okay aussah – aber welcher Mann würde in Armani nicht gut aussehen? Der einzige Grund dafür, dass Danny wusste, dass er Armani und sie Vera Wang trug, war, dass es neben dem Foto stand. Wenn Simone charakteristisch für die Frauen war, die Ross anziehend fand, hatte Danny hundertprozentig ins Schwarze getroffen mit ihrer Einschätzung, dass sie selbst keine Chance bei ihm hätte. Ihr Interesse an und Wissen über Designerklamotten war ungefähr auf dem

Stand eines Klempners, ihr Haar war kurz und blau (im Moment), und ihre Brüste waren so klein, dass sie sich nicht die Mühe machte, BHs zu kaufen. Danny spähte über ihre Nase auf Ross Fabellos hervorstechendstes Merkmal – es gab keinen Smoking auf der Welt, der diesen Zinken auf Normalgröße schrumpfen lassen konnte.

Seine Trennung von Simone war nicht freundschaftlich verlaufen; sie hatte versucht, ihn vor Gericht zu schleppen. Sie sprach von seelischer Grausamkeit und dem Verlust von Einnahmen, weil sie ihre Karriere geopfert hatte, während sie mit Ross zusammenlebte. Danny schnaubte und verzog dann vor Schmerzen das Gesicht. Simone Marchant war eine Idiotin, wenn es sie drei Jahre gekostet hatte, um herauszufinden, was Danny nach ein paar Stunden gewusst hatte: Ross Fabello war ein skrupelloser Bastard. Sie klickte sich durch noch ein paar Seiten – ein sehr wohlhabender skrupelloser Bastard. All seine Bücher hatten es auf die *New-York-Times*-Bestsellerliste geschafft, und eines von ihnen, *John Doe*, stand kurz vor seiner Veröffentlichung als Film mit Kevin Spacey und Marisa Tomei in den Hauptrollen.

»Warum also ist er unglücklich?«, murmelte Danny. »Ihm quillt das Geld aus jeder Körperöffnung, wunderschöne Frauen sind dumm genug, um mit ihm zu leben, und er besitzt die Frechheit, unglücklich zu wirken. Dieser Mann verdient eine Ohrfeige.«

»Mit wem redest du?«

Danny erschrak. Vanessa stand im Türrahmen und starrte sie böse an. »Lass das!«

»Was machst du hier in der Küche? Du solltest im Bett sein und dich erholen.«

»Ich konnte nicht schlafen.«

Vanessa zeigte in Richtung Schlafzimmer. »Geh ins Bett!«

Danny machte sich daran, den Laptop zu schließen.
»Was hast du dir angeschaut?«, fragte Vanessa.
»Den verdammten Ross Fabello – oder zumindest RF O'Rourke alias verdammter Ross Fabello.«
»Wirklich?« Vanessas Hausschuhe versengten fast den Holzboden. »Du kannst den Laptop anlassen, wenn du willst. Ich fahre ihn runter. Geh du zurück ins Bett!« Sie liebte Klatsch und Tratsch und Hochglanzmagazine.
»Lass dich nicht von dem Armani-Smoking verwirren!«, warnte Danny. »Er ist trotzdem Darth Vader – er hat nur seinen Helm daheimgelassen.«
Vanessa spähte auf die Seite und kreischte: »Er hat mit Simone Marchant geschlafen!«
Danny verzog das Gesicht. »Bitte, mir ist schon leicht übel! Kannst du dir vorstellen, wie es wäre, mit ihm zu schlafen? Wie eine Reise auf den Todesstern!« Sie schlurfte zur Tür. »Ich gehe ins Bett.«
»Mach das!« Vanessa setzte sich vor den Laptop. »Er sieht wirklich aus wie George Clooney.« Sie lehnte sich vor. »Nur mit einer größeren Nase.«

Am Morgen, bevor sie zu ihrer Schicht im Krankenhaus aufbrach, nahm Vanessa Danny das Versprechen ab, dass sie die Kinder von Deryl, der Nachbarin, in die Schule bringen lassen würde. Über Nacht war Dannys Gesicht angeschwollen wie ein Kugelfisch und hatte sich in Purpur und Schwarz gekleidet.
»Du solltest die Dinge heute langsam angehen lassen«, ermahnte Vanessa sie.
»Was ich tun sollte, ist, einen Auftragsmörder auf Ross Fabello ansetzen.«

Die Lektüre seiner Internetseite hatte Vanessas »Keine Gefangenen«-Einstellung etwas verwässert. Der Kerl war stinkreich, mit guten Verbindungen, während Danny pleite war und überhaupt keine Verbindungen besaß. »Ich habe seine Webseite gecheckt. RF O'Rourke ist sechsunddreißig Jahre alt. Er hat einen Bruder namens Patrick und vier Schwestern. Und er besitzt ein Haus mit einem Türmchen.«

Das Haus war märchenhaft schön. Es stand am Ende einer verwilderten Einfahrt hinter einem rostigen Tor über einer Klippe am Meer. Die Fotos waren von einem Boot in der Bucht unter dem weißen Steinhaus aus geschossen worden. RF O'Rourke war als Einsiedler berüchtigt und bewachte seine Privatsphäre eifersüchtig. Er war nicht die Art von Mann, die Journalisten zu einer privaten Führung durch ihr Allerheiligstes einlädt.

»Er benutzt den Turm wahrscheinlich, um zu üben, wie man kochendes Öl auf Feinde gießt«, stichelte Danny. »Van, würdest du mir einen Gefallen tun? Wenn ich ihn umbringen muss, wirst du mir dabei helfen, die Leiche verschwinden zu lassen?«

Vanessa nickte ernsthaft. »Natürlich.« Sie entschied sich, etwas anderes nicht zu erwähnen, was sie auf der Website erfahren hatte: Ross Fabellos Geburtstag war am siebzehnten November, am selben Tag wie Dannys. Es war ein Tag, vor dem es Danny graute, das wusste Vanessa – ihr erster Geburtstag ohne ihren Zwilling.

»Also, was ist ein Onkel jetzt, Tante Danny?«, fragte Mia, während Danny durch die Küche kroch, Cornflakes in Schüsseln schüttete und Müsliriegel in Brotzeitdosen verteilte.

Danny hörte sie kaum. Ihr Kopf fühlte sich an, als wäre er mit Watte gefüllt, die sich im Rhythmus ihres Herzschlags ausdehnte und zusammenzog.
Sie trug immer noch ihre Schlafkleidung, ein übergroßes pinkfarbenes T-Shirt unter einem orange-braunen Bademantel, und grau-rosafarbene Pantoffeln, auf denen in verblasster schwarzer Schrift *Heißer Feger* stand. Die Pantoffeln hatten schon bessere Zeiten gesehen. Kanarienvogelgelbe Socken lugten durch die Löcher an ihren großen Zehen, aber sie weigerte sich, neue zu kaufen, weil der Sommer ja nicht mehr weit war. Unglücklicherweise sorgten mehrere Tage mit Südwind und wolkenbruchartigem Regen dafür, dass Danny das Gefühl bekam, dass Frühling und Winter sich auf Kosten ihrer kleinen menschlichen Existenz prima amüsierten: An einem Tag war es sonnig, am nächsten kalt und nass. Sie rieb sich müde mit einer Hand über das Haar. Morgens stand es auf einer Seite des Kopfes immer hoch, während es auf der anderen flach anlag, was hieß, dass sie so schlimm aussah, wie sie sich fühlte.
Mia hatte geweint, als sie Dannys zerschundenes Gesicht gesehen hatte, und Matt hatte angeboten, das Frühstück zu machen. Nach schlaflosen Stunden, in denen sie über den verdammten Ross Fabello nachgedacht hatte und darüber, was sie den Kindern sagen sollte, war Danny todmüde.
»Tante Danny?«, begann Mia.
»Mmmm?«
»Was ist ein Onkel?«
Matt sprach um einen Löffel Cornflakes herum. »Das ist der Bruder von deiner Mutter oder deinem Vater.«
Danny dachte darüber nach, ihn zu ermahnen, nicht mit vollem Mund zu sprechen, aber es war ihr die Mühe ein-

fach nicht wert. Er saß am Küchentisch, schielte mit einem Auge nach dem Buch, das unter dem Tischbein direkt neben ihm klemmte. Es war wichtig, dass das Bein nicht von dem Buch rutschte – es hatte sie Ewigkeiten gekostet, ein Buch mit der richtigen Breite zu finden und es genau zu positionieren.

Matt studierte die Rückseite der Cornflakes-Packung mit den Witzen darauf. »Wie nennt man jemanden, der in einer Krimifolge jemanden umbringt?«

»Ich weiß nicht«, antwortete Danny. »Wie nennt man denn jemanden, der in einer Krimifolge jemanden umbringt?«

»Einen Serienkiller.«

Sie lachte schwach.

»Mum hatte keine Brüder – nur Tante Danny«, stellte Mia fest.

Matt rollte die Augen. »Er ist *Dads* Bruder, Doofie!«

Das löste einen Streit aus, genau als es an der Vordertür klopfte. Danny erwartete Deryl, die Nachbarin, die auf die Kinder aufpasste, wenn sie in der Arbeit war, aber als sie die Tür öffnete, fand sie sich Ross Fabello gegenüber.

»Oh, Scheiße …«, murmelte sie.

Er wirkte ausgeruht und fast menschlich in seinen verblichenen Jeans und einem weißen T-Shirt unter einer schwarzen Lederjacke. Offensichtlich hatte *er* nicht die ganze Nacht wach gelegen und sich über *sie* Sorgen gemacht. Danny beäugte die schwarze Jacke. Es war nicht die Art, die man in Billigläden fand. Sie konnte das *Kaching* der Registrierkasse quasi hören, während sie die Jacke anstarrte. Jetzt, wo der Bartschatten verschwunden war und seine Augen nicht mehr rot unterlaufen waren, musste Danny widerwillig einräumen, dass das Foto auf der Klappe des Buches vielleicht doch nicht von George

Clooney stammte. Sie war durcheinander, weil es schien, als wäre Ross' Nase über Nacht geschrumpft, aber vielleicht gewöhnte sie sich nur einfach daran. Sie erschien ihr bei weitem nicht mehr so riesig – na ja, schon groß, arrogant, erwähnenswert, aber sie hatte nicht mehr die epischen Ausmaße, an die sie sich vom vorherigen Tag erinnerte. Er schien auch ein gutes Stück gewachsen zu sein. Danny schaute auf seine Füße, um sicherzustellen, dass er nicht auf Plateausohlen stand, und war verstimmt, als sie ein Paar hellweiße Nikes erblickte.

»Auch Ihnen einen guten Morgen.« Ross musterte sie von oben bis unten. Jesses, sie sah schrecklich aus! Er hob eine Plastiktüte. »Ich habe Frühstück mitgebracht.«

Danny beäugte die Tüte misstrauisch. Warum war er plötzlich so nett? Was auch immer er da drin hatte, es war wahrscheinlich mit Arsen versetzt.

»Nein, es ist nicht vergiftet.«

War sie so leicht zu durchschauen?

Am vorherigen Abend hatte Jeff Ross geraten, *nett* zu sein. »Mit Honig fängst du viel mehr Bienen.«

»Funktioniert das auch bei Hornissen?«, hatte Ross gefragt.

Jeff seufzte. »Du tust es schon wieder – denk an Simone!«

Wie hätte Ross das vergessen können? Er war Simone Marchant gegenüber absolut ehrlich gewesen, bevor sie bei ihm eingezogen war. Er hatte ihr gesagt, dass er nicht heiraten und auch keine Kinder wollte; dass seine irische Mutter, sein italienischer Vater, sein nichtsnutziger Bruder, seine vier redseligen Schwestern und zwölf Nichten und Neffen mehr Familie waren, als er vertragen konnte, und dass seine Schriftstellerei immer an erster Stelle stehen würde. Simone hatte darauf beharrt, dass sie Ross' Gefühle in Bezug auf seinen Beruf verstand, weil sie das Tanzen ebenso sah, und dass sie seine laute, aufdringliche Familie wundervoll fand. Simone liebte alles Irische und sah Breda als keltischen Schatz. Ross hatte ihr wieder und wieder entgegnet, dass seine Mutter eine keltische Krähe war. Breda dagegen war bereit, Simone zu vergeben, dass sie nicht katholisch war, wenn es ihr gelang, Ross dazu zu bringen, ihr einen Ring an den Finger zu stecken und sie zu schwängern – in dieser Reihenfolge.

Aoife hatte Simone beim ersten Treffen von oben bis unten gemustert und Ross danach beschuldigt, sich immer wieder mit Fußabtretern einzulassen. »Was du brauchst, ist eine Frau, die dir mindestens einmal am Tag in den Hintern tritt.«

Ross war ehrlich überrascht, als Simone drei Jahre nach ihrem Einzug verkündete, dass sie ihn verlassen würde, weil ihre Beziehung nirgendwo hinführte.

»Ich habe immer gedacht, du würdest dich noch in mich verlieben, aber ich glaube inzwischen nicht einmal, dass du fähig bist, dich in irgendjemanden zu verlieben. Du bist großzügig mit deinem Geld und mit deinem Körper, aber du teilst nie wirklich etwas mit mir. Du hast dieses wunderschöne romantische Haus gebaut, und ich dachte, das hieße, dass du tief in dir auch romantisch bist.«

Ross war darüber ziemlich verärgert – und er fühlte sich schuldig. »Wenn du so unglücklich warst, warum bist du geblieben?«

»Der Sex, nehme ich an. Du bist der beste Liebhaber, den ich je hatte.« Simone schüttelte den Kopf. »Ich verstehe nicht, wie du immer weißt, was ich fühle und was ich im Bett will, bevor ich es selbst weiß. Aber in dem Moment, in dem deine Füße den Boden berühren, verschwindest du in einer Blase, die ich nicht durchdringen kann.«

Er war fuchsteufelswild, als Simone in einem Zeitungsinterview mit dem Satz zitiert wurde, das sie ihn schon viel früher verlassen hätte, wenn Ross nicht so gut im Bett gewesen wäre. Findlays, sein Verlag, hatte zusätzliche Kräfte anstellen müssen, um den plötzlichen Anstieg in der Fanpost von verrückten Nymphomaninnen zu bewältigen, die ihm ihre Slips und Kontaktdaten schickten. Als Simone ihn wegen seelischer Grausamkeit und Einkommenseinbußen vor Gericht gezerrt hatte, einigten sie sich schließlich außergerichtlich auf eine Summe, die weit von dem entfernt war, was Simone hatte herausschlagen wollen. Für Ross ging es nicht um das Geld; ihm hatte der Vertrauensverlust Übelkeit bereitet und wie schäbig die ganze schmutzige Affäre gewesen war. Er hasste es, sein Privatleben in den Klatschzeitungen und Magazinen ausgebreitet zu sehen, verabscheute es, von Paparazzi und Irren, die seine Ausfahrt belagerten, zu einem Gefangenen im eigenen Haus gemacht zu werden. Die einzigen Gewinner waren die Rechtsanwälte.

Ross schaute auf Dannys Veilchen und ihre geschwollene Nase und entschied, dass etwas definitiv für sie sprach: Sie würde niemals wollen, dass er sich in sie verliebte, und der einzige Teil von ihr, mit dem er jemals in Berührung käme, war entweder ihre scharfe Zunge oder ihr Knie in seinem Unterleib. Er würde niemals den Fehler machen, ihr zu vertrauen. Eine Ansicht, die sie teilte.

Danny zeigte auf den Wegwerfbecher, den Ross in der Hand hielt. »Ist das, was ich denke, dass es ist?«

Er sah auf den Kaffee. »Was denken Sie denn, dass es ist?«

Sie schnüffelte und würgte.

Ross trat eilig einen Schritt zurück. »Sie werden sich doch nicht wieder übergeben, oder?«

Danny musterte bedauernd seine Nikes. »Unglücklicher-

weise nicht.« Sie deutete wieder auf den Becher. »Ich hasse Kaffee.«
Er starrte sie ungläubig an. »Sie hassen Kaffee? Jeder mag Kaffee!«
»Nicht dieser Körper.« Ross wedelte mit der Tüte, und Dannys verräterische Nasenlöcher blähten sich. »Was ist da drin?«
»Frisch gebackene französische Croissants.« Er bewegte die Tüte hin und her wie ein Hypnotiseur seine Uhr.
Danny folgte ihr mit den Augen, und ihr lief das Wasser im Mund zusammen. Ross schob sich langsam in die Tür. Sie wich Schritt für Schritt zurück, während ihre Augen zwischen der Tüte und dem Becher hin und her schossen.
»Wo haben Sie das her? Starbucks hat so früh noch nicht offen. Oder?«
»Natürlich.«
Ross bemerkte die abblätternde Farbe und den schartigen Holzboden im Flur und versuchte zu entscheiden, wer schlimmer aussah: das Haus oder Danny. Sie trug immer noch die Sicherheitsnadeln in den Ohren, auf einer Seite des Kopfes klebte ihr Haar mit den blauen Spitzen am Kopf, und ihre geschwollene Nase neigte sich in die andere Richtung. Ihre Augenlider wirkten, als wären dicke gequetschte Kissen über ihre Augen geschoben worden. Der grauenhafte Bademantel half dem Ganzen nicht; selbst seine Mutter besaß einen schöneren. Es war das erste Mal, dass Ross Danny stehend sah. Sie war durchschnittlich groß und von oben bis unten gerade wie ein Junge. Er schob sich einen weiteren Schritt nach vorn. »Wie geht's Ihrem Kopf?«
»Prima.« Danny stoppte ihre Rückwärtsbewegung. »Was tun Sie hier?«
»Ich bringe Ihnen Frühstück.« Ross wagte einen weiteren Schritt.

Sie wich nicht mehr zurück, ihre löchrigen Pantoffeln jetzt Zeh an Zeh mit seinen Nikes. »Bleiben Sie genau da stehen!«

Er klebte sich sein bestes Publicity-Lächeln ins Gesicht; es war so rostig, dass es ihn fast wunderte, dass seine Gesichtsmuskeln nicht quietschten. An Danny war es allerdings verschwendet, weil es ihr völlig egal war, dass RF O'Rourke lächelnd auf ihrer Türschwelle stand. »Sie können nicht einfach uneingeladen in mein Haus platzen.«

»Tante Danny? Wer ist das?«

Ross schaute hinter Danny und erhaschte den ersten Blick auf Pats Tochter. Die verschiedensten Gefühle überschwemmten ihn – in erster Linie Unglaube, dass Pat wirklich für dieses hübsche Kind verantwortlich sein sollte. Lange blonde Haare hingen über ihren Rücken. Sie trug einen pinkfarbenen Barbie-Pyjama und eine verblichene Stoffpuppe im Arm. Sie hatte Pats blaue Augen geerbt und bereits gelernt, wie man unter den Wimpern heraus Leute ansah.

»Bist du unser Onkel?«, fragte sie.

Ross schaute Danny an. Sie öffnete ihren Mund, aber ausnahmsweise kam einmal nichts heraus.

»Ja«, antwortete er.

Ein Junge, ein paar Jahre älter, gesellte sich zu der kindlichen Verhörleiterin. Wie seine Schwester trug er einen Pyjama, aber seiner war blau und mit Bart Simpson verziert. Ross atmete tief durch. Hier war jeglicher Beweis, den er brauchte, dass diese Kinder von seinem Bruder stammten. Der Junge war Pats Abbild, mit demselben langen, lockigen schwarzen Haar, den leuchtend blauen Augen und der olivfarbenen Haut. »Wer bist du?«, wollte er wissen.

»Er ist der Onkel, von dem Tante Danny uns erzählt hat«, erklärte Mia – Ross erinnerte sich an ihre Namen – Matt. Matt war nicht überzeugt. Er hatte eine klarere Erinnerung an seinen Vater, und einmal abgesehen von dem lockigen Haar, sah dieser Typ ihm nicht besonders ähnlich.
Danny löste sich aus ihrer Trance. Sie schnappte sich Ross' Handgelenk, um auf seine Uhr zu sehen, und kippte ihm fast den Kaffee über das T-Shirt. Als Ross fluchte, wedelte sie mit ihren Händen in Richtung der Kinder. »Setzt euch in Bewegung! Ihr kommt sonst zu spät zur Schule.«
Das löste eine Massenflucht aus, so dass Ross selbst den Weg zur Küche finden musste, wo er sich einen Platz zwischen den Frühstückstellern auf dem großen Holztisch suchte. Ein Bein des Tisches stand auf einem alten roten Buch. Er war froh zu sehen, dass es keins von ihm war.
In der Küchendecke waren Risse, die Wände mussten neu verputzt werden, und die Installation über der Spüle wirkte uralt. Blau-weiße Gingham-Vorhänge zogen sich um die Schränke unter der Spüle, und die Dielen waren aus wunderschönem Holz, wie auch die im Flur, aber jede Menge Arbeit wäre hier nötig gewesen, damit sie auch nur annähernd wieder ihre ursprüngliche Schönheit zurückerlangten. Ross sah all die vielsagenden Zeichen eines alten Hauses, das vernachlässigt worden war.
Er trug seinen Kaffee zu dem alten Doppelfenster über der Spüle, als ihm der Atem stockte. Die Aussicht war fantastisch. Weite grüne Weiden mit ein paar kleinen Wäldchen erstreckten sich bis zu den entfernten Klippen. Die Lage war erstklassig. Wer auch immer die Entscheidung getroffen hatte, das Haus zu kaufen, hatte eine gute Investition getätigt – Ross bezweifelte, dass es Pat gewesen war.

Hinter dem Haus lag ein grob abgetrennter Garten mit zwei Kinderfahrrädern und einem Trampolin darin, das sich dank eines gebrochenen Stützbeins wie betrunken zur Seite neigte. Ein paar baufällige Schuppen aus rotem rostenden Eisen standen im hinteren Teil des Gartens unter großen Tannen. Hühner pickten auf dem Boden außerhalb des größten Schuppens, und zwei fette wollige Schafe – eines schwarz und eines weiß – weideten unter einer Wäschespinne voller Kleidung, die sich langsam im Wind drehte, während das lange grüne Gras wogte.

Danny tauchte wieder auf, und Ross erstarrte, seine Kaffeetasse mitten in der Luft haltend. Heiliger Strohsack, was zur Hölle hatte sie da an?! Ihre Hose war schlabbrig und senfgelb, ihr T-Shirt grün mit weißen Streifen, darüber trug sie eine burgunderrotkarierte Weste und eine lange, schwarze, ärmellose Strickjacke, die ihr bis auf die Knie hing. Sie hatte sich einen türkisfarbenen Schal um den Hals gewickelt und trug abgetragene braune Stiefel an den Füßen. Ross stierte, sein Kaffee war vergessen. Sie sah aus wie Coco der Clown. Der Leoparden-Bademantel und die löchrigen Pantoffeln von vorhin hatten um einiges besser ausgesehen.

Danny suchte auf der Arbeitsfläche nach der Einkaufsliste, die sie gestern geschrieben hatte. Kleidung interessierte sie nicht besonders, und nachdem das Geld knapp war, kaufte sie einen Großteil ihrer Garderobe in Secondhandshops. Jeden Morgen zog sie das Erste an, was ihr in die Hände fiel, und fügte Schichten hinzu, wenn die erste Wahl nicht warm genug war. Die Resultate reichten von hochoriginell bis zu absolut entsetzlich. Heute war es absolut entsetzlich.

Sie stellte sich auf die Zehenspitzen, um an einen Stapel Briefe auf einem der Schränke heranzureichen, und der

Saum ihres T-Shirts hob sich kurz über ihren Hosenbund, um eine glatte Fläche hellolivefarbener Haut und ihren Nabel freizulegen. Er war nicht gepierct oder mit einer Tätowierung verziert, sondern einfach nur ein süßer kleiner Bauchnabel. Ross hätte immer noch Geld darauf gewettet, dass Danny irgendwo eine Tätowierung versteckt hatte, wahrscheinlich einen Schädel mit gekreuzten Knochen. Dannys Suche nach der Liste wurde in der Zwischenzeit verzweifelter.

Ross lehnte sich an die Arbeitsplatte und beobachtete sie. Er fing an, die Signale zu erkennen, an denen ihre Laune sich ablesen ließ: die Art und Weise, wie sie ihre Nasenlöcher aufblähte, wenn sie wütend war, und wie sie auf ihrer Unterlippe kaute, wenn sie nervös war. »Was haben Sie verloren?«

»Die Einkaufsliste.« Ross hatte das Gefühl zu hören, wie sie hinzufügte: »Und meinen Verstand.«

Er zeigte auf die Brotzeitdosen aus Plastik – eine rot, eine grün –, die auf dem Abtropfbrett standen. »Brauchen die Kinder die?«

»Was?« Sie starrte auf die Dosen. »Oh! Ja!«

»Ich packe die Dosen. Sie finden die Liste.«

Danny murmelte: »Jetzt weiß ich, wie sich die Sturmtruppen gefühlt haben.«

Ross schüttelte den Kopf. In diesem blauen Schädel gingen seltsame Dinge vor.

Er griff nach einer der Pausenboxen und sah, dass mit schwarzem Marker die Namen der Kinder daraufgeschrieben waren. MATT FABELLO. MIA FABELLO. Es verunsicherte ihn, seinen Familiennamen zu sehen; all seine anderen Nichten und Neffen waren die Kinder seiner Schwestern.

Er griff sich die Dosen und ging in die Hocke, um sie in

die Rücksäcke zu stecken, die auf dem Küchenboden lagen. Als er aufschaute, bemerkte er, dass Danny ihn beobachtete, und war verdutzt über das Verständnis in ihren verschwollenen bernsteinfarbenen Augen. Er wusste, dass er durcheinander war, und sie wusste auch, warum. Sie brachen eilig den Blickkontakt ab und waren beide verwirrt von dem wortlosen Austausch zwischen ihnen.

Ich kann es nicht glauben.

Ich weiß, ich genauso wenig.

»Warum sind Sie so früh aufgetaucht?« Danny klang mürrisch.

Seine Antwort klang angespannt. »Um sicherzustellen, dass Sie sich nicht aus dem Staub gemacht haben.«

»Meine Jacht liegt im Trockendock, und meinen Privatjet habe ich gerade an einen Freund verliehen.«

Er schnappte sich die Schulranzen und stand auf. »Sie sind ein richtiger Klugscheißer, oder?«

Danny lächelte süß. »Man gibt sich Mühe.«

In der vorherigen Nacht hatte sie entschieden, dass es falsch wäre, Matt und Mia ihre väterlichen Verwandten vorzuenthalten. Wenn sie das tat, würde sie die Fehler ihrer Mutter wiederholen, und die Kinder würden leiden, wie sie und Nella gelitten hatten. Aber Danny legte Wert darauf, dass die Fabellos sich ihr Recht auf einen Platz im Leben der Kinder verdienten. Ross' offensichtliche Ungeduld, seinen Job hier hinter sich zu bringen und nach Hause zu kommen, beruhigte Dannys Ängste nicht im Geringsten. Sie stopfte die Einkaufsliste in eine riesige schwarze Einkaufstasche und nagte an ihrer Unterlippe.

Matt und Mia kamen in die Küche gerannt.

»Haben Sie ein Auto?«, fragte Danny Ross.

»Nein, ich bin hergeflogen.«

»Das Furchterregende ist, dass ich das sogar glauben kann.« Sie drehte sich zu den Kindern um. »Kommt, wir machen eine Spazierfahrt in Onkel Ross' Auto.«
»Cooo-oool!«, rief Mia und rannte hinter Matt aus der Eingangstür.
Ross folgte Danny und fragte sich, was ihren plötzlichen Sinneswandel ausgelöst hatte.
Danny musste die verzogene Haustür zweimal zuschlagen, bis sie wirklich schloss. Sie nahm sich immer vor, den Elektrohobel von Deryls Ehemann Lloyd auszuleihen, aber sie schien nie dazu zu kommen – genauso, wie sie nie dazu kam, die Toilette zu reparieren. Sie wurde gespült, indem man an einem Schuhband zog. Danny hatte ihrem Vater zu verdanken, dass sie fast alles reparieren konnte.
Matt und Mia rasten auf den tiefgrünen Explorer zu, der in der überwucherten Einfahrt im Sonnenlicht glänzte.
Danny ging neben Ross zum Wagen. »Sie wissen, dass wir hier auf der linken Straßenseite fahren, oder?«
»Steigen Sie einfach ein!«
Als sie die schmale Landstraße entlangfuhren, vertieften Matt und Mia sich in eine Diskussion über das Auto und benahmen sich, als würden sie jeden Tag in einem Ochsenkarren zur Schule gefahren und nicht in dem völlig akzeptablen Nissan ihrer Tante.
Ross fragte: »Wo gehen Sie danach hin?«
»Blut spenden. Ich würde Sie ja einladen mitzukommen, aber ich glaube, sie nehmen nur menschliches.« Danny sprach leise, so dass die Kinder sie nicht belauschen konnten. Der Moment in der Küche hatte sie verunsichert. Sie musste die Sache wieder auf Kurs bringen.
Ross warf einen Blick auf ihre blauen Haare. »Sie spenden Blut? Für wen brauchen sie es? Klingonen?«
»Sie sind so absolut gar nicht witzig!« Danny starrte auf

seine Nase. »Es muss furchtbar sein, wenn sie einmal Schnupfen haben.«

»Was bitte soll das heißen?«

»Ich frage mich nur gerade, wie Sie damit klarkommen; gibt es Taschentücher in Industriegrößen, oder benutzen Sie einfach Handtücher?«

»Stock und Stein brechen mein Gebein, doch Worte bringen keine Pein«, entgegnete Ross. Er mochte ja keine Mädchennase haben wie Pat, aber seine war immerhin nicht so schlimm wie die seines Onkels Carmine. Es gab einen Familienwitz, nach dem Carmine einmal eine Massenflucht am Strand ausgelöst hatte, als er ein Stück vor der Küste auf dem Rücken getrieben war, jemand seine Nase mit einer Rückenflosse verwechselt und *Hai!* geschrien hatte.

Danny ertrank fast in falschem Mitleid. »Hey, ich finde es toll, dass Sie, obwohl Sie wahrscheinlich Tausende über Tausende auf der Bank haben …«

Ross versteifte sich, als sie Geld erwähnte. »Ja?«

»… noch keine Nasenoperation für nötig gehalten haben.«

Er war zu überrascht, um zu antworten, und fragte sich, was sie tun würde, wenn er ihr erzählte, dass er nicht Tausende auf der Bank hatte, sondern Millionen. Er entschied, dass er immer noch an Jetlag leiden musste. Seine Erfahrung mit Simone hatte ihm beigebracht, über Geld nur mit seinem Steuerberater und seiner Agentin zu sprechen.

Mia schaltete sich ein. »Tante Danny, das ist nicht nett. Onkel Ross kann nichts dafür, dass er eine große Nase hat.«

Onkel Ross starrte Tante Danny wütend an.

Sie riss unschuldig die Augen auf. »Du hast recht, Mia. Es ist nur wichtig, dass Onkel Ross mit seiner Nase leben kann.«

»Haben Sie je darüber nachgedacht, sich die Stimmbänder abbinden zu lassen?«, grollte er.

Mia schaute Matt an. »Was bedeutet das?«
»Er sagt Tante Danny gerade, dass sie zu viel redet«, antwortete Matt.
Ross musterte Matt im Rückspiegel. Die Ähnlichkeit mit seinem Vater bestand offensichtlich nur äußerlich; sie mussten wirklich vorsichtig sein, was sie vor den Kindern sagten.
»Wie nennt man jemanden, der in einer Krimifolge jemanden umbringt?«, fragte Matt.
Danny räusperte sich. »Ähm, Matt, ich glaube …«
Ross unterbrach sie. »Ich weiß nicht; wie nennt man denn jemanden, der in einer Krimifolge jemanden umbringt?«
»Einen Serienkiller!«, riefen Matt und Mia gleichzeitig.
»Das war *mein* Witz! *Ich* darf die Antwort verraten!«
»Ich darf auch!«
Ross warf Danny einen bösen Blick zu. Sie kicherte.
Als sie an der Schule ankamen, erkundigte Matt sich: »Holst du uns auch wieder ab?«
»Nein«, antwortete Danny.
Ross lächelte Matt an. »Wir werden sehen.« Er schnüffelte. »Was ist das für ein Geruch?«
Danny schaute über die Schulter zu Mia, die schnell aus dem Auto stieg, und entdeckte eine feuchte Stelle auf dem Sitz. Mias Gesicht legte sich in Falten. Sie fing an, von einem Fuß auf den anderen zu hüpfen und zu jaulen: »Ich konnte nicht mehr aushalten! Ich wollte das nicht!«
Ross erspähte den nassen Fleck auf dem hellen Leder. »Oh, um Himmels willen …« Er wurde von Dannys bösem Blick und Mias Tränen gebremst. »Okay! Okay!« Er hob seine Hände. »Es ist … okay!«
Matt starrte ihn missbilligend an. »Sie kann nicht anders.«
Danny schnappte sich Mias Hand. »Komm, Blümchen! Lass uns das in Ordnung bringen.«

KAPITEL 4

Ross beobachtete, wie sie Richtung Schultor davonstiefelten wie die drei Musketiere. Er war einfach nur überrascht gewesen, das war alles; schließlich sollten Achtjährige das alles doch schon hinter sich haben, oder? Trotzdem fühlte er sich wie ein Bösewicht. Er war gerade damit fertig, den Sitz abzuwischen, als Danny mit einer Plastiktüte zurückkehrte.

»Ist sie okay?«, fragte Ross.

»Ja.« Sie stieg ins Auto und schlug die Tür zu. »Aber das haben wir sicher nicht Ihnen zu verdanken.«

»Ich habe gesagt, dass es mir leid tut«, erklärte er steif. »Ist sie nicht ein wenig … na ja, alt für so etwas?« Ross wusste in dem Moment, dass er das Falsche gesagt hatte, als Dannys Nasenlöcher sich blähten.

»Mit Mia war alles in Ordnung, bis ihre Mutter starb. Muss ich noch deutlicher werden, Einstein?«

Es folgte angespanntes Schweigen.

»Also, wo fahren wir hin?«

Danny verschränkte die Arme und starrte aus dem Fenster. »Sie können mich am Supermarkt absetzen und dann verschwinden.«

Er schoss einen gereizten Blick in ihre Richtung. »Was zur Hölle wollen Sie von mir? Ich würde mich ja selbst in meine Daumenschrauben spannen, aber ich habe sie zusammen mit meinem Eispickel und der Skimaske zu Hause gelassen.«

Ihre Lippen zitterten. Sie biss sich auf die Unterlippe, um das Lächeln zu unterdrücken.
»Zu spät!«, erklärte Ross. »Ich habe es schon gesehen.«
Danny sah ihn finster an. »Wenn Sie mich am Supermarkt absetzen wollen, dann müssen Sie hinter der Schule links abbiegen, oder bleiben wir stattdessen einfach hier sitzen und schwätzen inhaltsleer vor uns hin?«
Ross ließ den Motor an und fuhr los. »Noch besser, ich begleite Sie und fahre Sie dann nach Hause.«
»Das ist besser?«, rief Danny. »Warum besuchen Sie nicht ein paar Sehenswürdigkeiten? Steigen auf die Harbour Bridge oder machen eine Bootsfahrt durch die Bucht? Niemand, der bei Verstand ist, fliegt Tausende Meilen, um dann in einen Supermarkt zu gehen … Ah! Ich habe meine Frage selbst beantwortet.«
Ross ignorierte sie. »Ich gehe gern in Supermärkte. Ich liebe Essen und Kochen.«
Küchen und alles, was darin stattfand, waren Dannys persönliche Hölle. Nella war die Köchin in der Familie gewesen. Danny ging überhaupt nur in diesen Raum, weil sie essen musste. »Sie kochen?«
»Natürlich koche ich – ich bin halber Italiener!«
»Ich dachte, Sie hätten gesagt, dass Ihre Mutter Irin ist. Hier nach rechts.«
»Ist sie. Mein Vater ist Italiener.« Ross hielt an der Kreuzung an, schaute in beide Richtungen und bog nach rechts ab. »Hat Ihnen Pat nichts über seine Familie erzählt?«
»Ich vermutete nicht, dass Pat eine Familie hat. Ich dachte, er wäre das Ergebnis eines wissenschaftlichen Experiments, das völlig schiefgelaufen ist.« Danny biss sich auf die Lippe. Das war grausam. Patrick war schließlich Ross' Bruder gewesen. »Ähm … Entschuldigung.«
Er antwortete nicht. Seine Reaktion – oder vielmehr der

Fakt, dass er nicht reagierte – verwirrte sie. Wenn er etwas in der Art über Nella gesagt hätte, hätte sie jetzt auf seinem Schoß gekniet und versucht, ihn mit seinem Gurt zu erwürgen. Konnte es sein, dass auch Ross Patrick nicht gemocht hatte? Danny fühlte, wie ihre Feindseligkeit gegenüber Ross ein bisschen weiter dahinschmolz. »Irisch und italienisch, hm?«

»Sagen Sie nicht, dass Sie vorhaben, irgendeinen dämlichen Kommentar über die Mafia oder die IRA abzugeben!«

Also *war* er verärgert. »So krass wäre ich nie.«

Er schnaubte. »Sie sind die Königin von Krass. Wie läuft die Abstammungslinie? Klingone gepaart mit der Bösen Hexe des Ostens?«

Ross hatte eine Schwäche für die Erzfeinde von Captain Kirk: Mit fünfzehn hatte er seine Jungfräulichkeit an die achtzehnjährige Babysitterin verloren, während Pat und seine Schwestern im Fernseher den Kampf des Raumschiffs Enterprise mit den Klingonen verfolgten. Sie hatten nur deswegen überhaupt einen Babysitter gehabt, weil Carmen und Ross sich, wenn Breda und Vito ihnen die Aufsicht übertrugen, so heftig stritten, dass die Nachbarn die Polizei riefen. Breda hatte angenommen, dass Ross' Akzeptanz gegenüber Trixie – dem Babysitter – ein Zeichen der Reue war. Selbst jetzt noch bekam Ross jedes Mal, wenn er die Titelmelodie von Raumschiff Enterprise hörte, einen nostalgischen Anfall und eine Erektion.

Er bemerkte, dass Danny ihn finster anstarrte. »Sie verschwenden Ihre Zeit, wenn Sie versuchen, mich mit Ihrem Geist zu berühren.«

»Sie glauben, das weiß ich nicht?«, blaffte sie. »Wenn ich in Ihr Ohr schreien würde, käme wahrscheinlich ein Echo zurück. Und es waren die Vulkanier, die ihren Geist mit anderen verschmelzen konnten, nicht die Klingonen.«

Danny war sauer, als Ross lachte. Er hatte aufgehört, auszusehen wie ein Serienkiller, und erinnerte sie jetzt stattdessen an einen Piraten. Tatsächlich wäre er für die Rolle wie geboren, einen goldenen Ring in einem Ohr und ein Entermesser in der Hand, mit dem er sie über die Planke zwang. Danny beschwor ein Bild von sich selbst herauf, wie sie in einem langen Kleid mit einer losen Korsage (in die ein Wonderbra eingenäht war, damit sie ein Dekolleté hatte) mit fließenden weißen Ärmeln am Ende der Planke stand. Ihr blaues Haar fiel über ihre nackten Schultern bis zu ihrer Hüfte (Haarverlängerung). Sie beschimpfte Ross, den Piraten, während sie hoch über der blauen See stand.

»… mir überhaupt zu?«

Danny blinzelte. »Hmmm?«

»Ich habe gefragt, ob Sie mir überhaupt zuhören.«

Sie landete unsanft wieder auf der Erde. »Nein. Warum sollte ich?«

»Davor habe ich gefragt, wer Ihr Vater und Ihre Mutter waren.« Er klang ungeduldig, und schließlich gelang es ihm, Danny aus der Nase zu ziehen, dass ihr Vater Engländer und ihre Mutter Maori war.

»Über die Maori habe ich im Flugzeugmagazin etwas gelesen. Das sind die Eingeborenen, richtig?«

Sie nickte.

»Wo ist Ihre Mutter?«

»Tot.«

»Und Ihr Vater?«

Die Antwort kam etwas langsamer. »Tot.«

Kickeri-ki! Kickeri-ki!

Ross zuckte zusammen. »Was zur Hölle ist das?«

Danny griff in ihre Tasche und zog ihr Handy heraus. »Die Kinder haben es ausgesucht. Es war das oder ein Frosch, der *Quak Quak* macht.«

»Sie haben ein krähendes Huhn als Klingelton?«
»Hühner krähen nicht, Stadtjunge«, spottete sie. »Es ist ein Hahn.«
Als Danny den Anruf beendet hatte, fragte sie: »Was an meinen Haaren macht Ihnen solche Angst, Fabello? Es war in der Vergangenheit schon pink, orange und purpurfarben.«
»Warum färben Sie sich die Haare?«
Ross beobachtete, wie Danny an ihrer Lippe kaute.
»Wenn Sie eineiiger Zwilling wären und Ihre Mutter darauf bestehen würde, Ihnen und Ihrem Bruder dieselbe Kleidung anzuziehen und denselben Haarschnitt zu verpassen, würden Sie auch Wege finden, um sich zu unterscheiden. Außerdem«, sie zuckte mit einer Schulter, »finde ich es unterhaltsam.«
Er hatte ein Gefühl, dass dahinter eine Menge mehr stand als nur das.
»Es ist nur Haarmascara, keine richtige Farbe.« Danny wusste selbst nicht, warum das wichtig war.
Ross schon. »So dass Sie sich auf nichts festlegen, ohne sich einen Ausweg offenzuhalten.«
Ihre Nasenlöcher blähten sich, und ihre Augen blitzten. »Was soll das bitte heißen?«
Offensichtlich hatte er einen Nerv getroffen. »Nichts.«
»Ich habe es einmal gefärbt, grün, zum St. Patricks Day. Ich wette, Sie haben sich nie die Mühe gemacht, und Sie sind halb irisch.«
»Ich muss mich nicht in ein Spektakel verwandeln, um meine Abstammung zu feiern.«
»Wahrscheinlich nicht, wo Ihre Nase das doch jederzeit für Sie erledigt.«
»Würden Sie endlich aufhören, Witze über meine Nase zu reißen?«

»Würden Sie endlich aufhören, an meinen Haaren herumzukritisieren?«
Kickeri-ki! Kickeri-ki!
»Könnten Sie das verdammte Ding mal abschalten, damit wir uns unterhalten können?«, verlangte Ross, als sie auflegte.
»Kann ich etwas dagegen tun, dass ich Freunde habe? Das ist wahrscheinlich etwas, das Ihnen vollkommen fremd ist.«
Er starrte vielsagend auf ihre Haare und ihre Kleidung. »Sind die auch alle beim Zirkus?«
Ihre Nasenlöcher bebten, und um ihren Mund erschien eine weiße Linie.
»Ich schlage einen Handel vor: Ich werde aufhören, Ihr Haar zu erwähnen, wenn Sie nicht mehr über meine Nase reden.«
Danny streckte ihre Nase in die Luft und starrte aus dem Beifahrerfenster auf die Aussicht. »Meinetwegen. Da fällt mir ein großer Stein vom Herzen. Ich bin sicher, dass Ihre Nase drüben in den Staaten als Nationaldenkmal gilt.« Sie stützte sich am Armaturenbrett ab, als das Auto plötzlich mit quietschenden Reifen anhielt. »Was tun Sie?!«
Ross parkte am Randstein und löste seinen Gurt. »Ich werde Sie grün und blau schlagen.«
»Das können Sie nicht!«, schrie Danny. »Sie werden im Gefängnis landen, und dann werde ich Sie nie los!«
Er starrte sie ungläubig an. Sie meinte das ernst. Seine Schultern fingen an zu zittern. Er beugte sich über das Lenkrad und ließ dem Lachen freien Lauf. Es dauerte eine Weile, bis er sich wieder unter Kontrolle hatte.
Danny wünschte sich eine Waffe.
Ross wischte sich die Augen mit dem Handrücken ab und schnallte sich wieder an. Es würde seiner Mutter und

Deirdre recht geschehen, wenn er wegen des Mordes an einer blauhaarigen Frau verhaftet würde. Es wäre ein Verbrechen aus Leidenschaft.

Danny weigerte sich von da an, bis auf Wegbeschreibungen mit ihm zu reden, also verbrachte Ross den Rest der Fahrt damit, die Umgebung zu betrachten. Ihre Route führte sie an Stränden vorbei, die in der Frühlingssonne glitzerten. Ein paar Leute führten ihre Hunde spazieren oder schlenderten am Wasser entlang, aber überwiegend waren die Strände verwaist. In den Buchten lagen Boote aller Größen und Formen verankert.

Sie hielten auf dem Parkplatz eines Supermarktes in einer Kleinstadt, wieder an einem Strand, den Danny als Browns Bay identifizierte. Sie zeigte die Hauptstraße entlang und sagte: »Ungefähr auf halber Höhe ist ein Starbucks – da werden Sie sich wie zu Hause fühlen. Danke fürs Fahren.« Sie drehte sich um und verschwand im Supermarkt.

Ross folgte ihr gemächlich. Er fand Danny in der Obstabteilung.

»Gehen Sie weg!«

»Ich kann mich nicht fernhalten. Es ist wie in *Eine verhängnisvolle Affäre*.«

»Nerv mich weiter, Junge, und ich mache mehr, als nur deine Katze zu braten.«

Ross wanderte zwischen dem Obst und Gemüse entlang und hatte ein Auge auf sie. Sie war eine vorsichtige Einkäuferin, die sich die Preise genau ansah und gründlich überlegte, was sie nehmen sollte. Seine Ahnung, dass Danny kaum Geld besaß, verstärkte sich. Er hatte angenommen, dass die Hypothek durch die Lebensversicherung abgezahlt worden war, als Patrick und Daniella gestorben waren, und entschied sich, Dannys finanzielle Situation einmal von seinem Anwalt unter die Lupe nehmen zu lassen.

»Was ist das?« Ross hielt eine große, knorrige braune Frucht hoch, die an einem Ende orangefarbenes Fleisch zeigte.
Danny sah ungeduldig von der Plastiktüte hoch, die sie gerade mit Karotten füllte.
»Eine Kumara.«
»Eine … was?«
»Eine Ku-ma-rah – die Süßkartoffel der Maori.« Sie hielt auf eine Auslage mit Äpfeln zu.
Eine hübsche Brünette, die sich gut gehalten hatte, in einem pinkfarbenen Kleid und High Heels stoppte ihren Einkaufswagen auf der anderen Seite des Kumarahaufens und lächelte Ross an. Manchmal erkannten Fans ihn durch das Foto auf dem Schutzumschlag. Die Erinnerung an Dannys verächtliche Reaktion, als er versucht hatte, sie davon zu überzeugen, dass er RF O'Rourke war, schmerzte immer noch. Es tat seinem gebeutelten Ego gut, wenn eine attraktive Frau ihn so ansah, wie es die Brünette im Moment tat. Er lächelte zurück.
»Entschuldigen Sie«, sprach sie ihn an, »sind Sie der, von dem ich denke, dass Sie es sind?«
Danny untersuchte die Äpfel so eingehend, als wollte sie jedem davon einen Namen geben. Ross ließ sich nicht täuschen; seine inneren Antennen verrieten ihm, dass sie genau auf das achtete, was gerade passierte. Er erhöhte den Strahlfaktor seines Lächelns. »Ich hoffe es.«
»Ich kann es nicht glauben!«, schrie die Frau. »Sie sind im echten Leben sogar noch attraktiver als in Ihren Filmen!«
Danny kicherte.
Sein Lächeln verrutschte. »Filme?«
»Ich habe Sie in *Ocean's Thirteen* geliebt! Sie sehen übrigens viel besser aus als Brad Pitt.«
Danny feixte.
Ross dachte darüber nach, sie mit einer Plastiktüte zu

ersticken. Sie hatte die Aufmerksamkeit der Brünetten erregt, die jetzt entsetzt auf Dannys zerschlagenes Gesicht starrte. Er lehnte sich näher zu ihr und flüsterte gut hörbar: »Schiefgegangene Schönheits-OP. Das habe ich schon öfter gesehen.«

Sein Möchtegern-Fan war so in den Bann geschlagen von Ross' schwarzen, samtigen Augen, dass er das scheinheilige Glitzern in ihren Tiefen völlig übersah. »Oh, das ist furchtbar ...« Die Frau blickte noch einmal besorgt zur inzwischen bitterböse dreinschauenden Danny. Sie hatte selbst über eine Augenbrauenstraffung mit Augenlifting nachgedacht. »Ich frage mich, was sie machen ließ.«

Ross schaute nachdenklich in Dannys blauschwarzes Gesicht. »Augen- und Nasenlifting und vielleicht auch noch eine Brauenstraffung.«

»Oh!« Die Brünette berührte nervös ihre Stirn.

Dannys Hand glitt auf die Äpfel zu.

Ross schüttelte bedauernd den Kopf. »Die vierzig richtet bei manchen Frauen Seltsames an.« Er hörte ein aufgebrachtes Keuchen aus Dannys Richtung.

Die Brünette wirkte auch nicht gerade glücklich. »Was soll das heißen – *aaaah!*«

Etwas Hartes traf die Seite seines Kopfes.

»Oh, mein Gott!«, kreischte die Brünette. *»Sie hat Sie gerade mit einem Apfel beworfen!«*

Ross legte eine Hand an seinen Kopf und wirbelte zu Danny herum, mit dünnen Lippen und zu Schlitzen verengten Augen. Danny zitterte wie ein Terrier an der Leine.

Die Brünette floh mit klappernden Absätzen über das glänzende Linoleum, weil sie ein bevorstehendes Desaster spürte oder zumindest einen Hagelschlag von Äpfeln fürchtete.

Ross umrundete den Haufen von Kumara und schubste

den verwaisten Einkaufswagen der Frau aus dem Weg. Er rollte über den Boden und direkt in eine Orangenpyramide, die in sich zusammenfiel und Orangen in alle Richtungen rollen ließ. Er stiefelte mit glitzernden schwarzen Augen auf Danny zu und knurrte: »Ich werde dich mit diesem grauenhaften Schal erwürgen und deine Leiche in den Kumaras begraben!«

Sie schob ihre Ärmel hoch und knurrte zurück: »Nicht, wenn ich dich zuerst töte!«

Seine Schritte verlangsamten sich. Sie machte keine Scherze. Sie war halb so groß wie er und mit Prellungen übersät, aber sie war bereit, sich ihm zu stellen. Ross musterte sie verwirrt. Wo zur Hölle stammte sie her?

Danny war noch nie vor einem Kampf geflohen und würde damit auch jetzt nicht anfangen. Sie stürmte auf Ross zu, trat auf eine Orange und fiel seitlich in einen Behälter mit Tomaten. Tomatensaft spritzte ihr ins Auge und durchnässte ihre Kleidung. Sie griff nach den Seiten der Kiste, die nur halb voll war, und versuchte, sich daraus zu befreien, nur um wieder zurückzufallen.

Ross schlenderte herüber, um sie zu beobachten. »Du erinnerst mich an einer Schildkröte, die ihre Eier am Strand vergräbt.«

»Lauf …«, keuchte sie. »Lauf ein, Fabello!«

Er setzte sich auf den Rand des Behälters. »Tss, tss, Daneka, du solltest niemanden, den du gerade erst getroffen hast, bitten, mit dir in den Hafen der Ehe einzulaufen.«

Ihre schwarze Strickjacke war über ihren Kopf gerutscht. Sie starrte ihn von darunter böse an. »Du … Du …« Danny schloss die Augen, als sie plötzlich Übelkeit überschwemmte.

Ross bemerkte ihre plötzliche Blässe und richtete sich abrupt auf. »Bist du okay?«

Ihre Hände zitterten, und sie atmete stoßweise. »Sehe ich okay aus?«
Er schob einen Arm unter ihre Hüfte und eine Hand in den Bund ihrer Clownshose und zog sie aus den Tomaten. Sie stolperte wie betrunken und klammerte sich an seiner Lederjacke fest, als er sie auf die Beine stellte und aufrecht hielt. Sie fühlte sich so leicht an wie ein Kind.
Danny lehnte ihre zerschrammte Stirn gegen sein weißes T-Shirt und verschmierte es mit Tomatensaft. »Ich hasse dich.«
Er streichelte ihr beruhigend den Rücken. »Ich weiß.«
Zwei Paar Schritte galoppierten über den glänzenden Boden, einmal schwer und entschlossen, einmal als das Klipper-Klapper von Stöckelschuhen.
Ross wandte seinen Kopf um. »Die Kavallerie ist da.«
Die Brünette deutete mit dem Finger. »Da sind sie! Er erzählt den Leuten, er wäre George Clooney, und sie ist durchgeknallt! Sie«, die Frau zeigte auf Danny, »hat ihn«, sie zeigte auf Ross, »mit Äpfeln aus diesem Fach beworfen!«
Danny drehte ihren Kopf, bis ihre Wange an Ross' T-Shirt lehnte, und protestierte schwach: »Das ist eine Lüge. Es war nur *ein* Apfel.« Sie fühlte, dass seine Brust sich bewegte, und sah auf.
Er lachte.

»Aus dem Supermarkt geworfen! Ich kaufe dort schon *ewig* ein, und das erste Mal, dass ich ihn mit dir betrete, werde ich *rausgeworfen!*«
Ross entschied, dass es Danny bessergehen musste.
»Kannst du das noch mal kreischen?«

»Halt's Maul!«
Sie saßen wieder in seinem Explorer und fuhren zu einem anderen Supermarkt. Danny schob eine Hand zwischen ihren Hintern und den Autositz und zog an ihrer Unterwäsche. Seitdem Ross sie aus der Tomatenkiste gezogen hatte, war sie auf der Suche nach ihrem Tanga, der, um es höflich auszudrücken, tief in einem Territorium verschwunden war, das er sonst nur begrenzte. Danny konnte sich nicht entscheiden, was schlimmer war: die rektale Untersuchung, die ihr ihre Unterwäsche gerade angedeihen ließ, oder der Geruch von Tomatensaft an ihrem T-Shirt und ihrer Weste.
»Arsch frisst Hose?«, erkundigte Ross sich besorgt.
»Lass meine Unterhose da raus! Du bist nur so billig davongekommen, weil der Supermarktmanager ein RF-O'Rourke-Fan ist. Wenn du ihm kein Autogramm gegeben und für die beschädigten Früchte gezahlt hättest, hätte er die Polizei gerufen!«
Ross parkte den Explorer. »Du bist nur stinkig, weil du mir etwas schuldest. Wäre es mir nicht gelungen, die Wogen zu glätten, hättest du den Ärger mit der Polizei gehabt, nicht ich.«
»Weswegen?« Danny riss die Autotür auf und stieg aus. »Angriff mit einem tödlichen Apfel?« Sie knallte die Tür zu und stürmte davon. Die Enden ihres türkisfarbenen Schals folgten ihr wie horizontale Ausrufezeichen.
Von Patricks überheblichem Bruder aus einer Kiste mit Tomaten gezogen zu werden übertraf sogar noch das gestrige Debakel. Warum hatte ihr Leben sich plötzlich in einen Slapstick-Film verwandelt? Was kam als Nächstes? An Eisenbahnschienen gebunden vor einem sich schnell nähernden Zug zu liegen, während Ross über ihr stand, eine Pistole in der Hand wirbelte und grinste? Würde – sie brauchte *Würde*. Sie musste aufhören, sich wie ein Fisch-

weib aufzuführen und Dinge zu werfen; sie spielte ihm damit nur in die Hände, und – noch schlimmer – er schien Spaß daran zu haben.

Dannys würdevolles Schweigen hielt gerade einmal zehn Minuten, nachdem sie den Supermarkt betreten hatten, weil Ross anfing, teure Nahrungsmittel in den Einkaufswagen zu legen – Dinge, die Danny sich nicht leisten konnte und auch nicht haben wollte.

»Leg das zurück!«, fauchte sie, als er eine Dose Sardellen fallen ließ. »Geh und hol dir deinen eigenen Wagen!«

Ross nahm ein Glas Artischockenherzen aus dem Regal und las das Etikett. »Ich habe dir schon gesagt, dass ich zahlen werde.«

Danny stand zwischen ihm und dem Einkaufswagen und ruderte mit ihren Armen. »Nein!«

»Oh, um Himmels willen …« Er schüttelte angewidert den Kopf und ging mit den Artischocken in der Hand davon.

Danny kochte. Wie zum Teufel konnte irgendjemand ihn mit George Clooney verwechseln! George hatte keine bösen schwarzen Augen oder ein dämonisches Lächeln.

Das Spiel ging weiter: Ross legte Dinge in den Wagen, und Danny versuchte, sie ins Regal zurückzuräumen. Es war ein sehr ungleicher Kampf: Ross hatte längere Arme, und Dannys Energie ließ nach. Sie wollte nach Hause und ins Bett. Sie wollte Ross, den Piraten, in haiverseuchten Gewässern schwimmen sehen.

Er half ihr, die Sachen auf das Förderband zu räumen. Danny studierte den Berg von Einkäufen und kaute auf ihrer Unterlippe. Wie sollte sie ihre Sachen von seinen trennen, ohne pedantisch oder verzweifelt zu wirken?

»Bist du zufrieden? Schau dir diesen ganzen Mist an!«

»Ich kann mich nicht erinnern, wann ich das letzte Mal

beim Einkaufen solchen Spaß hatte. Und es ist kein Mist.« Ross zog seinen Geldbeutel aus der Jeanstasche. »Hör auf, mich so anzustarren!«

»Wie anzustarren?« Jetzt stierte Danny auf die vielen Scheine in seinem Geldbeutel. Er trug die Bank von Neuseeland in seiner hinteren Hosentasche.

»Als würdest du dir vorstellen, wie mein Kopf ausgestopft über deinem Kamin aussähe.«

»Sei nicht widerlich – das würde den Kindern Angst machen. Tatsächlich habe ich versucht, mich zu entscheiden, was mehr Spaß macht: mit dir einkaufen zu gehen oder zu Hause den Kühlschrank zu putzen.« Sie beobachtete, wie er Hundert-Dollar-Scheine auf das Förderband fallen ließ. »Was tust du?«

»Das ist so ein Brauch, den wir in den Staaten haben. Wir nennen es ›für unsere Einkäufe bezahlen‹.«

Sie hatte mit der Ähnlichkeit zu einem Piraten völlig falsch gelegen. Ihm prangten wahrscheinlich drei eingeritzte Sechsen auf dem Hintern, und wenn nicht – na ja, dann würden sie dorthin gehören. Danny schnappte sich das Geld und warf es ihm entgegen. »Zahl für dein eigenes Zeug, nicht für meines!«

Ross hob die Scheine auf und zuckte mit den Achseln. »Wie du willst.«

Ihre Diskussion hatte die Aufmerksamkeit der Kassendame und der anderen Kunden erregt.

Danny wartete nervös, während die Sachen von dem Mädchen an der Kasse mit einem Namensschild, auf dem *Debbie, jederzeit behilflich* stand, über den Scanner gezogen wurden. *Bitte, akzeptiert sie! Bitte, akzeptiert sie!*, sang Danny in ihrem Kopf und sackte erleichtert in sich zusammen, als ihre Bankkarte angenommen wurde. Nach all der Aufregung fühlte sie sich müde und apathisch. Ross war wie ein Vampir, der seinem Opfer die Energie aussaugte. Jetzt, wo sie darüber nachdachte: Was tat er eigentlich am helllichten Tag hier? Er sollte irgendwo in seinem Sarg liegen, mit seinen Reißzähnen in einem Glas Wasser und den Wecker auf Sonnenuntergang gestellt. Danny fragte sich müde, ob man im Internet wohl angespitzte Pfähle kaufen konnte. »Oder Weihwasser«, murmelte sie.

»Was hast du gesagt?«, fragte Ross.

»Nichts.«

Er lächelte das Mädchen an der Kasse an, als er seine Rechnung bezahlte. »Danke, Debbie.«

»Gern geschehen.« Sie löste ihren Haargummi und wuschelte sich durch die Haare. »Sind Sie …«

Danny konnte keine Wiederholung von dem, was mit der Brünetten passiert war, ertragen. »Ja, ist er, Debbie.« Sie versuchte, eine der Einkaufstüten in den Wagen zu heben. »Er ist eine Kreatur der Nacht.«

Ross murmelte etwas über böse Hexen und wo er ihre Besen gern hinstecken würde, und schob Danny zur Seite. Dann fing er an, die Tüten drei auf einmal in den leeren Wagen zu laden.

Debbie starrte Danny ausdruckslos an.

»Versprechen Sie mir, dass Sie heute Abend so viel Knoblauch mitnehmen, wie Sie tragen können, und alle Türen verriegeln!«

Debbie wich zurück. »Warum?«

»Um sich vor dunklen Mächten zu schützen.«

Als sie das Haus erreichten, bot Ross an, die Einkäufe hineinzutragen.

»Geh einfach weg!«, entgegnete Danny.

»Glaubst du, ich biete das an, weil ich deine Gesellschaft so schätze? Nach diesem Witz, den du im Supermarkt gerissen hast?«

»Ich brauche deine Hilfe nicht.«

Ross ging um das Auto herum und öffnete die Beifahrertür. Dann stützte er einen Ellbogen auf die Tür und betrachtete sie. »Du siehst furchtbar aus.« Er schnüffelte. »Und du riechst wie Ketchup.« Er streckte seine Hand aus. »Gib mir den Haustürschlüssel!«

Danny lag im Sitz. »Versprichst du, dass du gehst, wenn du die Tüten hineingetragen hast?«

»Selbst wenn ich in deiner Küche Angelina Jolie und Charlize Theron nackt vorfinden sollte, würde mich das nicht aufhalten.«

»Für immer?«

»Nein.«

»Bastard!«, beschimpfte sie ihn schwach.

»Nein, ich bin das zweite von sechs Kindern, und meine Eltern waren schon elf Monate verheiratet, bevor meine älteste Schwester Carmel geboren wurde.«

Er hatte unbewusst eine wunde Stelle getroffen, obwohl es Danny nie so viel ausgemacht hatte, ein uneheliches Kind zu sein, wie dass sie verlassen worden waren. »Muss ich dich auch hineintragen?«, fragte Ross.

»Berühr mich noch mal, und ich ramme dir mein Knie in die Eier!«

Er musste seine Schulter gegen die Haustür stemmen, um sie aufzukriegen. »Warum lässt du das verdammte Ding nicht mal abhobeln?«

Danny schlurfte in die Küche. »Warum? Wenn ich Glück habe, rammst du dir einen Splitter durch dein schwarzes Vampirherz.«

»Kein Vampir mit einem Funken Selbstrespekt würde dich

beißen; er würde eine Blutvergiftung riskieren.« Er stellte die Einkaufstüten auf die Arbeitsfläche und drehte sich zu ihr um. »Wer kümmert sich um die Kinder, wenn du arbeitest?«

»Meine Nachbarin gegenüber. Ich wette, du würdest liebend gern hören, dass ich sie nachts allein lasse – das käme deinen Zielen entgegen.«

»Die da wären?«

»Das Sorgerecht beantragen.«

Ross starrte sie an. Matt und Mia schienen nette Kinder zu sein, aber das Letzte, was er wollte, war das Sorgerecht. Danny liebte Patricks Kinder, während er sich nur für sie verantwortlich fühlte. Sein Schweigen bereitete Danny mehr Sorgen als seine Drohungen. Alles, was sie im Moment wollte, waren ein paar Schmerztabletten und ihr Bett, aber es war wichtig, Ross zuerst ein paar Dinge klarzumachen.

»Hör zu, Onkel Ross, ich habe bis jetzt alles prima hingekriegt. Ich brauche weder dich noch sonst jemanden, der plötzlich in alles seine Nase steckt und unsere Routine durcheinanderbringt. Ich meine, wirken die Kinder unglücklich oder vernachlässigt?«

»Nein, sie scheinen nette Kinder zu sein. Aber ich kann auf Meilen riechen, dass hier etwas mit dem Geld nicht stimmt«, antwortete er. »Du hast finanzielle Probleme.«

Danny fühlte sich immer unwohler. »Meine Finanzen gehen dich nichts an.«

Ross wünschte sich, sie würde nachgeben. Sie sah schrecklich aus. »Du siehst nicht gut aus.«

Danny starrte sehnsüchtig auf den Schrank, in dem sie die Schmerztabletten aufbewahrte, weil das Klopfen in ihrem Kopf hochschaltete und mehr zu einem Hämmern heranwuchs. Sie umklammerte eine Stuhllehne. »Geh weg und lass mich in Frieden sterben!«

Ross verlor langsam die Geduld. »Würdest du einfach aufhören, so stur zu sein, und ins Bett gehen?«
»Fahr zur Hölle!« Sie sank noch ein wenig mehr in sich zusammen.
Er durchquerte die Küche und riss Danny in seine Arme, wobei es ihm gelang, ihre geschwollene Nase gegen seine Brust zu schlagen.
»Au!« Sie umklammerte ihre Nase und schlang gleichzeitig ein Bein und einen Arm um ihn, um nicht zu fallen. »Du bist völlig nutzlos! Lass mich runter!«
Ross griff nach Dannys Oberschenkel, um ihre Rutschbewegung zu stoppen, aber stattdessen erwischte er ihren Hintern, der sich wie ein warmer reifer Pfirsich in seine Hand schmiegte.
Danny wand sich krampfhaft. »Ein bisschen Grapschen?«
Ross ließ ihren Hintern los und versuchte, seinen Arm unter ihre Knie zu schieben. »Heb dein Bein!«
»Lass deine Hände von meinem Arsch!«
Sie gönnten sich ein wenig würdelose Rangelei, während Danny ihr Bein löste und Ross sie höher an seine Brust zog. Sie dachte darüber nach, ihm zu befehlen, dass er sie absetzen sollte, entschied aber, dass sie ihn danach, wie er sie behandelt hatte, ruhig ein wenig arbeiten lassen konnte. Sie vermochte sich nicht zu erinnern, wann sie das letzte Mal einem gesunden, nicht bewusstlosen Mann so nahe gewesen war. Unter seinen Klamotten fühlte sein Körper sich gut an.
Er trug sie in den Flur und zögerte an der Tür zum ersten Schlafzimmer. »Ist das dein Zimmer?«
Danny versteifte sich. »Nein! Nicht da rein!«
»Okay!« Er schickte noch einen letzten neugierigen Blick in den Raum, bevor er sich abwandte. »Krieg keinen Herzinfarkt! Wohin dann?«

»Da.« Sie deutete auf die Tür am Ende des Flurs.
Ross ging den Flur entlang an zwei weiteren Schlafzimmern vorbei, die aussahen, als gehörten sie Matt und Mia. Die Wände von Matts Zimmer waren mit Postern von Autos bedeckt, und der Teppich war unter einer Schicht aus Kleidung, Fußbällen und anderem Chaos begraben.
Danny bemerkte seine fassungslose Miene. »Er war schon immer unordentlich«, verteidigte sie sich und fragte sich, warum sie Ausreden für Matt fand. Nella hatte alles für die Kinder getan, und Matt erwartete von Danny, dass sie weiter hinter ihm aufräumte, was sie aber verweigerte. Zwölf-Stunden-Schichten im Krankenhaus bedeuteten, dass Zeit für Hausarbeit kostbar war. Mia half, aber Matt war untypisch trotzig und weigerte sich, mitzumachen und seinen Teil zu leisten.
Die Unordnung und der Dreck trieben Danny in den Wahnsinn, aber an den meisten Tagen war sie einfach zu müde, um sich aufzuregen.
Ross trug Danny in ihr Zimmer und legte sie auf das Bett. Er war überrascht zu sehen, dass es keinen schwarzen Bezug hatte und an den Wänden auch keine geklauten Straßenschilder hingen. Das Doppelbett hatte ein geschnitztes Kopfende und einen Bezug in fahlem Türkis mit winzigen weißen Flecken. Die Wände waren in einer erstaunlichen Schattierung von Lavendel gestrichen. Fenstertüren gaben den Blick auf die Veranda und den Garten frei, umrahmt von langen weißen Vorhängen, die an einem dicken hölzernen Stab hingen. Ein weißer Korbstuhl, bei dem sich am Fuß das Geflecht bereits löste, stand in einer Ecke mit Kleidern darauf, darunter eine der hässlichen blauen Uniformen, wie Danny sie am vorherigen Tag getragen hatte. Neben der Tür stand eine alte Holzkommode mit Schubladen, und darüber hing ein Spiegel mit einem geschnitz-

ten weißen Rahmen. Die Türen zum Schrank standen halb offen, und daraus ergoss sich eine Auswahl von verschiedenen Kleidungsstücken und Schuhen. Ross war nicht allzu überrascht. Was konnte man schon sonst von einer Frau mit blauen Haaren erwarten?

Danny beobachtete ihn misstrauisch von ihrem Kissen aus. »Was ist?«

»Warst du betrunken, als du dir die Farbzusammenstellung ausgedacht hast?«

»Lass mich raten«, meinte sie sarkastisch, »dein Haus hat weiße Wände und jede Menge Pastelltöne.«

Zur Hälfte hatte sie recht: weiße Wände mit betonten Farbakzenten, wobei Rot sein persönlicher Liebling war. Ross fand insgeheim, dass ihre Farbwahl funktionierte, auf seltsame Art und Weise.

»Du solltest nicht allein sein«, ermahnte er sie.

Ihre Lider sanken nach unten. »Doch, sollte ich.«

»Ich werde dich später anrufen.«

»Nein, wirst du nicht.«

»Gibt es nichts, was ich dir noch besorgen soll, bevor ich gehe?«

»Einen Taser.«

»Denk nicht, dass ich nicht wiederkomme!«, warnte Ross.

Danny zog sich die Decke über den Kopf. »Du wirst so willkommen sein wie ein Anfall von Herpes.«

Ross lächelte. Unter anderen Umständen hätte er sie fast mögen können.

»Weißt du«, setzte er langsam an, »von Pats Besitz ist ein wenig Geld übrig geblieben. Ich könnte dir etwas davon abgeben.« Das war eine Lüge. Pat war verschuldet gestorben. Ross hatte sichergestellt, dass seine Eltern nicht alle schmutzigen Details erfuhren, und hatte sich in aller Stille um die Angelegenheit gekümmert.

Schweigen. Dann sprach Danny durch die Decke hindurch, und ihre Stimme zitterte vor Wut. »Das ist sehr süß von dir, aber ich glaube, es wäre in jeder Hinsicht besser, wenn du dein Geld nehmen und es dir dorthin stopfen würdest, wo die Sonne niemals scheint.«

Also, das war ja mal eine erfrischende Abwechslung! »Ich werde regelmäßig kommen, um die Kinder zu besuchen, während ich in Auckland bin«, beharrte Ross.

»Ich würde nicht darauf wetten.«

»Du und ich müssen uns mit den Rechtsanwälten zusammensetzen, um rechtlich sicherzustellen, wer ihr Vormund ist. Wir müssen uns Pats und Nellas Testament genauer anschauen.«

Danny zog die Decke nach unten. »Worüber redest du? Ich bin der Vormund von Matt und Mia.«

Ross schüttelte den Kopf. »Nicht nach Pats und Nellas Testament. Er hat mich für den Fall, dass ihre Mutter stirbt, zum Vormund ernannt, und sie hat Pat als Vormund eingesetzt, falls sie sterben sollte.«

Danny glotzte ihn an. »Sie haben ein gemeinsames Testament gemacht?«

Er runzelte die Stirn. »Wusstest du das nicht?«

»Nella hätte niemals Patrick zu ihrem Vormund ernannt! Er war zu verantwortungslos. Sie wollte, dass ich ihr Vormund bin. Sie hat ein eigenes Testament geschrieben, bevor sie gestorben ist.«

Aber Danny konnte es nicht finden.

Ross tat es leid, dass er das Thema angesprochen hatte. Wäre sie nicht so dickköpfig gewesen, hätte es sich vermeiden lassen. »Wir müssen uns zusammen mit unseren Anwälten treffen und beide Testamente durchgehen«, wiederholte er.

Und sie konnte sich keinen Anwalt leisten.

Danny zog die Decke wieder hoch und schloss die Augen. Es war ihr schlimmster Alptraum. Sie wollte einschlafen, wieder aufwachen und feststellen, dass alles ein böser Traum gewesen war. Erschöpfung zog verführerisch an ihr. Ross fühlte sich wieder wie ein Schurke. »Danny? Bist du dir sicher, dass ich die Kinder nicht von der Schule abholen soll?«

»Meine Nachbarin macht es …«, murmelte sie. Dann hob und senkte sich ihre Brust durch die gleichmäßigen Atemzüge des Schlafes. Er lehnte sich vor und hob eine Ecke der Decke. Ihr Mund war ein wenig geöffnet und ihre geschwollenen Lider geschlossen. Sie wirkte jung und harmlos, und ihre zerschundene Nase gab beim Atmen leise Geräusche von sich.

Ross schob die Decke vorsichtig von ihrem Gesicht und ermahnte sich selbst, sich nicht lächerlich zu machen. Danny Lawton war ungefähr so harmlos wie ein Raketenwerfer.

Bevor er das Haus verließ, räumte Ross die Einkäufe auf und ließ seine Visitenkarte auf die Arbeitsfläche fallen, auf deren Rückseite er seine Nummer im Apartment am Viaduct Basin und seine Handynummer geschrieben hatte. Er schaute auf die alten Installationen und das Buch unter dem Tischbein und murmelte: »Wie konntest du das tun, Pat? Konntest du nicht *ein Mal* zuerst an jemand anders denken?«

Die Hölle würde zufrieren, bevor Danny ihn anrief, aber Ross wusste jetzt, dass die Erwähnung von Testamenten und Anwälten sie unter Kontrolle bringen konnte.

Es würde nicht einfach werden.

Aber sicher interessant.

KAPITEL 5

Sei vorsichtig!«, riet Vanessa Danny. »Sei sehr vorsichtig!« Sie hatten gerade eine kurze Pause während der Nachtschicht. Ihre Dienste überschnitten sich selten, was kein Wunder war bei insgesamt sechzig Krankenschwestern in der Notaufnahme und in Anbetracht der Tatsache, dass Vanessa und Danny zu den erfahrensten gehörten.

Danny war es leid, über Ross Fabello nachzudenken und zu reden. Während sie sich von dem Unfall erholte, hatte sie lange Stunden damit verbracht, sich Sorgen um ihn und darüber zu machen, welche Konsequenzen es haben würde, dass sie den Criterion-Construction-Truck geschrottet hatte. Aber es schien, als ob sein Freund, der Cockerspaniel, dem Criterion Construction gehörte, den Vorarbeiter gefeuert hatte und nicht auf Schadensersatz klagen würde. Erfahrene Notaufnahme-Krankenschwestern mit Dannys Dienstjahren standen nicht gerade Schlange vor dem Krankenhaus, was ihr sicherlich geholfen hatte, aber sie wusste, dass sie sich trotzdem auf sehr dünnem Eis bewegte. Sie konnte es sich nicht leisten, ihren Job zu verlieren – das würde Ross Fabello direkt in die Hände spielen –, aber das änderte nichts daran, dass sie irritiert war, wenn Vanessa immer wieder zur Vorsicht riet.

Vanessa spielte an ihrer Kaffeetasse herum. »Wie geht's der alten Dame?«

Danny hatte sich um die Frau eines älteren Mannes gekümmert, der gestorben war, kurz nachdem er ins Krankenhaus eingeliefert worden war. Es handelte sich um einen der ersten Todesfälle, mit denen sie seit Nellas Tod konfrontiert worden war. Vanessa und die anderen in der Belegschaft hatten angeboten, sich um Mr. Reid und seine kleine Frau zu kümmern, aber Danny hatte darauf bestanden, es selbst zu tun. Sie mochte ja erst zweiunddreißig sein, aber sie wusste eine Menge über Verlust. Es war Danny, die Mrs. Reid mit in den Raum nahm, in dem das Wiederbelebungsteam an ihrem Ehemann arbeitete, mit dem sie fünfundsechzig Jahre verheiratet gewesen war, so dass sie sehen konnte, dass alles Menschenmögliche für ihn getan wurde. Es war Danny, die auf die Idee gekommen war, das Laken über einem der Füße des alten Mannes zurückzuschlagen, so dass seine Frau ihn streicheln und ein letztes Mal berühren konnte, während er noch warm war und sich an das Leben klammerte. Und es war Danny, die mit Mrs. Reid wartete, ihre Hand hielt und ihr Taschentücher reichte, bis ihr Sohn und ihre Schwiegertochter kamen.

»Ihre gesamte Welt ist zerbrochen.« Danny lächelte Vanessa beruhigend an. »Mir geht's gut, weißt du.«

»Bist du dir sicher?«

Sie nickte. Es war wieder ein Meilenstein erreicht, wieder ein Berg, den sie erklommen hatte. Jeder Moment an jedem Tag führte Danny weiter weg vom letzten Mal, als sie Nella gesehen hatte. Das war es, was am meisten weh tat: zu wissen, dass es keinen Weg zurück gab – nur nach vorn. Danny stellte sich Ross Fabellos arrogantes, süffisantes Gesicht vor und ließ eine weitere Tirade gegen ihn vom Stapel.

»Vielleicht reagierst du ein wenig über«, regte Vanessa an, als Danny Luft holen musste.

»Was meinst du mit überreagieren?«, fragte Danny beleidigt.

»Findest du es nicht ein wenig übertrieben, einen Kerl in einem Supermarkt mit einem Apfel anzugreifen?«

»Ich wurde provoziert!«

Vanessa seufzte und stellte ihre Kaffeetasse auf dem verkratzten Tisch im Schwesternzimmer ab. »Er hat nichts darüber gesagt, dass er die Kinder mit in die Staaten nehmen will, oder? Ich meine, um Gottes willen, er ist Junggeselle! Glaubst du wirklich, dass er zwei Kinder will, die sein Leben umkrempeln?«

War sie denn die Einzige, die Ross Fabello durchschaute?

»Was ist mit diesen Schwestern, die er immer wieder erwähnt? Sie wären vielleicht gern bereit, Matt und Mia zu nehmen. So wie Ross über seine Familie redet, klingt es nicht so, als würden zwei mehr noch etwas ausmachen.«

»Du ziehst voreilige Schlüsse«, beharrte Vanessa. »Du musst ruhig bleiben, bis du sicher weißt, was er vorhat – oder ob er überhaupt etwas vorhat.« Ihre Stimme wurde weicher. »Das muss nicht alles schlimm sein, Danny. Jetzt haben sie Großeltern, Tanten und Onkel, Cousins und Cousinen.«

Sie hatte recht. Die Fabellos konnten den Kindern so viel mehr bieten als Danny allein. Sie konnten ihnen finanzielle und emotionale Sicherheit bieten. Danny war eifersüchtig auf Ross' Familie.

Und da war noch das größere Problem, das größte von allen, das über den Kindern und Danny schwebte wie ein Geier: Dannys Mutter und Zwillingsschwester waren in jungen Jahren an Brustkrebs gestorben. Ein oder zwei Mal hatte Danny versucht, mit Vanessa über ihre Ängste zu reden, aber Vanessa hatte in den Krankenschwesternmodus geschaltet und darauf hingewiesen, dass Danny – anders als Rose und Nella – zu allen Vorsorgeuntersuchungen in der Krebsklinik ging.

Vanessa hatte sich so aufgeregt, dass Danny schließlich aufgab, darüber zu reden. Stattdessen holte sie das Problem in den frühen Morgenstunden hervor und dachte darüber nach; starrte mit leerem Blick in die Dunkelheit und stellte sich vor, was ihr passieren würde – und was dann mit Matt und Mia wäre. Sie fühlte sich, als würde sie ihr Leben damit verbringen, die Luft anzuhalten und auf die Katastrophe zu warten.

Danny wechselte widerstrebend das Thema. »Er ist wirklich stinkreich, oder?«

Vanessa zog den Deckel von dem Plastikbehälter, der ihr Zwei-Uhr-morgens-Essen enthielt. »Stinkreich. Krösus. Übelriechend, widerwärtig …«

»Okay, okay, ich hab's kapiert!«

»*John Doe* läuft bald als Film an. Unser RF hat das Drehbuch geschrieben, und laut Berichten in *Woman's World* wird er als Oscar-Kandidat für das beste Drehbuch gehandelt.«

Danny hatte noch nie verstanden, wie Vanessa so viel Spaß daran haben konnte, Klatschmagazine zu lesen. Sie beobachtete, wie ihre Freundin sich einen Klecks Nudelsauce aus dem Mundwinkel leckte. »Warum versuchst du nicht, ihn um den Finger zu wickeln?«

»Wie?«, fragte Danny sarkastisch.

»Schlaf mit ihm! Du hast ein gottgegebenes Talent. Unter diesen grauenhaften Klamotten bist du eine Rakete – sobald Männer einmal mit dir geschlafen haben, sind sie Wachs in deinen Händen.«

Danny kontrollierte, ob die anderen zwei Krankenschwestern, die gerade Pause machten, das gehört hatten, aber sie lasen weiter in ihren Zeitschriften und schaufelten sich Essen in den Mund. Sie lehnte sich zu Vanessa und zischte: »Psssst! Würdest du bitte den Mund halten?«

»Hast du eine bessere Idee?«, wollte Vanessa wissen.
»Vielleicht hast du es ja nicht bemerkt, aber *wir hassen einander!*«
»In der Nacht sind alle Katzen grau.«
»Nicht, wenn es Säbelzahntiger sind.«
»Ich glaube trotzdem, dass es besser wäre, wenn du nett zu ihm bist, statt ihn wütend zu machen. Ihm den Zugang zu den Kindern zu erschweren ist vielleicht nicht der beste Weg, mit der Situation umzugehen«, beharrte Vanessa.
Theoretisch wusste Danny, dass ihre Freundin recht hatte, aber sie machte sich Sorgen, dass Matt und Mia ihren Onkel besser kennenlernten und dann wieder verletzt würden, wenn er auf Fabello-Art verschwand. Er hatte nicht damit hinterm Berg gehalten, dass er nicht in Neuseeland sein wollte und es kaum erwarten konnte, nach Hause zu kommen.
»Denk einfach mal darüber nach, nett zu ihm zu sein!«, drängelte Vanessa. »Okay?«
»Okay«, murmelte Danny.
»Und – Danny?«
»Ja?«
»Bewirf den Mann nicht mehr mit Essen! Finde einen anderen Weg, damit klarzukommen!«

Das nächste Mal, als Danny Gewaltfantasien in Bezug auf Ross Fabello hatte, nahm sie sich ihren iPod und tanzte wie besessen, während Tim Finn »I see Red« sang. Es war die einzige Therapie, die sie sich leisten konnte.

Deirdre, seine jüngste Schwester, sprach vorsichtig ins Telefon. »Sie hat dich im Supermarkt mit einem Apfel beworfen?«

»Ja.« Ross lag ausgestreckt auf dem großen Ledersofa im Wohnzimmer seines Apartments, mit einem Glas Wein in der Hand und jeder Menge Groll im Herzen. »Diese Frau ist eine öffentliche Gefahr. Nicht nur findet sie es okay, Lastwagen in Wände aus Betonblöcken zu fahren, sie greift auch Leute mit Früchten an. Ich nehme an, ich sollte dankbar sein, dass keine Kokosnüsse in der Nähe lagen.«

»Verdammt!«, murmelte Deirdre. »Wenn du mich fragst, ist selbst Hängen zu mild für sie.«

»Ich hätte wissen müssen, dass du es lustig findest.«

Deirdre war überraschter von der Antwort ihres großen Bruders als von Danny Lawtons Verhalten. Er klang mehr irritiert als wütend. Früher einmal hätte Ross den Vorfall im Supermarkt lustig gefunden, aber seit der Simone-Marchant-Sache hatte er seinen Humor verloren. Ihre Mutter redete sich gern ein, dass Simone Ross das Herz gebrochen hatte. Seine Schwestern wussten, dass es mehr verletzter Stolz war und Wut darüber, dass er Simone in erster Linie vertraut hatte. Deirdre war sich sicher, dass noch etwas anderes an Ross nagte. Er lebte allein in seinem wunderschönen Haus an der Küste und wurde mit jedem verstreichenden Monat verschlossener und launischer. Ihn dazu zu bringen, sich einmal zu öffnen, war schwieriger, als für einen Mitternachtsblick auf die Kronjuwelen in den Tower von London einzusteigen.

»Du verschwendest mit deinem Mitgefühl nur Zeit«, hatte Aoife, der Zwilling, der sehr direkt sein konnte, festgestellt. »Wenn Ross Einsiedlerkrebs spielen und sich in seinem Haus verstecken will, dann wäre es das Beste, ihn mit einem Hammer zu schlagen, bis er endlich redet.«

»Heilige Scheiße, Aoife!«, war es aus Carmel, der ältesten Schwester, herausgeplatzt. »Bist du dir sicher, dass du eine Frau bist?«

Annie, Aoifes Zwillingsschwester, öffnete den Mund, um etwas zu sagen, aber wie üblich war Aoife noch nicht fertig. »Erzähl mir bloß nicht diesen Dreck darüber, dass Ross mit seiner *weiblichen Seite in Kontakt kommen* muss! Die einzige weibliche Seite, mit der Ross in Kontakt kommen will, hat einen guten Vorbau und einen knackigen Arsch. Und wir alle wissen, dass er niemals Probleme hatte, damit in Kontakt zu kommen.«

Frauen hatten sich Ross und Pat an den Hals geworfen, seitdem sie den Stimmbruch hinter sich hatten, und Aoife bestand darauf, dass Ross es mit dem Babysitter getrieben hatte, während der Rest von ihnen *Raumschiff Enterprise* schaute.

Deirdre lauschte den Beschwerden ihres Bruders über Danny und entschied, dass er bei weitem nicht so sauer über Dannys Verhalten war, wie sie es erwartet hätte. Tatsächlich konnte sie sich nicht erinnern, wann er das letzte Mal so lebendig geklungen hatte.

»Wie ist Neuseeland so?«

»Wunderschön. Wenn ich die Zeit hätte, würde ich ein paar Wochen einfach nur herumfahren.«

»Vielleicht kannst du das, wenn alles geregelt ist.«

Ross schnaubte. »Das würde ich nur machen, wenn ich wüsste, dass Danny Lawton weit weg ist – Grönland oder so.«

Wow – sie hatte wirklich einen Nerv getroffen! »Wie läuft's mit dem Schreiben?«

Deirdre fragte sich, ob sie sich die Pause vor Ross' Antwort nur eingebildet hatte. »Prima.«

Hatte Ross Probleme mit dem Schreiben? Dieser Eindruck hatte an Deirdre genagt, seitdem er geflogen war, und Annie stimmte ihr zu. Aoife und Carmel mochten ja über Annies träumerische, ein wenig realitätsferne Art lachen, aber sie besaß ein Talent, Dinge zu erkennen, welche die anderen von ihnen übersahen. Annie teilte Ross' kreative Ader und war selbst eine erfolgreiche Künstlerin. Schreiben war immer seine Leidenschaft und sein Trost gewesen. Deirdre dachte an den Nachmittag zurück, an dem es ihr und ihrer Mutter gelungen war, ihn zum Familienbotschafter zu ernennen, der Pats letzten großen Schlamassel aufräumen durfte.

Sie hatten im Wohnzimmer im Haus ihrer Eltern gesessen, ein Raum, der groß gewesen wäre, wenn Breda nicht jeden Quadratzentimeter mit ihren Sammlungen und Erinnerungsstücken gefüllt hätte. Chinesische Frösche in allen Größen und Farben bedeckten jede verfügbare Oberfläche, während in einem Bücherregal auf einer Seite Hardcover-Ausgaben der Reader's-Digest-Romane und die Erstausgaben von Ross' Romanen standen. Ein großes gerahmtes Bild der Jungfrau Maria, die gleichmütig unter einem blauen Schleier hervorblickte, hatte einen Ehrenplatz über dem rosa-pinkfarbenen Veloursofa, auf dem Ross und Deirdre saßen. Der Rest der Wandfläche wurde von Bildern der Fabello-Kinder gefüllt, von nackten Babys auf Fellen bis zu Bildern der Erstkommunion. Die einmütige Meinung war, dass Pat und Deirdre die hübschesten Babys gewesen waren und Aoife und Annie die hässlichsten, weil sie frühreif waren. Carmel und Ross lagen irgendwo dazwischen. Ein Teetablett mit einem weißen, mit Rosen verzierten Teegeschirr aus Porzellan stand vor Breda auf einem Polsterhocker. Drei Tassen Tee waren eingeschenkt worden, um dann kalt zu werden. Die Tatsache, dass Ross Tee hasste, war etwas, das seine Mutter seit Pats Tod regelmäßig vergaß, und er brachte es nicht übers Herz, sie daran zu erinnern. Wie seine Schwestern kam er öfter zu Besuch, seitdem Pat gestorben war. Es tat ihnen allen weh, zu beobachten, wie Bredas und Vitos Schock und Schmerz sich in den Monaten nach Pats Tod in Schock und Verwirrung verwandelten, nachdem sie erfahren hatten, dass er in Neuseeland zwei Kinder hatte, von denen zu erzählen er nie für nötig befunden hatte. Die Verwirrung verwandelte sich in Verzweiflung, als klarwurde, dass die Tante, die für Pats Sohn und Tochter verantwortlich war, alles tat, um zu verhindern, dass die Familie ihres Vaters sie kennenlernen konnte. Ungefähr zu dieser Zeit war Daneka Lawton für Ross zum Staatsfeind Nummer eins geworden.

»Warum beantwortet sie die Briefe nicht?«, rief Breda zum hundertsten Mal. »Wir sind ihre Großeltern! Sie sind Teil der Familie!«

Ross und Deirdre vermieden es, sich anzusehen. Sie hatten sich gegenseitig dieselbe Frage gestellt, und beide hatten dieselbe Antwort gegeben. Wenn die Tante Pat als Maßstab nahm, dann war es kein Wunder, dass sie nicht scharf darauf war, den Rest der Familie kennenzulernen.

»Es ergibt keinen Sinn«, hatte Breda erklärt. »Wir wollen sie doch nur kennenlernen.«

»Vielleicht haben Pat und die Tante sich nicht verstanden, Ma. Vielleicht denkt sie, dass sie die Kinder beschützt«, erläuterte Ross.

Deirde schickte ihm einen scharfen Blick. Während sie und ihre Schwestern Ross zustimmten, war keine von ihnen dumm genug oder mutig genug, es laut auszusprechen, besonders gegenüber ihrer Mutter, die Pat absolut verzogen hatte. Und Ross war *definitiv* nicht dumm. Deirdre beäugte ihre Mutter wachsam und wartete auf den Ausbruch.

Breda enttäuschte sie nicht.

»Und was genau soll das bitte heißen?« Die leuchtend blauen Augen, die sie Pat und Deirdre vererbt hatte, sprühten Funken.

Ross zeigte eine Geduld, von der Deirdre nicht gewusst hatte, dass er sie noch besaß. »Es heißt genau das, was ich gesagt habe: Wenn Daneka Lawton Pat nicht mochte, dann wird sie den Rest der Familie kaum mit offenen Armen willkommen heißen. Sei ehrlich, Ma«, meinte er sanft, »du weißt, wie Pat war!«

Breda wandte den Blick ab. »Er war kein böser Junge, nur manchmal ein wenig voreilig und gedankenlos, aber junge Leute sind eben so.«

Ross und Deirdre wiesen nicht darauf hin, dass der Rest von ihnen sich nie in selbstdarstellerischen Eskapaden ergangen oder ihr Leben so geführt hatte, dass er jeden beleidigte und Chaos hinter sich zurückließ, wenn er wieder verschwand.

Deirdre schlug ihren Schuh gegen einen Stapel alter Hochzeitszeitschriften, die Breda auf dem Brett unter dem Couchtisch aufbewahrte. Eine rutschte vom Stapel. Deirdre hob sie auf und fing an, durch die Seiten zu blättern, in einem Versuch, ihre Mutter abzulenken und sich selbst mit der veralteten Brautmode zu unterhalten. Wenige Dinge fesselten Bredas Aufmerksamkeit so wie Hochzeiten und Babys – genau genommen die Hochzeiten und Babys ihrer Kinder. Nachdem sie Carmel, Aoife und Annie erfolgreich vor den Altar gebracht hatte, betrachtete sie Ross und Deirdre als längst überfällig, diesem Vorbild zu folgen. Sie war irritiert, dass die beiden trotz ihrer Versuche, ihnen mehrere akzeptable – und, viel wichtiger, katholische – Kandidaten vorzustellen, sich weigerten zu kooperieren.

»Einer von uns muss persönlich zu der Tante gehen, damit sie sieht, wie wir wirklich sind«, eröffnete sie ihnen. »Ich glaube, dein Vater und ich sollten nach Neuseeland fliegen.«

»Nein!«, riefen Ross und Deirdre gleichzeitig.

Ihre Mutter auf Daneka Lawton loszulassen wäre verheerend. Neben Breda war sogar Ross subtil.

»Warum nicht?«, rief Breda empört.

»Weil du und Dad in den letzten Monaten genug durchgemacht habt«, erklärte Deirdre schnell.

»Ja, jemand anders sollte fliegen.« Ross schaute Deirdre vielsagend an.

Sie verengte ihre Augen.

»Also, ich glaube ...«, setzte ihre Mutter an.

»Ross sollte gehen!«, unterbrach Deirdre sie. »Ich finde, Ross sollte das machen!«

Ross zuckte zusammen. *»Was?!«*

Breda nickte. »Genau, was ich gerade sagen wollte. Du hast mir die Worte aus dem Mund genommen, Deirdre.«

»Was? Warum ich?!«, rief Ross. »Ich kriege die unangenehmen, nervigen Jobs, nicht den Gefühlskram!«

Deirdre und Breda wechselten einen Blick. Ross konnte fast sehen, wie es in ihren Hirnen arbeitete. Verdammte hinterhältige Frauen – in seiner Familie wimmelte es davon. Er hegte den furchtbaren Verdacht, dass er in eine Falle getappt war.

»Ich kann nicht hinfliegen, Ross.« Deirdres große blaue Augen leuchteten heimtückisch. Plötzlich konnte Ross sich vorstellen, wie sie strickend neben der Guillotine saß.

»Warum?« Sein böser Blick versprach tödliche Revanche. Unglücklicherweise übte der Blick, der andere Leute in zitternde Häufchen Elend verwandelte, auf seine Familie nicht den geringsten Effekt aus.

Deirdre hielt die Hochzeitszeitschrift hoch. »Weil ich heirate.«

Ross blinzelte. Breda keuchte. Er versuchte, ihren Blick einzufangen, aber seine Mutter schaute weg.

Er sah die hinterhältige Verräterin der Familie an. »Du meinst doch sicherlich nicht Derek?«

»Darren«, korrigierte Deirdre ihn, »er heißt Darren.«

»Wen interessiert es, wie er heißt? Er kann kaum zwei Sätze bilden.«

»Ross!«, schnauzte Breda ihn an.

Er starrte sie böse an. »Du hast gesagt, er sei ein Idiot!«

Sie schnappte sich die Zuckerdose vom Tablett. »Schau dir das an! Wir haben keinen Zucker mehr.«

»Das kannst du laut sagen«, knurrte Ross.

»Du hast Darren nur zwei Mal getroffen!«, rief Deirdre.

Ross zeigte auf Breda. »Zweimal zu oft, wenn man ihr glaubt.«

»Ruhe jetzt, Ross!«

»Weißt du, wie es ist, unserer Familie zum ersten Mal zu begegnen?«, fuhr Deirdre fort. »Es ist wie *Einer flog über das Kuckucksnest* zu schauen und plötzlich festzustellen, dass du mittendrin bist und keiner schauspielert. Frag einfach Tom, Pete oder Joe, wenn du mir nicht glaubst!«

Ross musste nicht mit seinen Schwägern reden, um zu wissen, dass seine Familie verrückt war.

Breda allerdings war tief verletzt. »Wir haben Damian willkommen geheißen!«

»Darren! Sein Name ist Darren!«

»Wir haben Darren willkommen geheißen! Es ist nicht

mein Fehler, dass der Mann so furchtbar schweigsam ist.«
Breda senkte das Kinn und psalmodierte: »Ich habe dir nur eine Sache zu sagen, Deirdre: *Verwechsle nicht den Bart des Ziegenbocks mit dem Schwanz eines Vollbluthengstes.*«
Ross und Deirdre rollten die Augen. Bredas irische Sprichwörter hatten aufgehört, lustig zu sein, als sie ungefähr zehn Jahre alt gewesen waren. Breda war beleidigt gewesen, als sie gehört hatte, wie Aoife es »Ma spielt die verrückte irische Mommy« genannt hatte, aber was konnte man schon von einem Mädchen erwarten, das oben ohne durch die Innenstadt von San Diego lief und ein Plakat trug, das die Brustkrebsvorsorge anpries? Es hatte Wochen gedauert, bis Breda sich wieder in der Kirche um die Altarblumen hatte kümmern können.
Deirdre spielte ihren Trumpf aus. »Darren ist bereit zu konvertieren, und er verdient nach Steuern fünfundsiebzigtausend im Jahr.«
Breda erstarrte. »Ist er das?«, rief sie verzückt. »Tut er das?« Sie griff sich das Magazin von Deirdres Schoß und fing an, darin zu blättern. »Hier ist ein wirklich wunderschönes Kleid mit einer kleinen Tournüre und einer langen Schleppe, das dir toll stehen würde, Deirdre.«
Deirdre sah aus, als würde ihr langsam unwohl.
Ross lächelte dünn. Er hoffte nur, dass sie über die Schleppe stolperte und sich auf die Tournüre setzte.

♥

Als Deirdre ihr Telefonat mit Ross beendet hatte, rief sie Carmel an, um die neusten Nachrichten vom Kampf der Geschlechter zwischen Ross Fabello und Daneka Lawton weiterzugeben. Obwohl die Schwestern die neuseeländische Tante noch nicht getroffen hatten, bewunderten sie

sie dafür, dass sie nicht vor Ross' scharfem Verstand und seiner sarkastischen Art in die Knie ging.
Carmel befand sich im letzten Monat ihrer fünften Schwangerschaft, und hatte die vergangenen acht Tage damit verbracht, auf dem Familiensofa Jerry Springer und Oprah zu schauen und sich zu beschweren. Sie ging beim zweiten Klingeln ans Telefon.
»Was ist?«
»Und auch dir ein fröhliches Hallo.«
»Wenn du nett und freundlich willst, leg auf!«, blaffte Carmel. »Meine Krampfadern tun weh, meine Hämorrhoiden pulsieren, und ich habe ein Sodbrennen, das ich niemandem wünsche.«
Deirdre schüttelte sich.
»Vier Mädchen habe ich schon«, fuhr Carmel bitter fort. »Vier Mädchen, und jedes einzelne davon besaß den Anstand, zwei Wochen vor seinem Termin zu kommen. Keines von ihnen hat mir so viel Ärger gemacht wie dieses, und warum? Weil es diesmal ein Junge ist, deswegen! Wenn ich daran denke, dass ich tatsächlich mit Tom kooperiert habe, dass ich zugestimmt habe, dass wir es noch einmal probieren, um einen Jungen zu kriegen, und zugelassen habe, dass er mir einen Braten in die Röhre schiebt! Ich muss verrückt gewesen sein!«
Eher spitz wie Nachbars Lumpi, dachte Deirdre.
Carmel war noch nicht fertig. »Er liegt wahrscheinlich da drin, mit einer Fernbedienung in der einen und einem Bier in der anderen Hand und sieht sich Football-Wiederholungen an.«
»Bist du fertig?«
»Nicht in diesem Ton, Miss-Single-aber-ich-tue-so-als-würde-ich-Delbert-den-Lahmen-heiraten! Warte nur, bis es dich erwischt!«

»Er heißt Darren. Und zu deiner Information: Ich habe nicht vor, mir jemals von einem Kerl einen Braten in die Röhre schieben zu lassen, wie du es so romantisch ausgedrückt hast.«
»Ja, ja.« Carmel schob ein Sofakissen in ihren schmerzenden Rücken. »Bleib nur schön jungfräulich, und alles wird gut!«
»Ich bin keine Jungfrau!«
»Oh, richtig! Da war dieses eine Mal im College.«
»Ich habe es schon öfter getan als ein Mal!«
»Was? Du hast es tatsächlich zweimal getan?«
»Halt den Mund!«, blaffte Deirdre. »Das geht dich überhaupt nichts an.«
Sie hatte dreimal Sex gehabt, und es hatte keinen Spaß gemacht. Wie machte Carmel das? Warum schaffte sie es immer, Deirdres nonexistentes Sexleben in jedes Gespräch einzuflechten? Und warum hatte sie überhaupt jemals mit ihr darüber geredet? Ross wäre eine viel bessere Wahl gewesen, wenn Deirdre ihren Stolz hätte hinunterschlucken können, um ihn zu fragen, was sie falsch machte. Schließlich war er ein Kerl, und Deirdre wusste, dass er kein Mönch war. Und noch wichtiger: Bei Ross konnte man sich darauf verlassen, dass er ehrlich war. Schonungslos ehrlich.
»War das ein Höflichkeitsanruf, oder hast du etwas Interessantes zu erzählen?«, fragte Carmel.
»Ross hat mich angerufen.«
»Hat er das?« Ihre Laune verbesserte sich. »Was hat die Tante ihm jetzt angetan?«
»Sie hat ihn im Supermarkt mit einem Apfel beworfen. Hat ihn seitlich am Kopf getroffen.«
»Sie hat einen Apfel …« Carmel brach in Lachen aus.
»Und sie erzählt ihm ständig, dass er eine große Nase hat.«

»Hat er, aber sie ist nicht so groß wie die von Onkel Carmine.«
»*Niemand* hat eine Nase wie Onkel Carmine.«
»Oh, ich liebe diese Frau!«, rief Carmel. »Ist Ross sicher, dass sie keine Italienerin ist?«
»Absolut sicher.«
»Irisch?«
»Nö.«
»Da muss etwas irgendwo im Genpool versteckt sein«, überlegte Carmel. »Sie klingt, als wäre sie mit uns verwandt – oder als sollte sie es zumindest sein.«
Deirdre hörte den nachdenklichen Ton in Carmels Stimme. »Denk nicht einmal daran! Wenn du anfängst zu kuppeln, wird Ross dir mehr Ärger machen als Krampfadern und Hämorrhoiden zusammen. Außerdem fängst du an zu klingen wie Ma.«
Carmel keuchte auf. »Das war grausam!«
»Ich muss los. Willst du Aoife und Annie anrufen, oder soll ich?«
»Oh, ich will! Ich will!«

KAPITEL 6

Danny verließ sich nicht auf Google, um den Feind auszuspionieren. Sie lieh sich Ross' Roman *Think Twice* von Jane Clifford, einer amerikanischen Ärztin in der Notaufnahme, die zu seinen größten Fans gehörte.

»Bring es mir nur auf jeden Fall zurück!«, hatte sie Danny ermahnt. »Ich besitze alles, was er je geschrieben hat, und ich verleihe die Bücher nur an Leute, bei denen ich mir sicher bin, dass ich sie auch zurückkriege. Er ist brillant!«

Danny hatte nicht erklärt, warum sie sich das Buch leihen wollte. Sie fragte sich, was Jane wohl sagen würde, wenn sie ihr mitteilte, dass RF O'Rourke eine absolute Nervensäge war und außerdem auch noch ein Stalker.

Think Twice handelte von der Ermordung John F. Kennedys. Im Buch hatte an dem schicksalsträchtigen Tag in Dallas ein Double JFK vertreten, und es war das Double, das umgebracht wurde, nicht der Präsident. Die Handlung führte den Leser durch ein Labyrinth von Hinterlist und Manipulation. Der echte JFK wurde als das Double abserviert, eingefädelt von mächtigen Leuten in der Regierung, denen am besten damit gedient war, den jungen charismatischen Präsidenten als tot zu verkaufen. Ross hatte selbst den Tod von Marilyn Monroe untergebracht – im Buch wurde sie umgebracht, weil sie zu den wenigen Leuten zählte, die die Wahrheit kannten, und bereit war, sie auch öffentlich zu machen.

Danny konnte das Buch nicht weglegen. Der Plot war temporeich, clever und unvorhersehbar. Sie verstand plötzlich, warum Ross in der Welt der Schriftstellerei eine so große Nummer darstellte. Das war deprimierend, und es machte ihr Angst.

Sie erfand jede Menge Wege, um Ross loszuwerden, aber unglücklicherweise stand am Ende jeder Lösung eine Haftstrafe. Er hinterließ Nachrichten auf ihrem Anrufbeantworter, in denen er darauf drängte, die Kinder endlich kennenzulernen. Danny ignorierte sie, obwohl sie wusste, dass sie damit nur ein wenig Zeit gewann. Ross war kein geduldiger Mann, und es half auch nicht gerade, dass die Kinder sich ständig erkundigten, wann sie ihn wiedersehen würden. Sie musste einfach sicher sein, dass er kein emotionaler Dünnbrettbohrer war wie Patrick; und ebenso sicher musste sie sein, dass Ross nicht zu einem Teil des Lebens der Kinder wurde, nur um dann plötzlich zu verschwinden.

»Will er uns nicht sehen?«, fragte Mia. »Ist er wegen des Autositzes wütend?«

»Nein, natürlich nicht, Liebes«, beteuerte Danny. »Er ist den ganzen Weg von Amerika gekommen, um dich und Matt zu sehen. Um so etwas Dummes macht er sich gar keine Gedanken.«

»Er sieht Dad nicht besonders ähnlich«, warf Matt ein. Er hatte die Feindseligkeit zwischen Danny und Ross gespürt, und aus Loyalität gegenüber seiner Tante war er bereit, seinen neuen Onkel abzulehnen.

Danny schämte sich. »Er hat Haare wie du, nur kürzer.«

Matt antwortete nicht. Seine Haare waren ein heikles Thema. Als Danny einmal vorsichtig vorgeschlagen hatte, sie schneiden zu lassen, hatte Matt sich so aufgeregt, dass sie zurückgerudert war. Sie vermutete, dass er das Gefühl hatte, die Erinnerung an seinen Vater zu verraten, falls er

sie schneiden ließ, und war erstaunt, dass er in der Schule nicht gehänselt wurde.
Während die Prellungen in ihrem Gesicht verblassten und ihre geschwollenen Augen und die Nase ihre normale Form zurückgewannen, tat Danny etwas, wovon sie nie geglaubt hätte, dass sie es je tun würde. Sie stellte sich tot.

Ross hatte es auf Ms. Lawton abgesehen. Seine Versuche, die Kinder zu sehen, liefen ins Leere. Er hinterließ Nachrichten auf Dannys Anrufbeantworter, auf die sich niemals jemand meldete, und das eine Mal, als es ihm gelungen war, sie zu erreichen, hatte sie ihn mit einer lahmen Ausrede abgespeist. Für jeden Anruf bei Danny erhielt er zwei von seiner Mutter, die sich nach den Fortschritten erkundigte, die er dabei machte, Pats Kinder kennenzulernen – die sich auf eine runde Null beliefen.
»Was stimmt nicht, Ross? Du hast dich nicht mit der Tante zerstritten, oder?«, fragte Breda besorgt.
»Nein«, log Ross, »sie ist nur mit ihrem Beruf im Krankenhaus sehr beschäftigt.«
»Eine Krankenschwester!« Krankenschwestern standen ganz oben auf Bredas Liste der Guten und Anständigen. Eine Nonne wäre besser gewesen, aber direkt dahinter rangierte schon die Krankenschwester. »Pats Kinder sind in guten Händen, wenn die Tante eine Krankenschwester ist. Wie ist sie so?«
Ross zermarterte sich das Hirn, um etwas Positives über Danny zu finden. Ein knackiger Hintern, der genau in seine Hand passte, stellte nicht die Art von Information dar, die Breda haben wollte. Noch schlimmer: Sie würde es als Zeichen deuten, dass Ross an Danny interessiert war,

und nichts lag ihm ferner. Breda war darauf erpicht, Ross verheiratet zu sehen, damit er weitere kleine Fabellos produzieren konnte, während seine Schwestern herausragende Aufwiegler waren und sich an jeder Situation ergötzten, die ihn vielleicht in Verlegenheit bringen konnte. Schließlich sagte er: »Sie liebt die Kinder wirklich.«

»Oh, Gott behüte sie!«, murmelte Breda. »Und wie alt, hast du gesagt, ist sie, Ross?«

»Habe ich nicht.«

»Entschuldige?«

»Ich glaube so um die dreißig.«

»Oh! Ein vernünftiges Alter also.«

Ein »vernünftiges Alter« hieß in Bredas Sprache: »Sollte längst verheiratet sein und ein paar Kinder haben.«

Ross stöhnte leise.

»Was war das? Geht es dir gut, Ross?«

»Ja, Ma, ganz prima.« Er erzählte ihr, dass Matt genau aussah wie Pat, was sie zum Weinen brachte.

An diesem Punkt kam sein Vater ans Telefon. »Hast du die Dinge mit der Tante in Ordnung gebracht, Ross? Hast du ihr gesagt, dass sie Teil der Familie ist?«, schrie Vito.

Ross stellte sich Dannys Reaktion vor, wenn er ihr erklärte, dass sie jetzt ein Teil der Fabello-Familie wäre. »Wir haben uns über die Kinder unterhalten und lernen uns erst einmal kennen, Dad«, mauerte er.

»Und?« Ross sah Vitos ausdrucksstarkes Achselzucken, während er die Handinnenflächen nach oben hielt, regelrecht vor sich. »Hast du sie gefragt, ob sie kommen und mit den Kindern in Amerika leben will? Es ist doch nicht sinnvoll, dass sie da am Ende der Welt leben, ohne Familie, die sich um sie kümmert.«

Heilige Scheiße! Er musste seine Eltern von Danny Lawton fernhalten. Sie würde an die Decke gehen, wenn sie ihr etwas Derartiges vorschlugen. Danny würde nicht verstehen, dass seine Eltern es ernst meinten, wenn sie ihr versicherten, dass sie sie jetzt als Teil der Familie betrachteten; stattdessen würde sie es für einen Trick halten, um an Pats Kinder heranzukommen.

»Sie ist eine erwachsene Frau, Dad. Wir können nicht erwarten, dass sie einfach die Zelte abbricht und um die halbe Welt zieht, nur weil es uns richtig erscheint.«

»Hmmmmm.« Das Geräusch strotzte vor Missbilligung. »Sie heißt Danny? Was für ein Name ist das für ein Mädchen?«

»Es ist eine Kurzform von Daneka. Die Mutter der Kinder hieß Daniella. Sie waren Zwillinge.«

»Breda! Breda!«, schrie Vito. »Hast du das gehört? Sie haben Zwillinge in der Familie, genau wie wir!«

Ross hielt sich den Hörer vom Ohr weg.

Seine Mutter kam schniefend ans Telefon zurück. »Sag uns, wann wir kommen und die Kinder treffen können, Ross. Lass mich nicht zu lange warten!«

»Ich versuche es, Ma.«

»Ich liebe dich. Gott schütze dich!«

»Ich liebe dich auch, Ma.«

Ross versuchte ein letztes Mal, mit Danny zu sprechen, und als das nicht klappte, rief er seinen neuseeländischen Rechtsanwalt Allan Nicolls an und erzählte ihm von dem Gespräch, das er mit Danny über Testamente und Geld geführt hatte.

»Wir müssen das Testament sehen, das Daniella Lawton gemacht hat, und herausfinden, wann es geschrieben wurde. Wenn es nach dem gemeinsamen Testament mit Ihrem Bruder geschrieben wurde, hat es Vorrang«, erläuterte Allan.

Genau darum machte Ross sich Sorgen. »Wenn es dieses Testament tatsächlich gibt.«

»Sie glauben, Daneka Lawton lügt?«, fragte Allan scharf.

»Sie würde alles tun, um diese Kinder von meiner Familie fernzuhalten«, antwortete Ross grimmig. »Ich finde es seltsam, dass sie nicht längst mit einer Kopie des Testaments angerückt ist. Entweder es existiert nicht, oder sie kann es nicht finden. Haben Sie in letzter Zeit mit ihrem Anwalt gesprochen?«

»Der Anwalt, den sie genannt hatte, vertritt sie nicht mehr. Ich hatte das Gefühl, dass der Grund Geldmangel auf Ms. Lawtons Seite war. Daneka Lawton ist Bürgin für einige Ratenzahlungsverträge, die von Daniella Lawton getätigt wurden.« Ross hörte, wie Papiere hin und her geschoben wurden. »Ein Whirlpool, ein Plasmafernseher, und ein Heimtrainer waren ein paar der Gegenstände. Nach Daniellas Tod wurden einige Dinge zurückgegeben, aber trotzdem gibt es noch eine Menge ausstehende Zahlungen.«

Ross wusste, wer einen Whirlpool, einen Fernseher und einen Heimtrainer gekauft hätte: Pat. »Also steckt sie in finanziellen Schwierigkeiten?«

»Es gibt immer noch beträchtliche Schulden, und da ist noch ihr Drittel der Hypothek.«

»Was ist mit der Lebensversicherung? Wo ist das Geld hingeflossen?«

Allan räusperte sich. »Ich fürchte, Ihr Bruder hat schon vor einer ganzen Weile aufgehört, die Prämien für seine und Daniellas Lebensversicherung zu zahlen.«

Ross biss die Zähne so fest zusammen, dass er das Gefühl hatte, sie würden brechen. Es gab kein Wort, das obszön genug war, um zu beschreiben, was er von seinem Bruder hielt. Kein Wunder, dass das Haus vernachlässigt wirkte!

Wie schaffte es Danny zu überleben? Wenn sie nur mit ihm zusammenarbeiten würde statt gegen ihn!

»Mr. Fabello? Sind sie noch dran?«

»Ja.«

»Es dürfte für eine alleinstehende Frau mit dem Gehalt einer Krankenschwester sehr schwer sein, die monatlichen Raten aufzubringen.« Allan hielt inne. »Beeinträchtigt Ms. Lawton immer noch Ihren Zugang zu den Kindern?«

»Ja.« Ross bereute es fast, den Anwalt angerufen zu haben – er hörte Dinge, die er nicht wissen wollte, und fing fast an, Mitgefühl mit Danny zu haben – und das war gefährlich. Trotz ihrer Schwierigkeiten hielt sie sich wahrscheinlich gerade in ihrem baufälligen Haus auf und plante neue Wege, um Ross auszubremsen. Er konnte sich nicht erlauben, sein Vorgehen von Gefühlen beeinflussen zu lassen.

»Wir könnten unseren Fall vor das Familiengericht bringen«, schlug Allan vor.

»Das kostet Zeit, die ich nicht habe«, meinte Ross. »Was ich brauche, ist ein Druckmittel.«

»Benutzen Sie das Haus«, riet Allan. »Ihnen gehören zwei Drittel davon.«

»Was meinen Sie damit?«

»Daniella Lawton ist vor Ihrem Bruder gestorben. In dem gemeinsamen Testament hat sie ihren Teil des Hauses und die Vormundschaft für die Kinder, Matt und Mia Fabello, deren Vater Patrick Fabello übertragen. Patrick wiederum hat seinen Besitz und die Vormundschaft für die Kinder auf Sie übertragen. Wenn Daneka Lawton kein neues Testament vorzeigen kann, in dem etwas anderes steht, gehört ihr ein Drittel des Hauses und der Rest Ihnen.«

Ross tauchte unangekündigt um vier Uhr am nächsten Nachmittag auf. Es war ein regnerischer, windiger Tag mit unfreundlichem grauen Himmel. Danny war nicht da. Eine große Frau mit wettergegerbter, brauner, faltiger Haut und graumeliertem Haar kämpfte darum, die Tür zu öffnen, nachdem er geklopft hatte. Dann musterte sie Ross scharf von oben bis unten mit ihren braunen Augen, die Ross an Rosinen erinnerten. Sie trug eine sackartige schwarze Trainingshose und ein beigefarbenes Kapuzenshirt mit Roadrunner auf der Brust. Es war offensichtlich, dass sie im selben Laden einkaufte wie Danny. Ihre Füße steckten in gestrickten Pantoffeln mit Bommeln, von denen Ross einfach wusste, dass sie sie selbst gemacht hatte. Er war in Versuchung, sie zu fragen, ob sie Karten legte oder jonglierte.

»Sind Sie der Bruder?«, fragte sie direkt.

Ross schenkte ihr sein bestes Publicity-Lächeln. »Ja. Ich bin Ross Fabello, Patricks Bruder. Sie müssen die Nachbarin sein, die sich um die Kinder kümmert. Danny hat mir von Ihnen erzählt.«

Vielleicht erweckte er ja den Eindruck, er und Danny hätten sich nett über die Nachbarin und die Kinder unterhalten. Vielleicht redete er ja Mist. Sollten sie ihn doch verklagen!

Die buschigen ergrauenden Augenbrauen der Nachbarin sanken nach unten. Danny hatte Ross offensichtlich tatsächlich erwähnt, und was sie erzählt hatte, war nicht erfreulich gewesen. Also war er überrascht, als sie eine trockene schwielige Hand ausstreckte und seine heftig schüttelte. »Deryl Snedden. Ich nehm an, Sie woll'n reinkommen und die Kinder seh'n?«

»Ja, wenn das in Ordnung ist?«

»Wahrscheinlich nicht.« Deryl drehte sich um und schlurf-

te den Flur entlang. »Aber wo Sie schon mal da sind, könn' Sie auch reinkommen.«
Mia und Matt lungerten auf dem Sofa im Wohnzimmer herum. Das Mädchen schaute fern, und der Junge las ein Buch. Wie die Küche war auch das Wohnzimmer mit verschiedensten zusammengewürfelten Möbeln eingerichtet. Es wurde dominiert von zwei großen, weichen, abgewetzten Sofas mit grün-blauem Muster. Weiße Füllung quoll aus mehreren Löchern an den Armlehnen. Zwei von langen cremefarbenen Baumwollvorhängen umrahmte Fenstertüren gaben den Blick auf den Garten frei. Große Pflanzen standen auf beiden Seiten neben einem gemauerten Kamin, der mit goldfarben angemalten Kiefernzapfen gefüllt war. Der helle Teppich war an mehreren Stellen durchgelaufen.
Mia war begeistert, Ross zu sehen. Sie warf sich auf ihn und umarmte ihn. Matt war um einiges schwerer zu durchschauen. Er blieb auf dem Boden vor dem Fernseher sitzen und begrüßte ihn höflich, aber ohne zu lächeln.
Ross setzte sich auf das größere Sofa, in dem sich mehrere große Steine zu verstecken schienen. Damit beabsichtigte Danny wahrscheinlich, unerwünschte Besucher zu vergraulen. »Ist Tante Danny in der Arbeit?«
Mia nickte, schob ihren Po über eine der Beulen im Sofa und setzte sich näher zu Ross.
»Wird nicht vor zehn zu Hause sein.« Deryl verschränkte ihre Arme über dem Roadrunner. »Woll'n Sie 'ne Tasse Tee?«
»Haben Sie auch Kaffee?«
»Nein.«
»Tee wäre toll«, log Ross.
Während Deryl loszog, um den Tee zu machen, betrachtete er die gerahmten Bilder, die überall im Raum verteilt waren. Es beunruhigte ihn, aus manchen von Pats Gesicht ange-

starrt zu werden. Auf einem Foto lächelten er und ein Mädchen mit langen blonden Haaren in die Kamera, die Köpfe aneinandergelehnt. Auf einem anderen saßen Pat, das blonde Mädchen, ein sehr viel jüngerer, molligerer Matt und ein neugeborenes Baby mit rotem Gesicht und schwarzen Haaren auf einem Krankenhausbett und lächelten.
Pats geheimes Leben.
Wut brodelte in Ross wie schlechter Kaffee. Wie hatte Pat seine Familie nur von solch kostbaren Momenten ausschließen können?
Deryl marschierte mit einem Tablett mit zwei dampfenden Tassen darauf wieder in den Raum und stellte es auf dem verkratzten Couchtisch zwischen den Sofas ab. Ross dankte ihr, rümpfte die Nase und nippte. Der Tee verätzte ihm fast die Kehle und trieb ihn in einen Hustenanfall.
Deryl schlug ihm auf den Rücken. »Der hat Rückgrat, hm?«
»Wirst du aufhören zu atmen?«, fragte Matt hoffnungsfroh. »Mein Lehrer hat uns alles über den Heimlich-Griff beigebracht. Ich kann ihn dir zeigen, wenn du willst.«
»Ich werde nicht aufhören zu atmen«, keuchte Ross und schnüffelte unauffällig an dem Tee.
Er stank nach Alkohol.
»Iss 'n guter Schuss Whisky drin«, erklärte Deryl. »Ich peppe ihn immer ein wenig auf, wenn das Wetter so is'.«
Ross schaute aus dem Fenster auf die Bäume, die sich im Sturm vor einem stahlgrauen Himmel bogen. Der Frühling in Auckland entpuppte sich als Herausforderung, mit buchstäblich allen vier Jahreszeiten an einem Tag, aber er fand nicht, dass Deryl das Wetter als Ausrede dafür verwenden konnte, den Tee »aufzupeppen«, und war nicht besonders begeistert von Dannys Wahl des Babysitters.

Deryl schien genau zu wissen, was er dachte. In ihren Augen lag ein bösartiges Funkeln, und ihr Lächeln wirkte hart. Sie kippte sich ihre Tasse Tee hinter die Binde und verließ den Raum, um nach dem Essen zu sehen.

Unter dem Vorwand, sich die Bilder auf dem Kaminsims genauer anschauen zu wollen, stand Ross auf und schüttete seine Tasse in eine der Pflanzen neben dem Kamin.

Mia kletterte vom Sofa und kam zu ihm. Sie zeigte auf eines der Bilder. »Das sind Mummy und Tante Danny, als sie jung waren. Sie waren Zwillinge.«

Ross musterte das Foto von zwei blonden kleinen Mädchen, ungefähr im selben Alter wie Mia, die identische pinkfarbene Kleider anhatten, weiße Kniestrümpfe mit Rüschen und glänzende schwarze Stiefel. Jede trug einen Pferdeschwanz mit einer großen rosafarbenen Schleife. Ross konnte erraten, welche der beiden Danny war. Daniella posierte für die Kamera, hielt ihr Kleid am Saum nach außen und hatte ein breites Lächeln auf den Lippen, ganz das Kindermodel. Danny dagegen war nur widerwillige Teilnehmerin: Ihr Lächeln war höflich, aber gelangweilt, ihre Schleife hing schief, und ihre Strümpfe waren bis zu den Knöcheln verrutscht. Ihre gesamte Haltung drückte aus, dass sie den Sinn der Aktion nicht erkannte. Die Mädchen hatten dieselben hellen Haare und bernsteinfarbenen Augen, und auch wenn Daniella hübscher war, wurden seine Augen doch von Dannys kantigerem Gesicht und kompromisslosen Blick angezogen. Sie war bereit, es mit der Welt aufzunehmen und alle in den Hintern zu treten.

Matt schien von dem Buch, das er las, völlig gefesselt zu sein, aber Ross konnte seine Neugier spüren. Er betrachtete Matts schulterlange schwarze Locken und fragte sich, ob er in der Schule wohl gehänselt wurde, weil er die Haare eines Mädchens hatte.

Ross und Pat hatten in der Schule jede Menge Kämpfe ausgetragen, weil genau das passiert war – bis Vito klargeworden war, was geschah. Und sobald einer der Jungs wieder aus einem Kampf wegen seiner Haare mit einem blauen Auge oder einer blutigen Nase hervorgegangen war, hatte ihr Vater ihn zum örtlichen Friseur mitgenommen und ihm seine glänzenden schwarzen Locken abrasieren lassen.

»Ich werde dir niemals vergeben, Vittorio Fabello!«, hatte Breda geschluchzt, als Ross mit einem Kopf nach Hause kam, der gerade noch von feinem Flaum bedeckt war. »Wie konntest du nur die krönende Pracht meines kleinen Jungen abschneiden lassen?«

»Breda, *mia cara!*«, versuchte Vito sie zu besänftigen. »Für die Mädchen ist es eine krönende Pracht. Für die Jungs ist es nur ein Grund, aus dem andere sie in den Arsch treten. Heute hat unser Ross den Kampf gewonnen, aber morgen«, er hob seine Handflächen, »morgen hat er vielleicht weniger Glück.«

Matt sprach plötzlich. »Tante Danny sagt, du bist Schriftsteller.«

»Das stimmt«, bestätigte Ross vorsichtig.

»Sie hat behauptet, dass du nicht deinen eigenen Namen benutzt.«

Ross nickte, überrascht, dass Danny überhaupt mit den Kindern über ihn geredet hatte.

»Bist du RL Stine?«, wollte Matt wissen.

»Nein.«

Er wirkte enttäuscht. »Bist du KA Applegate?«

»Nein.«

Jetzt wirkte Matt *richtig* enttäuscht.

»Und wofür sind RL Stine und KA Applegate bekannt?«

»Dafür, dass sie gute Bücher schreiben.«

»Noch nie von ihnen gehört.«

Matt war schockiert. »Du hast noch nie von *Es kam von unter der Spüle* gehört?«

»Nein.«

»Rache der Gartenzwerge?«

»Nö.«

»Der Blob, der alle fraß?«

»Nein.« Ross verstand, dass er rapide jegliche Glaubwürdigkeit verlor.

Matt beäugte ihn zweifelnd. »Ich kann dir etwas Gutes leihen, wenn du willst.« Er legte sein Buch zur Seite und stand auf.

»Eines meiner Bücher wurde gerade verfilmt.« Ross fragte sich, warum er eigentlich versuchte, einen Elfjährigen zu beeindrucken.

Matt stoppte im Türrahmen. »Warum sollte jemand das tun wollen?«, meinte er nur und verschwand.

Ross fiel die Kinnlade nach unten.

Als Deryl verkündete, dass das Abendessen der Kinder fertig war, stand Ross mit einem Exemplar von *Es kam von unter der Spüle* in der Hand auf, um zu gehen.

Mia klammerte sich an seiner Hand fest. »Du wirst bald wiederkommen, oder, Onkel Ross?«

»Natürlich – ich muss doch Matts Buch zurückbringen.«

Matt und Mia folgten ihm zur Haustür.

»Bist du gut darin, Sachen zu reparieren?«, erkundigte Matt sich.

Ross vermutete einen weiteren Test. »Nicht schlecht. Warum?«

»Kannst du unser Trampolin reparieren?«

»Ja! Kannst du unser Trampolin reparieren?«, stimmte Mia mit ein. »Tante Danny hat keine Zeit.«

Als könnte sie das verdammte Trampolin reparieren, dachte Ross. Zwei Paar blaue Augen, die genauso aussahen wie

Pats, starrten zu ihm auf, und er fühlte, wie sich in seiner Kehle ein Kloß bildete, als wäre ein Stück Brot dort hängengeblieben.
»Vielleicht.« Ross wollte nicht, dass sie sich zu viele Hoffnungen machten. Das war viel zu einfach gewesen. Gott allein wusste, wie Danny reagieren würde, wenn sie herausfand, dass er zu Besuch gekommen war.
Matt zuckte mit den Achseln. »Wie auch immer«, sagte er und ging.
Ross fühlte sich sogar noch nutzloser als jedes Mal, wenn er sich vor seinen Laptop setzte und in die gähnende Leere der Seite auf dem Bildschirm starrte. Die Haustür war vom Regen aufgequollen. Ross ließ seine Frustration daran aus und riss heftig daran. »Diese verdammte Tür!«
»Das ist ein böses Wort, Onkel Ross«, erklärte Mia ihm missbilligend.
Er zerrte die Tür auf: genau, was er jetzt brauchte – seine Mutter im Kleinformat.
Bevor er ging, zeigte Deryl Ross die Visitenkarte, die er bei Danny gelassen hatte. »Sind das Sie?«
»Ja.«
»Wo wohnen Sie?«
Ross konnte sich nicht entscheiden, ob sie einfach nur neugierig war oder ob sie Hintergedanken hatte. »Ich habe ein Apartment am Viaduct Basin gemietet.«
»Sehr nett.« Deryl rümpfte die Nase. »Ich nehm an, Sie seh'n ein wenig aus wie Ihr Bruder, aber Sie benehm'n sich nicht wie er. Er konnte nie länger als 'n paar Sekunden seine Fresse halten.«
Ross war zu verdutzt, um zu antworten.
Deryl nickte befriedigt. »Ich werd Danny wissen lass'n, dass Sie da war'n«, verkündete sie und schlug ihm die Tür vor der Nase zu.

Ross stapfte zu seinem Explorer. Ihm ging die Geduld mit Daneka Lawton und ihrer Unsichtbare-Tante-Tour aus. Herauszufinden, dass sie die Kinder von einer Säuferin beaufsichtigen ließ, wenn sie in der Arbeit war, war nur der Tropfen, der das Fass zum Überlaufen brachte. Er kletterte in den Wagen und wählte mit dem Handy Allan Nicolls Nummer. Als dieser abhob, erklärte Ross kurz die Situation.

»Kennen Sie einen guten Privatdetektiv?«, fragte er.

»Ja, tatsächlich habe ich verschiedene an der Hand.«

»Gut. Ich will, dass einer von ihnen für die nächsten Wochen Daneka Lawton rund um die Uhr verfolgt. Ich will alles wissen, bis hin zur Farbe ihrer Zahnbürste. Sagen Sie ihm, dass er nichts als unwichtig abtun soll: Ich will *alles* wissen!«

Im Haus erklärte Matt Mia: »Er wird nicht bleiben. Er wird weggehen, wie Dad es immer getan hat.«

»Nein, wird er nicht! Onkel Ross ist anders. Er mag uns.«

»Er mag uns *nicht*. Er will nicht einmal das Trampolin reparieren.«

Mia schrie: »Hör auf! Ich hasse dich! Onkel Ross mag uns wohl! Ich weiß es. Er wird das Trampolin reparieren.«

»Wetten, dass nicht? Wetten, dass er in ein Flugzeug steigt und nach Amerika zurückfliegt?«, erwiderte Matt stur. »Mir ist es sowieso egal. Ich will nicht, dass er zurückkommt.«

»Willst du wohl!« Mias Unterlippe zitterte im Gleichtakt mit ihrer Stimme. »Deswegen hast du ihm eins von deinen Büchern geliehen!«

Wie Ross vorhergesehen hatte, bekam Danny einen Wutanfall, als sie hörte, dass er die Kinder besucht hatte, als sie in der Arbeit war.

Deryl ließ es beiläufig fallen, als Danny über die Straße zum Snedden-Haus ging, um das Geld vorbeizubringen, das sie ihr für eine Woche Babysitten schuldete. Danny war erstaunt, dass es Ross Fabello irgendwie gelungen war, Deryl um den Finger zu wickeln, die eigentlich für ihre niedrige Toleranzschwelle bekannt war. Ross hätte seine Zeit verschwendet, wenn er den Charme aktiviert hätte, den er bei der Brünetten im Supermarkt eingesetzt hatte; man musste sich nur Deryls Ehemann Lloyd ansehen, um zu wissen, dass Deryls Traummann nicht unter den Brad Pitts oder George Clooneys dieser Welt zu finden war.

»Warum hast du ihn reingelassen?«, verlangte Danny zu wissen.

Deryl war damit beschäftigt, ihre geliebten Schweine zu füttern, die beim Anblick des Futtereimers aufgeregt grunzten und quiekten. »Warum sollte ich nicht?«

Danny wedelte mit den Armen. »Weil … weil er versucht, mir die Kinder wegzunehmen, deswegen! Er will sie in die Staaten mitnehmen!«

»Is' gut, mein Liebling Schnauz, mein schönes Mädel!«, flötete Deryl den nassen und zitternden Nasenlöchern zu, die sich durch die Metallstäbe des Schweinegatters pressten. »Hat er das gesagt?«

»Na ja … nicht mit diesen Worten, aber …« Danny trat einen Schritt zur Seite, um nicht von Schnauz gestoßen zu werden, und versank mit einem Fuß in etwas Nassem und Stinkendem. »Ah! Scheiße!«

Deryl warf einen Blick auf das dunkle übelriechende Zeug, das über Dannys dünne Sandalen quoll. »Hab dir schon gesagt, dass du besser Gummistiefel trägst, wenn du herkommst, dummes Mädchen!« Sie wanderte weiter zum nächsten Mitglied ihres schweinischen Fanclubs. Der Geruch war ekelerregend. »Was sollte ein junger Kerl wie er mit zwei kleinen Kindern woll'n?«

Danny war genervt, dass Deryl dasselbe fragte wie Vanessa. Warum war er zu jedem nett außer zu ihr? Lag es nicht in seinem Interesse, sich mit *ihr* gutzustellen?

»Scheint nicht zu sein wie sein Bruder.« Deryl schüttete den Eimer in den Trog. »Betty! Betty! Wie geht's der kleinen Mama?«, rief sie einer riesigen rosafarbenen Sau zu, deren lange Brustwarzen vor Aufregung zitterten. Unzählige kleine Ferkel tobten um ihre Füße und schoben ihre Rüssel neben dem grunzenden Kopf ihrer Mutter in den Trog.

Danny war verwirrt. Wie war ein misstrauischer alter Stockfisch wie Deryl nach nur einem Treffen mit Ross zu einem so verrückten Schluss gekommen? Deryl, die all ihre Liebe und Anerkennung für ihre Schweine reservierte?

Ein riesiges Schwein stemmte seine Vorderfüße auf die Stange des Käfigs, um näher an Deryl und ihren Eimer heranzukommen, und grunzte dabei aufgeregt. Vielleicht war es doch nicht so überraschend, dass Deryl Ross Fabello ihr Gütesiegel verliehen hatte, entschied Danny stinkig; schließlich konnte er auch ein ziemliches Schwein sein.

Deryl wanderte mit zwei leeren Eimern in ihren großen schwieligen Händen zum Haus zurück. »Er war nich' so eingebildet wie Patrick, und er hält nichts davon, am helllichten Tag zu trinken.«

Danny hielt an. »Was?!« *Bitte sag nicht, dass du Ross irgendeiner Art von Initiationszeremonie unterzogen hast!*, dachte sie verzweifelt. Sie eilte ihrer Nachbarin zur Hintertür nach. »Was hast du getan?«

»Ich hab ihm ’ne Tasse Tee gemacht und mit Whisky aufgegossen – wollte seh’n, ob er sich auch schon mitt’n am Tag betrinkt wie sein wertloser Bruder. Er hat’n nicht getrunken – hat’n in eine der Blumen gekippt.« Deryl stellte die Eimer scheppernd auf die unterste der drei Betonstufen, die zur Hintertür führten.

»Oh, Deryl!«, stöhnte Danny. »Sag mir – hat … hat er geglaubt, dass du schon am Nachmittag getrunken hast?«

Deryl zog ihre drahtigen Augenbrauen nach unten. »Wie konnt ich ihm Alk anbieten, ohne so zu tun, als hätt ich selbst welchen?«

Danny starrte verdrießlich auf ihre dreckigen Sandalen. Der Schweinemist schien im Gegensatz zu dieser neuesten Entwicklung fast wie ein Segen. Ross würde ihr niemals glauben, dass Deryl Abstinenzlerin war, dabei hatte in Patricks Vorliebe für alkoholische Getränke einer der Gründe gelegen, warum Deryl ihn so abgelehnt hatte. Danny würde nur ihre Zeit verschwenden, wenn sie versuchte, Deryl zu erklären, wie das von Ross’ Warte ausgesehen haben musste. Deryl war Dannys Rettungsanker – ohne ihre Nachbarin konnte sie nicht arbeiten gehen.

Danny erzählte Vanessa die ganze grauenhafte Geschichte, als sie sich ein paar Tage später auf einen Kaffee im Einkaufszentrum trafen. Inzwischen hatte Vanessa sich damit abgefunden, Dannys Klagen über Ross Fabello zu lauschen. Sie saß ihr gegenüber, aß einen Kokos-Zitronen-Muffin und nippte an einem Cappuccino, während sie ihre Freundin dabei beobachtete, wie sie ihren Schokoladenmuffin mit einer Gabel attackierte und den Tee kalt werden ließ. Keiner von beiden bemerkte den Mann in Jeans und einem khakifarbenen Sweatshirt, der am nächsten Tisch saß und vorgab, in eine Zeitung vertieft zu sein. Und genau das war auch seine Absicht.

»Ich weiß nicht, warum Leute ihn mit George Clooney verwechseln.« Danny köpfte den Muffin mit einem grausamen Gabelschwung. »Er sieht mehr aus wie Darth Vader.«

»Ich hatte immer eine Schwäche für Darth Vader«, gestand Vanessa. »All meine Freundinnen standen auf Han Solo oder Luke Skywalker, aber ich mochte Darth.«

Danny schnappte sich das Messer von Vanessas Teller. »Ich wette, er hat die Art von Brustbehaarung, die über die Schultern auf den Rücken wandert.«

»Wer – Darth Vader?«

»Wie kann er es wagen, in mein Haus einzudringen?!«

»Wer – Darth Vader?«

»Van, das hier ist ernst!«

Vanessa war es langsam leid, Geschichten über Ross Fabello zu hören. »Ich gebe zu, dass es ziemlich dumm von Deryl war, so eine Aktion abzuziehen, aber Danny – wir reden hier von *Deryl!*«

»Sie ist Abstinenzlerin! Sie wollte nur herausfinden, ob Ross genauso gern trinkt, wie Patrick es getan hat.«

»Und, tut er es?«

»Nein. Er hat seinen Tee in eine der Topfpflanzen gegossen.« Danny kaute auf ihrer Unterlippe. »Weißt du, was mir am meisten Sorgen macht?«

»Was?«

»Die Auswirkungen, die das alles auf Matt und Mia hat. Deryl hat gehört, wie sie sich über Ross unterhalten haben, nachdem er weg war.« Sie wiederholte, was ihre Nachbarin erzählt hatte.

»Oh!« Vanessa seufzte. »Das ist so traurig!« Ihr Ausdruck wurde wild. »Weißt du, was du meiner Meinung nach tun solltest?«

Danny schaute sie hoffungsvoll an. »Ihn ausradieren und an Deryls Schweine verfüttern? Das wäre wie Recycling.«

»Ausradieren? Was liest du gerade? *Der Pate?*«, fragte Vanessa. »Nein. Versteck die Pässe der Kinder! Wenn Ross ihre Pässe nicht hat, kann er sie auch nicht außer Landes bringen.«

In Dannys Bauch bildete sich ein Knoten von Sorge. »Glaubst du wirklich …«

»Warum es riskieren?«

»Ich weiß nicht einmal, wo die Pässe der Kinder sind – oder auch meiner. Nella hat sie irgendwo sicher weggeräumt.«

Vanessa seufzte. »Super! Mit ein bisschen Glück sind sie am selben Platz wie ihr Testament.« Daniellas Versuche, etwas sicher wegzuräumen, waren von wechselhaftem Erfolg gekrönt gewesen. »Finde sie und gib sie mir!« Sie schaute auf die Uhr. »Wir gehen jetzt besser, sonst kommst du zu spät zu deiner Schicht, und ich verpasse meine Enthaarung – obwohl Gott allein weiß, warum ich mir die Mühe mache. Ich bin die einzige Person, die die Haare jemals sieht.« Sie griff unter dem Tisch nach ihrer Tasche.

Danny hielt sie auf. »Das ist meine.«

Sie besaßen beide die gleiche Tasche, die sie in ihrem letzten Auslandsurlaub in Hongkong gekauft hatten – damals, als Danny noch frei und ungebunden gewesen war und Geld besessen hatte. Vanessas Tasche war um den Reißverschluss herum zerrissen, weil sie immer mit einem Notfallvorrat von so gut wie allem herumrannte – Insektenspray, Sicherheitsnadeln, Nähset. Egal, was einem einfiel: Vanessa hatte es dabei. Sie tauschten die Taschen und schlenderten auf die Aufzüge in der Mitte des Einkaufszentrums zu.

Hinter ihnen faltete der Mann die Zeitung zusammen, stand auf und folgte ihnen in diskretem Abstand, während er sich im Geist Notizen machte: *Darth Vader, Pässe, Testament, Mord, Schweine.*

Er war der Meinung, dass er die Brusthaargeschichte besser nicht erwähnte.

Kapitel 7

Es war Lloyd Snedden, der unwissentlich Ross in ihr Leben ließ. Es ging um halb acht Uhr morgens los, als ein Fremder Ross aus einem tiefen traumlosen Schlaf weckte und ins Telefon schrie, dass er kommen und auf die Kinderchen aufpassen müsste, weil seine Alte platt wäre – was auch immer das heißen sollte.

Ross lag auf dem Rücken in einem Knäuel aus Bettzeug, öffnete ein Auge und versuchte, aus der gesamten langwierigen Geschichte schlau zu werden. Er kämpfte mit einem höllischen Kater, weil er gestern mit Jeff durch verschiedene Bars am Viaduct Basin gezogen war. Sein Mund war wie mit Pelz gefüllt, sein Magen hob sich, und Ross erinnerte sich wieder genau, warum er diese Saufgelage nach dem College aufgegeben hatte.

»Okay«, krächzte er, »ich bin in einer halben Stunde da.«

Eine zehnminütige Dusche belebte ihn genug, dass er in seine Kleidung stolpern konnte. Seine Augen waren blutunterlaufen, und mit seinem Bart sah er aus wie ein Grizzlybär. Ross schob sich halbherzig den Elektrorasierer über das Kinn und schlurfte dann nach unten zu seinem Auto. Das Licht der Morgensonne fühlte sich an, als würde jemand Bambusstäbe in seine Augen treiben.

Mia war entzückt, ihn zu sehen. Ihre durchdringenden Schreie verwandelten die Bambusstäbe in Ross' Kopf in ganze Baumstämme. Matt schaute ihn an und verkündete: »So hat Dad normalerweise morgens ausgesehen.«

Lloyd Snedden war ein gebeugter, wettergegerbter Mann mit krummen Beinen, der seine fahlen blauen Augen nach Jahren an der frischen Luft ständig zusammenkniff. Seine ausgewaschenen Hosen wurden von einem Gürtel unter seinem Bauch festgehalten und schlabberten um seine Beine wie Fahnen im Wind. Er hatte Deryl bereits nach Hause ins Bett geschickt, aber er schien unsicher zu sein, ob er die Kinder wirklich unter Ross' Aufsicht lassen sollte. »Sie sind sicher, dass Sie nich' auch platt sind?«

»Ja«, antwortete Ross, »ich habe gestern Abend lange gearbeitet, das ist alles.«

Nachdem er sich nur zu gut daran erinnerte, wie Deryl seinen Tee gepanscht hatte, fragte er sich, ob ihre plötzliche Krankheit vom Alkohol ausgelöst worden war, aber er war kaum in der Position, seine Vermutungen gegenüber ihrem Ehemann zu äußern, der offensichtlich den Grund für Ross' angeschlagene Erscheinung erraten hatte.

»Nette Arbeit, wenn man sie kriegt«, bemerkte Lloyd trocken. »Ich nehm an, dann schaff'n Sie's schon.«

Nachdem Lloyd gegangen war, erinnerte Ross sich daran, dass er noch nicht mit Danny über ihre Wahl des Babysitters gesprochen hatte. Er nahm ihr nicht ab, dass Deryl Snedden Abstinenzlerin war – was ihm der Privatdetektiv erzählt hatte.

Ross wanderte in die Küche, um den schwärzestmöglichen Kaffee zu kochen. Mia und Matt folgten ihm und saßen wartend am Tisch, während er die Schränke nach Kaffee durchsuchte.

»Hat eure Tante irgendetwas zu trinken außer Tee?«, fragte Ross verzweifelt.

»Wir haben Milo«, gab Mia zurück.

»Milo? Was ist Milo? Ist das so etwas Ähnliches wie Kaffee?«

»Nein«, entgegnete Matt.

Ross konnte fühlen, wie sein linkes Auge anfing zu zucken.

»Wir hatten mal welchen, als Dad noch hier war«, fuhr Matt fort. »Aber jetzt, wo Dad tot ist, kauft Tante Danny keinen Kaffee mehr. Sie sagt, er sei zu teuer, und außerdem mag sie ihn nicht.«

Ross' rechtes Auge stimmte mit in das Zucken ein. Er *brauchte* eine Tasse Kaffee.

»Wollt ihr zu Starbucks?«

Es war wahrscheinlich nicht das Klügste, die Kinder morgens um neun dreifachen Schokoladenkuchen essen zu lassen, aber Ross war es egal. Er nahm den ersten Schluck starken schwarzen Kaffee und lehnte sich zurück, um die Zeitung zu lesen.

Schlechte Idee.

Matt und Mia wurde ungefähr zwei Minuten, nachdem der Kuchen vertilgt war, langweilig, und sie fingen an zu streiten. Ross versuchte, sich hinter seiner Zeitung zu verstecken und sie zu ignorieren.

»Onkel Ross?«, sprach Matt ihn an.

Ross brummte.

»Onkel Ross, ich glaube, Mia muss mal.«

»Muss ich nicht!«

»Doch, musst du! Du zappelst wie immer, wenn du kurz davor bist, dir in die Hose zu machen …«

Der Teil mit der vollen Hose rüttelte ihn auf. Mia hatte ihre Beine zusammengekniffen und die Hände dazwischen vergraben. Als sie seinen entsetzten Gesichtsausdruck sah, fing sie an zu weinen und machte sich wirklich in die Hose.

»Oh nein …« stöhnte Ross, und sie weinte lauter.

Er führte Mia in die Toilette, wo sie sich zu dritt darum

bemühten, sie so gut wie möglich sauber zu machen. Aber es gab keine andere Möglichkeit, als nach Hause zu fahren und ihr etwas anderes anzuziehen.
Und dort entdeckte Ross den Schnürsenkel, der vom Wassertank der Toilette hing. »Ihr benutzt einen Schnürsenkel, um die Toilette zu spülen?«
Matt nickte. »Tante Danny hat es repariert. Ziemlich clever, oder?«
Ross starrte auf den Schnürsenkel. Das war ein verdammtes Irrenhaus hier!
»Wir können uns keinen neuen Spülkasten leisten!« Mia tanzte den Flur in einem sauberen rosafarbenen Kleid auf und ab, das sich regelmäßig hob und ihren nackten Po freilegte. »Ich kenne alle ABBA-Lieder und habe zu ein paar davon Tänze erfunden.«
»Vielleicht kannst du sie mir später zeigen – im Moment solltest du lieber Unterwäsche anziehen.«
»Oh ja! Hab ich vergessen!« Sie sprang davon, und ihr nackter Po blitzte bei jedem Hüpfer unter dem flatternden Kleid hervor.
Ross richtete seine Aufmerksamkeit wieder auf die Toilette. Er hasste es, Dinge so baufällig zu sehen. Er schaute Matt an. »Habt ihr Werkzeug?«
Als der Junge ihm Pats teuren Werkzeugkasten zeigte, lächelte Ross müde. Das war so typisch für seinen Bruder! Er besaß das teuerste und in manchen Fällen auch ausgefallenste Werkzeug, das man für Geld bekommen konnte, und dann war es unter einer Schicht Staub begraben – Staub, nicht Öl oder Schmutz. Ross brauchte nicht lange, um herauszufinden, dass die gesamte Toilette ausgetauscht werden musste.
Er rief Jeff an. »Gibt es eine Möglichkeit, dass du mir einen Klempner findest, der ein paar Stunden arbeiten kann?«

»Du verarschst mich! An einem Samstag? Kurzfristig?«
»Ich zahle ihm das Doppelte.«

♥

Jeff fand einen Klempner – den Bruder von einem der Männer an der Krankenhausbaustelle. Er war ein riesiger Maori namens Joe.
»Kauf du den neuen Lokus, Kumpel, und ich fang an, den alten auszubauen«, wies er Ross an, nachdem er die Installation und den Zustand der Toilette überprüft hatte. »Diese Installation ist auch ziemlich alt, Bruder.«
Ross nickte. »Was ist ein Lokus?« Bei den einzigen Loci, die er kannte, handelte es sich um lateinische Ortsangaben.
»Ein Örtchen – ein Klo – eine Toilette.«
Ross war sich nicht sicher, ob er Joe in Dannys Haus allein lassen sollte. Er konnte sich lebhaft vorstellen, was sie tun würde, wenn sie unerwartet nach Hause kam und feststellte, dass ein Fremder gerade ihre Toilette herausriss. Er war gerade dabei, mit den Kindern aus dem Haus zu gehen, als Matt vorschlug, dass Mia vorher noch einmal aufs Klo gehen sollte.
Sie bestand darauf, dass sie nicht musste. Ross bestand darauf, dass sie doch musste. Mia verschwand widerwillig, während Ross, Matt und Joe im Flur warteten. Joe erwähnte, dass er vier Kinder hatte und schon seit sechs Monaten wegen einer Rückenverletzung nicht arbeiten konnte. Ross las zwischen den Zeilen und nahm an, dass das Geld knapp war.
»Nichts gekommen!«, schrie Mia.
»Bleib länger sitzen!«, rief Ross zurück.
Schweigen.
»Nichts!«

»LÄNGER!«
Schließlich wurden sie mit dem Pinkelgeräusch belohnt, aber Ross' Erleichterung war nur von kurzer Dauer.
»Das heißt gar nichts«, erklärte Matt. »Sie macht sich oft in die Hosen, zehn Minuten nachdem sie auf dem Topf war.«
Ross sah auf die Uhr. Es war erst elf. Er hatte noch Stunden der Folter vor sich.
Sie fuhren zu dem Badezimmerausstatter, den Joe ihnen empfohlen hatte, und Mia setzte sich auf jede Toilette.
»Du weißt, dass du sie nicht wirklich benutzen kannst, oder, Mia?«
Sie rollte die Augen. »Ich bin nicht dumm, Onkel Ross! Können wir die rosafarbene haben?«
Dann machten sie noch einen Ausflug auf die Toilette des Ladens, nachdem Mia es geschafft hatte, in eins der Ausstellungsstücke zu fallen, aus dem Ross sie herausfischen musste.
»Du setzt dich jetzt nicht mehr auf die verdammten Toiletten! Okay?«
Ihre Augen füllten sich mit Tränen. »Ja, Onkel Ross.«
Matt setzte seine missbilligende Miene auf.
Ross war durchaus nicht über Bestechung erhaben. »Wie wäre es mit einem Eis?«
»Ein Eis?« Die Tränen trockneten auf wundersame Weise. »Du meinst ein Eis am Stiel?«
»Wenn du willst.« Er nahm Mias Hand. »Hast du je über eine Schauspielerkarriere nachgedacht?«
Sie trottete neben ihm her. »Tante Danny sagt, ich gehöre nach Hollywood.«
Auf dem Weg zurück zu Dannys Haus beobachtete Ross die Kinder im Rückspiegel. Matt hatte seinen iPod aufgesetzt und schwebte in einer anderen Welt. Ross fand,

dass er für einen elfjährigen Jungen erstaunlich reif war, ganz anders als Mia, die immer noch ein kleines Mädchen war. Ross hatte kein Interesse an Musik gehabt, bis er dreizehn wurde, und dann auch nur, weil es etwas war, worüber er mit den Mädchen reden konnte, die er plötzlich viel mehr bemerkte.

»Was hörst du da?«, wollte er wissen.

Matt nahm widerwillig die Kopfhörer ab. »Nickelback. Du kennst sie wahrscheinlich nicht.«

»Ich kenne Nickelback«, widersprach Ross. »Wen magst du noch?«

»Coldplay, Gorillaz, Nellie Furtado … jede Menge Zeug.«

»Magst du die Red Hot Chili Peppers?«

Matt war schockiert. »Du kennst sie?«

»Beruhig dich, wir wollen doch nicht, dass dein Schock den iPod kaputt macht!«

»Die Chili Peppers sind cool! Ich hätte gern *Stadium Arcadium*.«

Und damit war Matt in eine komplexe Diskussion über seine Lieblingsbands eingestiegen, von denen Ross die meisten nicht kannte, auch wenn er es nicht zugab. Aber er musste auch nur nicken und ab und zu »Hmm, ja« sagen, um seinen Teil zu dem Gespräch beizutragen. Als Matt schließlich fertig war, erzählte Ross ihm, dass er das Buch ausgelesen hatte, das der Junge ihm geliehen hatte.

»Du hast es gelesen?« Matt blinzelte überrascht. »Wirklich?«

»Ja, wirklich.«

Er guckte skeptisch. »Und was denkst du?«

Das führte zu einer Diskussion über *Es kam von unter der Spüle*, das Ross tatsächlich gern gelesen hatte.

Mia beobachtete die Landschaft und summte vor sich hin.

»Ich finde immer noch, wir hätten die rosafarbene nehmen sollen.«
Ross und Matt tauschten über den Spiegel verwunderte Blicke aus.
»Du meinst die rosafarbene Toilette?«, hakte Ross nach.
Sie nickte.
Matt zog eine Grimasse. »Bäh. Eklig!«
»*Nicht* eklig!«, schrie Mia. »*Du* bist eklig!«
»Und du bist nur ein dummes Mädchen!«
»Bin ich *nicht!*«
»Doch, bist du, du bist …«
»RUHE JETZT!«, brüllte Ross. »Bekommt ihr zwei Taschengeld?«
Sie nickten vorsichtig.
»Habt ihr jemals etwas von Leistungsbewertungen gehört?«
Mia schaute Matt an und ernannte ihn damit klar erkenntlich zum Sprecher.
»Nein«, antwortete er. »Was ist eine Leistungsbewertung?«
»Das heißt, dass die Person, die eure Gehälter bezahlt – oder das Taschengeld –, regelmäßig wieder entscheidet, ob ihr verdient habt, was ihr bekommt. Oder die Person kann auch beschließen, dass ihr eine Erhöhung verdient habt.« Ross schwieg kurz, damit diese Information sich setzen konnte. »Hiermit kündige ich eine Leistungsbewertung an.«
»Was heißt das?«, fragte Mia.
»Wir kriegen vielleicht unser Taschengeld nicht«, erklärte Matt ihr.
»Aber Tante Danny gibt uns unser Taschengeld!« Mia war offensichtlich, wenn es um Geld ging, nicht so blond, wie sie aussah.

»Es gibt eine Verschiebung in der Finanzpolitik«, erläuterte Ross. »Von nun an zahle ich es.«
Die Kinder wechselten besorgte Blicke. »Und wann genau kommt die Leistungsbewertung?«, erkundigte Matt sich.
Ross lächelte. »Also, das ist das Schönste – das verrate ich nämlich nicht.«

Als sie zurückkamen, las Joe die Zeitung und rauchte eine Zigarette. »Ich habe mir den Rest der Installation mal angeschaut, während ihr weg wart. Kumpel, hier muss 'ne Menge passieren!«
»So schlimm?«, fragte Ross.
Joe schnaubte. »Kann man so sagen!«
Während er sich daranmachte, die alte Toilette gegen die neue auszutauschen, schaute Ross sich das Haus von außen an. Er hatte sich im College zusätzlich Geld auf Baustellen verdient und wusste genug, um zu sehen, dass Joe die Wahrheit sprach.
Früher einmal war das alte Haus schön gewesen, aber es war nach und nach verfallen. Joe hatte recht, was die Installationen betraf, und die hölzernen Fensterrahmen faulten an vielen Stellen. Eine nähere Untersuchung erklärte auch, warum große Teile der hölzernen Veranda abgesperrt waren: Sie war ebenfalls verfault. Das Haus mit seiner fantastischen Sicht über den Pazifik wäre eine Menge Geld wert, aber nur, wenn seine ursprüngliche Schönheit wiederhergestellt wurde. Danny mochte ja wenig Geld haben, aber sie besaß durchaus Vermögenswerte.
Ross hobelte gerade die Vordertür ab, als Lloyd erschien, um nach den Kindern zu sehen, und dabei erwähnte, dass

er einen Schweißbrenner besaß. Er beäugte Ross spekulativ. »Hatt vor, für die Kindchen das Bein vom Trampolin zu schweiß'n.«

Matt saß auf der Stufe zum Eingang, und Ross konnte seine plötzliche Aufmerksamkeit förmlich spüren. »Wenn Sie mir das Gerät leihen, mache ich es.«

Die Kinder gesellten sich im Garten zu ihm, um zu beobachten, wie er ihr Trampolin reparierte.

Matt beobachtete zweifelnd, wie Ross eine Schutzbrille aufzog. »Bist du dir sicher, dass du weißt, was du tust?« Sein Dad war berühmt dafür gewesen, Dinge anzufangen und die Sache dann entweder nie zu Ende zu führen oder in den Sand zu setzen.

»Ich glaube, ich schaffe es.« Ross zeigte auf die Veranda. »Geht und setzt euch dorthin, damit ihr mir nicht im Weg herumschwirrt!« Sobald die Kinder getan hatten, worum er sie gebeten hatte, feuerte er den Schweißbrenner an und machte sich an die Arbeit.

»Können wir jetzt darauf spielen?«, fragte Matt, sobald Ross fertig war.

»Noch nicht.«

Mia schmollte. »Ich habe Hunger.«

Er seufzte. Keine Ruhe den Gottlosen.

Sie wanderten in die Küche. Ross bereitete den Kindern Schoko-Bananen-Milchshakes und fütterte sie widerwillig mit ein paar Sandwiches mit schwarzem Schleim darauf, nachdem sie darauf bestanden hatten, dass sie das wollten. Während die Kinder aßen, durchsuchte er die Küchenschränke. Der Inhalt war wenig inspirierend. Danny schien jede Menge Haferflocken zu kaufen.

»Was kocht Tante Danny gern?«, erkundigte Ross sich.

Matt und Mia hörten auf zu kauen und starrten ihn ausdruckslos an.

»Was ist Tante Dannys Lieblingsrezept?«
Sie runzelten die Stirn.
»Kocht sie gern Nudeln? Oder Fisch?«, drängelte Ross. »Oder vegetarisch?«
Mia ergriff das Wort. »Tante Danny sagt, in der Küche stehen ist wie in einem Labor arbeiten.«
»Ein *Labor?*«
Matt nickte. »Manchmal gehen ihre Experimente schief.«
»Und was passiert dann?«
»Dann essen wir Haferbrei.« Mia leckte sich einen Milchbart von der Oberlippe. »Tante Danny macht wirklich leckeren Haferbrei.«
Danny konnte nicht kochen.
Es gab ein kleines Problem, als Mia fragte, ob sie auf die Toilette könnte, bevor Joe mit dem Einbau der neuen fertig war. Ross beobachtete gerade Joe dabei, wie er die Schrauben in den Fuß der Schüssel schraubte, als Mia im Türrahmen erschien. Sie hüpfte von einem Fuß auf den anderen. »Onkel Ross! Ich muss mal!«
Matt tauchte hinter ihr auf. »Ich muss auch mal.«
Was war nur mit diesen Kindern los? Waren sie in einem anderen Leben Kamele gewesen?
»Geht nach draußen und sucht euch einen Baum.«
Mia hörte auf zu hüpfen. »Ich glaube nicht, dass Tante Danny will, dass wir draußen hinmachen.«
Ross bemerkte, dass die Ablenkung anscheinend ihr dringendes Bedürfnis ein wenig zurückdrängte. »Tante Danny wird es nichts ausmachen, wenn sie die schöne Überraschung sieht, die wir für sie haben.«
»Bist du sicher?«
»Ich bin sicher.«
»Hey, Mia!« Matt ging nach draußen. »Lass uns in unsere Bäume klettern und pinkeln!«

Ross war überzeugt, dass Tante Danny etwas dagegen haben würde. Er wollte auf jeden Fall weder eins der Hühner noch eins der Schafe unter dem Baum sein.

Nachdem die neue Toilette eingebaut war und Ross kontrolliert hatte, ob das Trampolin jetzt für die Kinder sicher war, entschied er sich für einen kleinen Ritt im Sonnenschein.

»B ist kein nettes Pferd«, warnte Matt.

»Was stimmt nicht mit ihr?«

»Sie versucht, Tante Danny zu beißen.«

Ross entschied, dass er das Pferd mochte. »Was noch?«

»Sie buckelt manchmal, wenn sie nicht will, dass Tante Danny sie reitet.«

Ross entschied, dass er das Pferd liebte. »Wirft sie Tante Danny ab?«

»Manchmal«, antwortete Matt. »Tante Danny sagt, sie ist ein starkes altes Biest.«

Es gelang ihm, keine Miene zu verziehen. »Mich wird sie nicht abwerfen – ich bin zu schwer.«

B warf ihn ab. Glücklicherweise passierte es am Fuß des Hügels, ein gutes Stück vom Haus entfernt und außer Sichtweite. Es kostete Ross mehrere Minuten, um sie wieder einzufangen und erneut aufzusteigen, und als er schließlich den Hügel wieder hochritt, war er dreckig, verschwitzt und fluchte wie ein Droschkenkutscher.

Danny bemühte sich, an Wochenenden nicht zu arbeiten, so dass sie bei den Kindern zu Hause sein konnte. Das schmälerte ihr Gehalt, weil die bestbezahlten Schichten am Wochenende waren, aber am Samstag nach Deryls Teeparty hatte sie Dienst. Als Danny zu Hause ankam, stand Ross' Wagen in der Einfahrt. Sie rannte zum Haus. Als Erstes fiel ihr auf, dass sie nicht die Schulter gegen die Tür rammen musste, um sie zu öffnen – sie glitt schon beim ersten leisen Druck nach innen. Das Haus war unheimlich still. Sie eilte in die Küche und dann auf die Veranda, die das Haus auf drei Seiten umgab.

Matt und Mia sprangen auf dem Trampolin herum, das gerade auf allen vier Beinen stand. Sie winkten, als sie Danny sahen, und Mia schrie: »Schau, Tante Danny! Das Trampolin ist ganz!«

Danny nickte abwesend und durchsuchte die Bäume und Weiden hinter dem Garten nach einem dunklen lockigen Kopf. »Das ist toll. Wer hat es repariert?«

Matt ging in die Knie und flog noch höher in die Luft, was Mia gefährlich nah an den Rand der Segeltuchmatte warf. Danny öffnete den Mund, um ihn auszuschimpfen.

»Matt!«, schrie Ross. »Ich habe dir gesagt, dass du das nicht machen sollst, wenn Mia bei dir ist!«

Danny beobachtete, wie er auf B, ihrer alten Stute, den Hügel der hinteren Weide heraufkam. Sie hätte schwören können, dass ein Lächeln das Maul des mürrischen Pferdes umspielte.

Ross stoppte das Pferd am Zaun und beobachtete, wie Danny über das Gras auf ihn zukam. Er bemühte sich, sie nicht anzustarren. Sie trug einen kurzen, koketten blauen Rock. Er passte zu ihrer hellblauen Bauernbluse und den flachen Schuhen an ihren Füßen. Sie hatte Beine – hübsche Beine mit schmalen Fesseln. Ross suchte, aber er konnte keine Tätowierung sehen.

Danny hielt am Zaun an. »Was glotzt du so?«

»Ich suche nach den gespaltenen Hufen.«

»Sehr witzig! Was tust du hier?«

B lehnte sich nach vorn und startete einen halbherzigen

Versuch, ein Stück aus Dannys Schulter zu beißen. Ross zog den Kopf der Stute zurück. B legte die Ohren an und riss ihren Kopf nach oben.

»Ich sollte dich hochkant rausschmeißen!«, bemerkte Danny. Es war eine leere Drohung, genauso wie Bs Versuch, sie zu beißen. Sie wischte sich grünlichweißen Schaum von ihrem nackten Arm und wiederholte ihre Frage: »Was tust du hier?«

Ross starrte in ihr Gesicht. »Deine Prellungen sind weg.«

Sie beugte sich vor und wischte ihre Finger am Gras ab. »Und, Dummkopf? Was hast du erwartet?«

Nicht das, was er jetzt sah. Sie war immer noch keine Schönheitskönigin, dafür war ihr Gesicht zu kantig, ihre bernsteinfarbenen Augen zu herausfordernd, ihre Kinnpartie zu entschlossen. Aber nahm man alles zusammen, war das Ergebnis – Ross suchte nach dem richtigen Wort – fesselnd. Das schöne Wetter der letzten Zeit hatte helle Strähnen in ihr hellbraunes Haar gezaubert. Die Enden ihrer Haare und ihr Pony waren heute rosa statt blau. Ross nahm an, dass es einfach zu viel verlangt war, dass Dannys Haare auch noch zu ihrer Kleidung passten. Die Bluse, die sie trug, hatte einen relativ tiefen Ausschnitt und kaum Ärmel. Sie schmiegte sich an ihren winzigen Busen und legte die zerbrechlich wirkenden Dellen über ihren Schlüsselbeinen frei.

»Hat dir jemals jemand gesagt, dass es unhöflich ist, jemanden anzustarren?«, provozierte Danny ihn.

»Kannst du dich umdrehen?«, fragte Ross zurück.

Sie beäugte ihn misstrauisch. »Warum?«

»Ich will sehen, ob du einen Schwanz hast.«

»Ha! Als wäre ich hier diejenige, die wahrscheinlich so etwas hat!«

Ross dachte an den Bericht des Privatdetektivs, den Allan

Nicholls angeheuert hatte. Allan hatte sich Sorgen um Dannys Pläne gemacht, Ross auszuradieren und an Deryls Schweine zu verfüttern. Ross war mühsam ernst geblieben, während er Allan beruhigt hatte, aber hinterher hatte er den Bericht in sein Apartment mitgenommen, sich ein Glas Merlot eingeschenkt, das Ganze noch einmal durchgelesen und gelacht. Der einzige Teil des Berichts, der ihm keine Freude bereitet hatte, war der, in dem stand, was Danny Vanessa über die Unterhaltung zwischen Matt und Mia erzählt hatte.

Während Ross den Bericht las, hatte sich in seinem Kopf eine Idee für eine Romanhandlung gebildet. Er schnappte sich einen Stift und einen Block und brachte seine Gedanken so schnell zu Papier, wie er nur schreiben konnte. Nach Monaten und Monaten der Dürre stand sein Geist in Flammen; seine Hand kam kaum hinterher.

»Warum trägst du nicht deine Uniform?«, wollte er wissen.

»Ich habe nach der Arbeit noch etwas eingekauft.« Sie stemmte ihre Hände in die Hüften. »Beantworte meine Frage: Was tust du hier, Fabello?«

Der Nachmittag war heiß geworden. Die Sonne strahlte von einem wolkenlosen blauen Himmel, und jenseits der grünen Weiden glitzerte der Pazifik im Sonnenlicht. Ross' Haare klebten in kleinen Locken an seinen Schläfen, und sein rotes Hemd haftete an seiner Brust. Seine olivfarbenen Haut war dunkler geworden, seitdem Danny ihn das letzte Mal gesehen hatte, was seine Zähne noch weißer erscheinen ließen. Sie nahm an, dass so etwas passierte, wenn man nichts anderes zu tun hatte, als sich in seinem Penthouse zu sonnen und andere Leute zu Tode zu nerven.

Im Gegensatz zu ihm fühlte Danny sich bleich und unattraktiv. Sie beobachtete, wie Ross einen Arm hob, um sich den Schweiß von der Stirn zu wischen. Sein Hemd hob sich über den Bund seiner Jeans und gab die untere Hälfte eines Sixpacks frei, das von einer dünnen Linie schwarzer Haare geteilt wurde. Danny fühlte sich betrogen. Ross war nicht mit dichtem Pelz bedeckt, wie sie gehofft hatte. Sie fühlte sich sogar noch mehr betrogen, als er seinen Arm senkte und sein Hemd die Aussicht wieder verdeckte.

»Rate doch mal, warum ich hier bin!« Er war offensichtlich in der Laune, ihr gehörig auf den Senkel zu gehen.

»Um mir die Nachricht zu überbringen, dass dein Mutterschiff zurückgekommen ist und sie dich nach Hause holen, um deine Rektalsonde zu entfernen? Beantworte einfach meine verdammte Frage!«

B trat von einem Huf auf den anderen, um eine lästige Fliege loszuwerden. Ross stützte seine Arme auf ihren Widerrist und lächelte spöttisch. »Um das Trampolin zu reparieren. Um dein Pferd zu reiten.«

»Nerv mich nicht, Fabello! Wer hat dich hereingelassen und …« Danny runzelte die Stirn. »Wo ist Deryl?« Sie drehte sich einmal im Kreis, um nach ihrer Nachbarin zu suchen, und ihr kurzer blauer Rock bauschte sich.

Ross genoss die Aussicht. »Ich habe sie umgebracht und unter dem Hühnerstall vergraben.«

»Wo ist Deryl?«

Er seufzte und kletterte von B. Unter dem kurzen Rock und dem engen Oberteil existierte immer noch die böse Hexe. »Sie ist krank. Lloyd hat mich angerufen, damit ich auf die Kinder aufpasse.«

»Lloyd?! Hat dich angerufen?!« Danny war entsetzt. »Aber … aber heute Morgen ging es ihr gut!«

Ross löste den Sattelgurt und hob den Sattel von Bs Rücken. Sie schüttelte sich genussvoll. »Warst du an dem

Tag nicht in der Schwesternschule, als erklärt wurde, dass Leute auch ohne Vorwarnung krank werden können?« Er lehnte den Sattel gegen einen Zaunpfahl. »Ich habe Hilfe angeboten.«
»Die einzige Person, der du helfen willst, bist du selbst, Fabello.«
Er stemmte seine Hände auf den glänzenden Rücken des Pferdes. Danny fragte sich, warum B nicht den Kopf herumriss und versuchte, ihm den Arm abzubeißen. Und wieso hatte Ross plötzlich geschwungene lange Augenbrauen? Sie waren nicht so lang wie die von Patrick oder Matt, aber das war auch nicht der Punkt – das war einfach nicht die Stelle, an der er übermäßig Haare haben sollte.
»Deryl ist krank geworden. Lloyd hat mich ungefähr um halb acht heute Morgen angerufen, um mir zu sagen, dass er sie zum Arzt bringen muss und dich nicht in der Arbeit anrufen wollte, weil es so schwer für dich ist, nach Hause zu kommen, wenn du die verantwortliche Krankenschwester bist.«
Danny trat einen Schritt zurück, um Abstand zwischen sich, das wölfische Grinsen und diese bösen schwarzen Augen zu bringen. »Lloyd hätte mich anrufen sollen.«
»Ein Danke ist nicht nötig.«
»Treib's nicht zu weit, Fabello!« Sie beobachtete, wie er B das Zaumzeug abnahm. Seine Unterarme waren muskulös, seine Finger lang. Seine Hände hatten nichts Sanftes oder Künstlerisches; sie sahen aus, als wären sie genauso fähig, einen Pressluftbohrer zu halten – oder jemanden zu erwürgen. Danny wusste, dass es dumm war weiterzusticheln, aber es war, als hätte sie in den Selbstzerstörungsmodus geschaltet. »Ich werde Deryl anrufen.« Das entfernte Krähen ihres Handys aus dem Haus drang an ihre Ohren.

»Ich wette, das ist sie«, prophezeite Danny und ging über die Wiese davon.

Er beobachtete den Schwung ihrer schlanken Beine und wie ihr süßer kleiner Hintern sich bewegte. Wenn sie stumm wäre, wäre sie perfekt.

Dank des Berichts des Privatdetektivs wusste Ross von den verschwundenen Pässen und Dannys Plänen, sie Vanessa zu geben. Er wollte diese Pässe. Danny mochte ja kein Geld besitzen, aber er war sich sicher, dass ihre Komplizin Ms. Cooper überzeugt werden konnte, für die Sache zu spenden, sollte Danny sich entschließen, das Land zu verlassen. Die oberflächliche Suche, die er im Haus gestartet hatte, hatte nichts zutage gefördert. Entweder war er zu spät gekommen und Danny hatte die Pässe schon gefunden und Vanessa gegeben, oder sie waren immer noch verschwunden. Wenn sie verschwunden waren, wäre das keine so schlimme Sache, besonders wenn Ross sie als verloren meldete und neue beantragte. Alles, was er dafür brauchte, waren Kopien der Geburtsurkunden.

Er rieb die alte Stute ab und gab ihr das Futter, das Matt vorbereitet hatte. Der Detektiv hatte ihm auch eine Menge Hintergrundinformationen über Daniella und Rose Smith, die Mutter der Zwillinge, geliefert. Mike Lawton hatte Rose und seine Töchter verlassen, als sie Teenager gewesen waren, und war zu seiner Frau und den Kindern in England zurückgekehrt. Er hatte seine neuseeländische Familie nie wieder kontaktiert und so auch nicht gewusst, dass Rose ein paar Jahre nach seinem Verschwinden an Brustkrebs gestorben war. Mike hatte nie versucht, Geld zu schicken oder herauszufinden, wie es den Zwillingen ging; er war einfach aus ihrem Leben verschwunden und niemals zurückgekehrt.

Die Parallelen zwischen der Beziehung von Dannys Eltern und der von Nella und Pat waren beunruhigend. Danny hatte Patrick nicht erreichen können, als sie ihn gebraucht hätte. Der Detektiv hatte herausgefunden, dass Danny die Regie in der Familie übernommen hatte, nachdem ihr Vater gegangen war. Rose und Daniella waren aus demselben Holz geschnitzt gewesen – beide hatten sich keine Gedanken um Geld gemacht, hatten über ihre Verhältnisse gelebt und waren allem ausgewichen, was mit Testamenten, Hypotheken oder Schuldentilgung zu tun hatte. Danny war der Leim gewesen, der alles zusammengehalten hatte.

Ross konnte verstehen, warum Danny ihm und seiner Familie so feindlich gegenüberstand und warum sie sich solche Sorgen darum machte, dass die Kinder eine Beziehung zu den Verwandten ihres Vaters aufbauen könnten. Sie versuchte, sie davor zu beschützen, so verletzt zu werden, wie sie verletzt worden war, und er musste zugeben, dass ihre Sorgen nicht ganz unbegründet waren. Matt erwartete von Ross das Schlimmste, und Mia träumte vom Unmöglichen. Ross war als Vater nicht geeignet, war es nie gewesen. Er hatte die Reise nach Neuseeland nicht angetreten, um in Patricks Fußstapfen zu treten, obwohl er – wenn man bedachte, was Pat getan hatte – kaum schlimmer sein konnte. Er wollte Matt und Mia nicht dazu verleiten, daran zu glauben, dass er immer dableiben würde, aber das hatte ihn nicht davon abgehalten, das Buch zu lesen, das Matt ihm geliehen hatte, oder das Trampolin zu reparieren.

Im Haus regte Danny sich langsam mehr und mehr auf. Ross hatte einiges mehr getan, als sich um die Kinder zu kümmern, das Trampolin zu reparieren und die Haustür abzuhobeln. Er hatte die Toilette in Ordnung gebracht!

Als die Spülung kaputtgegangen war und Danny sich

erkundigt hatte, was es kosten würde, sie zu reparieren, war ihr mitgeteilt worden, dass es dieses spezielle Modell schon seit Jahren nicht mehr gab. Nachdem sie sich keine neue Toilette leisten konnte, hatte sie – erfinderisch, wie sie war – einen Schnürsenkel an dem Plastikarm befestigt, der letztendlich die Spülung auslöste. Es war billiger, den Schnürsenkel als das zerbrochene Bauteil auszutauschen.

»Du hast die Toilette repariert!«, beschuldigte sie Ross, als er nach drinnen kam, um sich zu waschen.

»Ich habe die Toilette repariert.« Er schob sich an ihr vorbei und ging ins Bad.

Danny folgte ihm. »Aber das ist eine ganz neue Toilette!«

Ross beugte sich über das tiefhängende Waschbecken und seifte sich die Hände ein. »Hättest du lieber weiter am Schuhband gezogen?«

»Nein … aber …«

»Du bist pathologisch unfähig, einfach danke zu sagen, oder? Glaubst du, es entspricht meiner Vorstellung von Entspannung, am Samstagvormittag ein Klo zu reparieren?«

»Nein, da bin ich mir sogar ziemlich sicher. Es ist nur, dass ich es auch hätte selbst machen können.«

Ross schaute über die Schulter zurück und zog eine Augenbraue nach oben.

»Das könnte ich!«

»Warum hast du es dann nicht getan?«

Danny wollte ihm nicht antworten. »Wie viel schulde ich dir?«

Ross beobachtete sie in dem Spiegel über dem Waschbecken. Sie wirkte angespannt. »Nichts.« Er wandte sich zum Handtuchständer und trocknete sich die Hände ab. »Ich hätte es einfach nicht ertragen, jedes Mal, wenn ich aufs Klo gehe, an diesem verdammten Schuhbändel zu ziehen.«

Danny stieß den Atem aus, den sie angehalten hatte. »Dein Besuch heute bleibt eine einmalige Aktion, Fabello!«
Er ignorierte sie und musterte die Vorderseite seines T-Shirts. »Warum hast du dein Pferd B genannt?«
»Nach dem Buchstaben.«
Er zog sich das T-Shirt über den Kopf. »Der Buchstabe?«
Danny beobachtete, wie das rote T-Shirt seine Arme entlangglitt. Auf seinem Rücken waren keine Haare, nur glatte olivfarbene Haut, breite Schultern und eine lange sich verjüngende Wirbelsäule. Das T-Shirt fiel auf den Boden. Der Anblick von vorne war sogar noch besser.
Ross stemmte seine Hände in die Hüften. »Begaffst du mich?«
»Natürlich nicht!« Nach übermäßigem Haarwuchs suchen war nicht begaffen.
»Hast du vor, weiter hier zu stehen und mir zuzuschauen, während ich mich wasche?«
»Nein!«
»Dann schleich dich!« Ross griff sich Dannys Ellbogen, hob sie in den Flur und schloss dann die Tür direkt vor ihrer Nase.
Danny stürmte davon. Der Anrufer auf dem Handy war nicht Deryl gewesen, und so ging sie kurz nach ihr schauen. Allein schon der Fakt, dass Deryl zum Arzt gegangen war, war besorgniserregend – sonst waren die einzigen Gelegenheiten, in denen Deryl etwas mit medizinischem Personal zu tun hatte, wenn ihre Schweine einen Tierarzt brauchten. Nachdem sie mit Deryl gesprochen hatte, stürmte Danny zurück ins Haus, zog Patricks Koffer unter Nellas Bett heraus und schleppte ihn zur Badezimmertür. Auf keinen Fall würde sie erlauben, dass Ross halb nackt durch das Haus stolzierte. Sie würde sich sonst

nicht davon abhalten können, weiter nach Zeichen für abartigen Haarwuchs zu suchen.

Ross trat gerade aus dem Bad, als Danny die Tür erreichte. Wie sie erwartet hatte, war sein Oberkörper nackt. Ein Handtuch lag um seinen Hals, und sein dreckiges T-Shirt trug er in der Hand.

Sie ließ den Koffer auf seinen Fuß fallen. »Hier!«

»Au!« Ross riss seinen Fuß unter dem Koffer heraus. »Was ist das denn jetzt?«

Sie zeigte auf das Gepäckstück. »Das sind Patricks Sachen. Zieh dir etwas an!« Damit drehte sie sich um und ging.

Der Louis-Vuitton-Koffer lag auf der Seite vor Ross' Füßen. Er ging in die Hocke und berührte ihn zögernd. Dann klemmte er sich die Hände zwischen die Knie; er wollte die Sachen seines Bruders nicht berühren. Er schüttelte ungeduldig den Kopf. Er benahm sich dumm; außerdem, wenn er die Besitztümer seines Bruders nicht sortierte, hieß das nur, dass eine seiner Schwestern oder seine Eltern es tun mussten.

Der Reißverschluss öffnete sich leise surrend, und die zwei Hälften teilten sich. Ross öffnete den Koffer und atmete tief durch. Das war ein Fehler. Der Geruch von Pats Aftershave stieg ihm in die Nase, überflutete seinen Blutkreislauf, überzog seine Nerven und wurde von den Poren seiner Haut aufgesogen. Ross fiel nach hinten gegen die Wand. Er fühlte sich schlecht und unsicher. Er ballte seine Hände zu Fäusten und legte einen Arm auf sein Knie, als der Geruch noch stärker zu werden schien.

Dannys blaue flache Ballerinas erschienen neben ihm. Sie berührte kurz die Haut zwischen seinen hochgezogenen Schultern, dann kniete sie sich neben ihn, um den Koffer zu schließen. »Bleib nackt!« Sie schnappte sich den Griff und stand auf. »Deine nackte Brust lenkt zumindest etwas von deiner Nase ab.«

Der Anflug eines Lächelns hob seine Mundwinkel. Danny war selbst dann bösartig, wenn sie eigentlich freundlich war. Es war wieder passiert – diese Verbindung zwischen ihnen. Sie hatte gewusst, was er fühlte und auch, dass er keine Umarmung oder freundliche Worte wollte. Ihre kurze Berührung hatte gereicht, und ihre böse Bemerkung über seine Nase war genau das, was er gebraucht hatte, um die Anspannung zu lösen.

Ross beobachtete, wie Danny den Koffer in das Zimmer ihrer Schwester zurückzerrte. Er war viel zu schwer für sie – sie musste rückwärtsgehen und mit beiden Händen ziehen –, aber Ross bot ihr keine Hilfe an. Er wusste, dass sie keine wollte. Stattdessen stemmte er seine Ellbogen auf die Knie und vergrub die Hände in den feuchten Locken, die von seinem Kopf abstanden. Der Abstand zwischen ihm und Pat hatte nur vier Jahre betragen, nicht so viel, aber die Kluft zwischen ihnen hatte auch nichts mit ihrem Alter zu tun gehabt. Pat war immer eifersüchtig auf Ross gewesen. Einmal hatte er in einem Wutanfall geschrien: »Ich versuche ständig, mal aus deinem Schatten zu treten! *Niemandem* fällt auf, was *ich* leiste!«

Die ganze Familie hatte gehofft, dass Pat irgendetwas finden würde, das er leisten konnte und das ihn glücklich machte. Aber er hatte sich nie entschieden, nie etwas zü Ende gebracht, das er angefangen hatte. Immer jagte er etwas nach, was es nicht gab. Ross vermutete, dass Pat ihn nur aus Spaß zum Vormund der Kinder ernannt hatte. Als das zweite von sechs Kindern hatte Ross vor Jahren schon seinen Teil in Sachen Naseputzen und Barbies-aus-dem-Klo-Fischen geleistet. Er hatte dem Gejammer seiner Schwestern über Kerle zugehört, in die sie verliebt waren,

die aber leider ihre beste Freundin liebten, oder über die Kerle, die seine Schwestern nicht mochten, die sich aber in sie verliebt hatten. Ein paarmal war er sogar zu Hilfe gerufen worden, wenn irgendwelche Freunde sich nicht an die Spielregeln hielten.
»Du musst nichts Schlimmes machen«, hatte Annie scharfsinnig bemerkt. »Sei einfach du selbst!«
Und dann waren da die Hochzeiten – oh lieber Himmel, diese Hochzeiten! Drei davon.
Ross war sich sicher, dass es weniger Aufwand und Umstände bedeutete, einen Präsidentschaftswahlkampf auszurichten, als eine Fabello-Frau zum Altar zu führen. Breda tickte aus. Die Braut heulte ständig, schrie ständig, sagte die Hochzeit ab, entschied sich wieder um, stritt sich mit dem Rest der Familie, zankte sich mit den Brautjungfern und wurde generell in den zwei Jahren vor dem großen Tag zur absoluten Schreckschraube. Ross hegte den größten Respekt für seine Schwäger, die diese Feuertaufe irgendwie überlebt hatten, ohne dem Alkohol oder Medikamenten zu verfallen. Die Mädels warnten Ross ständig, dass er irgendwann enden würde wie sie, mit Kindern und dem obligatorischen Kombi. Diese Vorstellung trieb ihm kalten Schweiß auf die Stirn – vorher würde er sich sterilisieren lassen.
Breda ging durch die Decke. »Nur über meine Leiche, Ross Fabello! Kein Arzt wird sich an deinen ... *Teilen* zu schaffen machen!«
»Es sind *meine* Teile, Ma!«
»Sei nicht frech: Dein Vater und ich haben sie gemacht! Ich weiß nicht, was in dich gefahren ist. Du wurdest zum guten Katholiken erzogen. Kinder sind Gottes Geschenke an uns!«
Ja, aber mussten die Fabellos wirklich so viele haben? Ross

hatte in der Umgebung seiner Mutter nie wieder Witze über eine Vasektomie gerissen, aber er achtete sorgfältig darauf, dass alle Geschenke Gottes an seine Schwestern gingen.

Die Ironie seiner momentanen Situation entging ihm nicht. Pat hatte ihn schön reingeritten. Er saß am Ende der Welt fest, vor dem Gesetz verantwortlich für zwei Kinder, und bemühte sich, mit einer scharfzüngigen Harpyie auszukommen, die ihn ausradieren und an die Schweine verfüttern wollte.

Bevor er ging, sagte Danny zu Ross: »Danke für die Toilette, Fabello. Ich schulde dir … *etwas.*«

Kapitel 8

Der Damm brach. Die Schreibdürre war offiziell beendet. Ross fing an, einen Roman über eineiige Zwillinge zu schreiben, die bei der Geburt getrennt worden waren und sich schließlich wieder vereinten, um den perfekten Mord zu begehen. Sie konnten sich gegenseitig das perfekte Alibi liefern, weil niemand wusste, dass es die andere gab. Es war immer ein schöner Moment, wenn die Worte anfingen zu fließen und die Charaktere zum Leben erwachten. Der Arbeitstitel für das neue Buch lautete *Double Take*.

Ross kaufte jedes Buch über Zwillinge, das er finden konnte. Zu seinem Lieblingsbuch wurde eines über dysfunktionale Zwillinge, die verbrecherisches Verhalten zeigten. Obwohl er Zwillingsschwestern hatte, hatte Ross nie über das Thema nachgedacht, bis er Danny getroffen hatte. Jetzt war er fasziniert – besonders von dem Aspekt des guten Zwillings kontra den bösen Zwilling. Als Annie und Aoife herausgefunden hatten, dass Danny und Nella Lawton eineiige Zwillinge gewesen waren, hatten sie reagiert, als wäre eine von ihnen gestorben. Die Nachricht von Dannys Status als überlebender Zwilling hatte alle Wut zur Seite gewischt, die sie vielleicht empfunden hatten. Es war fast, als wären sie der Meinung, dass Dannys Verhalten gerechtfertigt war. Ross löcherte Annie und Aoife mit Fragen darüber, wie es war, ein Zwilling zu sein.

»Woher kommt nach all den Jahren dieses plötzliche Interesse?«, fragte Aoife.
»Es ist für mein neues Buch.«
»Es ist Danny, oder? Sie hat dich dazu gebracht, über Zwillinge nachzudenken.«
»Nein.«
»Catriona! Ronan! Kommt und zieht euch Schuhe an! Mommy nimmt euch mit auf eine Demo!«
»Was ist es diesmal, Aoife? Du wirst dich nicht wieder an einen Baum ketten, oder?«
Aoife war schon seit Urzeiten politische Aktivistin. Ross hatte schon zwei Mal die Kaution für sie bezahlt, nachdem sie, als ihr Ehemann Pete gerade nicht in der Stadt gewesen war, wegen Erregung öffentlichen Ärgernisses verhaftet worden war. Pete war Polizist. Er hatte Aoife an dem Tag getroffen, als er sie auf ihrem barbusigen Marsch durch die Innenstadt von San Diego für die Brustkrebskampagne verhaftet hatte. Carmen sagte immer, dass Pete von Aoifes Busen bezaubert worden sein musste – der beste Vorbau der Familie –, weil es sicherlich nicht ihr freundlicher Charakter gewesen war.
»Aoife«, fuhr Ross fort, »glaubst du, du könntest noch ein paar Fragen beantworten, bevor du losziehst, um die Welt zu retten?«
»Okay, aber beeil dich!«
Ross war sich sicher, dass Aoife und Danny sich mögen würden.

Die Leistungsbewertung stellte sich als Geniestreich heraus. Ross hatte Matt seine Visitenkarte mit Handynummer gegeben. Matt machte sich solche Gedanken über eine

Kürzung seines Taschengelds, dass er anfing, Ross anzurufen, um sich nicht besonders subtil danach zu erkundigen, welches die Kriterien für das Bestehen beziehungsweise Durchfallen waren und wann die Überprüfung ungefähr stattfinden würde.

»Ich habe dir schon gesagt, dass ich keine Vorwarnung gebe, aber es gibt etwas, das ihr in der Zwischenzeit tun könntet«, entgegnete Ross.

»Was denn?«, erkundigte Matt sich eifrig.

»Ich will von jedem von euch eine Liste von den Aufgaben, die ihr im Haushalt erledigt.«

»Och!« Matts Reaktion war mäßig begeistert. »Okay.«

Ross nahm an, dass Danny ihn nur deswegen nicht angerufen und wegen der Leistungsüberprüfung in die Mangel genommen hatte, weil die Kinder ihr nichts davon erzählt hatten. Er wusste nicht, dass Matts nachlässige Einstellung gegenüber seinen Aufgaben ein ständiger Streitpunkt zwischen ihm und seiner Tante war und dass Matt Mia beim Leben der Hühner hatte schwören lassen, Danny nichts zu verraten.

»Wieso sollte ich?«, hatte Mia gefragt. »Ich mache meine Aufgaben. Du bist derjenige, der vor dem Computer und der Playstation herumhängt, wenn du den Rasen mähen oder dein Zimmer aufräumen solltest.«

Matt hasste es, wenn sie so neunmalklug war. »Wir müssen zusammenhalten. Schwör beim Leben von Madonna, Kylie, Beyonce und den Dixie Chicks!« Er hasste die Namen, die sie den Hühnern gegeben hatte.

Mia kniff die Augen zusammen und schürzte die Lippen. »Ich werde darüber nachdenken.«

Wie hatte er so dumm sein können? Er hatte ihr direkt in die Hände gespielt. Matt hatte gehofft, dass Tante Danny weiter ihr Taschengeld zahlen würde, wenn sie die Sache für sich behielten, und Onkel Ross sich bald langweilen und verschwinden würde, wie ihr Vater es immer getan hatte. Er hatte allerdings nicht damit gerechnet, dass Mia wollte, dass Ross blieb, und Ross überhaupt nicht wie ihr Vater war. Matt hatte keine andere Wahl, als zu Plan B überzugehen und zu versuchen, Ross ein paar Informationen zu entlocken. »Keiner meiner Freunde hat Leistungsüberprüfungen«, sagte er am Telefon.

»Nicht?« Ross spielte den Überraschten. »Deine Cousins und Cousinen in den Staaten haben alle eine jährliche Leistungsüberprüfung; das ist der Moment, in dem sie herausfinden, ob sie mehr Taschengeld bekommen werden.«

Mehr Taschengeld? Matt spitzte die Ohren. Das klang besser. Trotzdem … »Wie viele Cousins und Cousinen habe ich?«, fragte er misstrauisch.

»Zwölf.«

»Zwölf?«

»Ja.« Ross ratterte die Namen herunter: »Sofia, Sinead, Pasqualina, Sandy, Brad, Nicole, Ronan, Catriona.« Er stoppte kurz, um Luft zu holen. »Desi, Raul, Tonio, Sorcha. Und deine Tante Carmel bekommt bald noch ein Baby.«

Matt hing die Kinnlade herunter. Er war mit all diesen Leuten verwandt?

»Wenn du mir in Sachen Leistungsüberprüfung nicht glaubst, solltest du vielleicht mit einer deiner Tanten reden.« Nicht Annie, weil sie nicht lügen konnte, und nicht Carmel, weil sie momentan zu hormonüberschwemmt war, und definitiv nicht Aoife, weil sie einfach nur furchterregend sein konnte. »Ich werde Tante Deirdre dazu bringen, dich anzurufen. Sie hilft als Unparteiischer bei den Bewertungen.«

Ross wartete. Wenn Matt nicht wusste, was ein Unparteiischer war, würde Ross Geld darauf wetten, dass er das Wort sofort nach dem Auflegen nachschaute. Wie hatte Pat nur ein so kluges Kind gezeugt?
»Okay«, stimmte Matt widerwillig zu.
Sie einigten sich auf eine Uhrzeit für Deirdres Anruf.
»Mia wird sie vielleicht auch etwas fragen wollen«, meinte Ross.
»Solange ich zuerst mit Tante Deirdre sprechen kann – wenn Mia einmal anfängt zu reden, hört sie nicht mehr auf. Tante Danny sagt, dass sie mit einer Plattenspielernadel geimpft worden ist.«
Ross lachte. »Ich werde Tante Deirdre sagen, dass sie zuerst mit dir reden soll. Und wenn du schon einmal dabei bist, könntest du auch Granny Breda und Grandpa Vito hallo sagen.«
»Okay.«
Ross legte auf. Endlich: Fortschritte.

Nachdem Ross auf die Kinder aufgepasst hatte, fühlte Danny sich wohler mit der ganzen Situation. Sie erlaubte Matt und Mia, Ross anzurufen, und gestattete ihm, sie zu besuchen und auch Fotos für seine Eltern zu machen – aber nur, wenn sie in der Arbeit war. Er sprach ab und zu am Telefon mit ihr, aber gesehen hatte er sie seit dem Tag der reparierten Toilette nicht mehr. Sie war so kühl und abweisend wie der Nordpol.
Während Danny es Ross einfacher gemacht hatte, die Kinder zu sehen, hatte sie die Barrieren zwischen sich und ihm verstärkt. Zu versuchen, sie festzunageln, war so schwierig wie eine Qualle packen – sie rutschte ihm einfach immer wieder aus den Fingern. Ross hatte darüber nachgedacht, ihr zu verraten, dass ihm zwei Drittel des

Hauses gehörten, hatte sich dann aber zurückgehalten. Das war sein Trumpf im Ärmel, und er hielt sich lieber bedeckt, um ihn herausziehen zu können, falls irgendetwas schieflief.

Er saß an seinem Laptop, als das Telefon klingelte. Die Glastüren, die zur Dachterrasse des Penthouse führten, waren zurückgeschoben, und der Raum war erfüllt von Sonne und dem Duft des Meeres. Der leise Wind trug ihm die entfernten Unterhaltungen von Leuten zu, die auf den Terrassen der Restaurants und Bars am Viaduct Basin saßen. Eine Möwe schwebte auf der Suche nach etwas Fressbarem herbei, bevor sie einen Flügel senkte und über das blaugrüne Wasser davonglitt.

Ross schaute auf das Display seines Handys: Es war Wanda Newton, seine Agentin in New York. Er nahm das Telefon vom Sofa, legte es an sein Ohr und sagte: »Hoffentlich gute Nachrichten.«

»Ich fürchte nicht.« Wandas Stimme war von jahrelangem Rauchen rauh. »Wusstest du, dass in einem neuseeländischen Frauenmagazin ein Artikel über dich steht?«

Nein, aber Ross konnte sich vorstellen, was er in dem Artikel finden würde: ein paar Fotos und jede Menge Mutmaßungen. »Mein Besuch in Neuseeland sollte nicht bekannt werden. Ich bin in einer Familienangelegenheit hier, nicht wegen Publicity. Wie hat die Presse es herausgefunden?«

»Ich habe keine Ahnung; wahrscheinlich haben sie auch da unten Paparazzi«, antwortete Wanda unbekümmert.

Ross runzelte die Stirn. Nichts an Wanda war unbekümmert; dieser Begriff existierte nicht in ihrem Wortschatz.

Er hörte das vertraute Klicken ihres Feuerzeuges. »Wusstest du«, fragte Wanda unschuldig, »dass Findlays auch eine Niederlassung in Neuseeland hat?« Findlays war sein in New York ansässiger Verlag. »Es ist eine ziemlich frische Sache, aber anscheinend gibt es in Neuseeland und der Südsee genügend Talente, damit es sich lohnt.« Dann folgte Schweigen.

Ross versuchte herauszufinden, worauf sie hinauswollte. Er lauschte, wie sie den Rauch ausblies. »Du saugst an einem dieser widerlichen Glimmstengel, oder?«

»Ich liebe die Aufmerksamkeit, die es mir von all den Leute einbringt, die versuchen, mich zu bekehren«, entgegnete sie schleppend. »Besonders von dir.«

Nichts erschütterte Wanda. Sie war mindestens sechzig, eine Veteranin, die vier Ehen hinter sich hatte, und eine Altmeisterin der Verlagsbranche. Ihr Gesicht war tabakfarben gebräunt und nach unzähligen Stunden und Tagen, die sie mit ihrem Lieblingshobby Segeln verbrachte, mit tiefen Falten überzogen. Wanda rauchte ihre Zigaretten in einem Schildpatthalter und trank ihren Scotch unverdünnt. Ross' Sarkasmus und Launen prallten einfach an ihr ab. Je schwieriger er wurde, desto mehr gefiel es ihr. Wenn die Gelegenheit es erforderte, konnte sie mindestens genauso stur sein wie Ross. Er schätzte ihre Professionalität, ihren verlegerischen Instinkt und ihre Freundschaft. Sie besaß die Gabe zu erkennen, was eine gute Story davon abhielt, eine herausragende Story zu werden. Ross stimmte Wanda nicht immer zu – aber er vertraute ihr. Er hatte einmal gefragt, warum Findlays ihn niemals mit einer der jüngeren (und hochattraktiven) Lektorinnen arbeiten ließ, die sich im Verlag langsam nach oben arbeiteten.

Wanda hatte nur kehlig gelacht. »Weil du sie zum Frühstück verspeisen würdest, deswegen. Die Hälfte von ihnen hat Angst vor dir, und die andere Hälfte ist scharf auf dich, was dir vielleicht einen Fick verschaffen, aber nicht dafür sorgen würde, dass dein Manuskript nach deinen perfektionistischen Vorstellungen bearbeitet wird.«

»Ich bin nicht perfektionistisch.«

»Natürlich nicht.«

»Ich habe nur Standards.«

»Mmmmm …«

Ross lauschte wieder, wie Wanda an ihrer Zigarette zog.

»Wie läuft's mit dem neuen Buch?«

»Gut.«

Ihre Stimme wurde scharf. »Wirklich?«

»Wirklich.« Er erzählte ihr von dem neuen Plot.

»Wann kann ich ein paar Probekapitel sehen?«, fragte sie neugierig.

Es war ein gutes Gefühl, »bald« sagen zu können. Und es auch ernst zu meinen.

»Findlays war sehr geduldig, also denke ich, es wäre eine gute Idee, etwas Nettes für den Verlag zu tun.«

Ross versteifte sich. Er wusste, dass ihn jetzt etwas erwartete, das ihm nicht gefallen würde.

»Sie haben nächste Woche einen Empfang, um ihr Frühlingsprogramm vorzustellen, und würden sich freuen, wenn du für eine oder zwei Stunden vorbeischauen würdest. Es ist eine Party mit dem Motto ›Strand‹, also sollte es lustig werden.«

»Ich habe keinen Spaß an Publicity, Wanda.« Er hörte wieder das Feuerzeug klicken. »Kannst du nicht mal eine Minute ohne eins von den Dingern auskommen?«

»Sie sind meine Lungen«, hustete sie. »Du weißt, dass es dir nicht weh tun würde, für Findlays zu dieser Publicity-Geschichte zu gehen.«

»Doch, das würde es«, widersprach Ross, »sehr sogar.«

»Du solltest deine guten Manieren wieder einmal ausgraben. Sobald *John Doe* in den Kinos ist, wirst du bis zum Hals in Publicity begraben sein.«

Hollywood hatte in den letzten Jahren ständig an seine Tür geklopft, immer darauf aus, eines seiner Bücher zu verfilmen, und schließlich hatte er zugestimmt – unter der Bedingung, dass er selbst das Drehbuch schrieb. Wanda war nicht gerade scharf darauf gewesen. »Fürs Kino zu schreiben ist etwas völlig anderes, als einen Roman zu schreiben, Ross.«

Ross hatte ihr nicht gestanden, dass er unbedingt eine Herausforderung brauchte und dass diese kurze Zeit auf Messers Schneide, die seinen gesamten hart erarbeiteten Erfolg hätte bedrohen können, dafür gesorgt hatte, dass er sich wieder einmal lebendig fühlte. Er hatte sich sehr viel Mühe gegeben, um *John Doe* in ein großartiges Drehbuch zu verwandeln, und was er so von der ersten Berichterstattung mitbekommen hatte, wies darauf hin, dass es dank Kevin Spacey und Marisa Tomei ein noch besserer Film werden würde. Die Produzenten schwärmten wie verrückt und spickten jede Unterhaltung mit dem Wort »Oscar«.

»Warum nutzt du nicht die Gelegenheit, um deinen Smoking einmal wieder aus der Mottenkiste zu holen?«, schlug Wanda vor.

»Ich dachte, das Ganze stünde unter dem Motto ›Strand‹, und außerdem habe ich meinen Smoking zu Hause gelassen.«

»Ich hoffe, dass du bei der Oscar-Verleihung deinen Doppelgänger triffst. Du wirst George Clooney mögen. Er ist ein wundervoller Mann und hat wie du auch ein soziales Gewissen.«

Seine Antwort war nicht jugendfrei. Das Thema George

Clooney war im Moment ein wunder Punkt, und er hielt seine Spenden an gemeinnützige Einrichtungen anonym, um nicht die Verrückten und Blutegel auf sich aufmerksam zu machen.
»Ich würde vorschlagen, dass du ein Date mitbringst«, sagte Wanda.
»Wohin?«
»Zur Findlays' Strandparty.«
»Ich gehe nicht zu der Strandparty von Findlays.«
»Hmmmm. Wie weit genau bist du mit diesen Probekapiteln?«
Ross räumte seine Niederlage ein. Wanda und der Findlays-Verlag hatten ihn in der Hand. »Ich habe kein Date.«
»Dann such dir eine Frau! Wenn du mit einer Frau kommst, dann ist die Wahrscheinlichkeit geringer, dass dir Stalker folgen. Na ja«, Wanda blies stoßartig den Rauch aus, »bis du den Mund aufmachst und deinen legendären Charme und Witz offenbarst.«
»Ich schreibe. Ich will keine Zeit darauf verschwenden, ein Date zu finden.«
»Heuer ein Model oder eine Schriftstellerin an. Ich bin mir sicher, dass du es von der Steuer absetzen kannst.«
Das beleidigte Ross. Er hatte noch nie Frauen für ihre Gesellschaft bezahlen müssen, und er würde damit auch nicht anfangen.
»Komm schon, Ross, erinnerst du dich an diesen schönen großen Vorschuss, den Findlays dir gezahlt hat? Du schuldest ihnen etwas.«
Es war, als würde über seinem Kopf eine Glühbirne aufleuchten. Jemand schuldete ihm – *etwas*.
»Es ist okay, Wanda. Ich habe ein Date.«

Ross rief Danny an, um ihr von der Party von Findlays zu erzählen.
»Eine Party? Warum zum Teufel sollte ich mit dir auf eine Party gehen?«
»Weil du mir etwas schuldest.«

Danny verstand schnell, das Ross sie in der Hand hatte – und dass er sie jederzeit fallenlassen konnte. Wenn sie nicht mit auf diese dämliche Party ging und so tat, als wäre sie sein Date, würde er den Druck in Bezug auf das fehlende Testament erhöhen und damit auch in der Frage, wer genau der Vormund von Matt und Mia war. Kaum vorstellbar, dass sie gerade angefangen hatte, ihn als fast menschlich zu betrachten! »Du bist ein bösartiger Bastard!«
Ross seufzte. »Du musst endlich damit aufhören, meine Eltern zu beschuldigen, sie hätten ihre Kinder außerehelich gezeugt. Ich werde dich Freitagabend um sieben abholen.«
»Was, wenn ich keinen Babysitter kriege?«
»Deryl sagt, dass sie gern auf die Kinder aufpasst.«
»Was?!« Dannys Kreischen brachte fast sein Trommelfell zum Platzen. »Du hast Deryl gefragt, *bevor* du überhaupt mit mir gesprochen hast?«
»Also, also, das ist doch kein Grund, sich so aufzuregen!«, stichelte er.
»Ich arbei…«
»Nein, tust du nicht. Du hast erst am Montag wieder Dienst.«
»Woher weißt du das?«
Der Privatdetektiv hatte eine Auflistung all ihrer Dienste

in den nächsten vier Wochen beigelegt – nicht, dass Ross ihr das erzählen würde. »Ich habe nachgeschaut.«
»Spionierst du mir nach?«, wollte Danny wissen.
Er wechselte die Taktik. »Wenn es dir hilft: Ich will da auch nicht hin.«
»Dann geh nicht!«
Wenn es nur so einfach wäre! Ross konnte sich nicht daran erinnern, wann er sich das letzte Mal verpflichtet gefühlt hatte, etwas zu tun, worauf er keine Lust hatte, bis er daran dachte, wie er das Flugzeug nach Neuseeland bestiegen hatte. Man hätte meinen können, er litte an der Beulenpest. Wie kam es, dass die meisten anderen Frauen sich darum geschlagen hätten, die Einladung annehmen zu dürfen, während die Frau, die er zu der verdammten Party eingeladen hatte, jeden möglichen Vorwand ausgrub, um nicht mitkommen zu müssen?
»Sag mir, woher du wusstest, dass ich nicht arbeite!« Danny wollte es wissen.
»Deryl hat es mir erzählt.« Das stimmte, aber Ross hatte es auch so schon gewusst.
Danny fluchte.
»Tss, tss, ich hoffe, das haben die Kinder nicht gehört, Daneka!«
»Hör auf, über mich zu tssken, du frömmelndes Vampirpiratendarthvaderschwein!«
»Und wer will da noch behaupten, Männer wären nicht multitaskingfähig?«
Bevor Danny auflegte, sagte Ross noch: »Es ist eine Strandparty. Dieser Rock mit der Bluse, die du an dem Tag anhattest, als ich auf die Kinder aufgepasst habe, war hübsch.«
»Wenn du ihn dir leihen willst, dann verschwendest du deine Zeit – du würdest ihn nie über deinen aufgeblase-

nen, eingebildeten Kopf kriegen«, knurrte Danny. Dann keuchte sie auf. »Oh! *Ooooh!* Du machst dir Sorgen darum, was ich anziehen werde, oder?«

Ross verzog das Gesicht. Schlechte Idee, Fabello – richtig üble Idee!

»Ich bin mir sicher, ich kann etwas *viel* Besseres finden als diesen langweiligen alten Rock mit der Bluse.«

»Oh nein, das wirst du nicht tun! Du gehst nicht als Coco der Clown. Ich werde etwas vorbeischicken lassen. Oder such dir etwas aus, und ich zahle.«

»Oh nein, das wirst *du* nicht tun!«, schoss Danny zurück. »Ich werde meine eigenen Kleider tragen.«

»Ich warne dich, Danny: Solltest du, wenn ich dich abhole, aussehen wie das Ding aus dem Sumpf, werde ich dich eigenhändig umziehen!«

»Ach ja?«, höhnte das Ding aus dem Sumpf. »Du und wie viele deiner Freunde?«

Und legte auf.

Danny rammte eine CD in Patricks schon fast abbezahlte Musikanlage, und Tim Finns Stimme durchflutete den Raum. Sie drehte die Lautstärke bis zum Anschlag hoch und ließ Dr. Tim seine Magie wirken.

♥

Vanessa konnte es nicht glauben, als Danny ihr erzählte, was passiert war. »Du hast kostenlose Kleider abgelehnt? Kostenlose teure Kleider?«

»Van, ich glaube, du siehst den Punkt nicht. Ich will nicht auf seine dämliche Party! Ich werde erpresst, da hinzugehen. Ich habe meine eigenen Klamotten; manche davon sind sogar ganz hübsch.«

Vanessa liebte Danny, aber ihre Vorstellung von schöner

Kleidung war definitiv nicht normal. »Eine Frau kann niemals genug schöne teure Kleider haben.«
»Ich habe *überhaupt keine* schönen teuren Kleider.«
Vanessa fühlte einen kurzen Anflug von Sympathie gegenüber Ross.
Danny besaß ein schönes Kleid, das sie im Secondhandshop gekauft hatte. Selbst Nella hatte es gutgeheißen und es das Marilyn-Monroe-Kleid getauft. Es ähnelte dem weißen Kleid, das Marilyn für die berühmte Szene über dem Luftkanal auf der Straße getragen hatte. Danny fühlte sich jedes Mal, wenn sie es trug, wie eine flachbrüstige Version von Marilyn – flachbrüstig und glamourös. Alle würden in Sarongs und Bikinis und Hularöcken kommen; und wie üblich würde Danny gegen den Strom schwimmen. Sie fing an, sich auf die Party zu freuen. Es war schon lange her, seit sie das letzte Mal etwas Schönes unternommen hatte. Und wenn Ross den Mund hielt und sie nicht darüber nachdachte, warum er hier war, sah er gar nicht so übel aus. Oder vielleicht gewöhnte sie sich nur langsam an diese Nase?
»Vertrau ihm keinen Meter weit!«, warnte Vanessa. »Gutaussehend und stinkreich, wie er ist, wird er daran gewöhnt sein, dass Frauen sich ihm zu Füßen werfen.«
»Warum nennst du ihn gutaussehend? Was ist mit seiner Nase?«
»Mit seiner Nase ist alles in Ordnung, Danny. Er ist nur kein Schönling wie Patrick.«
Dem konnte Danny nur teilweise zustimmen.
Ross erklärte Danny, dass sie seine Versicherung dagegen war, den ganzen Abend von Frauen belästigt zu werden. Wenn sie nicht gesehen hätte, wie die Frau im Supermarkt sich benommen hatte, hätte sie an diesem Punkt geglaubt, dass sein Ego so groß war wie seine Nase.

»Ich erfinde das mit den Frauen, die mich belästigen, nicht nur«, schob Ross hinterher.
»Ich glaube dir. Mit all deinem Geld könntest du einen Meter groß sein, schiefe Zähne und Mundgeruch haben, und die Frauen würden sich immer noch darum prügeln, dein Kind auszutragen.«
Er ließ sich nicht ablenken. »Keine bösen Kommentare, keine Farbe im Haar, und du wirst nicht mit Obst werfen!«
»Jetzt machst du mich nervös.«
»Du musst einfach nur so tun, als würdest du dich amüsieren.«
Danny schürzte die Lippen. »Ich will neu verhandeln. Was du forderst, geht weit über ein neues Klo hinaus. Tatsächlich glaube ich, dass wir eher von einem ganzen Bad sprechen.«
Ross war nicht der Einzige, der Regeln festlegte. Vanessa flatterte durch die Gegend wie die gute Fee, die Aschenputtel für den Ball vorbereitete.
»Was wirst du anziehen?«
»Doc Martens und fingerlose schwarze Biker-Handschuhe.«
»Daaaaaannnyyyy!«
»Okay, ruinier dir mal nicht den Herzschrittmacher! Mein Marilyn-Monroe-Kleid.«
Ross hatte ihr die Party-Einladung geschickt, auf der stand: *Ein Abend am Strand: Kommen Sie cool oder kommen Sie glamourös – Sie haben die Wahl!* Sie hatte kurz mit der Versuchung gekämpft, zerrissene kurze Jeans mit ihrem ausgeleierten alten Bikini-Oberteil zu tragen.
Vanessa wirkte erleichtert. »Was ist mit deinen Haaren? Du wirst sie nicht anmalen, oder?«
»Nein, der Vampirlord hat sehr klare Vorstellungen über

Haarfarben – obwohl ich davon ausgehe, dass er sich über Blutrot eigentlich nicht beschweren könnte.«

Danny gab ja zu, dass sie in letzter Zeit ihre persönliche Erscheinung ein wenig vernachlässigt hatte, aber sie wusste noch, wie man alle Register zog. Vor Nellas Krankheit hatte sie ein aktives Sozialleben und jede Menge Freunde gehabt. Als ein Taxi mit mehreren Taschen voller Kleider für Danny vorfuhr, dankte sie dem Fahrer, schickte ihn aber dann mit den Taschen wieder weg.

Ross rief innerhalb einer Stunde an und verlangte zu erfahren, was sie vorhatte.

»Ich habe es dir bereits gesagt: Ich werde meine eigenen Kleider tragen.«

»Du tauchst besser nicht in deiner gelben Clownshose auf.«

»Was meinst du mit ›meiner gelben Clownshose‹?«

»Dieses Teil, das du an dem Tag im Supermarkt anhattest. Es fehlten nur noch riesige rote Schuhe und eine große rote Nase.«

»Da liegst du falsch. Ich kann mich klar an eine große Nase erinnern.«

Da war er ihr wohl ins Messer gelaufen. »Ich meinte das, was ich darüber gesagt habe, dass ich dich schlimmstenfalls selbst anziehe.«

»Hör mal zu, Fabello: Wenn du auch nur ein Haar auf meinem Kopf berührst, dann wird es dir leidtun! Glaub nicht, dass ich das nicht schaffe, nur weil du größer bist als ich! Ich habe nicht jahrelang in einer Notaufnahme gearbeitet, ohne zu lernen, auf mich selbst aufzupassen. Habe ich mich deutlich genug ausgedrückt?«

Es folgte Schweigen.

»Ich hatte ein böses Pfeifen in den Ohren und nach ›Hör mal zu, Fabello‹ nichts mehr verstanden.«

Er wusste inzwischen, wie es lief, und legte im selben Moment auf wie Danny.

Ross ging vor den Spiegel im Bad und musterte seine Nase von allen Seiten. Okay, sie war nicht wirklich klein, aber sie war auch nicht riesig, sondern passte zum Rest seines Gesichts. Sie ähnelte nicht ansatzweise Carmines Nase. Er war unsicher, was Freitagabend anging. Das letzte Mal, dass er seiner Erinnerung nach vor einem Date so angespannt gewesen war, war in der Highschool, als er Beth Goodwin zum ersten Mal ausgeführt und sie ihm mitgeteilt hatte, er sollte eine Packung Kondome mitbringen. Und bei Gott, Beth hatte ihn nicht enttäuscht! Sie lebte ein paar Straßen vom Haus seiner Eltern entfernt, also sah er sie ab und zu noch. Beth war verheiratet, hatte drei Kinder, ein Doppelkinn und jede Menge Hüftspeck, aber sie machte Ross immer noch schöne Augen, wann immer sie sich begegneten, und er scherzte jedes Mal, wie dumm er gewesen war, sie aufzugeben. Er hatte so ein Gefühl, dass Danny ihn auf ihre unnachahmlich verdrehte Art auch nicht enttäuschen würde.

Er konnte nur hoffen, dass er die Explosion überlebte.

KAPITEL 9

Ross kam zu spät. Breda hatte ihn in dem Moment heulend angerufen, als er das Apartment verlassen wollte. Sie hatte die Fotos der Kinder bekommen, aber das schien alles nur verschlimmert zu haben.

»Matt ist das Abbild von Pat! *Wann* können wir sie endlich sehen, Ross? Kannst du sie nicht für einen kurzen Urlaub hierherbringen? Oder vielleicht können dein Vater und ich nach Neuseeland kommen?«

»Nein, Ma, das ist keine gute Idee.«

»Warum nicht?«

Es kostete ihn eine Weile, Breda die Idee auszureden, sofort in ein Flugzeug nach Neuseeland zu steigen. Sie gab erst nach, nachdem sie Ross das Versprechen abgenommen hatte, Matt und Mia dazu zu bringen, sie noch einmal anzurufen.

Zuerst störte es Danny nicht, dass Ross zu spät kam. Sie litt nach einer Nachtschicht an Schlafentzug und fühlte sich nach ein paar Glas Wein angenehm bedudelt. Vanessa war nicht einverstanden gewesen, aber Danny hatte darauf bestanden, dass sie irgendwie die Qual betäuben musste, die ein ganzer Abend mit Ross bedeutete.

Vanessa öffnete ihre Handtasche, und eine Mausefalle fiel heraus.

»Van, warum hast du eine Mausefalle in der Tasche?«
Sie stopfte sie zurück. »Sie ist für Jane Clifford. Vergiss es einfach! Ich habe heute ein paar Urlaubsbroschüren über Fidschi und Rarotonga geholt. Willst du mal schauen?«
Danny bestaunte das azurblaue Wasser und die Strände, deren Sand so fein und weiß war, dass er aussah wie Zucker. Sie seufzte wehmütig. »Ich nehme an, näher werde ich den Inseln in nächster Zeit nicht kommen.«
Vanessa bekam Schuldgefühle. »Ich wollte kein Salz in die Wunde streuen, sondern dich nur etwas ablenken.«
»Schon okay.« Danny gab die Broschüren zurück und beobachtete, wie Vanessa sie in ihre Tasche stopfte. »Übrigens, rate mal, was ich gefunden habe!« Danny schnappte sich ihre eigene Handtasche, zog drei kleine blaue Bücher daraus hervor und wedelte damit in der Luft. »Taraaa!«
»Die Pässe!«
»Ja. Und jetzt tu mir den Gefallen und nimm sie mit nach Hause!«
Vanessa packte sie in ihre Tasche neben die Urlaubskataloge. »Du glaubst doch nicht wirklich, dass Ross die Kinder entführen würde?«
»Ich traue diesem Mann alles zu. Er ist es gewöhnt, seinen Willen zu kriegen.«
Wie auch jemand anders, den Vanessa kannte. »Warum gibst du mir deinen Pass?«
»Damit er ihn nicht verschwinden lassen kann, um mich davon abzuhalten, ihn zu verfolgen.«
Vanessa verdrehte die Augen.
»Wenn du den Artikel gelesen hättest, den ich beim Friseur gelesen habe, würdest du das nicht so abtun.«
In dem Artikel war es um Kinder gegangen, die in Sorgerechtsstreitigkeiten zwischen ihren Eltern außer Landes gebracht worden waren. Danny war erstaunt, als sie in

dem dummen Magazin im Prominenten-Klatsch-Teil auch einen Artikel über Ross entdeckte, mit einem Foto von ihm, wie er aus seinem Explorer stieg, eine Hand an der Tür und in der anderen eine Tüte mit Einkäufen. Danny entschied, dass er unwissentlich fotografiert worden sein musste, weil er nicht wütend die Zähne fletschte. Er trug Khakihosen, ein rot-schwarz-weiß kariertes Hemd, das nur zur Hälfte zugeknöpft war, und eine zerknitterte schwarze Jacke. Irgendwie schien dieser Zinken von Nase jedes Mal geschrumpft zu sein, wenn sie ihn sah. In dem Artikel stand: *Stellen Sie sich unsere Überraschung vor, als die Identität dieses Mannes tatsächlich bestätigt wurde! Es ist niemand anderes als der legendär einsiedlerische Autor RF O'Rourke. Ja, Leute – der Mann hat ein Gesicht! Und auch noch ein ziemlich schickes …*

Danny würgte.

»Sind Sie okay?«, hatte Brittany, die Friseuse, gefragt.

»Etwas, das ich gelesen habe, war ziemlich widerlich.«

Ein Film, der auf seinem Bestseller John Doe beruht, wird im November in die Kinos kommen, mit Kevin Spacey in der Hauptrolle. Der vielseitig begabte Mr. O'Rourke hat das Drehbuch geschrieben, und in der Gerüchteküche der Filmwelt wird er als Oscar-Kandidat für das beste Drehbuch gehandelt. Seine Agentin Wanda Newton erklärte nur: Kein Kommentar, *als sie nach dem Grund für seinen Besuch down under gefragt wurde, bestätigte aber, dass der Autor gerade an seinem nächsten Roman arbeitet, der irgendwann im nächsten Jahr erscheinen soll.*

Dannys Herz schlug irgendwo nah an ihrem Hals. Ross war jemand, während sie nur … die einfache Daneka Lawton war, pleite, überarbeitet und gewöhnlich. Die Ross Fabellos dieser Welt hielten alle Asse, während Leute wie sie sich schon über ein Paar Zweien freuten.

Brittany schaute über Dannys Schulter in das Heft. »Oh, der Yankee-Schriftsteller, der gerade hier ist. Ich würde ihn gern mal treffen. Ziemlich heiß, hm?«
»Wenn Sie damit meinen, dass er an einen heißen und feurigen Ort gehört – ja.«
»Gehen Sie heute Abend Spaß haben?«
»Nein.« Danny seufzte. »Ich gehe leiden.«
Als die letzten Strähnen blauer Haare auf den Boden fielen, wünschte Danny, sie hätte es sich leisten können, ihre Haare professionell färben zu lassen. Nur Ross' Gesicht, wenn er sie abholen käme, wäre es schon wert – und mit ein bisschen Glück würde er wieder ins Auto steigen und allein auf die Party gehen.
Vanessa nahm Matt und Mia zum Übernachten mit zu sich, so dass Danny sich nach der Party nicht beeilen musste. Sie schickte Danny los, um sich umzuziehen, während sie den Kindern Abendessen machte. Zumindest die Kinder wären glücklich, entschied Danny, als sie ihren einzigen akzeptablen String-Tanga aus ihrer Unterwäscheschublade grub: Heute Abend würden sie etwas zu essen bekommen, das nicht verbrannt war oder aus der Dose kam. Danny wusste, dass sie eine mäßige Köchin war. Ihre Spezialität und Notfallnahrung war Haferbrei. Sie machte super Haferbrei, so super, dass es wahrscheinlich nur eine Frage der Zeit war, bis Matt und Mia anfingen, mit schottischem Akzent zu sprechen.
Als Danny ins Wohnzimmer kam, atmete Vanessa erleichtert auf. »Du siehst fantastisch aus!«
Danny wusste, dass ihr Marilyn-Monroe-Dress dem Vera-Wang-Modell von Simone Marchant nicht das Wasser reichen konnte, aber es war ihr egal – das blausilberne Kleid war ihr Lieblingskleid.
»Du siehst wunderschön aus, Tante Danny«, sagte Mia.

»Ja, ziemlich cool«, stimmte Matt zu.
Sie saßen im Wohnzimmer und versuchten, nicht ständig auf die Uhr zu sehen, während die Zeit, zu der Ross Danny abholen sollte, kam und verstrich.
Zehn Minuten zu spät.
»Er steckt wahrscheinlich im Verkehr auf der Harbour Bridge fest«, überlegte Vanessa.
Der Berufsverkehr war schon lang vorbei. Und warum suchte sie Ausreden für ihn?
Zwanzig Minuten zu spät.
Vanessa kontrollierte ihre Uhr. »Ich glaube, diese Uhr geht vor.«
Danny schaute auf die Spitzen ihrer weißen Stilettos und nippte an ihrem Wein. Nella hatte ihr die Schuhe zu ihrem letzten Geburtstag geschenkt. Als Danny die Kiste geöffnet hatte, um die Schuhe zu holen, hatten die Pässe daneben gelegen. Es war typisch für Nella, sie zur Sicherheit in einem Schuhkarton zu verstauen und niemandem etwas davon zu erzählen.
Es klopfte an der Tür, aber es war Deryl. Sie eilte ins Wohnzimmer. »Was tust du hier?«, wollte sie wissen, als sie Danny sah. »Ich dacht, du wärst längst weg.«
Danny klopfte den Rhythmus von *I See Red* auf die Stuhllehne. »Dachte ich auch, aber mein Frosch kommt zu spät.«
»Es gibt wahrscheinlich einen guten Gru…«
Danny knallte ihr Weinglas auf den Tisch und stand auf.
»Was hast du vor?«, fragte Vanessa.
»Machen, was ich will.« Danny rauschte aus dem Raum.
Vanessa und Deryl tauschten nervöse Blicke aus.

Ross war immer noch nicht da, als Danny wiederkam.

»Verdammte Scheiße!«, rief Vanessa

»Oh … Oje!«, murmelte Deryl.

»Tante Danny!«, rief Mia. »Du siehst aus wie eine Regenbogenfeeprinzessin!«

Dannys Haar war silbern und blau. Sie sah aus, als wäre sie den Seiten eines Kinderbuches entstiegen – es fehlten nur noch ein paar Flügel, eine glitzernde Krone und ein Zauberstab. Allerdings war ihre Miene nicht gerade feenhaft. Sie wirkte stinkwütend.

Das Brummen eines Autos, das schnell vor dem Haus vorfuhr, drang an ihre Ohren. Vanessa eilte zur Haustür.

Ross kam in den Raum wie ein Wirbelwind und erfüllte die Luft mit Ungeduld und Energie. Er trug eine dunkelgraue Stoffhose, ein weißes kragenloses Hemd und eine fantastische hellpistazienfarbige Jacke. Heute Abend sah er nicht aus wie ein Serienkiller.

»Tut mir leid, dass ich zu spät komme, ich hatte einen Anruf …« Er sah Danny und verstummte.

Ihre Beine waren unter dem silberblauen Plisseerock ihres Kleides überschlagen und ihre Arme über dem tiefen V-Ausschnitt des Trägerkleides verschränkt. Ein Fuß tanzte wütend in einer glitzernden silbernen Sandale mit Absatz, die so zerbrechlich wirkte wie einer von Aschenputtels Glasschuhen.

Genau wie an dem Tag, als er Danny im hinteren Garten in ihrem kleinen blauen Rock und der Bluse gesehen hatte, war Ross verwirrt. Er konnte nicht entscheiden, was ihn mehr aus der Bahn warf: dass ihre Haare wirklich wieder silbern und blau waren oder wie sie in dem Kleid aussah – so viel er davon eben erkennen konnte. Seine Augen stießen auf sanfte Haut, verletzliche Schultern, einen langen Hals, schlanke Arme und diese schmalen Fesseln. Ross

war davon überzeugt, dass der Ausschnitt tief genug war, um fast ihren Nabel zu berühren, und es würde nur einen kleinen Zug an der großen Schleife in ihrem Nacken brauchen, um das Ganze bis auf die Hüfte fallen zu lassen. Ihre bernsteinfarbenen Augen glühten vor Wut, und ihre vollen Lippen bildeten eine gerade Linie. Ross war entrüstet. Was spielte sie eigentlich für ein Spiel? Sich zu kleiden wie ein – er fiel auf einen Ausdruck seiner Mutter zurück – Flittchen? Auf Doc Martens und eine Latzhose war er vorbereitet gewesen – aber nicht auf das. Er war so erschüttert, dass er nicht einmal nach verborgenen Tätowierungen suchte.
Mia umarmte seine Hüfte. »Tante Danny sieht aus wie eine Feenkönigin, nicht, Onkel Ross?«
»Genau, wie etwas direkt aus dem Herrn der Ringe.« Wenn sie glaubte, dass ihre blauen Haare ihr die Party ersparen würden, hatte sie sich geschnitten!
Danny schenkte Ross ein breites, falsches Lächeln. »Was für ein Zufall! Ich habe gerade an die Orks gedacht.«
»Du siehst auch toll aus, Onkel Ross«, sprudelte Mia los.
»So toll ein Serienkiller eben aussehen kann«, murmelte Danny.
Deryl erschien mit einem Tablett voller Teetassen und einem Teller Kekse. »Sie komm'n zu spät«, informierte sie Ross.
Er besaß den Anstand, beschämt zu wirken. »Ich musste noch mit meiner Mutter in den Staaten reden. Sie war aufgebracht.«
»Oh, dann ist es was anderes. Ich bin sicher, sie vermisst Sie.« Deryl stellte das Tablett auf den Couchtisch. »Nehm nich' an, dass Sie 'ne Tasse Tee woll'n?«
Ross schaute auf die Tassen und bemerkte trocken: »Ein andermal.« Er drehte sich zu Danny um. »Bist du bereit?«

Sie stand auf und schüttelte ihren Rock aus. Der Stoff wirbelte um ihre Hüften und Schenkel, und der Ausschnitt reichte, wie er befürchtet hatte, bis zur Taille. Die schimmernden Stoffstücke bedeckten ihre kleinen Brüste wie Spinnweben.

»Hast du keine Stola?«, erkundigte er sich.

»Nein. Wir nehmen das Auto, und auf der Einladung stand, dass die Party drinnen stattfindet.« Ihre Miene sprach deutlich: *Was ist dein Problem, Fabello?*

Selbst Deryl schien zu denken, dass Ross ein unnötiges Tamtam veranstaltete.

Er entschied, dass er Danny so bald wie möglich seine Jacke geben würde. Als er ihr aus dem Raum folgte, fiel ihm auf, dass sie Probleme hatte, in ihren silbrigen Sandalen zu laufen. »Bist du dir sicher, dass du die Stützräder schon hättest abmachen sollen?«

Danny wirbelte herum und stieß mit ihrer Nase gegen seine Brust. Ross fing sie an den Ellbogen auf. »Daneka, sag mir die Wahrheit: Warst du an der Teekanne?« Er knurrte, als sie ihm einen Ellbogen in die Rippen rammte.

»Bring mich nicht dazu, etwas zu tun, das mir Spaß machen würde!«

An der Haustür gab es noch eine Verzögerung, weil Danny aufging, dass sie ihre Tasche vergessen hatte.

»Ich hole sie.« Deryl rauschte davon, während Vanessa wie erstarrt dastand und beobachtete, was auch immer gerade zwischen Ross und Danny abging.

Als Deryl mit der Tasche zurückkam, schob Ross Danny die Stufen nach unten und in sein Auto. »Komm schon, die Leute bei Findlays warten auf uns!«

»Auf dich, meinst du!« Danny winkte den Kindern zu, als sie losfuhren.

»Schon, aber ich kann mir gut vorstellen, wie aufgeregt sie

sein werden, wenn sie herausfinden, dass meine Begleitung ein blauhaariger Flüchtling aus Narnia ist.« Ross lenkte das Auto in Richtung der Harbour Bridge. »Hast du vor, den ganzen Abend sauer zu bleiben, weil ich zu spät gekommen bin? Ich habe mich entschuldigt.«

»Ich bin nicht sauer, weil du zu spät gekommen bist«, widersprach Danny. »Ich bin sauer, weil du überhaupt aufgetaucht bist.«

»Ich verspreche, dich vor Mitternacht zur Weißen Hexe zurückzubringen«, verkündete Ross feierlich. »Ich würde mir nie verzeihen, wenn du dich in einen Hamster oder etwas Ähnliches verwandelst.«

Sie trommelte mit den Fingern auf der Handtasche herum.

»Bestrafst du mich jetzt mit Schweigen? Denn wenn du das vorhast, könntest du mir dann einen Gefallen tun und es den ganzen Abend durchhalten?«

»Warum gräbst du dir nicht selbst einen neuen After, Darth?«

Ross wollte sich nicht streiten. Er wusste nicht, was er von der Danny neben ihm halten sollte. Sie war immer noch nicht hübsch – sie war etwas viel Besseres. Er schnüffelte unauffällig. Heilige Hölle! Sogar Parfüm.

»Was hat deine Mutter aufgeregt?«, fragte Danny plötzlich.

Ross schaute überrascht zu ihr. »Sie hat die Fotos von Matt und Mia gesehen. Matt ähnelt Pat so sehr und na ja … ich nehme an, sie hat in dem Moment wirklich verstanden, dass sie und Dad ihn nie wiedersehen werden.«

Sie antwortete nicht.

Er überlegte, ob er sie vorwarnen sollte, was sie heute Abend erwartete. Ross hasste Publicity-Auftritte, hasste den Small Talk, und am meisten hasste er die Frauen, die ihn anbaggerten. Sie ließen Zettel mit ihren Telefonnummern und anzüglichen Sprüchen in seine Jackentaschen fallen, auf denen genau erklärt wurde, was er mit ihnen tun sollte oder was sie mit ihm tun wollten. Sie waren ihm auch schon auf die Herrentoilette gefolgt, und bei einer denkwürdigen Gelegenheit hatte eine sogar ihren Fotoapparat mitgebracht und seinen kleinen Ross fotografiert. Zweimal war er das Opfer von Stalking geworden: einmal von einem Mann namens Herschel Swanbeck, das andere Mal von einer Frau namens Dulcinea Thomas. Irgendwie hatte Dulcinea herausgefunden, wo seine Eltern lebten, und war mit einem Kissen unter dem Hemd dort aufgetaucht, um zu behaupten, sie bekäme Zwillinge und Ross wäre der Vater. Ross hatte gerade erst aufgehört, für die Rund-um-die-Uhr-Überwachung von Breda und Vito zu zahlen. Er hatte ihnen ein neues Haus kaufen wollen, damit sie an einem sichereren Ort mit besserer Security leben konnten, aber sie hatten sich geweigert, das Haus zu verlassen, in dem sie seit vierzig Jahren lebten und in dem sie ihre Kinder aufgezogen hatten.

Ross hatte Mitleid mit Dulcinea, die wie so viele andere durch die Maschen der psychiatrischen Gesundheitsvorsorge gerutscht war. Er hatte angeboten, für ihre Therapie zu zahlen, aber sowohl Wanda als auch die Behörden hatten ihm davon abgeraten, mit der Begründung, dass jeder weitere Kontakt mit ihm Dulcineas Heilungsprozess nur erschweren würde.

Herschel Swanbeck war ein frustrierter Autor, der Ross zum ersten Mal geschrieben hatte, kurz nachdem sein erster Roman *Mistaken* zum Bestseller geworden war. Herschel hatte um Hilfe und Rat für den Weg zur Veröffentlichung gebeten, und Ross, trunken vom Erfolg und in klarer Erinnerung der vielen Absagebriefe, hatte ihn nur zu gern ermutigt und einige Vorschläge gemacht. Unglücklicherweise war Ross talentiert, und Herschel war es nicht. Obwohl sie sich nie auch nur ein Mal getroffen hatten, begann Herschel zu behaupten, er wäre der wahre Autor von *Mistaken*. Er durchsuchte wochenlang Ross' Müll, um Beweise dafür zu finden, dass Ross von ihm abgeschrieben hatte. Als Herschel verhaftet worden war, war Ross klug genug, keine Hilfe anzubieten.

Die einzigen Events, die Ross besuchte, waren seine Buchpräsentationen, ab und zu ein Interview und die absolut notwendigen Publicity-Events – und dann auch nur, wenn Wanda sich um alles kümmerte. So war er zu dem Ruf gekommen, einsiedlerisch und schwierig zu sein. Es war Wanda, die erklärt hatte, der beste Weg, um unerwünschte Aufmerksamkeit von sich fernzuhalten, bestünde darin, mit einer Frau aufzutauchen. »Geh nicht allein! Du könntest dir sonst genauso gut eine Zielscheibe auf den Schwanz malen.«

Ross ließ sich gewöhnlich von Deirdre begleiten, und wenn sie einmal nicht in der Stadt war, hatte er auch schon Carmel, Annie oder Aoife zwangsrekrutiert, aber es war nicht immer einfach, weil sie sich ständig entweder in den ersten Wochen einer Schwangerschaft befanden und sich die Seele aus dem Leib kotzten oder bereits hochschwanger und ständig auf dem Klo waren, oder sie stillten gerade und beschwerten sich andauernd über wunde oder leckende Brustwarzen.

»Müsst ihr mir alle schmutzigen Details erzählen?«, beschwerte Ross sich. »Ich bin euer Bruder, nicht euer Ehemann.«

»Du bist ein Mann, was heißt, dass du irgendeine arme Frau in dieselbe grauenhafte Situation bringen kannst«, hatte Carmel geantwortet.

Bei einer besonderen Gelegenheit hatte er sogar Breda mitgenommen, aber diese Erfahrung hatte er niemals wiederholt – sie hatte sich als tickende Zeitbombe entpuppt, die explodierte, sobald Mikrofone und Kameras auf sie gerichtet waren. Um das Ganze noch schlimmer zu machen, waren in letzter Zeit einige Artikel erschienen, die darüber spekulierten, ob RF O'Rourke nicht ein heimlicher Schwuler war, nachdem die einzigen Verabredungen, die er seit seiner Trennung von Simone Marchant öffentlich ausgeführt hatte, seine Schwestern waren. Ross hatte auch einmal echte Dates gehabt, aber diese Frauen hatten die unangenehme Neigung, mehr in die Einladung hineinzuinterpretieren und sofort damit anzufangen, auf Verlobungsringe hinzuweisen oder sich zu erkundigen, ob er Kinder wollte. Also war Danny ein Geschenk des Himmels. Nicht, dass Ross ihr das jemals verraten hätte. Sie würde es schon bald selbst merken.

KAPITEL 10

Die Party von Findlays fand in einem großen Lagerhaus in der Nähe des Hafens statt. Danny war beeindruckt von der Mühe, die man sich gemacht hatte, um das Lagerhaus in einen Strand zu verwandeln, komplett mit Sand, einem Volleyballplatz und – in einer Ecke – einem großen nierenförmigen Swimmingpool im Schatten von großen Topfpalmen. Surfboards hingen von den eisernen Dachsparren, und zwischen den Palmen waren Hängematten befestigt, auch wenn niemand mutig genug war, hineinzuklettern und zu riskieren, dass ihm eine Palme auf den Kopf fiel. Ein DJ legte Musik auf, und die Tanzenden in der Nähe des Pools wurden von einer Lichtanlage mit bunten Strahlern beleuchtet. Poster an den Wänden verkündeten, dass die Party-Erlöse einem Frauenhaus zugutekamen; auf der Bar und den kleinen Tischen unter Sonnenschirmen standen Spendenboxen, und mehrere Leute verkauften Lotterielose.

Danny öffnete ihre Tasche, um ihren Geldbeutel zu suchen, und zog stattdessen eine Mausefalle heraus. Sie fand auch drei Pässe und ein paar Urlaubsbroschüren: Deryl hatte ihr Vanessas Tasche gebracht.

Danny wurde schlecht. Schnell schloss sie die Tasche wieder und vergrößerte in ihrer Hast noch das Loch am Reißverschluss. Ross hatte nichts bemerkt. Er schüttelte gerade die Hand von Frances Heaton, Findlays Geschäftsführerin. Danny schob sich die Tasche mit dem belastenden

Material darin unter ihren Arm und ließ zu, dass Ross sie vorwärtszog.

»Ich bin Danny Lawton, sein ...« Sie konnte es einfach nicht aussprechen.

Ross legte ihr einen Arm um die Taille. »Date.«

Danny hasste diese Unehrlichkeit. »Wir sind verwandt.«

»Verwandt?«, wiederholte Frances.

Ross legte seine andere Hand auf Dannys nackte Schulter.

Sie versuchte, ihn abzuschütteln. »Angeheiratet – irgendwie ...«

»Mein Bruder und Dannys Schwester waren Lebensgefährten«, erklärte Ross.

»Aha«, sagte Frances.

»Sie sind beide tot.«

»Oh, das tut mir leid.«

Musste er damit so ungeschminkt herausplatzen? Danny rammte Ross die Schulter, die er nicht festhielt, in die Achselhöhle. »Ich bin seine *Schwägerin*.«

Er fasste sie fester. »Du bist so viel mehr als nur das, *Liebling*.«

Frances führte sie durch die Menge und stellte Ross im Vorbeigehen vielen Leuten vor. Jeder wollte mit ihm reden, um ihn über seine Bücher auszufragen und herauszufinden, wann das nächste in den Regalen auftauchen würde. Danny war überrascht, wie geduldig Ross wieder und wieder dieselben Fragen beantwortete. Er posierte für Fotos und gab Autogramme; nichts war ihm zu viel. Er war der perfekte Charmeur. Mehrere Male versuchte Danny, sich davonzumachen, aber Ross fing sie immer wieder ein, also gab sie es schließlich auf. Es ist eine Schande, dass er ein solches Arschloch ist, dachte Danny, wo sein Körper sich so vielversprechend anfühlt.

Quak! Quak! Quak! Quak!

Danny erstarrte wie ein Reh im Scheinwerferlicht, als sie Vanessas Handy in der Tasche klingeln hörte. Ihre Freundin hatte sich für den Frosch entschieden, nachdem Danny ihn zugunsten des Hahns abgelehnt hatte.

Quak! Quak! Quak! Quak!

Ross schenkte ihr einen neugierigen Blick. »Hattest du den Hahn satt?«

»Etwas in der Art«, murmelte Danny. Sie wagte es nicht, die Tasche zu öffnen, weil er sonst die Pässe sehen könnte.

Er kritzelte seinen Namen über ein Stück Papier und gab es jemandem in der Warteschlange zurück. »Willst du nicht drangehen?«

»Nein.«

Er runzelte die Stirn. »Warum nicht?«

»Weil … weil ich hier in diesem verdammten Lärm sowieso nichts verstehen würde, deswegen!« Der Frosch hörte auf zu quaken, und Danny atmete innerlich erleichtert auf.

Ross sah sie verwundert an. »Was, wenn es etwas Wichtiges ist? Was, wenn es etwas mit den Kindern zu tun hat?«

Danny war überrascht, dass er daran überhaupt dachte. »Wenn es so sein sollte, hinterlässt Van mir eine Nachricht.« Sie wandte sich ab, um klarzumachen, dass dieses Thema abgeschlossen war, blieb mit ihrem Absatz in einem besonders tiefen Haufen Sand stecken und fiel fast auf die Nase.

Ross fing sie auf – schon wieder. »Warum hast du diese dummen Schuhe angezogen?« Er war es leid zu fühlen, wie gut Danny sich eng an seinem Körper anfühlte – das glatte, warme Gefühl ihres nackten Rückens an seiner Hand und die Art, wie ihre Brüste sich gegen seine Brust drückten, wann immer sie stolperte oder jemand in der Menge sie anrempelte.

»Weil sie hübsch sind«, antwortete Danny.
»Hübsch?« Er hob ungläubig die Augenbrauen. »Seit wann kümmerst du dich darum, ob etwas hübsch ist?«
Danny wirkte, als hätte er ihr gerade eine Ohrfeige verpasst. Sie schob einen Finger in seinen Gürtel und beugte sich vor, um die Schuhe auszuziehen. »Hier! Nimm sie!« Sie drückte sie ihm in die Hände.
Er starrte auf die Schuhe. Es war nicht Dannys Fehler, dass er scharf auf sie und deswegen wütend war. Er schob die Schuhe in seine Jackentasche. »Danny, es tut mir l…«
Sie rammte ihm einen Finger in die Brust. »Wage es ja nicht, dich zu entschuldigen! Wir wissen beide, dass du es nicht ernst meinst.«
Frances wartete ungefähr einen Meter vor ihnen, und auf ihrem Gesicht lag ein fragender Ausdruck. Für Zuschauer sah es aus, als hätten Ross und Danny gerade einen vertraulichen Moment, und der Eindruck wurde noch dadurch verstärkt, dass Danny ihm ihre Schuhe gab – das war etwas, das sonst nur in schon lange bestehenden Beziehungen passierte.
Diese Schuhe bringen mich um. Kannst du sie in deine Jackentaschen stecken?
Du bist ein hoffnungsloser Fall! Gib sie mir!
Ross beobachtete Dannys glatten nackten Rücken, als sie auf Frances zustiefelte. Ihre Wirbelsäule war steif, ihre Schultern zurückgezogen, ihre gesamte Haltung bildete das Gegenstück zu einem erhobenen Mittelfinger. Ross schätzte, wenn man auf einer Skala von eins bis zehn messen wollte, wie sehr er es heute Abend verbockt hatte, hatte er eine Zwanzig erreicht.

Danny nippte an ihrem Drink und beobachtete Ross, wie er weiter Autogramme gab. Frances war verschwunden, um mit ein paar anderen Autoren von Findlays zu sprechen, also hatte Danny niemanden, mit dem sie sich unterhalten konnte, was nicht unbedingt schlecht war – ihre Nerven waren so angespannt, dass man wahrscheinlich Banjo darauf hätte spielen können. Als der Fotograf Danny bat, zusammen mit Ross zu posieren, schossen Flammen aus ihren bernsteinfarbenen Augen. Ross posierte allein, ohne sich die Mühe zu machen zu erklären, dass diese Fotos vielleicht an Magazine in den USA verkauft werden würden und er eigentlich wollte, dass seine Eltern Danny einmal sahen.

Trotz seiner versteinerten Miene konnte Danny spüren, dass Ross dachte, er hätte ihre Gefühle verletzt. Vielleicht war es für den Bruchteil einer Sekunde auch so gewesen, aber sie war kein dummes junges Mädchen und ganz sicher keines von diesen wimmernden Weibern um ihn herum. In einer kurzen Pause zwischen Autogrammen und Fotos fragte Danny: »Was hast du mit Ross gemacht?«

Er verstand: Sie würde nicht schmollen, sondern ihm stattdessen an die Kehle gehen. »Wenn du irgendwelche Witze über ›größte Fans‹ machst, werde ich dich im Pool ertränken.«

Danny steckte einen Finger tief in ihr Cocktailglas und leckte ihn dann ab. Sie hatte die Cocktails entdeckt, die von Kellnern verteilt wurden, und fühlte sich jetzt um einiges ruhiger – und Vanessas Telefon hatte nicht noch einmal geklingelt.

Ross wünschte sich inständig, Danny würde aufhören, an ihrem Finger zu saugen. »Wie viele von diesen Dingern hattest du schon?«

Sie leckte sich die Lippen. »Einen *Slow Comfortable Screw Up Against The Wall* und einen *Screaming Orgasm*.«

Er bekam einen Ständer. Danny hatte ihm einen Ständer verpasst. Danny, die Sumpfhexe. »Bist du dir sicher, dass du nur zwei hattest?«

»Ja, Opapa, ich hatte definitiv erst einen *Screw* und erst dann einen *Orgasm*.«

Er schaute grimmig drein.

»Sag mal«, begann Danny, »gehen viele Frauen auch noch ein zweites Mal mit dir aus?« Sie schaute auf die belegte Tanzfläche. »Ich nehme nicht an, dass du tanzen willst?«

Ross wollte *auf keinen Fall* mit ihr tanzen. »Ich tanze nicht.«

Sie seufzte. »Ich nehme an, das ist der Preis, den man dafür zahlt, beim Schlafen kopfüber zu hängen.«

Er presste die Lippen aufeinander. Wie machte sie das? Ihn innerhalb von ein paar Sekunden dazu zu bringen, sie erst ertränken, dann mit ihr schlafen und schließlich lachen zu wollen?

Danny fand sich mit ihrer Rolle als schmückendes Zierwerk ab, hängte sich bei ihm ein und fühlte sich mindestens genauso zerrissen. Ab und zu sah sie den traurigen, erschöpften Ausdruck auf seinem Gesicht, den sie bemerkt hatte, als er am Haus angekommen war. Die Leute benahmen sich, als würde er ihnen gehören. Sie stellten sehr persönliche Fragen und erwarteten, dass Ross sie beantwortete. War er verheiratet? Sie starrten Danny an, wenn sie das fragten. Warum nicht? Hatte er Kinder? Warum nicht?

»Ich habe zwölf Nichten und Neffen«, erklärte Ross. »Wofür brauche ich eigene Kinder?«

»In seinen Adern fließt italienisches Blut.« Danny schätzte die aufdringliche Rothaarige ab, die ihn gerade in der

Mangel hatte. »Und irisches. Niemand in der Familie hat je gelernt, nein zu sagen, und deswegen hat er mich.«

Frauen umkreisten Ross wie jagende Haie und lösten in Danny ein ausgeprägtes Revierverhalten aus. Er war offiziell ihre Verabredung – sie erwartete, dass die anderen Frauen sich zurückzogen und ein wenig Respekt zeigten.

Ein Kellner näherte sich mit einem Tablett voller Cocktails und einem Heft mit Losen.

»Wie viel?«, fragte Danny.

»Zwei Dollar pro Stück.«

Sie zeigte auf Ross. »Er nimmt hundert.«

Der Kellner keuchte auf. *»Hundert?«*

Ross grub seinen Geldbeutel aus der Jackentasche. »Was macht dich so sicher, dass ich zweihundert Dollar im Geldbeutel habe?« Danny wusste nicht, dass er dem Frauenhaus bereits zehntausend Dollar gespendet hatte.

»Natürlich hast du zweihundert Dollar dabei – du trägst die ganze Bank of New Zealand in deinem Geldbeutel herum«, bestand Danny. »Tatsächlich ist Allan Bollard gerade in Urlaub gefahren und hat dich zu seinem Stellvertreter ernannt.«

»Wer ist Allan Bollard?«

»Der Vorsitzende der Bank of New Zealand.«

Ross war froh, dass er Danny mitgenommen hatte – sie war eine perfekte Mischung aus Unterhaltung und persönlichem Insektizid. Übereifrige Fans warfen einen Blick auf ihre bösartig zusammengekniffenen Augen und entschieden sich, nicht allzu lang zu verweilen. Leider hielt es sie aber nicht davon ab, neben Dannys Schuhen Zettel in seine Taschen zu stecken.

Die Cocktails schienen langsam ihren Tribut zu fordern. Danny gähnte, und Ross erinnerte sich, dass sie in der

Nacht davor gearbeitet hatte. Er beobachtete, wie sie sich einen Cocktail vom Tablett des Kellners schnappte. Er nahm ihn ihr weg und stellte ihn auf das Tablett zurück. Es folgte ein kurzes Gerangel, bei dem Ross gewann.

»Haben Sie auch ein Glas Wasser oder Saft?«, fragte er den Kellner.

»Ja, Sir, was wäre Ihnen lieber?« Der Kellner beobachtete, wie Danny Ross' Hand abstreifte.

Ross betrachtete ihre störrische Miene und meinte: »Wasser wäre wunderbar.«

Der Kellner gab ihm ein großes Glas eisgekühltes Wasser, dann wandte er sich ab.

»Kommen Sie sofort zurück! Ich will kein Wasser!«, schrie Danny hinter ihm her. Dann drehte sie sich wütend zu Ross um. »Was sollte das bitte?«

»Du welkst mir dahin. Du hast letzte Nacht kaum geschlafen, und langsam holt es dich ein, Aschenputtel.« Er hielt ihr das Glas entgegen.

Danny nahm es und blaffte: »Was meinst du damit, dass die letzte Nacht mich einholt?«

Eine Blondine in einem winzigen roten Bikini und einem roten Hularock aus Plastik hielt neben ihnen an. Sie hatte Dannys Kommentar gehört und starrte sie neidisch an; sie hätte überhaupt nichts gegen eine Nacht mit RF O'Rourke. In einer Hand hielt sie einen schwarzen Marker, und ihre Wimpern waren falsch und so lang, dass es wirkte, als würden Spinnen aus ihren Augen kriechen.

Danny entschied, dass Spiderella sich besser Briefmarken auf die Brustwarzen geklebt hätte – das hätte mehr verdeckt als ihr Bikini.

Die Frau klimperte mit den Spinnen und fragte Ross mit einer tiefen rauchigen Stimme: »Kann ich Ihr Autogramm haben, Mr. O'Rourke?«

Oh Gott!, dachte Ross erschöpft. Sie baggerte ihn an. Er nahm den Stift. »Wo soll ich unterschreiben?«

»Auf meinem Busen.«

Danny stoppte ihren Versuch, die Aufmerksamkeit eines anderen Kellners zu erregen.

Spiderella schaute ihm tief in die Augen und sabberte: »Ich will, dass Ihr Name für eine lange Zeit nicht verschwindet.«

Danny war es leid, Frauen dabei zu beobachten, wie sie Ross volllaberten, seine Schultern berührten, ihn küssten oder eine Hand auf seine Brust legten. Ein paar hatten ihn gebeten, auf ihren Armen, Beinen und Hintern zu unterschreiben. Er hatte einen Arm und ein Bein mit einem Autogramm versehen, hatte sich aber geweigert, einen Hintern zu verzieren.

Die Frau berührte ihre linke Brust. »Könnte Sie RF hierhin schreiben?« Dann zeigte sie auf ihre rechte Brust. »Und O'Rourke hier?«

Danny saugte lautstark an ihrem Strohhalm. »Es tut mir leid, einen so fantastischen Moment zu zerstören, aber finden Sie das wirklich klug? Dieser Stift wirkt ziemlich spitz und könnte eine Lunge durchstechen – oder anderes.«

Spiderellas Kinnlade fiel nach unten. »Entschuldigung?«

Danny hoffte, dass ihre Wimpern zusammenklebten, so dass sie ihre Augen nicht mehr richtig öffnen konnte. »Sie können das ja nicht wissen, aber RF hat eine Silikonallergie. Es verursacht ihm Ausschlag.« Sie schaute zu Ross. »Stimmt das nicht, Schatz?«

Seine Augen glitzerten. »Der Fluch meines Lebens.«

»Das sind meine!«, verkündete Spiderella beleidigt.

Natürlich sind sie das, dachte Danny, *und bevor du sie gekauft hast, gehörten sie einer Firma, die medizinische Prothesen verkauft.* »Und das freut uns auch alle. Aber

um auf Nummer sicher zu gehen, sollte er vielleicht doch lieber auf Ihrem Arm unterschreiben.«
Die Blicke, mit denen die Frau Danny bedachte, waren tödlich, aber Ross schätzte ihre Chance gegen Danny als marginal ein. Er griff sich die Blondine an den Schultern, wirbelte sie herum und sagte schnell: »Wie wäre es mit meinen Initialen auf einem Schulterblatt und meinem Nachnamen auf dem anderen?«
Spiderella starrte weiter böse zu Danny und hob ihre Haare – geflochtene blonde Haarverlängerungen, wie Danny bemerkte – über ihre Schultern. »Manche Leute haben kein Benehmen«, schimpfte sie. »Welches Sternzeichen sind Sie?«, wollte sie dann von Ross wissen.
Zu beobachten, wie Ross auf dem Rücken der Frau unterschrieb, machte Danny wahnsinnig. »Zählt Werwolf?«
Ross kritzelte seinen Namen und antwortete desinteressiert: »Skorpion.«
»Oooooh!« Spiderella erzitterte entzückt, und der Stift blieb an ihrem Schulterblatt hängen. »Geheimnisvoll, gefühlstief und …«, sie schmachtete Ross von unten an, *»leidenschaftlich.«*
»Nicht menschlich«, fügte Danny zur Sicherheit noch hinzu.
Ross schloss den Stift wieder. »Sagen Sie«, fragte er Spiderella, »unter welchem Sternzeichen sind Leute mit großem Mundwerk geboren?«
Spiderella war entzückt. Wenn sie RFs sarkastischen Ton richtig deutete, war zwischen ihm und seiner großmäuligen Begleitung nicht alles eitel Sonnenschein. »Na ja, Löwen können ziemlich dramatisch sein, und Zwillinge sind sehr kommunika…«
»Welches Sternzeichen war Dracula?«, unterbrach Danny sie. »Oder Darth Vader?«

Spiderella wirkte verwirrt. »Wovon reden Sie? Dracula und Darth Vader sind keine echten Menschen!«
Danny nickte in Ross' Richtung. »Er auch nicht, und übrigens bin ich auch Skorpion.«
Er schüttelte den Kopf. »Kann nicht sein, du hast dich im Monat vertan.«
Spiderella versuchte, sich einzumischen. »Skorpione sind geboren zwischen dem vierundzwanzigsten Oktober und dem …«
»November«, warf Danny ein, »siebzehnter November.«
Ross starrte sie an. »Das ist mein Geburtstag!«
»Das kann nicht sein. Es ist meiner!«
Spiderella schlich sich mit einer halben Unterschrift und ohne ihren Stift davon.
Ross lachte über Dannys Empörung. »Du glaubst, du bist die einzige Person, die am siebzehnten November Geburtstag hat?« Er hörte auf zu lachen, als Danny zusammenzuckte. Jemand anders hatte am selben Tag Geburtstag gehabt. *Daniella.*
Dannys Augen brannten, und sie blinzelte wütend. Sie würde nicht vor dem verdammten Ross Fabello weinen!
»Gib mir meine Schuhe!«
»Was?«
Sie riss ihre Sandalen aus seinen Taschen und beobachtete, wic unzählige Zettel wie Konfetti auf den Boden rieselten. »Was zur Hölle …« Dankbar für die Ablenkung beugte Danny sich vor und sammelte ein paar davon ein.
Ross ging neben ihr in die Hocke und versuchte, sich die Fetzen zu greifen. »Lies sie nicht!«
Sie riss ihre Hände zurück. »Dafür hast du mich mitgenommen, erinnerst du dich? Um dir den Rücken freizuhalten. Ich wette, wo die herkommen, gibt es noch jede Menge mehr.« Ihr Blick blieb an dem Lippenstiftabdruck

auf seinem Hemd hängen. »Und du hast Lippenstift am Hemd!«
Sie sprang auf die Füße und floh.
Ross beobachtete mit grimmiger Miene ihren Abgang. »Es ist deiner.«

♥

Danny fand noch einen Platz an der vollen Bar und bestellte sich einen Cocktail. Sie war offiziell außer Dienst; Ross konnte sich und jeden anderen, der sein Interesse erregte, irgendwo lecken. Um sich abzulenken, las Danny die Zettel.
Ein durchtrainierter junger Polynesier brachte ihren Drink. Er schaute auf die Zettel und fragte frech: »Schreiben Sie ein Buch?«
Danny nippte an ihrem Glas. »Das wäre nicht jugendfrei. Kennen Sie ein Mädchen namens Wendi?« Sie gab ihm einen der Zettel. »Sie schreibt ihren Namen mit einem I und Fellatio mit Ypsilon.«
Der Barmann las kurz und grinste. »Nein, aber ich würde sie gern kennen.« Er streckte seine Hand aus. »Ich bin Nathan.«
Danny nahm sie. »Danny.«
»Sie sind mit diesem amerikanischen Schriftsteller gekommen, oder?«
»Ja.«
Nathan beobachtete sie, wie sie weitere Zettel auffaltete und sorgfältig auf der Bar stapelte.
»Was werden Sie damit machen?«
»Wahrscheinlich wegwerfen.«
»Was für eine Verschwendung!« Nathan war erst dreiundzwanzig, und so gut Danny ihm auch gefiel: Er fühlte

sich noch nicht bereit für die Monogamie. Er hielt Wendis Zettel hoch. »Kann ich den hier haben?«

Danny dachte darüber nach. »Das hier ist eine Benefizparty für ein Frauenhaus, richtig? Also, wie wäre es, wenn ich Ihnen den Zettel verkaufe und wir das Geld spenden?«

»Klingt gut.« Er gab ihr einen Zehn-Dollar-Schein.

»Zehn Dollar! Das ist ziemlich großzügig, Nathan.«

»Wenn Wendi auch nur die Hälfte von dem kann, was sie hier verspricht, ist sie das Geld wert.«

Danny steckte den Schein in eine der Sammelboxen auf der Bar und überlegte kurz, ob es ethisch vertretbar war, die Zettel an fremde Männer zu verkaufen, aber dann entschied sie, dass es okay war. Schließlich hatten die Frauen von sich aus auch ihre gesamten Kontaktdaten in die Tasche eines völlig Fremden gesteckt.

»Hey, Jase!« Nathan rief den anderen Barmann. »Komm und schau dir das an!«

Bevor Danny wusste, wie ihr geschah, waren die Lichter über der Bar angeschaltet, und es lief eine richtige Auktion. Männer boten auf die Zettel, und die Frauen, die sie geschrieben hatten, versuchten, sie zu überbieten, um sie wiederzubekommen, außer ihnen gefiel, wie der Bieter aussah.

Die Sammelboxen füllten sich schnell. Nathan und Jase hatten Danny dazu gebracht, sich auf die Bar zu setzen und die Zettel vorzulesen, während sie die Gewinne einsammelten, Getränke verkauften und auf potenzielle Käufer aufmerksam machten, indem sie laut »GEBOT!« schrien.

Von ihrem Sitz auf der Bar konnte Danny das ganze Lagerhaus überblicken. Sie sah, wie die Tanzfläche sich nach und nach leerte, weil die Leute zu dem Spaß an der Bar wanderten. Und sie sah Ross hinten in der Menge auftauchen, seine Arme verschränkt und sein Gesicht im Schatten. Zwei weitere Cocktails hatten es ihr leichter gemacht, die Leere in sich zu ignorieren, und hatten den Abend in ein rosiges Licht getaucht.

Als alle Zettel verkauft waren, wurden die Lichter wieder gedimmt, und die Leute drifteten auf die Tanzfläche zurück, manche mit demjenigen, mit dem sie gekommen waren, einige andere mit Leuten, die sie noch nie zuvor gesehen hatten. Der DJ spielte ein langsames Lied, das normalerweise für das Ende des Abends reserviert war, wenn die Paare sich eng aneinanderkuscheln wollten. Danny blieb auf der Bar zurück, und der Rock ihres Marilyn-Monroe-Kleides bauschte sich silbrig um ihre Hüften. Sie lehnte sich zurück, stützte ihre Hände auf, schlug ihre Beine übereinander und beobachtete, wie Ross sich näherte.

Er hielt vor ihr an und legte rechts und links von ihr je eine Hand auf der Bar ab. »Du konntest einfach nicht anders, oder?«

Danny beobachtete ihn durch eine Strähne blauen Haares, die ihr vor ein Auge gefallen war, und ließ eine Sandale wippen. »Hey, ich war nicht diejenige, die Autogramme auf Beinen und Hintern verteilt hat! Ich habe nur eine Bürgerpflicht erfüllt.«

»Du bist schamlos.«

Im dämmrigen Licht war es schwer, seinen Gesichtsausdruck zu lesen. Er klang eher amüsiert als wütend. »Nicht wirklich, aber das schummrige Licht hat mein Erröten verborgen.«

Die Spitze von Dannys hochhackigem Schuh schlug in stetigem Rhythmus gegen Ross' Oberschenkel. Er fing ihre Fessel ein, bevor sie in seine Erektion treten konnte, die ihn schon fast den ganzen Abend quälte. Seine Finger umfingen ihren Knöchel; ihre Haut war warm und glatt. Ross verstand es einfach nicht – er war umgeben von nackten Brüsten und Hintern, aber wer ihn anmachte, war eine Frau mit blauen Haaren, quasi nicht vorhandenen Brüsten und einem Mundwerk, das als Waffe registriert sein sollte.

»Danny«, setzte er an, »wegen der Geburstagssache …« Für einen Mann, der sich ungern entschuldigte, bekam er in letzter Zeit viel Übung darin.

Danny drückte ihre Fußspitze gegen seinen Schenkel. »Nicht.«

Entschuldige dich nicht! Erinnere mich nicht!

Sein Schenkel fühlte sich stark und belastbar an. Danny wünschte sich, sie wäre barfuß, denn dann könnte sie ihre Zehen in den Muskeln seines Oberschenkels vergraben. Ross fasste ihren Knöchel enger. Sie ließ ihren anderen Fuß langsam nach oben gleiten. »Du solltest mir dafür danken, dass ich diese Zettel verkauft habe.«

Ross fing auch den zweiten Fuß am Knöchel ein. »Oh, wirklich?«

Sie war gefangen, ihre überschlagenen Beine von seinen Händen fixiert. »Ich habe dir einen Gefallen getan.«

Er streichelte mit seinen Daumen die Innenseite ihrer Knöchel. »Wie?«

Danny legte ihre Finger fester um den Rand der Bar und antwortete ein wenig atemlos: »Zwei von ihnen kamen von Männern.« Sie lachte, als Ross das Gesicht verzog. Sein Haar stand in zwei Hörnern rechts und links vom Kopf ab. Danny streichelte die seidigen Locken nach unten. »Deine Hörner werden sichtbar.«

Er glitt mit seinen Händen über ihre Unterschenkel. »Tatsächlich?«

Fühlt es sich so an?, fragte Danny sich. Hatte Nella diese

Gefühle bei Patrick? Fühlte ihre Mutter sich bei ihrem Vater so? Es war, als wäre in Dannys Unterleib ein Erdbeben ausgebrochen, würde eine Erschütterung nach der anderen ausschicken, ihre Nerven anschalten und ihre Haut zum Kribbeln bringen.

Sie zuckte zusammen, als Nathan ihr plötzlich von hinten auf die Schulter tippte. »Hey, Danny, ein Kerl hat gesagt, dass er fünfzig Dollar für einen Tanz mit dir zahlen würde.«

Sie blinzelte ihn über ihre Schulter an. »Was?«

Ross zog seinen Geldbeutel heraus und leerte ihn in eine der Sammelbüchsen. »Er wurde überboten«, erklärte er dem Barmann scharf.

Nathan schaute erst auf die Scheine, die aus der Büchse ragten, dann in Ross' Gesicht, und schließlich drehte er sich um und rief die Bar entlang: »Der ist eine Nummer zu groß für dich, Kumpel!«

Ross hob Danny von der Bar. Dann stemmte er seine Hände rechts und links neben ihr auf und lehnte sich zu ihr. Sie konnte fühlen, dass er hart war, und ihr Herz spielte verrückt. Es dauerte einen Moment, bis sie Worte hervorbringen konnte. »Ich habe mich bemüht, brav zu sein.«

Ross starrte auf ihren Mund. »Unartig kannst du viel besser«, murmelte er. Und küsste sie.

Danny schmolz gegen die Bar wie Butter auf einer heißen Herdplatte. Ross war eine dieser seltenen Kreaturen: ein guter Küsser. Sie bog ihren Rücken durch, schob ihre Hände über die glatte Oberfläche der Bar und erwiderte den Kuss mit allem, was sie hatte.

Als sie sich schließlich voneinander lösten, klammerte sie sich an das Revers von Ross' Jacke, er hielt ihren Rock in einer Hand, und sie hatte ein Bein um seinen Schenkel gelegt. Sie starrten sich an, und ihre Atemluft schoss zwischen ihren Lippen hin und her wie ein Pendel.

»Komm mit mir in mein Apartment!«, flüsterte Ross rauh.

Danny nickte.

Nathan tippte sie wieder auf die Schulter. »Ähm … Danny?«

Ross starrte ihn über ihren Kopf hinweg böse an. »Was jetzt?«

Der Barmann schob eine schwarze Handtasche über die Bar und trat mit erhobenen Händen zurück. »'tschuldige, Kumpel! Jemand hat das hier auf dem Boden gefunden. Da ist ein Pass mit Dannys Bild drin.« Er verschwand, um eine Bestellung aufzunehmen.

Danny starrte ausdruckslos auf die Tasche. Pass? Was für ein Pass? Dann brach die Realität über ihr zusammen wie eine Welle. Die Pässe! Sie stürzte sich auf die Tasche.

Ross war schneller. Er zog den Reißverschluss auf, holte die Pässe heraus und las die Namen darin.

Danny versuchte, sie ihm zu entreißen, aber er wich ihr ohne Probleme aus. »Ich kann das erklären!«, rief sie.

Er legte die Dokumente vorsichtig in die Tasche zurück und musterte sie kalt. »Hattest du vor, sie mir zu geben?«

»Natürlich nicht!«

»Du Miststück!«, sagte Ross leise.

»Lass es mich erklären!«

»Draußen.« Er griff sich ihren Ellbogen und führte sie durch die Menge und aus dem Lagerhaus. Keiner von beiden bemerkte den Fotografen.

Draußen nieselte es. Die Laternen hatten neblige Heiligenscheine, und vom Hafen her wehte ein kalter Wind. Danny war völlig aus dem Gleichgewicht. Sie hatte Ross schon irritiert, sauer und wütend gesehen, aber noch nie-

mals in solch eiskalter Rage. Er öffnete den Explorer und zog die Beifahrertür auf. »Steig ein!«, befahl er kalt.
Danny schüttelte den Kopf und drückte ihre nackten Zehen gegen den nassen Asphalt des Parkplatzes. Ihre Schuhe waren verlorengegangen, als Ross sie von der Bar gehoben hatte. »Nein!«
Ross biss die Zähne zusammen und knurrte: »Steig ins Auto, Danny!«
Der Wind wehte böig, und sie zitterte. »Nur, wenn ich erklären darf.«
Er knallte die Tür zu. Sie zuckte zusammen, wich aber nicht von der Stelle. »Wenn du lieber im Regen stehst und mir erklärst, warum du deinen Pass und die Pässe der Kinder zusammen mit Reisebroschüren in deiner Tasche hast, dann los!«
»Es ist nicht so, wie es aussieht! Ich hatte nicht vor, die Kinder außer Landes zu schaffen.« Danny schob sich den nassen Pony aus den Augen. »Ich habe kein Geld!«
»Folglich würdest du die Kinder also außer Landes schaffen, wenn du Geld hättest?«
»Nein!« Sie zeigte auf die Tasche. »Das ist nicht meine Tasche. Deryl hat mir aus Versehen Vans gegeben. Ich habe Van die Pässe zur Aufbewahrung gegeben, zur Sicherheit …« Danny hielt inne. Das klang nicht besser. Der Regen wurde dichter und durchnässte ihr dünnes Kleid.
»Deswegen wolltest du also nicht ans Handy gehen. Es ist Vanessas.« Ross lächelte dünn. »Du wolltest sie vor mir in Sicherheit bringen, richtig?«
Sie wedelte hilflos mit den Armen. »Ja und nein.« Sie fing an, mit den Zähnen zu klappern. »Ich h-habe mir S-Sorgen gemacht, dass du die K-K-Kinder entführen könntest.«
»Aha.« Er steckte die Hände in die Hosentaschen und ballte sie zu Fäusten, um Danny nicht zu schütteln. »Soll-

te der Fick dabei helfen, mein Elend zu verringern, wenn *du meine* Nichte und *meinen* Neffen entführst?«

»Nein! Ich wollte …«

»Mich ficken?«

Sie stolperte rückwärts, als hätte er sie geschlagen. Der Wind wechselte die Richtung, und der Regen wirbelte um sie herum. Der silberne Plisseestoff ihres Kleides verlor seine Festigkeit und wurde durchsichtig. Ross beobachtete, wie das Material sich an ihre Hüften, Schenkel und ihren Bauch schmiegte, und wollte stöhnen, als Lust wie ein Buschfeuer in seinen Unterleib schoss. Er wollte sie anbrüllen, seine Wut und Enttäuschung herausschreien. Er war ein Narr gewesen.

Nicht mehr.

Danny verschränkte die Arme und umfasste ihre nackten Schultern mit den Händen. »I-Ich hatte nicht v-vor, Matt und Mia wegzubringen! Ich w-würde mir auf k-keinen F-Fall Geld leihen. Ich bin schon bis über beide Ohren verschuldet!«

Er lächelte grimmig. »Ich weiß.«

»Woher? Wieso weißt du das?«

Statt ihre Frage zu beantworten, holte Ross die Pässe aus der Tasche. »Hier ist deiner. Ich werde ihn nicht brauchen.« Er warf das kleine blaue Büchlein in Dannys Richtung.

Es landete in einer Pfütze vor ihren Füßen. Sie ging in die Hocke und fischte danach.

Ross öffnete die Beifahrertür wieder. »Jetzt *schlage ich vor*, dass du einsteigst.«

Danny drückte den Pass gegen ihre Brust und starrte zu ihm auf. Regen tropfte in ihre Augen, und Gänsehaut ließ ihre nackte Haut aussehen wie Blisterfolie. »G-Gib mir die Tasche! Ich komme allein nach Hause.«

Ross durchsuchte den Inhalt der Tasche.
»L-Lass das in Ruhe!«
»Hier sind fünf Dollar, zwei Tampons, ein Handy und …«, er zog die Mausefalle heraus und starrte sie an, »eine Mausefalle in dieser Tasche. Wie bitte willst du nach Hause kommen? Per Anhalter über die Harbour Bridge?«
Danny stand auf. »G-Geht dich nichts an; g-gib mir die T-Tasche!«
»Steig in das Auto, und du kriegst die Tasche!«
Sie ging los in Richtung Straße.
»Danny!«, brüllte Ross. *»Komm hierher zurück!«*
Danny hörte den Motor starten und fing an zu laufen. Der Explorer kam quietschend direkt neben ihr zum Stehen, und die Beifahrertür wurde aufgestoßen, so dass sie ihren Weg blockierte. Ross lehnte sich über den Sitz und knurrte: »Steig ein!«
Sie trat gegen die Tür aus, verfehlte sie und schrie: »Du Irrer! Du hättest mich überfahren können!«
»Wenn du dir den Arsch abfrieren und nach Hause laufen willst, dann bitte, viel Vergnügen! Aber wenn du da ankommst, werde ich schon auf dich warten!«
Danny suchte nach einem Weg um das Auto. »Wenn du auch nur einen Fuß auf mein Grundstück setzt, dann rufe ich die Polizei und zeige dich wegen Hausfriedensbruchs an!«
»Es ist nicht dein Grundstück.«
Sie hörte auf, nach einem Weg zu suchen, und schaute Ross an. »Was?!«
»Deine Schwester hat alles Pat hinterlassen«, erklärte er mit wilder Befriedigung. »Und Pat hat alles mir hinterlassen.«
»Nein«, flüsterte Danny. »Das hätte Nella nie getan!«

»Das Haus gehört zu zwei Dritteln mir«, sprach Ross weiter. »Und ich ziehe ein.«

Er nahm sie mit in sein Apartment am Viaduct Basin und ließ sie warten, während er sich trockene Kleidung anzog und einen Koffer packte. Danny saß zusammengekauert in einem Stuhl im Schlafzimmer. Ross traute ihr nicht genug, um sie in der Lounge warten zu lassen. »Warum ziehst du dir nicht dieses nasse Kleid aus und nimmst meinen Bademantel?«, schlug er vor, als er nicht länger mit ansehen konnte, wie sie zitterte.
Danny antwortete fast tonlos: »Warum nimmst du dir nicht deinen Bademantel und steckst ihn dir sonst wohin?«
Ross ging ins Bad und kam mit einem großen grau-weißen Handtuch zurück. Er hielt es ihr entgegen. »Willst du es selbst machen? Oder soll ich?«
»Wenn du mich berührst, schreie ich das Haus zusammen!«
»Schön, mach es selbst.« Ross ließ das Handtuch in ihren Schoß fallen und packte weiter. Er hörte das Geräusch eines Handtuchs, das über Haut gerieben wurde, und atmete auf. Das übergroße Bett schien ihn zu verspotten. Was für ein Narr er gewesen war zu glauben, dass sie diese Nacht zusammen darin verbringen würden! Sie war Daneka Lawton. Vernarbt, kampferfahren, *unerreichbar*.
Danny starrte aus den Fenstertüren auf die Lichter der Boote im Rangitoto-Kanal. Sie war überrascht, dass sie aufgehört hatte zu zittern. Innerlich fühlte es sich an, als hätten ihre Adern sich in Eis verwandelt. Sie stellte sich vor, wie sie sich unter ihrer Haut erstreckten als ein ge-

frorenes weißes Netzwerk aus Eis. Wenn sie Glück hatte, würden bald auch ihre Nerven einfrieren, und der Schmerz würde nachlassen. Sie konnte nur sich selbst Vorwürfe machen; sie hatte es sich selbst zuzuschreiben, weil sie sich Ross geöffnet hatte. Danny war erschüttert. Wie war das passiert? Männer waren nur für Sex zu gebrauchen, und sie war immer diejenige, die das *Wer* und *Wann* bestimmt und insgesamt auf dem Fahrersitz jeder Beziehung gesessen hatte. Sie hatte nicht vor, zum Fahrgast in einer emotionalen Achterbahn zu werden wie ihre Mutter und Schwester. Also, was war heute Abend mit Ross geschehen? Was war anders?

Er warf noch ein paar Kleidungsstücke mehr in den offenen Koffer, dann ging er ins Bad. Dannys Finger gruben sich tiefer in das weiche Handtuch. Sie würde seinen Bademantel nicht nehmen, aber das Handtuch gehörte zum Apartment. Danny legte es sich um die Schultern und fühlte, wie es an etwas auf dem Tisch hinter ihr hängenblieb. Sie wirbelte herum, weil sie dachte, sie hätte die Lampe vom Tisch gestoßen, und sah stattdessen auf dem Boden eine braune Dokumentenmappe und ein paar bedruckte Blätter Papier.

Danny lehnte sich vor, um alles aufzuheben, und erblickte ein Foto von sich selbst in ihrer Krankenhausuniform, wie sie mit einem Stethoskop um den Hals über etwas ging, das aussah wie der Parkplatz am Krankenhaus. Sie streckte langsam ihre Hand nach dem nächsten Bild aus. Es zeigte sie, wie sie die Tür ihres blauen Nissan offen hielt, während Matt und Mia auf den Rücksitz kletterten. Es war außerhalb der Schule aufgenommen worden.

Jemand hatte sie und die Kinder fotografiert.

Jemand war ihnen *gefolgt*.

Jemand hatte ihnen nachspioniert.
Danny hob die Bilder und die bedruckten Seiten auf und lehnte sich im Sessel zurück.
… 15:10 Uhr – DL holt Kinder von Schule ab. 15:21 DL kehrt nach Hause zurück …
Ihr gesamtes Leben befand sich auf diesen Seiten. Sie blätterte weiter. Es gab Informationen über ihre Mutter, über Nella. Es gab sogar eine Seite über ihren Vater. Danny fühlte sich vergewaltigt. Ross hatte sie beschatten lassen. Sie beobachtete, wie er mit einem Kulturbeutel aus dem Bad trat.
Ross sah die Akte auf Dannys Schoß und blieb abrupt stehen.
»Ich habe mich schlecht gefühlt wegen der Pässe, weil ich dir nicht vertraut habe. Und die ganze Zeit hast du jemanden bezahlt, um mir zu folgen, um meine Privatsphäre zu verletzen.« Ihr Ton war beiläufig. Danny hielt das Foto hoch, auf dem sie die Kinder von der Schule abholte. »Was hast du gehofft zu finden, Ross? Dass ich der Anführer eines Drogenrings bin? Oder mir ein bisschen was mit Prostitution dazuverdiene, während die Kinder in der Schule sind?«
Ross weigerte sich, sich in diesem Schmierentheater die Rolle des Bösewichts zuschieben zu lassen. »Du hast mir keine Wahl gelassen. Du wolltest mir nicht entgegenkommen.«
Danny betrachtete das große sorgfältig gemachte Bett und dachte wieder daran, wie nah sie daran gewesen war, mit ihm zu schlafen. Sie wandte sich ab, angewidert von sich selbst.
Ross wusste, was sie dachte, und wünschte, er könnte die Zeit an den Anfang des Abends zurückdrehen – oder noch besser, zum ersten Tag, an dem sie sich getroffen hatten.

Er wünschte sich, er wäre nicht Pats Bruder und sie wäre nicht Daniellas Schwester.
»Ich will nicht, dass es so ist«, offenbarte er ihr leise.
»Dir tut es nur leid, dass du nicht flachgelegt wurdest.« Sie faltete eines der Blätter in der Hälfte, dann noch einmal zu Vierteln. »Danke, Fabello.«
»Wofür?«
»Für das Ende einer offenen Geschichte.« Danny schob das Stück Papier in Vanessas Tasche und stand auf. »Jetzt weiß ich, was mit meinem Vater passiert ist. Gestorben an Lungenkrebs. Mum hat ihn immer gewarnt, dass die Zigaretten ihn am Ende umbringen würden.«
Sie wollte damit doch sicher nicht sagen, dass sie nicht gewusst hatte, dass ihr Vater tot war? Aber als er sie wieder anschaute, sah er die Wahrheit. »Danny …«
»Ich will nach Hause«, sagte sie ausdruckslos.
»Danny, wir müssen darüber reden!«
»Nein, müssen wir nicht. Wir müssen in dein Auto steigen und zu unserem Haus fahren – ich habe Nella und Patrick die Hälfte der Anzahlung gegeben, also brauchst du nicht glauben, dass du mich aus meinem Teil verdrängen kannst.« Dannys Augen blitzten. »Du gewöhnst dich besser daran, deinen fetten Geldbeutel zu öffnen, Fabello, denn am Haus muss jede Menge gemacht werden, und ich habe vor, das alles von meinem neuen Vermieter einzufordern.«

KAPITEL 11

Danny schlief in dieser Nacht fast überhaupt nicht. Als sie endlich den Versuch aufgab, zwitscherten die ersten Vögel aus vollen Kehlen, und ihre Augen fühlten sich an, als hätte der Sandmann seine Säcke dort vergraben als Rache für seinen vergeblichen Besuch. Es regnete immer noch. Der Wind hatte zugenommen und blies um das alte Haus, fand seinen Weg durch Risse und unter das rostende Dach.
Danny durchlebte immer wieder den Moment, als Ross ihr erklärt hatte, dass er den Großteil des Hauses besaß. Er hätte genauso gut sagen können, dass er sie besaß. Jedes Mal, wenn sie daran dachte, dass ein Fremder sie und die Kinder beobachtet, jede ihrer Bewegungen notiert hatte, lief es ihr eiskalt den Rücken hinunter. Und wenn sie daran dachte, wie scharf sie darauf gewesen war, mit Ross zu schlafen, wollte sie sich zu einem Ball zusammenrollen und verstecken. Er hatte an ihren Fäden gezogen, und sie hatte reagiert wie eine Marionette. Genau wie ihre Mutter und Schwester war sie schwach und formbar gewesen. Sie hatte sich immer eingebildet, anders zu sein, aber die letzte Nacht hatte gezeigt, dass das überhaupt nicht stimmte. Ross hatte sie zu etwas gemacht, was sie von Herzen hasste. Es würde nicht wieder passieren.
Sie lag in der Dunkelheit im Bett und fühlte seine Anwesenheit im Haus. Es war wie eine elektrische Spannung. Die Atmosphäre schien zu pulsieren und zu vibrieren.

Ross schlief im Wohnzimmer – falls es tatsächlich möglich war, auf der alten kaputten Couch zu schlafen. Danny erinnerte sich an das Gefühl seines Körpers und die Berührung seiner Zunge an ihrer. Sie rollte sich rastlos herum und fühlte die Kühle des Lakens an ihren nackten Beinen. Es war schwer genug, ihr Leben in Ordnung zu bringen, ohne dass er sich einmischte. Es gab keine Anleitung oder kein Selbsthilfebuch, das Danny kaufen konnte, in dem stand, wie sie das Loch auffüllen sollte, das Nella hinterlassen hatte. Sie konnte nur ihren Instinkten folgen und das Beste hoffen. Sie war auf sich gestellt und handelte nach Gefühl.

Sie mussten Matt und Mia zuliebe einen Weg finden, ihre Launen zu kontrollieren und miteinander auszukommen. Danny musste diese … Sache zwischen ihnen in den Griff kriegen. Der Mann, den sie geküsst hatte, war nicht der wahre Ross; der *wahre* Ross war hinterhältig und rachsüchtig. Sie fühlte sich noch schlechter und schuldiger, als sie darüber nachdachte, dass jetzt Matt und Mia in diese Scheußlichkeit zwischen ihnen hineingezogen wurden.

Um sechs Uhr stieg sie aus dem Bett und ging so leise wie möglich auf die Toilette, falls der verdammte Ross Fabello sie von seinem Bett auf der Couch aus hören konnte. Noch gestern Morgen hatte sie aufstehen und so viel Lärm machen können, wie sie wollte – sie hätte splitterfasernackt ins Bad marschieren und dabei laut die Nationalhymne schmettern können. Aber jetzt hatte sich alles verändert; der Feind war in ihr Haus eingefallen. Sie musste raus. Danny entschied sich, loszuziehen und die Kinder früher abzuholen, um ihnen die Nachricht zu überbringen, dass Ross eingezogen war. Als sie am Wohnzimmer vorbeiging, wagte sie einen Blick hinein.

Ross schlief, einen Arm über dem Kopf, so dass man ein

Büschel seiner Achselbehaarung und eine nackte Schulter sah. Danny bezweifelte, dass er eine angenehme Nacht dort verbracht hatte. Die Couch wartete mit mehreren losen Spiralen auf, die durchaus fähig waren, den Unvorsichtigen zu verletzen. In der Nacht zuvor war sie enttäuscht gewesen, als Ross auf ihre Weigerung, ihn in Nellas Bett schlafen zu lassen, keine Reaktion gezeigt hatte. Statt zu diskutieren, hatte er einfach angefangen, die Schränke im Flur zu durchsuchen, die Danny ihm als möglichen Fundort für Decken genannt hatte. Bei einer Tür war ihm nach dem Öffnen ein Haufen Flohmarktmüll auf den Kopf gefallen. Dort hatte Ross schließlich Matts alte *Thomas-die-kleine-Lokomotive*-Decke und ein klumpiges altes Kissen gefunden. Als Nella noch gelebt hatte, waren die Schränke beispielhaft aufgeräumt gewesen, aber jetzt erinnerten sie an schwarze Löcher: Dinge fielen hinein und verschwanden für immer. Es hatte ihn seine gesamte Kraft gekostet, die Schranktür wieder zu schließen. Danny knallte beim Verlassen des Hauses die Tür hinter sich zu und trat auch noch gegen den Reifen des Explorers, als sie auf ihrem Weg zur Garage an dem Auto vorbeikam. Ross würde bald weit mehr vermissen als nur das übergroße Bett und den privaten Lift in seinem Penthouse.

Vanessa war nicht überrascht, Danny schon so früh zu sehen. Sie öffnete die Tür in einem grünen Kimono mit weißen Kranichen darauf und einem Paar Frotteepantoffeln. »Hat er die Pässe gefunden?«
Danny schob sich an ihr vorbei. »Ja.«
Mia schaute im Wohnzimmer Cartoons an, während Matt im Gästezimmer immer noch schlief.

Vanessa wartete, bis sie in der Küche waren. »Ich habe nicht gemerkt, dass Deryl dir meine Tasche gegeben hat, bis du schon weg warst. Ich wollte nicht riskieren, dich anzurufen, bevor du auf der Party bist und der Lärm das Läuten meines Telefons überdecken würde.«

Danny setzte sich auf einen Stuhl und nickte. »Ich weiß. Ich habe mir schon gedacht, dass du es warst.«

»Es tut mir so leid, Danny! Ich hätte gehen sollen, um deine Tasche zu holen – dann wäre nichts davon passiert. Ich habe mir solche Sorgen gemacht!«, klagte Vanessa. »Was hat Ross gesagt, als er die Pässe gesehen hat?«

»Er ist eingezogen.«

Vanessa runzelte die Stirn. »Was meinst du mit ›Er ist eingezogen‹?«

»Letzte Nacht – ist er eingezogen.«

»Eingezogen? Warum sollte er einziehen?« Vanessa zögerte. »Du und er – ihr habt nicht …«

»Nein!« Danny fühlte, wie ihr Kopf heiß wurde. »Haben wir nicht!«

»Okay! Ruhig Blut!« Sie machte schnell die Küchentür zu. »Vielleicht wäre es besser, wenn du mir die ganze Geschichte erzählst.«

Das tat Danny, wenn sie auch den leidenschaftlichen Kuss an der Bar zwischen ihr und Ross ausließ.

»Er hat dich *verfolgen* lassen?«

»Ja, er hat Fotos und tägliche Berichte und alles.«

»Und jetzt behauptet er, ihm *gehöre* das Haus? Aber du hast Daniella die *halbe* Anzahlung gegeben und den größten Teil der monatlichen Raten getragen!«

Danny stemmte ihre Ellbogen auf den Tisch und grub sich die Handballen in die Augenhöhlen. »Ich fühle mich wie ein Trottel. Ich war mir so sicher, dass Nella ein Testament gemacht hat, in dem alles steht.«

Vanessa gab ein angewidertes Geräusch von sich. »Du trägst so dermaßen keine Schuld! Dieser Schlamassel wurde von Daniella und Patrick angerichtet.« Sie hob eine Hand, als Danny den Mund öffnete, um ihre Schwester zu verteidigen. »Ich weiß, dass man über Tote nicht schlecht sprechen soll, aber Nella hatte manchmal den IQ einer Amöbe. Und Patrick war immer nur an sich selbst interessiert. Ich möchte ihnen beiden den Hals umdrehen. Du brauchst einen Anwalt.«

»Um ihm was zu zeigen?«, fragte Danny bitter. »Das Testament, das ich nicht finden kann?«

Vanessa seufzte. »So wie ich Nella kenne, hat sie es wahrscheinlich auf die Rückseite einer Cornflakes-Packung geschrieben und dann benutzt, um zu markieren, wo sie Karotten gepflanzt hat.«

Das war eine Möglichkeit. Danny schrieb ein Memo an sich selbst, im Garten zu suchen.

»Ich weiß, dass du es dir im Moment nicht leisten kannst, dir einen Anwalt zu nehmen, aber ich könnte dir …«

»Nein.«

»Das ist nicht der richtige Zeitpunkt, um stur zu sein, Daneka.«

»Ich bin nicht stur«, behauptete Danny stur.

»Was ist mit den Kindern?«, fragte Vanessa. »Was glaubst du, wie es für sie wird, ständig zu sehen, wie ihr streitet?«

»Wir hören damit auf.«

»Glaubst du wirklich, dass ihr das könnt?«

»Wir haben keine Wahl«, entgegnete Danny müde. »Wir müssen.«

Ross wurde von etwas aufgeweckt, das sich anhörte wie eine Elefantenherde, sich dann aber als Matt und Mia herausstellte. Er war sicher, dass er in dieser qualvollen Nacht nur ungefähr zwölf Minuten durchgeschlafen hatte, die er in einer unnatürlichen Haltung verbracht hatte, um den Federn der Couch auszuweichen, die ihn in seinen Hintern, das linke Schulterblatt und den rechten Schenkel stachen. Er hatte sein Bestes getan, sich um die Knoten und harten Stellen herumzuwinden, aber nachdem er nie zum Schlangenmenschen ausgebildet worden war, hatte er kläglich versagt. Ungefähr nach der halben Nacht hatte er angefangen, von einem Nagelbrett zu fantasieren. Jedes Mal, wenn die Feder sich in seinen Hintern grub, hörte er Dannys Stimme in seinem Kopf fragen: *Warum gräbst du dir nicht einen neuen After?*

Als Mia »Onkel Ross!« in sein Ohr kreischte, zuckte Ross' gesamter Körper zusammen und warf damit die gesamte vorsichtige Balance über den Haufen, die ihm erlaubt hatte, überhaupt einzuschlafen. Das Sofa erwachte zum Leben und versuchte, sein rechtes Schulterblatt an seinem linken festzunageln.

»Aaaaargh!« Er sprang vom Sofa, und die Decke mit *Thomas, der kleinen Lokomotive* darauf fiel zu Boden.

Mia stand in der Mitte des Wohnzimmers und starrte ihm in den Schritt. Ross' Hände schossen zu seinem Schniedel, und er sackte erleichtert in sich zusammen, als sie seine Calvin-Klein-Unterhose fanden. Normalerweise schlief er nackt. Wenn man berücksichtigte, in welcher Gemütsverfassung er gestern Abend gewesen war, war es mehr ein Glücksfall gewesen, dass er daran gedacht hatte, die Unterhose anzubehalten, bevor er auf das Sofa geklettert war.

»Das sind hübsche Höschen«, verkündete Mia.

Ross griff sich die *Thomas-die-kleine-Lokomotive*-Decke vom Boden und wickelte sie um seine Hüften. Es erschien ihm nicht richtig, mit seiner achtjährigen Nichte über seine Unterwäsche zu diskutieren. Dannys gedämpfte Stimme erklang aus dem Türrahmen zur Küche. »Mia, komm da raus und lass Onkel Ross ein bisschen Privatsphäre!«
Ross schlurfte durch den Raum und schob die Tür auf.
Danny stand an einer der Küchenarbeitsplatten. Sie sah so übel aus, wie er sich fühlte: Purpurne Halbmonde verunstalteten die Haut unter ihren Augen. Sie trug ihre Coco-der-Clown-Hose und ein T-Shirt mit dem Aufdruck: *Ich habe mit nichts angefangen, und das meiste davon habe ich noch.*
Den Spruch nur zu lesen machte Ross schon wütend. Das aggressive Sofa war nicht der einzige Grund, warum er sich die ganze Nacht herumgewälzt hatte. Er hatte immer wieder daran gedacht, wie Danny aus dem Bericht eines Privatdetektivs erfahren hatte, dass ihr Vater tot war. Ein beschissener Weg, von so etwas Wichtigem Kenntnis zu erhalten. Das hatte sie nicht verdient.
»Morgen«, grüßte Ross.
Danny starrte aus dem Fenster über der Spüle und antwortete leise: »Guten Morgen.« Sie wünschte sich inständig, Ross würde sich etwas anziehen. Irgendetwas stimmte nicht mit ihr; ein Teil von ihr wollte ihn schlagen, während ein anderer Teil ihm die Kinderdecke von der Hüfte reißen und ihn anspringen wollte.
»Tante Danny hat gesagt, dass du eine Weile bei uns wohnen wirst«, sagte Mia.
Ross durchquerte auf dem Weg zum Bad die Küche. Danny drückte sich eng gegen die Arbeitsfläche, damit er sie nicht berührte. »Ja«, stimmte er zu, »für eine Weile.«
Er musste pinkeln und brauchte ein Frühstück. Und er

brauchte eine Rückenmassage oder eine Streckbank. Ross hatte vergessen gehabt, wie viel Mia redete. Sie brabbelte immer noch, als er die Badezimmertür vor ihrer Nase schloss. Als er wieder herauskam, wartete sie schon auf ihn. Sein Lid fing an zu zucken. Ross begann, die Ausmaße seiner Entscheidung zu begreifen, bei Pats Kindern einzuziehen, und war sich sicher, er könnte seinen Bruder in dem Jenseits, in dem er gelandet war, lachen hören. Ross verzehrte sich nach dem Frieden und der Ruhe in seinem Apartment, einem Bett, in dem die Sprungfedern in der Matratze blieben, und der Ungestörtheit in seinem eigenen Bad. Er zog sich die Hose von gestern Nacht und ein schwarzes Sweatshirt an und machte sich auf in die Küche, um nach etwas Essbarem zu suchen.

Matt saß am Tisch und verdrückte eine Schüssel Frühstücksflocken. Ross setzte sich neben ihn. Danny blieb an der Spüle und aß einen Toast, der dick mit einer dunkelbraunen Paste beschmiert war. Ross' Magen knurrte laut. Danny vergrub mit einem Knuspern ihre Zähne in dem Toast, biss ab und kaute lautstark. Ross wusste, dass er verhungern würde, bevor sie ihm Frühstück anbot. Er ging zum Kühlschrank und schaute hinein. »Habt ihr Eier?«

Danny nippte an ihrem Tee. »Im Hühnerstall.«

Hinter ihr prasselte der Regen gegen die Scheiben, und der Wind heulte ums Haus.

Ross öffnete einen Schrank. »Wo ist der Kaffee, den ich gekauft habe?«

Sie dachte kurz darüber nach. »Ich habe ihn weggeschmissen.«

»Weggeschmissen! Warum?«

Sie mampfte ihren Toast. »Keiner hier, der ihn trinkt.«

Ross rieb sich langsam das Gesicht mit den Händen. Sie würde ihn zahlen lassen – mit Blut.

Matt nahm sich noch mehr Frühstücksflocken.
»Kann ich etwas davon abhaben?«, fragte Ross.
Matt schob die Packung über den Tisch. Ross schüttete sich etwas davon in eine Schüssel, goss Milch darüber und schob sich einen Löffel in den Mund. Dann würgte es ihn fast von der zuckrigen Süße.
Mia war schockiert. »Magst du das nicht? Wir mögen die am liebsten!«
Ross kratzte die Frühstücksflocken mit dem Löffel wieder von seiner Zunge. Er beobachtete, wie Danny sich das letzte Stück Toast in den Mund schob und sich Daumen und Zeigefinger ableckte. Ihre Blicke trafen sich. Erkenntnis sprang von einem zum anderen über wie Ektoplasma. Danny schaute als Erste zur Seite, und Ross fragte sich, warum sie gegenseitig ihre Gedanken lesen konnten, wenn es um Sex ging, aber bei allem anderen völlig versagten.
Eine Durchsuchung der Küchenschränke nach dem Frühstück bestätigte seinen Verdacht, dass er entweder verhungern oder vergiftet werden würde, wenn er nicht bald einkaufen ging. Das einzige Essen, das Ross finden konnte, bestand in Fertiggerichten, wie die Kinder sie gern mochten, und genug Haferflocken, um halb Schottland zu füttern. Er griff sich ein paar saubere Klamotten aus seinem Koffer und machte sich auf den Weg unter die Dusche, als die Eingangstür knallte und eine Stimme trällerte: »Juuuuhu!«
Deryl Snedden erschien im Flur. Ross hatte sie noch nie so fein gekleidet oder – um präzise zu sein – in einem Kleid gesehen. Es war keine angenehme Erfahrung. Das Kleid war lang, formlos und aus einem unebenen braunen Material, mit einem Gürtel aus demselben Stoff um die Taille – nur dass Deryl keine Taille besaß. Diese Frau hatte von den Schultern bis zur Hüfte dieselbe Breite:

lang, schlaksig und flach wie ein Pfannkuchen. Sie trug knielange Strümpfe, die ein kleines Stück unter dem Saum des schrecklichen Kleides endeten, und grauenhafte braune Schuhe. Ihr schütteres ergrauendes Haar war in dünnen kleinen Würsten über ihren Kopf gelegt. Sie hatte sogar ein wenig orangefarbenen Lippenstift aufgetragen.

»Was machen Sie so früh hier?«, verlangte Deryl zu wissen. »War Ihr Auto die ganze Nacht da draußen?«

Danny eilte in den Flur und wirkte angespannt. »Morgen, Dee!«, rief sie fröhlich. »Du bist ja piekfein angezogen! Wohin bist du unterwegs?«

Deryl zeigte auf Ross. »War *er* die Nacht über hier?«

»Ähm … ja.« Danny war offensichtlich nervös. Ross war nicht klar gewesen, dass die Meinung der alten Schachtel ihr so viel bedeutete.

»*Wo* hat er geschlafen?«

»Auf dem Sofa«, erklärte er knapp.

Deryl schürzte die Lippen so angestrengt, dass der orangefarbene Lippenstift verschwand. »Ich bin sehr enttäuscht von dir, Daneka.« Sie wies mit ihrem Kinn auf Ross. »Von ihm hätt ich nichts andres erwartet, aber du solltest es besser wiss'n.«

»Wer zur Hölle sind …« Ross stoppte sich, als Danny ihm einen verzweifelten Blick zuwarf. »Sie *weiß* es besser!«, protestierte er.

Danny schien überrascht zu sein, dass Ross sie verteidigte. Ross war es auch.

»Sie wär nich' das erste Mädel in dieser Familie, das von einem von euch fehlgeleitet wird«, schnaubte Deryl.

»Ich habe Danny nicht fehlgeleitet!« *Ich hab's versucht, aber versagt.* Er fragte sich, warum selbst im einundzwanzigsten Jahrhundert Männer immer als diejenigen galten, die Unschuldige korrumpierten, selbst wenn die betroffene Frau über die Instinkte einer ausgebildeten Meuchelmörderin verfügte.

Danny machte sich zögerlich daran zu erklären, dass Ross eingezogen war.

Ross entschied, sich aus der Szene zurückzuziehen, bevor er dem Drang nachgab, Deryl ihre Schuhe in den Mund zu stopfen. Danny mochte ihre Meinung ja wichtig sein, aber ihm war sie völlig egal. Allerdings hatte er nicht damit gerechnet, dass Deryl ihm ins Bad folgte. Er hielt sie an der Tür auf. »Tut mir leid, Deryl: Ich dränge meine unerwünschte Aufmerksamkeit nicht nur keinen Frauen auf, ich habe auch etwas gegen gemeinsames Baden. Sie werden nach Hause gehen müssen, um zu duschen.«

Danny biss die Zähne zusammen. Wenn es Matt, Mia und sie betraf, kannte Deryl keinen Spaß.

»Sie könn' nich' einfach einziehen!«, wütete Deryl. »Das ist falsch! Es sin' Kinder im Haus. Was für 'ne Art Vorbild geb'n Sie denen?«

Ross deutete mit einem Daumen auf seine Brust: »Ich bin ihr Onkel.« Er drehte seinen Daumen, bis er auf Danny zeigte, die sich im Flur hinter Deryl herumdrückte. »Sie ist ihre Tante.«

»Sie wohnen in einem Haus und sin' nich' verheiratet! Was für 'ne Botschaft über Sex ist das für Matt und Mia?«

»Wir haben keinen Sex!«, blaffte Ross.

Mia schob sich durch einen Spalt zwischen Danny und Deryl. »Was ist Sex?«

»Nichts!«, schrien alle Erwachsenen.

Mia schaltete ganz in den Hollywood-Modus, komplett mit überlaufenden Augen und zitternden Lippen. »Was hab ich denn gesagt?«

Frustriert schlug Ross mit seinem Handballen gegen die Badezimmerwand, was sich anhörte, als wäre er gegen etwas Nasses geklatscht. Er runzelte die Stirn und klopfte vorsichtig mit der Faust dagegen.

MATSCH!

»Was zur …«

Der Tumult hatte Matt dazu gebracht, sein Buch zur Seite zu legen. Er beobachtete, wie Ross probeweise seinen Finger in den abblätternden Mörtel steckte. Ein großes Stück fiel zu Boden. »Warum macht Onkel Ross Löcher in die Wände?«

Danny schob sich an Deryl vorbei und griff sich Ross' Arm. »Hör auf!«

Er schüttelte sie ab und grub weiter. »Das ist keine Wand – das ist ein Schweizer Käse!«

Danny klammerte sich an seinem Arm fest wie ein Terrier und wurde auf die Zehenspitzen gezogen, als Ross den Arm hob und in eine verdächtig feuchte Stelle weiter oben in der Wand pikte. »Lass das in Ruhe!«, schrie sie. »Das ist *mein* Schweizer Käse!«

Ross hörte auf herumzustochern und schaute mit verengten Augen auf sie herunter. »*Wessen* Schweizer Käse?«

Dannys Gesicht verwandelte sich in eine Maske der Wut. Sie schlang eines ihrer Beine um seine, drückte ihren Rücken durch und zog an seinem Arm.

»Daneka!« Deryl war tief erschüttert. »Lass ihn los!«

Ross war so überrascht, dass er anfing zu lachen. Das war besser als die ausdruckslose Miene, die Danny in der Küche zur Schau getragen hatte.

Sie versteifte sich, und ihre Augen füllten sich mit Tränen. Ross' Lächeln verblasste. Plötzlich ließ sie seinen Arm los und stiefelte aus dem Bad. Ein paar Sekunden später schloss sich ihre Schlafzimmertür.

Deryl schaute Ross finster an. »Ich hoff, Sie sin' jetz' glücklich! Ich nehm die Kinder mit zu mir nach Hause.

Wenn Sie und Danny Ihre Schwierigkeiten gelöst hab'n, könn' Sie komm'n und sie hol'n.«

Als sie Mia und Matt vor sich her durch den Flur trieb, hörte Ross, wie Mia geknickt fragte: »Was stimmt nicht mit Tante Danny? Geht es ihr gut?« Dann fiel die Tür zu.

Danny schaute auf die Uhr auf ihrem Nachttisch. Es waren zwei Minuten vergangen, seitdem sie zum letzten Mal daraufgesehen hatte. Sie konnte das Rauschen der Dusche hören. Sie lief seit vierzehn Minuten. Ross gönnte sich eine schöne lange Dusche, während Danny in ihrem Zimmer saß und sich schämte. Er trug mindestens genauso viel Schuld wie sie. Deryl hatte recht: Sie mussten einiges klären, bevor die Kinder nach Hause kamen, aber Ross schien von den Geschehnissen völlig unberührt.

Danny ging in den Flur und klopfte an die Badezimmertür. »Ross? Ich muss mit dir reden.«

Das Wasser lief weiter. *Sechzehn Minuten.*

Sie klopfte fester. »Ross! Kannst du mich hören?«

Keine Antwort.

Dannys Wut kehrte wieder. Ross war nicht in seinem schicken Apartment, in dem es endlos warmes Wasser gab. Wenn er so weitermachte, würde er den Heißwasserboiler leeren und ihre Stromrechnung nach oben treiben. Bei den alten Installationen war es durchaus möglich, dass er sie wirklich nicht hören konnte, und Danny überlegte, ob sie mit der Faust gegen die Tür schlagen sollte, hatte dann aber zu viel Angst, dass sie die Kontrolle verlieren und ihn vielleicht wieder angreifen würde. Sie musste klüger werden und ihre Würde bewahren; es war nicht ihr Fehler, wenn das bedeutete, dass Mr. Fabello einen Teil seiner

Würde opfern musste. Sie ging in die Küche, holte die große Plastikflasche heraus, in der sie für die Kinder Limonade machte, und stellte sie in die Spüle. Dann drehte sie das kalte Wasser an.

»Aaaargggh!«

Die Rohre stöhnten, als das warme Wasser eilig abgedreht wurde.

Danny drehte den Wasserhahn ab und wartete.

Ross erschien in der Küche, ein Handtuch um die Hüften gewickelt. Shampoo-Schaum tropfte aus seinen Haaren und seinem Brusthaar. »Das hast du absichtlich gemacht!«

Jetzt war nicht die Zeit, um sich von all dieser nassen Haut und den Muskeln ablenken zu lassen. »Du kannst nicht zwanzig Minuten lang duschen.«

»Was?!« Er starrte sie wild an. »Warum nicht?«

»Weil du damit den Heißwasserboiler leer machst.«

Er zuckte zusammen, als ihm Schaum ins Auge lief. »Was?«

»Wir duschen vier Minuten. Im Bad steht eine Eieruhr.«

Sein Gesichtsausdruck verriet Danny genau, was sie mit ihrer Eieruhr machen konnte. »Ich habe geklopft, aber du hast mich wahrscheinlich nicht gehört.«

»Oh, genau!«, keifte er. »Ich wette, du hast dich auch richtig bemüht, meine Aufmerksamkeit zu erregen.« Es war absolut möglich, dass er sie nicht gehört hatte. Er war so tief in seinem Elend versunken gewesen, dass ein Güterzug durchs Bad hätte rasen können und er es nicht bemerkt hätte.

»Sobald du angezogen bist, würde ich dich gern im Hühnerstall sehen«, eröffnete Danny ihm. »Wir müssen reden.«

Ross schaute auf die Hühnerscheiße, die an seinen weißen Nikes klebte. Er stand gegenüber von Danny in dem kleinen, warmen, engen Stall, umgeben von entrüstet gackernden Hennen, die auf Nestern oder auf ihren Stangen unter der Decke saßen und ihn böse anstarrten. Ross hatte nicht gewusst, dass Hühner böse starren konnten. Die Decke war zu niedrig, als dass er sich hätte aufrichten können, also war er gezwungen, dauerhaft den Kopf zur Seite zu neigen, um sich nicht an einem der Dachpfeiler k.o. zu schlagen.

»Ist das deine Vorstellung von Humor? Mich aus der Dusche zu holen, damit ich mich in Hühnerscheiße stellen kann?«

»Das mit deiner Dusche tut mir leid«, entgegnete Danny.

Ross blinzelte. »Hast du in deinem Zimmer irgendetwas geraucht?«

Sie biss die Zähne zusammen. »Nein.«

Er war immer noch misstrauisch. »Bist du dir sicher, dass die echte Danny nicht von Außerirdischen entführt wurde und eingesponnen in einen Kokon in ihrem Schlafzimmerschrank hängt?«

Sie weigerte sich, darauf einzugehen.

Ross war fasziniert von dieser neuen, ruhigen, vernünftigen Danny. »Du hast mich fast verbrüht.«

»So nah und doch so fern«, murmelte sie.

Das war schon besser. Er wechselte die Kipprichtung seines Kopfes, um die Spannung in seinem Hals zu lösen, und wurde von einer der Hennen auf den Sitzstangen ins Ohr gepickt. *»Au! Scheiße!«*

»Steh still – Beyonce mag es nicht, wenn man sich abrupt bewegt.«

»Beyonce? Du hast ein Huhn namens Beyonce?«

»Mia hat ihnen die Namen gegeben.« Danny zeigte auf

die anderen zwei Hühner in den Dachsparren. »Das sind Kylie und Madonna, und die drei auf den Nestern sind die Dixie Chicks.«

Ross hob gottergeben die Hände und schaffte es gerade noch, nicht von Kylie erwischt zu werden. »Warum bin ich nicht überrascht?«

Sie ignorierte ihn. »Wir können uns nicht vor Matt und Mia streiten.«

Er untersuchte ihre Worte auf eine versteckte Bedeutung, konnte aber nichts finden. »Ich weiß.«

»Wir müssen uns wie Erwachsene benehmen und vernünftig miteinander reden. Glaubst du, das kannst du schaffen?«

»Kannst du es?«

»Es wird mir schwerfallen – sehr schwerfallen«, gab Danny zu. »Aber für Matt und Mia schaffe ich es. Wir werden beide irgendeine Art von Überdruckventil brauchen, damit wir nicht durchdrehen und den anderen im Bett ermorden.«

»Vorausgesetzt, wir finden überhaupt Schlaf«, erwiderte Ross bitter.

Sie schenkte ihm ein süßliches Lächeln. »Es gibt immer dieses große, weiche, gutgefederte Bett auf der anderen Seite der Harbour Bridge.«

Ross fragte sich, was für ein Überdruckventil Danny im Kopf hatte. Er erwärmte sich langsam für die Idee: Er konnte sich eine perfekte Art vorstellen, Druck abzulassen. »Erzähl mir mehr von diesem Ventil!«

Sie deutete mit ihren Händen das Innere des Hühnerstalls an. »Das ist es.«

Ross sah sich um. »Was?«

»Der Hühnerstall: Hier werden wir unsere Streitigkeiten austragen – immer wenn wir in eine von unseren Diskussionen einsteigen wollen, gehen wir hierher, wo Matt und Mia uns nicht hören können.«

Er musterte eingehend ihr Gesicht. Sie meinte es ernst. »Lass mich das noch einmal klarstellen: Wann immer ich eine Diskussion mit dir führen will, muss ich quer durch den Garten, ein paar hässlichen fetten Schafen ausweichen und mich knöcheltief in Hühnerscheiße stellen, wobei ich meinen Kopf halten muss wie der Glöckner von Notre Dame?«

Er hatte sie beleidigt. »Persil und Kohle sind nicht dumm, nur ein wenig dicklich.«

»Sag mir, dass du das nicht ernst meinst!«, forderte Ross.

»Sag mir, dass du nicht taub bist!«, gab Danny zurück.

Er konnte es nicht glauben. »Das ist ein Hühnerstall, nicht die Vereinten Nationen!«

Sie blieb unbeeindruckt. »Entweder du akzeptierst meine Bedingungen, oder du entwickelst ein Magengeschwür und ein chronisches Rückenproblem.«

Sie starrten sich an.

»Glaubst du wirklich, du kannst mich besiegen?«, fragte Ross verwundert.

Die Gerüche und Geräusche der gackernden unruhigen Hühner rückten in den Hintergrund. Der kleine hölzerne Hühnerstall wurde zu einem warmen und intimen Ort. Danny leckte sich nervös die Lippen. »Ich meine es ernst, Ross. Im Haus wird nicht gestritten!«

Ross schloss die Augen halb und lächelte sein Piratenlächeln. »Okay, aber hier drin werden die Samthandschuhe ausgezogen.«

Danny nahm die Schultern zurück. »Hier draußen ist *alles erlaubt*.«

»Aber – aber er kann nich' einfach einziehen!«

»Zu spät, hat er schon getan.«

»Ja, aber …« Deryl spielte an den Knöpfen ihres Kleides herum.

Danny war aufgetaucht, um die Kinder abzuholen und zu erklären, dass Ross zwei Drittel des Hauses gehörten und dass sie ihn deswegen nicht hinauswerfen konnte.

»Er muss wiss'n, dass ihr da nicht zusamm'n wohn'n könnt. Ihr seid nich' verheiratet.«

Manchmal fragte Danny sich, in welchem Jahrhundert Deryl eigentlich lebte. »Dee, wirkt Ross Fabello auf dich wie jemand, der sich darum kümmert, was andere Leute denken? Er tut genau das, was er tun will, wann immer er es tun will.«

Deryls Wurstlöckchen erbebten. »Es is' nich' richtig! Ich werd Llyod mal mit ihm red'n lass'n. Das wird ihn 'ne andre Tonart anschlag'n lass'n.«

Lloyd war über siebzig und hatte zu hohen Blutdruck und noch höhere Cholesterinwerte. Danny hielt das für keine so gute Idee. »Nein, Dee, ich glaube nicht, dass das helfen würde.«

»Nein?« Deryl war bestürzt. »Vielleicht sollt'n du und die Kinder hierherzieh'n.«

Danny unterdrückte ein Schaudern. Zu all diesen Schweinen? Sie fand, dass sie mit nur einem besser dran war; immerhin roch er um einiges besser als Deryls Mastschweine – und, das gestand sie sich widerwillig ein – er sah auch um einiges besser aus. Auf keinen Fall würde Danny ihr Haus an Darth Vader übergeben. Dieses Spiel konnten auch zwei spielen. Der einzige Faktor, der Danny in die Hände spielte, war die Zeit – und die Sprungfedern des Sofas. »Danke für das Angebot, Dee«, sagte sie, »aber ich glaube, es ist das Beste, wenn wir bleiben, wo wir sind. Ich bin mir sicher, dass Ross bald verschwindet.«

Deryl wirkte immer noch unglücklich. »Wenn du uns je brauch'n solltest, weißt du, dass wir nur über die Straße sind, nicht, Liebes?«

Danny lächelte. Lloyd und Deryl waren das Nächste, was sie je in Richtung Eltern gehabt hatte. »Ja.«

»Egal ob Tag oder Nacht – du und die Kinderchen, kommt einfach zu uns! Okay?«

Danny nickte.

»Sag ihm, dass er verschwinden muss, wenn er nichts Dauerhaftes will!«

Sie runzelte die Stirn. »Dauerhaftes?«

»Ehe natürlich. Wir könn'n ihn dich nich' behandl'n lass'n, wie sein Bruder Daniella behand'lt hat.«

Danny war entsetzt. »Das ist nicht dasselbe, Dee, überhaupt nicht dasselbe!«

Sie konnte sich vorstellen, wie Ross sich kaputtlachte. Und was Danny anging, allein die Idee einer dauerhaften Beziehung mit Ross Fabello würde sie schon schreiend über die Klippen treiben.

»Sag ihm, dass ich anfang, die Hochzeit zu plan'n, wenn er in 'nem Monat noch da is'.«

»Zeitverschwendung«, versprach Danny. »Auf den Fotos wäre er nicht zu sehen.«

KAPITEL 12

Alle Fabello-Kinder hatten ein hitziges Temperament – ein ungewolltes Vermächtnis der leicht erregbaren irischen Mutter und des leidenschaftlichen italienischen Vaters –, aber Ross hatte hart daran gearbeitet, seines unter Kontrolle zu halten und erst nachzudenken, bevor er etwas sagte, auch wenn er wütend oder aufgeregt war. Am Abend der Findlays-Party hatte er nicht viel gedacht; jede Menge gefühlt, aber im Denkapparat hatte sich nicht viel geregt. Die Pässe zusammen mit den Reisebroschüren zu finden war einem Weckruf gleichgekommen. Plan A war von Anfang an der beste gewesen: Es war viel besser für Ross, dafür zu sorgen, dass Matt und Mia in Kontakt blieben und finanzielle Unterstützung erhielten, und dann das Land zu verlassen, bevor die Kinder sich zu sehr an ihn gewöhnten. Er wollte ihnen keine Hoffnungen machen, nur um sie dann zu enttäuschen wie Pat. Seine Eltern und Schwestern waren diejenigen, die zu dauerhaften Bezugspunkten in ihrem Leben werden würden. Wenn es Danny je gelang, ihr Misstrauen abzulegen, würde sie prima zu seinen Schwestern passen. Vielleicht würde sie sogar lernen, sie zu mögen – etwas, das in der unbeständigen, feurigen Beziehung zwischen Danny und ihm nie passieren würde.

Die erste Regel in jedem Krieg lautete, den General auszuschalten, aber Ross entschied, dass es viel einfacher war, die Truppen zu unterwandern. Er ging davon aus, dass es Danny um einiges schwerer fallen würde, ihn hinauszuschmeißen, wenn er Matt und Mia auf seine Seite gebracht hatte. Es gab allerdings ein kleines Problem: Trotz seiner Armee von Neffen und Nichten war Ross sich nicht wirklich sicher, was Kinder in Matts und Mias Alter interessierte. Je länger seine Schwierigkeiten mit dem Schreiben angedauert hatten, desto intoleranter war er geworden. Hatte er früher seine Schwestern regelmäßig besucht, fragte Ross sich jetzt schon nach einer Stunde bei ihnen, wie um Gottes willen sie diesen Lärm, das Chaos und die ständigen Schreie nach Aufmerksamkeit aushielten. Ross führte eine Liste mit allen Geburtstagen, so dass er nie vergaß, eine Karte und ein Geschenk zu schicken, aber er konnte sich nicht erinnern, wann er das letzte Mal einen seiner Neffen oder eine seiner Nichten zum Übernachten bei sich gehabt hatte oder mit ihnen ins Kino gegangen war. Wie war das passiert?

Wenn er Hintergrund für eine Geschichte brauchte, kontaktierte Ross Experten und recherchierte, also war es sinnvoll, dass er das, was er nicht von Kindern wusste, bei seinen Schwestern in Erfahrung zu bringen versuchte. Carmel konnte jetzt jeden Tag ihr Kind bekommen. Es wäre ihr fünftes, und Ross ging wie der Rest der Familie selbstverständlich davon aus, dass sie Nummer fünf so problemlos in die Welt setzen würde wie die anderen. Dannys Mangel an Familie hatte ihm vor Augen geführt, für wie selbstverständlich er seine nahm.

»Also, was gibt's Neues von der Tante?«, fragte Carmel, als Ross anrief.

»Erzähle ich dir später. Wie geht's dir?«

Carmel antwortete nicht.

»Mel? Bist du noch da?«

»Ja«, antwortete sie langsam. »Ich bin noch dran. Bist du

okay? Hat Danny dir etwas über den Kopf gezogen, das größer war als ein Apfel?«
»Nein. Wie geht's dir?«
»Mir ... geht's gut. Ich bin müde, aber es geht mir – na ja – schon gut.«
Ross hörte ein Zittern in ihrer Stimme. »Weinst du?« Er war es gewöhnt, dass seine Schwestern weinten, wenn sie schwanger waren, besonders Aoife, die dann auch noch mehr fluchte. Ross wusste, dass das erste und das dritte Trimester die Zeiten für emotionale Zusammenbrüche waren.
Tom, Carmels Ehemann, bezeichnete das mittlere Trimester als Auge des Hurrikans. »Nutz es so gut aus, wie du kannst, solange es anhält«, hatte er geraten.
»Ja, und im mittleren Trimester ist der Sex immer fantastisch«, hatte ihm Aoife einmal anvertraut.
»Verdammt, Aoife – muss das sein?«, hatte Ross sich beschwert.
Carmel, die zusammengerollt auf der anderen Seite des Pazifiks auf ihrem Sofa lag, wischte sich die Nase mit einem Taschentuch ab. Niemand außer Tom und ihrem Arzt fragte sie je wirklich, wie es ihr ging, wenn sie schwanger war. Aber es war egal, ob es das erste, zweite oder zehnte war; jede Schwangerschaft mit der anschließenden Geburt war für sie immer wieder ein Wunder.
»Heuschnupfen.« Carmel putzte sich die Nase und fragte sich, warum Ross sich so untypisch benahm. »Es ist wirklich lieb von dir zu fragen.«
»Das bin ich«, stimmte er zu, »ein richtiger Süßholzraspler.«
Als er ihr das Problem erläutert hatte, brach Carmel fast vor Lachen zusammen. »Du meinst, dir ist gerade erst aufgefallen, dass du ein grauenhafter Brummbär bist?

Was glaubst du, warum deine Kinder dich Onkel Grinch nennen?«
»Tun sie nicht!«
»Doch, Ross«, beharrte Carmel, *»tun sie!«*
»Ich vergesse nie die Geburtstage oder Weihnachtsgeschenke.«
»Wir wissen, dass du diese alte Hexe von persönlicher Assistentin dazu bringst, die Geschenke zu kaufen.«
»Ich sage Muriel, was sie kaufen soll.«
»Packst du die Geschenke ein?«
»Warum sollte ich, wenn die Geschäfte das sofort machen und viel besser können?«
»Das ist der Punkt, Ross«, antwortete Carmel. »Wir kriegen gern schlecht eingepackte, dämliche Geschenke, weil es uns zeigt, dass jemand sich Mühe damit gemacht hat. Weißt du, was Tonio Annie in diesem Jahr zum Geburtstag geschenkt hat? Einen Stöpsel für die Badewanne im Elternbad; Tonio wusste, dass er verlorengegangen ist und auch, wie gern seine Mommy badet. Er ist erst acht Jahre alt.«
»Also soll ich dir zum Geburtstag einen Stöpsel schenken?«
»Ha, ha!«
»Okay, Oprah, ich hab's kapiert.«
»Das bezweifle ich sehr«, widersprach Carmel. »Du warst nicht immer so. Ich erinnere mich, wie du noch Zeit mit den Kindern verbringen wolltest und dir dämliche Spiele ausgedacht hast, um sie zu beschäftigen. Aber in den letzten ein oder zwei Jahren hast du damit aufgehört. Du bist langweilig geworden.«
Ross war tief getroffen. Er war langweilig geworden?
Carmel fing wieder an zu lachen. »Ich komme immer noch nicht über die Vorstellung hinweg, wie du Mr. Mom spielst.«

»Bist du fertig?«, fragte er sarkastisch. »Oder willst du mich auch noch teeren und federn?«
»Empfindlich, empfindlich!« Plötzlich keuchte sie.
»Was stimmt nicht?«
»Nur eine kleine Wehe.«
»Ist Tom da? Hast du Tom angerufen?« Ross war alarmiert. Carmels Geburten verliefen immer schneller; ihr letztes Kind war im Auto auf dem Weg zum Krankenhaus gekommen.
»Warum sollte ich das tun? Es ist nichts. Glaub mir, dieses Kind geht in nächster Zeit nirgendwohin. Er ist jetzt schon ein Stubenhocker. Ich hoffe immer noch, dass meine Fruchtblase auf diesem Sofa platzt und Tom mir dann das neue kaufen muss, das ich haben will.«
»Musst du mich wirklich an allen scheußlichen Details teilhaben lassen? Ich bin dein Bruder!«
Carmel konterte mit ihrer altbekannten Antwort: »Du hast einen Penis, und das heißt, dass du irgendeine arme andere Frau schwängern kannst.«
Sie war schamlos, genau wie Danny. Er hatte den Nagel auf den Kopf getroffen, als er dachte, dass sie zu seiner Familie passen würde; tatsächlich vermutete Ross, dass sie Danny lieber mögen würden als ihn. »Lass meinen Penis da raus!«
»In welcher Verbindung du zu mir stehst, ist in meiner momentanen Situation absolut irrelevant«, meckerte Carmel. »Du willst Matt und Mia besser kennenlernen? Dann machst du Folgendes …«
Ross wusste, was für eine Aufwieglerin Carmel sein konnte, und rechnete auch mit ein, dass sie schwanger und hormonüberschwemmt war, also rief er noch seine Schwester Annie an, um herauszufinden, ob seine Nichten und Neffen ihn wirklich für einen schlechtgelaunten alten Furz

hielten. Annie war eine talentierte Künstlerin, süß und frisch wie ein Croissant. Ein zwei Meter breites abstraktes Bild, das sie gemalt hatte, hing direkt gegenüber der Eingangstür in seinem Haus.

»Meine Kinder nennen dich nicht Onkel Grinch«, versicherte sie ihm ernsthaft. »Meine Kinder nennen dich Onkel Thaddäus.«

»Thaddäus? Wer zur Hölle ist Thaddäus?«

Ross konnte vor seinem inneren Auge sehen, wie Annie nervös an einer ihrer langen roten Locken herumspielte.

»Thaddäus Tentakel. Er ist ein Oktopus.«

»Ein Oktopus?« Ross war stinksauer. »Deine Kinder finden, dass ich aussehe wie ein Oktopus?«

»Nein, sie finden, dass du dich benimmst wie er.«

»Warum? Wie ist er?«

»Schlecht gelaunt, negativ, und er macht nie mit, wenn Spongebob und Patrick Spaß haben.«

Ross wollte gar nicht wissen, wer Spongebob und Patrick waren.

»Ross? Bist du noch dran?«

»Ja, ich sitze hier und habe die Füße hochgelegt – alle acht.«

Ross war sich nicht zu fein, Bestechung einzusetzen, um sein Ziel zu erreichen. All seine Nichten und Neffen liebten Fernsehen, besonders Satellitenfernsehen. An der Schüssel auf dem Dach konnte er sehen, dass Danny irgendwann einmal daran angeschlossen gewesen war, also zahlte Ross am Montagmorgen als Erstes eine Menge Geld, um sofort neu angeschlossen zu werden. Als Danny von der Arbeit nach Hause kam, hatten Matt und Mia sich in den zerfledderten Sesseln im Wohnzimmer zusammengerollt, während Ross auf dem Boden lag und die Fernbedienung schwang. Sie schauten *Spongebob Schwammkopf*.

»Hi, Tante Danny!«, rief Mia, die Augen auf den Fernseher gerichtet. »Onkel Ross hat uns Sky besorgt. Ist das nicht cool?«

Matt war so in *Spongebob* vertieft, dass er nicht einmal hallo gesagt hatte, als Danny hereinkam, und aus irgendeinem Grund verzog Ross jedes Mal angewidert das Gesicht, wenn Thaddäus auftauchte.

Danny starrte Ross böse an. »Oh, hat er das?«

Das Lächeln, das er ihr schenkte, kam direkt aus einer Zahnpastawerbung und war auch ungefähr so glaubwürdig. »Ich wusste, dass du zustimmen würdest. Die Geschichts- und Naturkanäle sind so lehrreich.«

Sie wollte ihm einen Pfahl durch sein schwarzes Herz rammen. Die Art, wie Ross manchmal die Kinder ansah, erinnerte sie an jemanden, der versuchte, den schnellsten Weg zu finden, um einen Rubic-Würfel zurückzudrehen. Er schien nicht zu verstehen, wie verletzlich Matt und Mia waren. Danny überlegte, ob sie ein Treffen im Hühnerstall verlangen sollte, aber bei der Vorstellung, nur mit ein paar schlechtgelaunten Hühnern als Aufpasser allein mit Ross zu sein, wurde ihr leicht schwummrig. Verspätet bemerkte sie, dass das Wohnzimmer erstaunlich ordentlich wirkte.

»Hat hier jemand Staub gewischt und gesaugt?«

Mia und Matt liefen rot an und gaben seltsame Geräusche von sich. Sky war zusammen mit einer Ermahnung ihres Onkels ausgeliefert worden, dass es Hausarbeiten gab und Leistungsüberprüfungen am Horizont lauerten.

Matt schien der Einzige zu sein, der sich von dem zweifelhaften Charme seines Onkels nicht einwickeln ließ. Er verbrachte die meiste Zeit lesend oder musikhörend in seinem Zimmer. Danny hatte aufgegeben, ihn zu einem Kricketspiel oder Rugby zu überreden, weil Matt im besten Fall nur widerwillig mitspielte. Er war unglaublich clever, erledigte seine Hausaufgaben in unfassbarem Tempo und war regelmäßig der Klassenbeste. Danny war überrascht festzustellen, dass Ross ihre Sorgen teilte.

»Macht Matt irgendwelchen Sport?«, fragte er.

»Nur wenn er muss – er ist nicht das bestkoordinierte Kind.«

»Er kennt nur die Grenzen seines Körpers noch nicht«, entgegnete Ross.

Am Tag seines Einzugs hatte Ross die Kinder in den Garten mitgenommen, um ein bisschen Fußball zu spielen. Er vollführte übertriebene Sprünge in die Luft oder der Länge nach ins Gras und verfehlte absichtlich sein Ziel. Mia kicherte und sprang auf ihn und Matt hinterher. Wann immer Pat sich einmal die Mühe gemacht hatte, mit Matt Fußball zu spielen, hatte er sich über dessen unbeholfene Versuche lustig gemacht und die gesamte Zeit damit verbracht, sein eigenes Können zur Schau zu stellen. Ross war geduldig. Er ignorierte Matts Fehler und lobte ihn beiläufig, wenn er etwas richtig machte.

Danny hatte sie durch das Küchenfenster beobachtet und stumm gefleht: *Verletze sie nicht, Ross! Bitte verletze sie nicht!*

Nachdem *Spongebob* zu Ende war, schaltete Ross um und schaute ein Spiel des AC Mailand an.

»Das ist Dads Mannschaft«, erklärte Matt. »Er hat den

neuen Fernseher gekauft, um ihre Spiele gucken zu können.«

Ross achtete darauf, in beiläufigem Ton zu sprechen. »Dein Dad und ich sind mit dem AC Mailand aufgewachsen. Grandpa Vito ist ein großer Fan. Als wir zum ersten Mal in Italien waren, nahm er Pat und mich zu einem Spiel mit.«

Matt lag auf dem Bauch auf dem Boden, den Kopf in seine Hände gestützt. Er starrte auf den Bildschirm. »Dad war ein wirklich guter Spieler.«

Ross musterte seine langen schwarzen Löckchen. »Ja, das war er. «

»Besser als du?«

»Um einiges besser. Er war ein Naturtalent.«

Matt schwieg für ein paar Sekunden. »Dad hat gesagt, ich wäre schlecht.«

Ross richtete seinen Blick wieder auf den Fernseher. Anstelle von Pats Hals würgte er die Fernbedienung. »Du bist nicht schlecht. Dein Körper wächst nur so schnell, dass dein Gehirn noch nicht nachgekommen ist, deswegen bist du ein bisschen ungeschickt. Dein Dad war in deinem Alter genauso.«

Matt blickte mit einem skeptischen Gesichtsausdruck über seine Schulter zurück. »Wirklich?«

»Wenn du mir nicht glaubst, frag Grandpa Vito. Hast du schon einmal Rugby gespielt?«

»Ja.«

»Gut, dann kannst du es mir beibringen.«

»Da bin ich auch schlecht«, erwiderte Matt.

»Nicht so schlecht wie ich.«

Mia *betete* Ross an. Sie folgte ihm überallhin und plapperte dabei ständig.

»Hat sie einen Ausschalter?«, fragte er Danny müde, nachdem Mia ihn um sechs Uhr morgens geweckt hatte, um ihm ihr gesamtes Repertoire an ABBA-Liedern vorzusingen. Ross war kein Morgenmensch, und Mias Wiedergabe von »Dancing Queen« war grauenerregend.

Danny hielt sich in der Küche auf und versuchte, den Bügelberg abzubauen – eine weitere Hausarbeit, der sie nach Möglichkeit auswich. »Mia öffnet morgens die Augen und den Mund, und so bleibt es dann eigentlich, bis sie abends ins Bett geht.«

Ross seufzte. »Sie hat genug Energie, um ein Kraftwerk zu betreiben.« Sein Ellbogen hing unter seinem Kinn, während er sich bemühte, sich selbst die Verspannungen aus dem Rücken zu massieren. Die Tage des Sofas waren gezählt. Ross hatte eine nagelneue dreiteilige Couchgarnitur ausgesucht, die ein Sofabett beinhaltete, und extra dafür bezahlt, dass der Liefertermin vorgezogen wurde. Er war allerdings noch nicht dazu gekommen, Danny davon zu erzählen.

Danny war gerade aus der Arbeit gekommen. Ross ging auf, wie müde sie sein musste, als sie wie vom Autopiloten gesteuert eines seiner T-Shirts aus dem Wäschekorb nahm und anfing, es zu bügeln.

»Du siehst aus wie Patrick«, erklärte sie ihm. »Du lebst in ihrem Haus. Soweit es Mia betrifft, bist du ihr Ersatzvater.«

Ross hörte auf, seine Schulter zu bearbeiten. »Ich versuche nicht, Pat zu ersetzen.«

Das Bügeleisen glitt über sein Hemd. »Daran hättest du denken sollen, bevor du dich entschlossen hast, hier einzuziehen.«

»Ich bin ihr Onkel.«
»Onkel – Vater.« Danny hielt inne. »Der einzige Unterschied zwischen dir und deinem Bruder ist, dass du Geld besitzt und nicht einmal vorgibst, bleiben zu wollen.«
»Ich bin nicht Pat«, entgegnete Ross kühl.
Danny schüttelte ungeduldig den Kopf. »Du verstehst es einfach nicht, oder?« Der Geruch verbrennenden Stoffes stieg vom Bügelbrett auf. Sie riss das Eisen von Ross' Hemd und starrte entgeistert auf das dreieckige Brandmal.
»Du hast mein Hemd ruiniert.«
Danny hob den Blick und warnte ihn: »Du wirst nicht das Leben meiner Kinder ruinieren!«
Jeff hatte recht gehabt: Danny war zu Matts und Mias Mutter geworden. Dass er in diesem Haus lebte, machte es Ross unmöglich, unbeteiligt zu bleiben, unmöglich, keine Wut und Schuld zu empfinden, weil Pat so ungezwungen mit seinen Kindern und Dannys Schwester umgegangen war. Er sollte dringend die losen Enden verknüpfen und sich in ein Flugzeug nach Hause setzen, und er musste einen Weg finden, Dannys Gunst zu gewinnen, der seine Absicht nicht zu offensichtlich zeigte. Sie war mit Verpflichtungen überladen, sowohl im Krankenhaus als auch zu Hause. Ross konnte nichts gegen die Arbeit unternehmen, aber zu Hause konnte er helfen.
Er engagierte eine wöchentliche Putz- und Bügelhilfe. »Glaubt nicht, dass euch das von euren Aufgaben im Haushalt befreit!«, ermahnte er die Kinder. »Ihr seid immer noch dafür verantwortlich, eure Zimmer aufzuräumen. Und ich bin mir sicher, dass Tante Danny jede Menge andere Aufgaben finden kann, um die Lücke zu füllen.«
Matt und Mia hatten immer noch keine Ahnung, dass Danny nichts von den Leistungsüberprüfungen wusste.

Matt war verletzt, weil er nur einen dreiprozentigen Inflationsausgleich erhalten hatte, was hieß, dass sein Taschengeld um ganze sechs Cent erhöht worden war. Mia hatte einen ganzen zusätzlichen Dollar bekommen. Ross hatte Mitleid gehabt und Matts sechs Cent auf ganze zwanzig Cent aufgerundet, unter der Bedingung, dass er Matts Leistung in drei Monaten noch einmal bewerten würde. Sobald er es ausgesprochen hatte, fragte Ross sich, was zur Hölle er sich dabei gedacht hatte – dann würde er nicht einmal mehr in Neuseeland sein!

Vorhersehbarerweise wehrte Danny sich zwar gegen die Hilfe, die Ross organisiert hatte, aber nur halbherzig. Nur ein Idiot würde einen kostenlosen Putz- *und* Bügelservice ablehnen. »Mir gefällt die Idee nicht, dass Fremde im Haus sind und meine Sachen durchwühlen.«

»Ich habe ihnen gesagt, dass sie aus deinem Zimmer rausbleiben sollen«, erklärte Ross. »Um ehrlich zu sein, glaube ich, dass die Putzfrau erleichtert war.«

Sie setzte eine finstere Miene auf. »Wer hat dir gesagt, dass du unsere Wäsche zu einem Bügelservice schicken kannst?«

»Du hast mein Hemd verbrannt. Würde ich die Dinge weiter dir überlassen, liefe ich bald halb nackt durch die Gegend.«

Danny stand kurz davor, ihn darauf hinzuweisen, dass er sowieso dauernd oben ohne herumlief, aber sie wollte nicht darauf aufmerksam machen, dass es ihr aufgefallen war. Ross war attraktiv, wenn er kein Hemd anhatte und den Mund hielt, aber nur weil sie ab und zu das Bedürfnis hatte, die Dienstleistung zu nutzen, hieß das nicht, dass sie eine Mitgliedschaft unterschreiben wollte. »Denk nur daran, dass auch ich in diesem Haus wohne!«, verlangte sie. »Ich werde über das Bügeln hinwegsehen …«

»Wenn man nach dem Haufen Kleidung im Flurschrank geht, hast du das schon seit einer ganzen Weile getan …« Sie hob ihre Stimme. »Ich werde über die Bügelhilfe hinwegsehen, aber ändere sonst nichts mehr, ohne mich vorher zu fragen!«

Am nächsten Tag kam Danny vom Supermarkt nach Hause, nur um von dem Anblick ihrer Unterhosen begrüßt zu werden, die neben Ross' Calvin Kleins auf der Wäscheleine hingen. Dafür zu sorgen, dass das Haus geputzt und die Kleidung gebügelt wurde, war eine Sache, aber ihre Unterwäsche zu waschen, ging ihr ein gutes Stück zu weit.

Ross war in der Küche, wo er auf dem Laptop vor sich hin tippte und den abwesenden Gesichtsausdruck aufsetzte, den er beim Schreiben zeigte. Wäre Dannys Killerinstinkt so ausgeprägt gewesen, wie sie sich gern einredete, hätte sie diese Momente zu ihrem Vorteil genutzt. Stattdessen war sie davon fasziniert, den kreativen Prozess im Gange zu sehen, wobei sie ihr Bestes tat, das zu verbergen.

»Wer hat dir die Erlaubnis erteilt, meine Unterwäsche zu waschen?«, wollte sie wissen.

Ross tippte noch ein paar Wörter und sah dann auf. Seine Augen waren wie schwarzer Samt, sanft und nicht scharf gestellt. Er blinzelte langsam und antwortete: »Glaub mir, das Waschen deiner Unterwäsche gibt mir nichts. Der einzige Grund, warum ich beschlossen habe, dass ich das Waschen übernehme, besteht darin, dass ich so sicherstellen kann, dass meine Kleidung nicht in Fetzen oder rosa zu mir zurückkommt.«

Warum hatte sie nicht daran gedacht? Danny schaute aus dem Fenster zur Wäscheleine. »Wie hast du das gemacht?«

»Ich habe die Kleider in die Maschine gesteckt, Waschmittel eingefüllt und sie angeschaltet.«

»Nicht das! Wie hast du eine ganze Maschine Wäsche mit nur einem Dutzend Wäscheklammern aufgehängt?«

»Das waren alle, die ich finden konnte.«

Neue Wäscheklammern zu kaufen gehörte auch zu diesen Dingen, die Danny sich vorgenommen hatte – sie trocknete die Wäsche seit Monaten drinnen auf dem Kleiderständer.

»Warum hast du einen Kissenbezug voller einzelner Socken in der Kommode?«

Danny wünschte sich inständig, er würde aufhören, ihre Schränke zu durchsuchen. »Sockenwaisen.«

Er starrte sie an. »Sockenwaisen?«

»Versuchst du, mir zu verklickern, dass du keine Sockenwaisen besitzt?« Endlich etwas, das die moderne Hausfrau hier nicht kannte! »Jeder hat Sockenwaisen. Ihre Partner sind in der Wäsche in ein paralleles Sockenuniversum gesaugt worden und nie wieder aufgetaucht.«

»Nicht, wenn man sie zusammenbindet.«

»Das ist das Lahmste, was ich je gehört habe! Hast du kein Leben?«

»Hatte ich, aber ich habe es in San Diego gelassen, und meine Socken zusammenzubinden ist nicht lahm, es ist organisiert. Und warum waren im Wäschekorb keine BHs? Da waren jede Menge hübsche Schlüpfer, aber keine BHs.«

Danny wurde rot. »Das geht dich überhaupt nichts an!« Sie würde ihm wohl kaum erklären, dass sie ungern Geld für ein Kleidungsstück ausgab, das bei ihrer mageren Ausstattung ehrlich überflüssig war. Ross musste in seine Schranken verwiesen werden. Danny stöpselte sich Dr. Tim in die Ohren, schlich sich zur Wäscheleine und stahl von jedem Paar Socken einen. Es war kleinlich und unreif, aber die Nicht-vor-den-Kindern-streiten-Richtli-

nie, die sie selbst ausgerufen hatte, trieb sie in den Wahnsinn.
Ross hatte so einen Verdacht, wo seine Socken hin verschwanden, aber er konnte nichts beweisen. »Ich will dich im Hühnerstall sehen, Daneka«, sagte er, nur um zu sehen, dass sie ganz verlegen wurde und Ausreden erfand. Sie wussten beide, warum sie nicht mitgehen wollte. »Wir müssen einen Gipfel wegen meiner fehlenden Socken abhalten.«
»Wenn du glaubst, dass ich meine kostbare Zeit damit verschwenden werde, mich mit dir über deine Socken zu streiten, hast du dich geschnitten, Fabello.«
»Feiges Huhn!«, gackerte er leise. »Du bist so feige wie deine Hühner.«
»Das ist so tiefsinnig! Warum nimmst du es nicht in eines deiner Bücher auf?«

♥

Als Ross in dem verzweifelten Versuch, den Hungertod abzuwenden, das Kochen an sich riss, protestierte Danny nur zum Schein. Ross konnte kochen – richtig kochen. Plötzlich füllte die Küche sich mit dem Duft nach Olivenöl, Basilikum und Knoblauch, als Onkel Ross wie aus dem Nichts köstliche Gerichte erschuf. Danny konnte es abends kaum erwarten, nach Hause zu kommen, um herauszufinden, was es zum Essen gab, und sie bekam wieder etwas von dem Fleisch auf die Knochen, das sie während Nellas Krankheit verloren hatte.
Ross war absolut verblüfft, als Mia und Matt erklärten, dass sie Dannys Kochkünste vorzogen. Mia musterte beim ersten Mal, als Ross das Abendessen serviert hatte, misstrauisch ihren Teller. »Was ist das?«

»Petti di pollo imbottiti con salsa al pepe verde.«
Danny war sich nicht sicher, ob sie sich die Lippen leckte, weil das Essen so duftete oder weil Ross italienisch sprach.
»Was?«, fragte Mia.
»Pardon«, verbesserte Danny sie. Sie schob für ungefähr zehn Sekunden ihr Hühnchen über den Teller, bevor sie sich darüber hermachte und seinen Duft einatmete.
»Gefüllte Hähnchenbrust mit grüner Pfeffersauce«, übersetzte Ross.
Matt starrte stirnrunzelnd auf seinen Teller. »Können wir nicht einfach Chickennuggets mit Pommes haben?«
»Nein«, blaffte Ross, »können wir nicht!«
Danny kaute ein Stück Hühnchen und stöhnte fast, als der Geschmack auf ihrer Zunge explodierte.
»Schaut!«, sagte Ross. »Tante Danny isst es.«
»Ich lasse Essen nicht gern verkommen«, log sie.
»Du solltest die Dinge vielleicht etwas langsamer angehen, Onkel Ross«, schlug Danny vor, als die Kinder ihre Teller unberührt stehenließen. »Gefüllte Hähnchenbrust in grüner Pfeffersauce ist für sie ein wenig zu komplex.«
Ross schabte das Essen von den Tellern in den Mülleimer. »Für sie ist alles zu komplex – sie leben von Müll.«
»Tun sie nicht!«
»Versuch nicht, ihre Ernährung zu verteidigen! Das Gesündeste, was du ihnen gekocht hast, war grauer Schleim.«
Es kostete Danny einen Moment zu verstehen, dass er Haferbrei meinte. »Es sind Kinder!«, polterte sie.
»Mit den Arterien von Achtzigjährigen.«
»Haferflocken – ich meine Haferbrei – ist sehr gesund«, verteidigte sie sich.
Er fing an, die Spülmaschine einzuräumen. »Ich wette,

dass Matt und Mia mit diesem Gedanken nachts besser schlafen.«

Danny streckte ihm die Zunge heraus.

»Ich wette, du bist noch schlimmer dran.« Ross steckte das Besteck in den Besteckkorb der Spülmaschine. »Glaubst du, dass du noch lange für sie sorgen kannst, wenn du weiter nur Müll isst?«

Danny wollte nicht über ihre Lebensspanne nachdenken. Ross drehte sich um und erhaschte einen Blick auf ihre gehetzte Miene. Er runzelte die Stirn. Worum ging es denn jetzt? Ihm war es lieber, wenn Danny ihn beschimpfte. »Und noch etwas«, fuhr er fort.

»Was?«

»Streck mir noch ein Mal die Zunge raus, und ich schleppe dich in den Hühnerstall!«

»Woher weißt du …«

Er zeigte mit einem Löffel auf den Spiegel, der gegenüber der offenen Küchentür im Flur hing.

»Ach ja? Du – und wie viele deiner Freunde helfen dir dabei?«, spottete sie und stiefelte aus der Küche.

Das war besser.

Ross schrieb gerade, als das Telefon klingelte. Danny und die Kinder waren für den Tag aus dem Haus. Wenn er zu Hause arbeitete, steckte er normalerweise das Telefon aus, aber hier tat er das ungern, weil die Schule hätte anrufen können, wenn etwas mit Matt oder Mia war – oder wenn Danny den nächsten Truck geschrottet hatte.

»Ja?«

Eine Frauenstimme fragte: »Mr. Fabello?«

»Ja?«

»Mr. Ross Fabello?«
»Ja. Wer ist dran?«
»Mein Name ist Robyn. Ich arbeite im Sekretariat von Matts und Mias Schule.«
»Was stimmt nicht?«, fragte Ross scharf. »Ist etwas passiert?«
»Nein, es geht beiden gut. Ich rufe wegen der Schulwegbegleitung an.«
»Schulwegbegleitung?«, wiederholte er.
»Ja, Ihr Name steht auf der Liste der Eltern, die sich freiwillig für die regelmäßige Schulwegbegleitung gemeldet haben.«
Danny!, dachte Ross.
»Ich hoffe, Sie haben Ihre Meinung nicht geändert?« Robyn klang besorgt. »Wir haben gerade die Anzahl von Erwachsenen, die wir brauchen.«
»Können Sie mich noch einmal erinnern, für wie viele Tage ich mich freiwillig gemeldet habe, Robyn?«, bat Ross grimmig.
»Fünf Tage die Woche, morgens. Das ist wirklich sehr großzügig von ihnen.«
»Nicht wahr? Und an wie vielen Tagen begleitet Daneka Lawton Kinder zur Schule?«
»Danny steht auf unserer Liste von Leuten, die wir anrufen können, wenn einer der normalen Begleiter ausfällt. Sie konnte sich wegen ihrer Schichtdienste nicht regelmäßig verpflichten.«
Wie praktisch für sie!
Ross stellte Danny, sobald sie nach Hause kam, zur Rede.
»Wer hat dir die Erlaubnis gegeben, mich als Schulwegbegleiter einzutragen?«
Sie war mehr daran interessiert zu erfahren, was auf dem Ofen vor sich hin kochte. »Du. Ich habe über das nach-

gedacht, was du über die Verantwortung in Bezug auf unsere Gesundheit gesagt hast, und als ich im Schul-Newsletter die Bitte um Freiwillige gesehen habe, habe ich sofort an dich gedacht. Du brauchst mehr Bewegung, und die Schule braucht Helfer.«

»Ich brauche nicht mehr Bewegung! Ich kriege jede Menge Bewegung!«

»Du nennst den ganzen Tag am Laptop sitzen und tippen Bewegung?«

»Es geht dich überhaupt nichts an, wie ich meinen Tag verbringe!«

»Ich achte nur auf dich und deine Arterien, Ross«, meinte Danny frömmelnd.

Sie hatte entschieden, alles auf eine Karte zu setzen und ihm so viel Ärger wie möglich zu machen, in der Hoffnung, dass ihn das schneller weichkochen würde. Das Sofa entfaltete seine Wirkung einfach nicht.

»Du solltest vielleicht in eine gute wasserfeste Jacke investieren«, schlug Danny vor. »Du hast ja gesehen, wie wechselhaft das Wetter um diese Jahreszeit sein kann – du wirst sie wahrscheinlich brauchen.« Sie riss die Augen auf. »Wie ist das Wetter in der Gegend deines schönen großen Hauses eigentlich um diese Jahreszeit? Es liegt in der Nähe von San Diego, oder?«

Ross hatte sein Haus in San Diego nie erwähnt, und Danny hatte ihn ganz sicher nie gefragt, wo er lebte. »Woher weißt du von meinem Haus?«

»Google ist billiger als ein Privatdetektiv und fast genauso gut«, erklärte sie sarkastisch. Google hatte ihr auch Unmengen Klatsch und Fotos von den Frauen in Ross' Leben geliefert. Sie blieben wie Wrackteile hinter ihm zurück, und keine Beziehung hatte länger als ein paar Jahre gehalten.

»Erst begaffst du mich, und jetzt googelst du mich?«
Dannys selbstzufriedenes Lächeln verschwand. »Ich habe dich nie begafft! Und ich habe dich nur gegoogelt, um mir deine Internetseite anzuschauen.«
»Warum?«
»Kenne den Feind.«
Die Schulwegbegleitung brachte Ross' Lebensstil ziemlich durcheinander. Er schrieb gern bis spät in die Nacht und schlief lang, aber das konnte er jetzt vergessen, nachdem er früh aufstehen musste, um Matt, Mia und die anderen Kinder in die Schule zu bringen – nicht, dass lange schlafen auf dem Sofa wirklich eine Option war. Es liefen immer mindestens zwei Erwachsene mit den Kindergruppen, also lernte Ross die anderen Eltern und die Kinder der Nachbarschaft kennen, wenn sie sich an ihren Haustüren zu der Gruppe gesellten. Weil sie in einer halb ländlichen Gegend wohnten, liefen nie mehr als ungefähr sechs Kinder mit. Wenn sie das Ende von Dannys Straße erreichten, hatten sie die Erlaubnis, quer über die Felder der Farmer und über den Hügel zur Schule auf der anderen Seite zu gehen. Die kleinsten Kinder mussten den Hügel oft hochgetragen werden, und Ross hatte meistens ein oder zwei Kinder auf dem Rücken, während er den Anstieg hinaufstolperte. Wer brauchte schon Hanteltraining?
Mia sang den ganzen Weg. »Magst du es, wenn ich singe, Onkel Ross?«, fragte sie, nachdem sie damit fertig war, ihn mit *Waterloo* zu quälen.
»Mia, Liebes, du bist einzigartig!«

♥

Es belastete Ross, wie allein Danny und die Kinder waren – abgesehen von Deryl, Lloyd und Vanessa hatte

Danny niemanden, an den sie sich wenden konnte und, soweit er sehen konnte, sicherlich keine Familie. Zu versuchen, aus Danny irgendetwas in Bezug auf die Familie herauszukriegen, und besonders über Pat und Nella, war reine Zeitverschwendung.

Es war Lloyd Snedden, der die Lücken auffüllte, als er anfing, unangekündigt aufzutauchen, um bei den Reparaturen am Haus zu helfen. Lloyd erzählte ihm, wie Daniella Patrick mit zwanzig getroffen hatte, und ihre Beziehung schien ungefähr denselben Weg gegangen zu sein wie alles, woran Pat Anteil gehabt hatte: lange Zeitspannen mit wenig oder keinem Kontakt, gefolgt von dramatischen Wiedervereinigungen, wenn sein Bruder die Rolle des verlorenen Sohnes – oder in diesem Fall Vaters – bis zum Letzten ausreizte, bevor Langeweile oder eine Diskussion mit Danny ihn wieder verschwinden ließen.

Das andere, was Ross belastete, war, dass Dannys Mutter und Zwillingsschwester an Brustkrebs gestorben waren. Lloyd wies ihn darauf hin, dass Nella ein ziemlicher Wirrkopf gewesen war, der aktiv allem Unangenehmen ausgewichen war, inklusive der Krebsvorsorge. Sie war keine Kämpferin gewesen wie Danny, aber Ross machte sich trotzdem Sorgen.

Sie reparierten Teile der verrottenden Veranda. Ross blinzelte ein Stück Holz entlang, das er gerade mit der Säge bearbeitet hatte. »Geht Danny zu ihrer Vorsorge?«, erkundigte er sich beiläufig.

Lloyd wurde rot. »Woher zur Hölle soll ich das wissen?«

Ross schlug frustriert das Holz gegen die Veranda; wenn er Danny fragte, würde sie ihn wahrscheinlich beschuldigen, pervers zu sein. Er hatte den plötzlichen Drang, sie zum nächsten Arzt zu schleifen, um ihre Brüste untersuchen zu lassen, obwohl er sich genau ausmalen konnte, wie sie darauf reagieren würde. »Lloyd, ich brauche einen Rat.«

Der ältere Mann kratzte sich am Nacken. »Wozu?«

»Ich glaube nicht, dass ich zu dreist bin, wenn ich frage, ob du weißt, dass Danny einige Schulden geerbt hat, als Daniella und mein Bruder gestorben sind.«

»Nein, da bist du nich' zu dreist. Dieser Bruder von dir war nutzlos. Und Daniella lebte im Wolkenkuckucksheim.«

»Ja.« Ross schaute auf das Stück Holz in seiner Hand. »Ich weiß.«

»Was für'n Rat willst du?«

»Ich will Dannys ausstehende Schulden tilgen, so dass sie und die Kinder zumindest einmal von normalnull starten können. Aber ich weiß nicht, wie ich es anstellen soll, ohne meine Eier oder Kniescheiben zu verlieren, wenn sie herausfindet, was ich getan habe.«

Lloyd lächelte. »Das haste richtig verstand'n. Sie wird Kleinholz aus dir mach'n.«

Ross nickte grimmig.

»Hör auf, dich zu drück'n, und geh die Sache an, mein Sohn, das is' mein Rat! Wenn du mich fragst, seid Danny und du euch zu ähnlich. Ihr seid beide stur, und keiner von euch wird je 'nem Streit ausweich'n. Danny verdient eine Pause, obwohl sie sich lieber den Arm abhack'n würde, als dich um Hilfe zu bitt'n. Wenn du also so reich bist, wie alle sagen, hör auf, Zeit zu verschwend'n, und tu's einfach!«

Ross lächelte düster. »Okay. Versprich mir nur, dass du mich, wenn du im Garten hinter dem Haus ein frisches Grab entdeckst, ausgräbst und meinen Körper in die Staaten zu meiner Familie zurückschickst.«

»Wird erledigt, mein Sohn, wird erledigt.«

Ross wog das Für und Wider seines Plans ab. Wenn er Danny in eine Ecke trieb, würde sie dafür sorgen, dass er es bereute – so viel wusste er. Ross machte es Spaß, sich mit Danny zu streiten; es hielt ihn auf Zack. Er liebte es, auf der feinen Grenze zwischen dem Punkt, wo er sie nervte, und dem Punkt, wo er sie über die Kante trieb, zu balancieren. Zu beobachten, wie Dannys Augen aufblitzten und ihre Nasenflügel bebten, wenn sie wütend wurde, war fast so gut, wie Sex mit ihr Ross' Vorstellung nach sein würde.

Fast.

Wenn Danny etwas zustieße, würde seine Familie Matt und Mia mit offenen Armen aufnehmen, aber es wäre Ross, an den sie sich wenden würden, Ross, dessen Gesicht ihnen zwischen all diesen Fremden vertraut war. Zum ersten Mal war er persönlich für jemanden verantwortlich – und nicht nur im Kollektiv.

Er rief Allan Nicholls an und sorgte dafür, dass Dannys Schulden und Hypothek abbezahlt wurden. Er ging davon aus, dass sie erst Ende des Monats herausfinden würde, was er getan hatte, wenn die nächsten Raten fällig waren. Das Geld, das er dafür ausgab, bedeutete für ihn nur Peanuts, aber Ross wusste, dass Danny es anders sehen würde. Er kontaktierte auch Deirde und bat sie herauszufinden, was eine Frau mit genetischer Veranlagung zu Brustkrebs tun musste, um auf sich aufzupassen.

»Ist das Recherche für ein neues Buch?«, fragte sie.

»Nein.«

»Oh! Ist die Mutter von Matt und Mia nicht an Brustkrebs gestorben?«

»Ja. Und ihre Großmutter.«

»Das ist schrecklich!«

»Ja«, stimmte Ross zu, »das ist es.«

»Du machst dir Sorgen um Danny, oder?«, wollte Deirdre wissen.
»Finde einfach heraus, was du kannst, okay, Didge?«
»Okay.«
»Und behalt's für dich? Bitte!«

Ross stand am Küchenfenster, blickte über das sich wiegende Gras der Weiden hinaus auf das entfernte glitzernde Meer und brütete vor sich hin.
Ein guter Mann, der sich Sorgen um Dannys Kontaktverlust mit ihrer Verwandtschaft mütterlicherseits machte, würde einen Privatdetektiv anheuern, um ihre Familie ausfindig zu machen. Einem guten Mann wäre es egal, dass eine Familie es noch unwahrscheinlicher machen würde, dass Danny sich hilfesuchend an ihn wandte.
War er so gut?

Kapitel 13

Die Auslieferung der Sonntagszeitung servierte Ross um einiges größere Probleme als der drohende Kampf wegen der Hypothek.

Der Tag hatte eigentlich gut angefangen. Ihm und Danny war es gelungen, nebeneinander am Tisch zu sitzen und zu frühstücken, ohne sich mit Besteck zu attackieren. Ross verkniff sich einen Witz darüber, dass Danny sich entschieden hatte, ihre Haare pink zu färben, und Danny drehte nicht das kalte Wasser auf, als er nach seiner morgendlichen Joggingrunde duschte. Sie saß am Tisch, mampfte eine Scheibe Toast und blätterte durch die Zeitung, während sie nur mit einem halben Ohr Matts und Mias Diskussion lauschte, welches Spielzeug sie sich mit den Sammelkarten von den Cornflakes-Packungen holen sollten.

Plötzlich hörte Danny auf zu essen. Ihr Toast schwebte vergessen zwischen ihrem Mund und ihrem Teller, während ihre Augen sich an der Klatschspalte festsaugten. In der Mitte der Seite prangten zwei Fotos von ihr und Ross. Eines zeigte sie, wie sie mit Ross verknotet auf der Bar saß – es stellte nicht so sehr einen Kuss als vielmehr einen Akt des gegenseitigen Verschlingens dar. Das andere war auf dem Parkplatz aufgenommen worden und bildete Danny ab, wie sie vor Ross auf dem Boden hockte, die Pässe an ihre Brust gedrückt, während er drohend vor ihr aufragte.

Dannys Sicht verschwamm, und all ihre guten Vorsätze flogen aus dem Fenster. Ihm Socken zu stehlen würde die schwarze Wut, die sie jetzt erfüllte, nicht einmal ansatzweise befriedigen. Und ein Treffen im Hühnerstall würde in einem Blutbad enden.

»Tante Danny?«, sprach Matt sie an. »Bist du okay?«

Sie sprang auf die Füße und rannte mit der zerknitterten Zeitung in der Hand aus dem Raum.

»Oh, oh!«, machte Mia.

Ross schwelgte in dem beruhigenden, gleichmäßigen, *warmen* Wasserstrahl aus der uralten Dusche, als die Tür zum Badezimmer mit einem Krachen aufflog und Danny in den Raum stürmte. Er blinzelte ihre verschwommene Silhouette hinter dem Plastikduschvorhang an.

Sie wedelte mit etwas in seine Richtung. *»Hast du das gesehen, Fabello?«*

Ross fummelte hinter sich und drehte das Wasser ab. Was zur Hölle war jetzt wieder los?

»Wovon redest du? Hat das nicht Zeit, bis ich fertig geduscht habe?«

»NEIN, HAT ES NICHT!«

Danny schnappte sich den Vorhang und zog ihn zur Seite, so dass die Plastikringe auf der rostigen Stange klapperten. Dass Ross nackt war und sie ihm sein letztes bisschen Deckung nahm, registrierte sie nicht einmal. Sie war so aufgebracht über das, was sie in der Zeitung gesehen hatte, dass sie nur darauf aus war, ihn für ihre Erniedrigung zahlen zu lassen.

Ross starrte sie böse an, ein großer, wütender, nasser Mann, nur bedeckt von ein paar Seifenspuren. Seine Lippen bewegten sich kaum, als er hervorstieß: »*Was* genau willst du mich *sehen* lassen, Daneka?«

Dannys heiße Wut flackerte wie ein Feuerwerkskörper

im Regen. Ihr Blick glitt an seinem Körper nach unten und blieb an Ground Zero hängen. Ihre Augen wurden groß, als er zuckte und größer wurde. Der plötzliche Drang überkam sie, in die Dusche zu steigen und Amerika zu besuchen.

Ross gab ein Geräusch irgendwo zwischen einem Knurren und einem Fauchen von sich, und Danny hob eilig wieder ihren Kopf. *»Komm entweder zu mir rein oder verschwinde!«*

Sie ließ die Zeitung fallen und rannte.

Ross zählte bis zehn. Dann zählte er bis dreißig. Als er bei hundert angekommen war, gab er auf und drehte das kalte Wasser auf. Es dauerte noch ein paar Minuten, bevor er in einem Zustand war, in dem er die Dusche verlassen konnte. Er hob die Zeitung auf und setzte sich auf den Badewannenrand.

Der Findlays-Verlag hat am Freitag eine Party veranstaltet, an die man sich noch eine Weile erinnern wird. Ein Lagerhaus wurde in einen Innenstrand verwandelt, komplett mit Surfboards und einer Lagune. Aber die krönende Pracht des Abends war die Gegenwart des vielleicht erfolgreichsten und berühmtesten Schriftstellers in Findlays' internationalem Stall, RF O'Rourke – ein Mann, der für seine Abneigung des Rampenlichts bekannt ist. Stellen Sie sich die Freude des Findlays-Managements vor, als sie entdeckten, dass der attraktive Mr. O'Rourke direkt hier in Gottes eigenem Land ist – wenn auch in einer »Familienangelegenheit«.

Das vielleicht einzige Haar in der sprichwörtlichen Suppe war die goldäugige, knabenhafte Dame an RFs Arm, die absolut klarstellte, dass sie nicht bereit war, ihn mit den silikonunterfütterten Schätzchen zu teilen, die nur zu eifrig unartige Notizen in RFs Taschen fallen ließen. Die Lady, die sich Danny nannte und darauf bestand, RFs Schwä-

gerin zu sein, bekam ihre Rache: Sie verkaufte die Zettel in einer spontanen Auktion, die an die 6000 Dollar für ein örtliches Frauenhaus einbrachte. Ich als Reporter kann mich nicht daran erinnern, wann ich zuletzt einen Abend so genossen habe – es war wunderbar zuzusehen, wie die Notizenschreiberinnen darum kämpften, ihre Zettel zurückzukaufen, immer in der Gefahr, überboten zu werden. Es war fantastisch, Ms. Danny in Aktion zu beobachten und zu erleben, wie sie ihre Konkurrenz vernichtete.

RF schien zuzustimmen. Er verbrachte den gesamten Abend damit, sie zu betrachten, bevor das Paar schließlich auf der Bar fast den horizontalen Tango tanzte. Intensive Hintergrundrecherche Ihres engagierten Reporters haben zutage gefördert, dass die Dame eine Oberschwester in einer bestimmten sehr ausgelasteten Notaufnahme in unserer schönen Stadt ist. Unglücklicherweise verwandelte sich das, was für das Paar ein wunderbarer Abend zu sein schien, in eine Beschimpfungsorgie auf dem Parkplatz, in der Mr. O'Rourke klar die Oberhand gewann.

Kein Mann, dem man sich in den Weg stellen sollte – oder, wie meine liebe Oma zu sagen pflegte: Edel ist, wer edel handelt.

Ross schaute auf das Foto, das den Kuss zwischen Danny und ihm zeigte, und hatte das Gefühl, dass er vielleicht noch einmal unter die Dusche klettern müsste. Deswegen sah er lieber das Bild an, wo sie sich auf dem Parkplatz stritten, und verzog das Gesicht. Danny hockte mit ihrem Pass an der Brust im Regen und wirkte wie ein ertrinkendes Kätzchen. Sie starrte zu Ross auf, der über ihr aufragte, seine Augen wütende Schlitze und sein Mund offen, weil er sie anschrie.

Ross rieb sich mit Daumen und Zeigefinger die Augen. Er erschien wie ein Tyrann. Er war ein Tyrann gewesen. Er hasste es, wenn seine Privatsphäre verletzt wurde, aber er hatte viele Jahre Zeit gehabt, sich daran zu gewöhnen. Danny besaß keinerlei Erfahrung damit, und Ross erinnerte sich noch genau, wie wütend er gewesen war und wie beschmutzt er sich gefühlt hatte, als es ihm zum ersten Mal passiert war.

Er zog sich an und ging los, um sie zu suchen.

Sie stand neben dem Briefkasten vor dem Haus und trug eine ausgeleierte Lycra-Shorts, ein gelbes Tanktop, das sich mit ihren pinkfarbenen Haaren biss, und alte Laufschuhe. Sie stierte auf ein Stück Papier in ihrer Hand; den aufgerissenen Umschlag hielt sie in der anderen.

Danny lief nur, wenn sie durcheinander war. Wenn sie glücklich war, saß sie auf der Couch und aß Schokolade. Der Zeitungsartikel hatte dafür gesorgt, dass sie ihre Laufschuhe und Laufhosen aus dem Schrank zerrte. Nur Gewohnheit ließ sie den Briefkasten kontrollieren, bevor sie loslief. Der Brief von der Finanzierungsgesellschaft bot ihr einen saftigen neuen Kredit an … *weil sie ihre bestehenden Schulden abgezahlt hatte*.

Für einen Moment fragte Danny sich, ob ihre Gehirnerschütterung doch noch nicht abgeklungen war. Es kam ihr vor, als wäre ihr Leben ein Kartenspiel, das jemand in die Luft geworfen hatte. Sie konnte anscheinend nur hilflos zuschauen, wie alles durcheinanderwirbelte und zu Boden fiel.

»Danny?«

Sie drehte sich langsam um und sah Ross an.

»Nächste Woche werden alle den Artikel bereits vergessen haben.«

Das war so ungefähr das Schlimmste, was er hätte sagen können. Danny waren »alle« völlig egal. Was er getan hatte, machte für »alle« keinen Unterschied, aber für sie machte es einen Riesenunterschied. Sie starrte ihn wutentbrannt an.
Ross, der keine Ahnung von der Bedeutung des Blattes Papier in ihrer Hand hatte, stemmte seine Hände in die Hüften. »Ich wollte mich entschuldigen, aber du machst es mir nicht leicht. Ich wusste nicht, dass diese verdammten Fotos geschossen wurden!«
Sie wedelte mit dem Brief in seine Richtung. *»Duuuuu!«*
Er musterte ihr Gesicht. »Müssen wir damit in den Hühnerstall?«
Danny gab ein würgendes Geräusch von sich und drückte den Brief mit der beschriebenen Seite nach außen an ihre Brust.
Ross sah das Logo und den Namen der Finanzierungsgesellschaft und zählte eins und eins zusammen. Ein Besuch des Hühnerstalls würde nicht helfen.
Mia und Matt gesellten sich zu ihnen.
Ross scannte hastig die Umgebung auf potenzielle Waffen ab, dann wandte er sich an die Kinder, seine Augen auf Danny gerichtet: »Könntet ihr beide zu Deryl und Lloyd gehen, während Tante Danny und ich uns unterhalten, bitte?«
Danny hatte die beiden nicht einmal bemerkt.
»Können wir nicht hierbleiben und zuschauen, wie du und Tante Danny euch streitet?«, fragte Mia fasziniert.
»Nein!«, bellte Ross. »Tut, was ich sage!«
»Komm, Mia!« Matt griff sich ihre Hand. »Wenn wir bleiben, gehen sie nur in den Hühnerstall.«
Sobald die Kinder weg waren, stiefelte Danny auf Ross zu und schwang den Brief wie einen Säbel. »Du … *Du!*«

Ross legte schützend die Hände vor seine Genitalien. »Ja und ja zu allem.«

»Du hast meine Schulden abbezahlt!« Sie tanzte auf der Stelle, hielt aber alle paar Sekunden inne, um ihre Hose wieder nach oben zu ziehen.

Er bemerkte, dass ihre Schuhe mit einem Stück Kordel zusammengehalten wurden, und ging davon aus, dass der Schnürsenkel der verblichenen, nicht betrauerten Toilette geopfert worden war. »Danny, würdest du dich bitte beruhigen und es mich erklären lassen?«

»Erklären?!«, kreischte sie. *»Erklären?* Hast du gedacht, du könntest mich kaufen?«

Er versteifte sich. »Das hat überhaupt nichts damit zu tun, dass ich dich kaufen will. Es geht darum sicherzustellen, dass Matt und Mia finanziell abgesichert sind, und das ist etwas, wozu du zur Hölle nicht fähig warst.«

Danny stoppte ihren Kriegstanz und starrte ihn an, ihre Augen voller Schmerz und Frustration. Sie knüllte den Brief zu einem Ball zusammen und feuerte ihn auf ihn ab. Ross versuchte, sich zu ducken, aber er traf ihn zwischen die Augen und fiel dann zu seinen Füßen ins Gras. Als er wieder aufschaute, sah er, wie Danny die Straße entlangrannte.

Ross nahm die Verfolgung auf. *»Danny!«*

Sie ignorierte ihn.

»Danny!«

Sie senkte den Kopf und lief schneller.

Ross verlängerte seine Schritte. Danny versuchte, ihn abzuhängen, aber Ross war fitter, und seine Beine waren länger. »Verflucht noch mal, halt an und hör mir zu!«

Er streckte einen Arm aus und schlang ihn ihr um die Hüfte, aber ihre Beine verhedderten sich, und plötzlich stellte Ross fest, dass er mit Danny im Arm durch die Luft flog. Er drehte sich und landete auf dem Rücken im hohen Gras, Danny mit dem Rücken an seiner Brust auf sich.

»Bist – du – okay?«, keuchte er, als er wieder atmen konnte. Er stützte sich auf einen Ellbogen und schielte über Dannys Schulter in ihr Gesicht.

Sie trat ihn gegen das Schienbein.

Er brummte. »Ich werte das mal als Ja.«

Ross zuckte zusammen, als Danny sich aus seinem Griff wand, auf die Knie ging und sich umdrehte, um ihn anzusehen. Sie schnappte sich sein lose geschlossenes Hemd zusammen mit einer Faustvoll seiner Brusthaare und schüttelte ihn. »Du hast kein Recht, dich in meine persönlichen Angelegenheiten einzumischen!«

»Au!« Er schnappte sich ihr Handgelenk. »Das tut weh!«

Sie zog fester.

Ross rollte sich ebenfalls auf die Knie und warf Danny damit ins Gras zurück. Er verlor das Gleichgewicht, als sie sich an ihm festhielt, um nicht umzufallen. Sie landeten gemeinsam auf der Erde – ein Haufen aus Armen und Beinen.

Er suchte und fand die kahle Stelle auf seiner Brust. »Das hat verdammt noch mal weh getan!«

»Gut!« Sie bemühte sich erfolglos, ihn abzuwerfen. »Geh von mir runter, du Riesenbrocken!«

Ihre Bewegungen unter ihm ließen Ross seine Brust vollkommen vergessen. Das Blut, das auf dem Weg zu der verletzten Stelle war, änderte plötzlich seine Meinung und verschwand in Richtung seiner Leistengegend.

Danny bemerkte die Veränderung und wurde still. Sie schaute zu Ross auf und sagte: »Oh.«

Er starrte auf sie hinunter und stimmte trocken zu: »Ja – *oh*.«

Sie wurden von dem Geräusch eines Automotors abgelenkt und beobachteten, wie ein uralter, angeschlagener, mit Schlamm und Staub überzogener Rolls-Royce Silver Shadow auf der Straße anhielt. Der Fahrer musterte sie missbilligend durch das offene Fenster. Auf seinem Kopf saß wie ein übrig gebliebener Pfannkuchen ein müde wirkender purpurgrün gestreifter Stoffsonnenhut. Seine Augen waren von einer unbestimmbaren schlammigen Farbe, und er hatte die schlimmsten Zähne, die Ross jemals gesehen hatte. Der Kerl konnte zwanzig Meter entfernt noch Mais vom Kolben essen. Ross beobachtete, wie die Erscheinung einen Finger an die Krempe seines grauenvollen Hutes legte und mit nasaler Stimme sagte: »Danny.«

Sie schubste Ross und kletterte unter ihm heraus. Ihr Gesicht leuchtete wie eine Lampe. »Hi, Jarvis!«

Überrascht ließ Ross sich ins Gras zurücksinken und starrte den Wagen ungläubig an. Es handelte sich um ein Sammlerstück und wäre eine Menge Geld wert gewesen, wenn jemand sich die Mühe machte, sich darum zu kümmern.

Jarvis zeigte auf Ross. »Ich dachte, er wäre tot.«

Ross dachte, er hätte sich verhört, als Danny plötzlich seinen Arm drückte. »Das ist Patricks Bruder, Ross«, erklärte sie schnell.

Jarvis beäugte ihn misstrauisch.

Ross fiel es gar nicht auf. Er war mit Dannys unerwarteter und überraschend netter Geste der Unterstützung beschäftigt. Sie ließ seinen Arm los, sprang auf und schlug sich Gras von ihrer schlabbernden Hose. »Es tut mir so leid! Ich habe nicht einmal bemerkt, dass sie entkommen ist!«

Ross fragte sich, worüber zur Hölle sie sprach, bis er auf dem Rücksitz des Rolls-Royce ein großes schwarzes Schaf entdeckte.

Es war Kohle, einer der zwei Rasenmäher, die auf der Weide hinter dem Haus lebten.

♥

Jarvis Wainwright war der reichste Mann im Bezirk. Ihm gehörte eine große Farm, die sich am Ende der Straße die Klippe entlangzog, und auch der Hügel, den Ross jeden Morgen mit der Schulwegbegleitung erklomm, zählte dazu. Das Grundstück war wertvoll, und die Makler drängten Jarvis seit Jahren zum Verkauf. Zur Erleichterung seiner Nachbarn hatte er alle Angebote abgelehnt, die Gegend in ein Luxuswohngebiet umzuwandeln. Er war ein Mann mit einfachen Bedürfnissen, der nur zufällig ein beträchtliches Vermögen besaß. Jarvis' Hauptziel im Leben war etwas viel Persönlicheres.

Er war auf der Suche nach einer Frau.

Sein Wunschkandidat für diese Rolle war immer die hübsche, liebe Daniella Lawton gewesen. Obwohl sie vor Jahren von diesem Yankee-Rowdy um den Finger gewickelt worden war, betrachtete Jarvis jede Frau als frei, bis ein Mann ihr einen Ring auf den Finger geschoben hatte. Und der Yankee-Rowdy hatte nie Anstalten in dieser Richtung gemacht, obwohl er ihr zwei Kinder angehängt hatte. Wann immer Patrick Fabello für Monate verschwunden war, hatte Jarvis angefangen, sich Hoffnungen zu machen und Nella regelmäßig zu besuchen. Aber seine Hoffnungen wurden regelmäßig wieder zerschlagen, wenn Patrick zurückkehrte und Nella sich in seine Arme warf wie ein Welpe, der sich über die Rückkehr seines Besitzers freut.

Als Daniella gestorben war, hatte Jarvis sich in seinen einzigen Anzug gezwängt und eine Handvoll selbstgepflückter Blumen auf ihren Sarg gelegt. Danny war gerührt gewesen, bis ihr klarwurde, dass Jarvis sich entschlossen hatte, seine Aufmerksamkeit jetzt auf sie zu konzentrieren.

Er war nicht besonders begeistert, dass noch so ein Yankee-Rowdy seine Füße unter den Lawton-Küchentisch geschoben hatte. Also akzeptierte er eine Tasse Tee, nachdem er Kohle auf der hinteren Weide der freudigen Wiedervereinigung mit Persil überlassen hatte, schob *seine* Füße unter Dannys Küchentisch und machte sich daran sicherzustellen, dass der Eindringling auch verstand, dass er in Jarvis' Revier wilderte.

Ross verstand Jarvis' Absichten schnell. Er goss sich selbst ein Glas Rotwein ein und setzte sich ihm gegenüber. Danny trieb sich in der Nähe herum und sehnte sich danach, Ross die Weinflasche über den Kopf zu ziehen. Es war offensichtlich, dass er den armen alten Jarvis auflaufen lassen wollte. Während Jarvis fast die Teetasse in seiner fleischigen Hand zerdrückte, bildeten seine buschigen grauschwarzen Augenbrauen zwei Striche über seiner knolligen Nase, und seine großen praktischen Füße blieben fest auf dem Boden. Ross dagegen balancierte auf den zwei hinteren Stuhlbeinen, ließ sein Weinglas beiläufig zwischen seinen Knien hängen und lächelte unfreundlich.

»Was machen Sie, um Ihren Lebensunterhalt zu verdienen?«

Ross nippte an seinem Wein und ließ den Schluck über seine Zunge gleiten. »So wenig wie möglich.«

»Ross ist ein …«, setzte Danny an. Sie verschwendete allerdings ihre Zeit. Keiner von beiden beachtete sie auch nur ansatzweise.

Jarvis schlürfte seinen Tee. »Wo wohnen Sie?«

Ross goss sich Wein nach. »Hier.«
Jarvis verschluckte sich an seinem Tee. »Hier? Bei Danny?«
»Genau.«
Danny bemühte sich ein weiteres Mal, sich einzuschalten. »Der einzige Grund dafür ist, dass Ross …«
Jarvis' gerötetes Gesicht wurde zwei Schattierungen dunkler. »Danny ist ein anständiges Mädchen – sie verdient es, mit Respekt behandelt zu werden.«
»Oh, um Himmels willen!« Danny wünschte sich inständig, sie würden ihr Schwänze-Messen irgendwo anders abziehen als in ihrer Küche. Ross genoss es, mit Jarvis zu spielen, der noch nicht verstanden hatte, dass Ross eine größere Nummer war als er.
»Glauben Sie mir«, Ross lächelte breit, »ich stelle sicher, dass Daneka *jeglichen* Respekt bekommt, den sie braucht.«
Danny blies zischend die Luft durch ihre Zähne und griff in dem Moment nach der Weinflasche, als Deryl mit den Kindern kam, die sich etwas zu essen nahmen und im Garten verschwanden.
Deryl rümpfte die Nase, als sie sah, dass Ross so früh am Tag schon trank, und lächelte Jarvis an. Sie hielt ihn für einen prima Fang und erinnerte Danny immer wieder an seine Pluspunkte. Als Jarvis schließlich gegangen war, fing sie erneut damit an.
»Er is' jung«, meinte Deryl.
»Er ist mindestens sechzig, Dee.« Danny war sich sehr bewusst, dass Ross zuhörte. Er nahm sich noch einen Schluck Wein, während Deryl ihn missbilligend beobachtete. »Könn'n Sie nich' weggeh'n?«
Er lächelte und prostete ihr mit seinem Weinglas zu. »Nein.«

»Jarvis Wainwright is' in den besten Jahren. Und er is' gut zu Tieren.«

Danny seufzte. »Und das heißt?«

»Wenn ein Mann sich um seine Tiere kümmert, kann man sich auch darauf verlassen, dass er sich gut um seine Frau und Kinder kümmern wird.«

»Dee, ich will nicht, dass Jarvis Wainwright sich um mich kümmert!«

»Er is' wohlhabend. Dir wird's an nichts mangeln.«

»Nur an geistiger Gesundheit.«

Deryl schaute zu Ross und schnüffelte. »Du wärst niemand *verpflichtet*.«

Ross warf ihr einen säuerlichen Blick zu.

Nachdem Deryl gegangen war, legte Ross eine Mappe mit Dokumenten auf den Küchentisch. »Du kannst das auch einfach lesen.«

Danny beäugte die Papiere, als wären sie eine zusammengerollte Kobra. »Warum? Was hast du noch getan?«

Er ging.

Sie setzte sich und las die Dokumente. Sie hatte keine Hypothek mehr. Sie war schuldenfrei. Es war einfach zu viel für sie. Sie fühlte sich abgekämpft und emotional ausgesaugt. Sie wäre eine Lügnerin, wenn sie behauptete, dass schuldenfrei zu sein ihr nicht eine große Last von den Schultern nahm. Ross hatte das Haus auf ihre beiden Namen eintragen lassen, so dass sie gleichberechtigte Besitzer waren. Hier stand es in schwarzer Tinte auf dem Papier. *Daneka Aroha Lawton* und *Ross Igor Padraig Oreste Fabello*. Sie lachte schwach. Was hatte seine Mutter sich nur dabei gedacht?

Sie fand Ross in Matts Zimmer, wo er auf dem Bett lag und *Die Rache der Gartenzwerge* las. »Warum hast du das Haus auf uns beide eintragen lassen, Igor?«
Ross seufzte. Matt hatte ihm sowohl das Buch als auch das Bett für ein paar Stunden geliehen.
»Du hast es getan, damit ich deine Erlaubnis einholen muss, falls ich meinen Anteil jemals verkaufen und woanders hinziehen will, richtig?«, beschuldigte Danny ihn.
Er legte sich das Buch auf die Brust und schob seine Hände in den Nacken. »Wenn du es schon weißt, warum fragst du mich noch?«
»Es würde dir recht geschehen, wenn ich Jarvis heiraten und dir damit einen Strich durch die Rechnung machen würde, Oristo.« Ihrer Stimme fehlte das übliche Feuer.
»Genau, als würde das jemals passieren. Und es heißt Oreste«, korrigierte er sie. »Der alte Jarvis mag ja reich sein, aber glaub mir: Ich bin reicher.«
»Ich habe dich gegoogelt, erinnerst du dich? Ich habe die Liste der Frauen, die du abserviert hast, gesehen. Du bist ein echter Fang, Fabello.«
»Bin ich!«
»Da würde ich mir ja lieber die Maul- und Klauenseuche einfangen!« Aber Dannys Neugier war angestachelt. »Wie reich bist du? Reden wir über Milliarden?«
»Natürlich nicht.«
»Nur Millionen?«
Ross beäugte sie wachsam. »Was meinst du mit ›*nur* Millionen‹?«
»Über wie viel reden wir? Eine Million? Zwei Millionen?« Sie zögerte kurz. »Drei?«
Ross war so stinkig über ihre hochnäsige Haltung, dass er seine goldene Regel brach und ihr mitteilte, was er wert war.

Langsam wich jegliche Farbe aus Dannys Gesicht. Sie schwankte.
Er sprang auf und zwang sie, sich auf das Bett zu setzen. »Leg den Kopf zwischen die Knie!«
»Das ist obszön«, entgegnete sie schwach. »Wozu hat man so viel Geld? Das kannst du in zwei Leben nicht ausgeben.«
Ross streichelte die kurzen seidigen Haare in ihrem Nacken und bemerkte dabei, wie hübsch ihre Ohren waren. So, wie er stand, konnte er die silbernen Schmetterlinge sehen, mit denen ihre Ohrringe befestigt waren. Er wollte nicht über sein Geld reden, besonders nicht, wenn es sie so aufregte. Ross dachte an ihre unerwartete freundliche Geste am Straßenrand, als Jarvis so herzlos über Pat geredet hatte.
Er schob seine Finger in Dannys Haare und fing an, ihr die Kopfhaut zu massieren. »Woher kommt dein zweiter Vorname?«, fragte er, um sie abzulenken.
»Aroha?« Danny schloss langsam die Augen. Sie neigte ihren Kopf zur Seite, um Ross besseren Zugang zu der empfindlichen Stelle hinter ihrem linken Ohr zu gewähren. Er ließ seine Fingerspitzen über ihren Hals zu ihrem Ohr gleiten. Danny seufzte. »Er bedeutet ›Liebe‹ auf Maori.«
Er streichelte sie mit seinem Daumen hinter dem Ohr.
Sie riss die Augen auf. Was zur Hölle tat sie da? Sie schlug seine Hand weg und sprang auf die Füße. »Das ist noch nicht vorbei, Fabello.«
»Erzähl mir was Neues!«, erwiderte Ross trocken.
»Lass Jarvis Wainwright in Ruhe, hörst du? Er ist mein Nachbar. Ich kann mich auf seine Hilfe verlassen.«
»Du kannst dich auch *auf mich* verlassen.«
»Sei nicht dämlich!«, spottete Danny. »Wenn es dir langweilig wird, mir auf den Senkel zu gehen, wirst du im Sonnenuntergang verschwinden.«

»Ich bin nicht Pat.« Er war es leid, das zu sagen, war es leid, sie davon überzeugen zu müssen.

»Und du bist nicht Jarvis Wainwright. *Er* will mich heiraten; *du* willst mich nur auf die Palme treiben.«

Plötzlich erschien es gar nicht mehr wichtig, so schnell wie möglich in die Staaten zurückzukommen. *Plötzlich* war es viel wichtiger, dass er genau da blieb, wo er war.

»Wo wir schon beim Thema sind, wer hier wen auf die Palme treibt«, blaffte Ross, »das nächste Mal, wenn du jemanden begaffen willst, zieh los und hol dir einen Porno!«

Schließlich hatte Danny Nachtschicht, was hieß, dass sie Ross über Nacht die Verantwortung für die Kinder übertragen musste. Sie versuchte, Deryl dazu zu bringen, im Haus zu bleiben, aber sie weigerte sich. Das war wahrscheinlich auch gut so, weil Ross gesagt hatte, dass er Deryl mit ihren Kniestrümpfen erwürgen würde, wenn er eine ganze Nacht mit ihr im Haus ertragen müsste. Danny wusste, dass er wütend war, weil sie ihm die Kinder nicht ohne weiteres anvertrauen wollte, aber in Wahrheit war es einfach so, dass Danny nicht anfangen wollte, auf ihn angewiesen zu sein.

»Du stellst dich einfach nur an.«

»Genau richtig. Und jetzt tu uns einen Gefallen und lass uns zufrieden!«

»Du wirst nicht mehr so großspurig daherreden, wenn Mia um drei Uhr morgens einen bösen Traum hatte oder ins Bett gemacht hat.«

»Mia wird es prima gehen«, beharrte Ross selbstbewusster, als er sich wirklich fühlte.

Dannys Worte wurden kurz nach Mitternacht wahr. Er

hatte sich eine Nacht in einem echten Bett errungen, indem er Matt bestochen hatte, in Dannys Zimmer zu schlafen. Ross fühlte sich genauso unwohl bei dem Gedanken, in ihrem Bett wie in Daniellas altem Zimmer zu schlafen. Er lag unter Matts rot-schwarzer Bettdecke, lauschte auf den Regen, der gegen die Fenster schlug, und den Wind, der um das alte Haus heulte, und las *Wie mein Kopf geschrumpft wurde*, als Mia im Türrahmen erschien. Sie rieb sich durch ihr pinkfarbenes Nachthemd den Bauch und wirkte krank. Ross senkte sein Buch. »Was ist los, Mia?«

»Ich habe Bauchweh«, wimmerte sie.

Er kletterte aus dem Bett, überzeugte Mia davon, dass sie nur Danny vermisste, und war sich sicher, dass er mit dieser kleinen Störung zurechtkommen und Tante Danny einiges beweisen konnte.

»Wie wär's, wenn ich dich ins Bett zurückbringe, und noch bevor du es merkst, ist es Morgen, und Tante Danny ist aus der Arbeit zurück?«

Mia schüttelte den Kopf. »Ich habe Bauchweh!«

»Süße, wenn du ins Bett zurückgehst, ist das Bauchweh bald vergessen, und ganz schnell schläfst du wieder.«

Sie holte tief Luft, riss die Augen auf und erbrach sich über Ross' Füße.

»Bah, Scheiße!« Was war nur mit den Frauen in dieser Familie los, dass sie ihm immer auf die Füße kotzen mussten? Mia brach in lautstarkes Weinen aus.

»Tut mir leid, Mia. Ich habe nicht dich angeschrien, Süße!«

Ross' Herz sank zusammen mit dem Erbrochenen auf Mias Nachthemd und dem zwischen seinen Zehen nach unten. Er machte sie sauber, spülte seine Füße ab und packte sie mit ihrer Lieblingspuppe ins Bett. Und sofort setzte sie sich auf, erbrach sich über das ganze Bettzeug, und Ross musste wieder von vorn anfangen.

»Ich – huh – will – Tante – huh – Danny!«, schluchzte Mia.
Ross nahm sie auf den Schoß. »Tante Danny ist in der Arbeit, Liebes. Ich werde mich um dich kümmern.«
Ein kurzer Blick auf die Uhr sagte ihm, dass es erst ein Uhr fünfzehn war, was hieß, dass Danny noch Stunden nicht nach Hause kommen würde. Er erinnerte sich daran, dass Kinder ständig krank wurden und sich übergaben, aber während die Nacht verging und Mia sich noch zweimal übergab, entschied er, dass es nicht schaden würde, für alle Fälle trotzdem seine Mutter anzurufen.
Das entpuppte sich als der zweite große Fehler der Nacht. Breda verfiel in Panik und fing an, über Blinddarmentzündungen und Lebensmittelvergiftung zu reden. Ross konnte nicht glauben, was er da hörte. Nichts unter einem abgetrennten Arm oder Bein war jemals schlimm genug gewesen, um in Bredas Augen zu rechtfertigen, dass er oder seine Geschwister nicht in die Schule gingen. Aber allein der Gedanke daran, dass Mia krank war, brachte seine Mutter dazu, in Gedanken bereits eine Niere zu spenden.
»Hast du einen Arzt gerufen?«, rief sie.
»Nein. Hier ist es drei Uhr morgens, Ma. Und sie schläft jetzt.«
»Bist du sicher, dass sie schläft und nicht bewusstlos ist?«
Ross hörte sie schreien: »Vittorio! Vittorio! Die kleine Mia hat eine Blinddarmentzündung!«
»Ich glaube wirklich nicht, dass es eine Blinddarmentzündung ist, Ma, nur eine Grippe.«
»Hast du nach Matt gesehen? Ist er bewusstlos?«
Vito kam ans Telefon und rief: »Die Kinder sind bewusstlos? Ruf einen Notarzt, Ross!«
Ross knetete seine Nasenwurzel und stöhnte.

»Wer hat da gerade gestöhnt? War das Mia, die da gestöhnt hat?«, plärrte seine Mutter.
»Nein, das war ich.«
»Hör auf damit, Ross! Versuchst du, mich in einen Herzinfarkt zu treiben? Wenn du keinen Arzt rufen kannst, dann ruf Danny an und sorg dafür, dass sie sofort nach Hause kommt!«
Ross blickte zu Mia, die friedlich in ihrem Bett schlief. »Du wirst leiser, Ma. Ich höre dich nicht mehr richtig.«
»Was? Ross? ROSS, KANNST DU MICH HÖREN?«
Er legte auf und rief Aoife an, die ihm ungeduldig zuhörte.
»Hat sie Fieber?«
»Weiß ich nicht. Ich habe kein Thermometer.«
»Dafür brauchst du kein Thermometer, du Idiot! Befühl ihre Stirn! Ist sie heiß?«
Ross wünschte sich, er hätte statt Aoife Annie angerufen. Aoife war, wie Danny, der böse Zwilling. »Sie fühlt sich nicht heiß an.«
»Was tut sie im Moment?«
»Sie schläft.«
»Dann lass das arme Kind in Ruhe! Weck sie nicht auf!«
»Du hast mir gesagt, ich soll ihre Stirn befühlen!«
Aoife ignorierte ihn. »Wann soll Danny wiederkommen?«
Ross war wütend, weil seine gesamte Familie davon ausging, dass er nicht mit der Situation umgehen konnte. »Frühestens in ein paar Stunden. Ich kann mich um ein krankes Kind kümmern, weißt du?«
Aoife rümpfte hörbar die Nase. »Sorg nur dafür, dass sie genug trinkt, und leer regelmäßig den Eimer!« Damit legte sie auf.
Ross verbrachte den Rest der Nacht in einem winzigen Stuhl neben Mias Bett und schlief ab und zu kurz, bis er davon aufwachte, dass sein Kopf von seiner Hand rutschte

oder nach hinten fiel, so dass er sich fast das Genick brach.
Mia erbrach sich noch einmal und schaffte es dieses Mal, ihn direkt im Gesicht zu treffen. Ross wechselte ihren Pyjama, die Bettdecke, säuberte sich selbst und stellte sogar eine Waschmaschine an, um etwas gegen den größer werdenden Wäscheberg zu unternehmen. Er brachte Mia dazu, ein wenig Wasser zu trinken, wischte ihr den Mund und das Gesicht mit einem nassen Waschlappen ab und zählte die Minuten, bis Danny nach Hause kam.
Ungefähr gegen sechs Uhr blieb Matt nach einem Besuch des Badezimmers im Türrahmen stehen.
»Komm nicht rein.« Ross versuchte, das Krampfen seines eigenen Magens zu ignorieren. »Mia ist krank.«
»Was stimmt nicht mit ihr?«
»Sie musste sich übergeben.«
Matt war wenig überrascht. »Das war der Frosch, den du uns zum Abendessen serviert hast.«
»Ich habe nur Spaß gemacht, als ich gesagt habe, es wäre ein Frosch«, antwortete Ross schwach. »Es war Hühnchen.« Dritter großer Fehler der Nacht.
Matt war nicht überzeugt. »Ich habe nichts davon gegessen, aber Mia und du schon.« Er spähte in Ross' Gesicht. »Du siehst nicht gut aus.«
»Mir geht's prima«, log Ross. »Und jetzt geh zurück ins Bett!« Er fühlte sich nicht prima. Er fühlte sich schrecklich. Sein Magen verkrampfte und entkrampfte sich wie eine Handpuppe. Ihm stand von der Anstrengung, sich nicht zu übergeben, Schweiß auf der Stirn.
Mia war gerade wieder aufgewacht und verlangte lautstark zu wissen, wo ihre Puppe war, als Ross hörte, wie Dannys Wagen in die Einfahrt fuhr. Ihm war abwechselnd

heiß und kalt, und er versuchte gerade, sich zu entscheiden, ob er es wohl bis zu dem roten Eimer neben Mias Bett schaffen würde. Er hörte, wie Matt Danny an der Haustür begrüßte und verkündete, dass Mia krank war, weil Onkel Ross ihr einen Frosch zum Essen gegeben hatte.

Ross war es völlig egal.

Danny erschien in ihrer hässlichen blauen Uniform in der Schlafzimmertür. Ihr geübter Blick glitt über Mias bleiches Gesicht – und Ross' noch bleicheres.

»Heftige Nacht?«, fragte sie.

»Onkel Ross hat mir einen Frosch zum Essen gegeben, Tante Danny, und ich habe mich übergeben!«, rief Mia kläglich. »Ich habe über Dolly gebrochen, und ich will sie zurück!«

»Es war Hühnchen, kein Frosch, und ihre Puppe ist im Trockner.« Ross schluckte schwer und schob sich auf dem Stuhl langsam nach vorn, die Augen starr auf den roten Eimer gerichtet.

Danny schnappte ihn sich und hielt ihm den Eimer gerade noch rechtzeitig vors Gesicht.

Mia nickte. »Onkel Ross hat auch Frosch gegessen.«

KAPITEL 14

Sie hatte keine andere Wahl, als Ross in Nellas Bett zu legen. Er war so krank, dass Danny ihn fast dorthin tragen musste. Trotz seiner besten Bemühungen konnte er das Bad nicht erreichen, musste schließlich nachgeben und den roten Eimer benutzen, den Mia nicht länger brauchte. Nachdem Danny ihn zum vierten Mal in ebenso vielen Stunden geleert hatte, betrat sie den Raum mit zwei weißen Zäpfchen auf der Handfläche. »Ross?«

Er grunzte.

»Die hier sorgen dafür, dass es dir bessergeht.«

»Ich kann nicht.« Er schaute auf den Inhalt ihrer Hand und wich zurück. »Wenn ich irgendetwas schlucke, kommt es nur wieder hoch.«

»Die schluckt man nicht.«

Ross rollte seinen Kopf auf dem Kissen herum und schaute auf die kleinen wächsernen Zylinder mit Spitze. Danny hob das Tütchen mit Gleitcreme in ihrer anderen Hand. Er riss panisch die Augen auf. »Niemand schiebt mir irgendetwas in den Arsch!«

»Niemand hat das angeboten. Das kannst du schön selbst tun.« Sie legte das Gel und die Zäpfchen auf den Nachttisch. »Es ist ein Schmerzmittel. Entscheide dich – wenn du ein Held sein willst, dann bist du sogar noch ein größerer Idiot, als ich dachte.«

Sein Kopf fiel wieder auf das Kissen zurück. »Dein Umgang mit Kranken stinkt zum Himmel, Lawton!«

»Meine Patienten erholen sich für gewöhnlich, Fabello.«
»Natürlich tun sie das«, gab Ross schwach zurück. »Wie sollten sie sonst von dir wegkommen?« Er rollte seinen Kopf unruhig über das Kissen. »Die Schulwegbegleitung – ich kann nicht.«
»Alles geregelt«, beruhigte Danny ihn. »Robyn und die anderen Eltern schicken dir ihre Grüße. Und jetzt sei ein lieber Junge und nimm deine Medikamente!«

Ross war kein guter Patient, obwohl er sich wirklich bemühte. Er konnte sehen, wie müde Danny war, und nachdem sie sich um ihn und Mia kümmern musste, hatte sie den dringend benötigten Schlaf nach ihrer Nachtschicht nicht bekommen. Mia war nach eineinhalb Tagen wieder die Alte, was nur dafür sorgte, dass Ross sich noch schlechter fühlte. Danny legte sie am ersten Tag für kurze Zeit zu ihm ins Bett, damit sie Mias Zimmer sauber machen konnte.
Mia umarmte ihre Puppe und musterte Ross nachdenklich. »Ist dein Magen wund?«
»Hmmmm.« Und sein Hintern, sein Rücken, sein Kopf und so gut wie jeder Teil dazwischen, aber immerhin halfen die Zäpfchen, die Danny ihm gegeben hatte. »Was ist mit dir?«
Mia hob das Oberteil ihres Pyjamas und rieb sich mit einer Hand über den Bauch. »Es blubbert und gurgelt.«
Ross schloss die Augen in der Hoffnung, dass Mia es verstehen und ihn in Ruhe lassen würde.
»Du siehst aus wie Daddy.«
Er hob ein Augenlid. »Tue ich das?«
Sie streckte ihre Hand aus und rieb ihren Zeigefinger über die Bartstoppeln auf Ross' Wange. »Daddy hatte morgens

auch ein haariges Gesicht.« Ihre Augen glitten zu dem weißen T-Shirt, das seine Brust bedeckte. »Er hatte auch eine haarige Brust.« Sie schwieg kurz. »Du hast auch Haare auf der Brust.«

»Ja, und dein Grandpa Vito auch.«

Mia schob sich näher und spähte ihm ins Gesicht. »Bist du wirklich Daddys Bruder?«

Ross beobachtete sie durch seine Wimpern hindurch. »Ja.«

Zweifel standen ihr ins Gesicht geschrieben. »Aber du hast schwarzbraune Augen.«

Wenn das so weiterging, hätte er bald einen Komplex. Sollte Mia auch nur ein Wort über Serienkiller oder die Größe seiner Nase verlieren, würde Ross aufstehen und ihre Tante mit dem verdammten Eimer verdreschen. Er hatte dunkelbraune Augen – Frauen hatten sie auch schon sexy genannt. Aber das war kaum etwas, das er einem achtjährigen Mädchen erzählen konnte. »Ich habe braune Augen wie dein Großvater Vito; dein Daddy hatte dieselbe Augenfarbe wie deine Granny Breda.«

Mia beobachtete ihn über den Kopf ihrer Puppe hinweg. »Wie meine?«

»Wie deine.«

»Und Matts?«

Ross nickte.

Daraufhin wollte Mia die Augenfarben von all ihren Tanten und Cousins und Cousinen wissen. Wie die meisten Männer achtete Ross nicht besonders auf Augenfarben.

Mia war wenig beeindruckt. »Du bist nicht besonders gut, hm?«

»Ich gebe mein Bestes.«

Sie drückte ihren warmen kleinen Körper an seine Seite und schob ihm die Füße unter die Schenkel, als würde sie ihn seit Jahren kennen. Ross runzelte die Stirn in Richtung

Decke, erschüttert davon, wie vertrauensselig Mia war. Dann fielen ihm die Augen zu, eingelullt von dem kleinen warmen Körper neben sich und der ungewohnten Erschöpfung durch die Krankheit.

Mia flüsterte plötzlich: »Das ist Mommys Bett.«

Ross riss die Augen wieder auf. »Ich weiß.«

»Eines Nachts ist sie eingeschlafen, und am nächsten Morgen konnten wir sie nicht mehr aufwecken.«

Es fühlte sich an, als würde sein Adamsapfel plötzlich seine Kehle verlassen wollen. Ross schluckte schwer.

»Sie war schon lange krank. Wir haben uns um sie gekümmert – Tante Danny und ich und Matt und Van und Deryl und Lloyd. Aber die Ärzte und Krankenschwestern konnten ihr nicht helfen.«

Ross nickte und starrte an die Decke.

»Tante Danny hat auch oft hier geschlafen, so dass sie da war, wenn Mummy in der Nacht etwas gebraucht hat, aber als sie an diesem Morgen aufgewacht ist, brauchte Mummy nichts mehr, weil sie gestorben war.«

Ross konnte es sehen. Wie Danny in genau diesem Bett aufwachte und ihre Schwester kalt und still neben sich fand. Er konnte sich nicht vorstellen, dass er das ertragen hätte. Wie hatte Danny es ertragen? Wie hatte es irgendeiner von ihnen ertragen? Er umarmte Mia und küsste ihren seidigblonden Kopf.

Sie lehnte ihr spitzes kleines Kinn auf seine Brust und fixierte Ross mit ernsten, großen blauen Augen. »Mummy hatte Krebs.« Sie schob ihre kleine Hand zwischen sich und Ross und berührte ihre flache kleine Brust. »In ihrer Brust.«

»Ich weiß«, sagte Ross leise.

Mia runzelte die Stirn. »Hatte Daddy auch Krebs? Ist er deswegen gestorben?«

»Nein. Er hatte einen Unfall und ist von einem Boot gefallen.«

Das klang um einiges besser, als zu erklären, dass er sich, total betrunken, den Kopf angeschlagen hatte und danach ertrunken war. Ross hoffte nur, dass Pat bewusstlos gewesen war – die Alternative verursachte ihm Albträume.

Mia betrachtete ihn für mehrere lange Momente schweigend. »Männer haben keine Brüste, nur Damen.«

»Das stimmt.« Ross fragte sich, wo das hinführte.

»Tante Danny hat Brüste.« Mia starrte ihn mit großen verängstigten Augen an.

Sie hätte ihre Angst nicht klarer machen können. Ross' Herz fühlte sich wie ein zusammengeknülltes Stück Papier an. »Ich bin mir sicher, dass Tante Danny sich richtig gut um sich selbst kümmert, Süße. Sie ist eine Krankenschwester, sie weiß alles über solche Sachen.«

Tat sie das? Kümmerte sie sich um sich selbst?

Ross hatte vor, es herauszufinden, allerdings würde es eine Herausforderung, eine Frau auf ihre Brüste anzusprechen, mit der er nicht nackt im Bett lag. Aber als er an das Gespräch über Zäpfchen dachte, entschied er, dass es doch keine so unvernünftige Frage war.

Er war allerdings in den nächsten Tagen nicht fähig, an Dannys Brüste zu denken, und noch viel weniger, über sie zu reden. Sobald die Wirkung der Zäpfchen nachließ, fühlte er sich schrecklich.

Als Mia ihm anbot, die Lieder ihrer *Destiny's-Child*-CD zu singen, um Onkel Ross zu helfen, sich besser zu fühlen, schlug Danny vor, das auf ein andermal zu verschieben. Ross war überrascht, dass sie sich eine solch goldene Gelegenheit entgehen ließ. Um Mias Vorstellungen erträglich zu machen, brauchte es einige Mengen Alkohol und

Ohrstöpsel – wenn dieses Kind sang, wurde die Milch sauer.

Ross beobachtete durch das Schlafzimmerfenster, wie Mia fröhlich auf dem Trampolin herumsprang. »Schau sie dir an! Das ist nicht fair«, beschwerte er sich weinerlich, als Danny mit dem geleerten Eimer wieder zurückkam. Ross war immer am schlimmsten, kurz nachdem er sich übergeben hatte, weil er sich dann für einen kurzen Moment besser fühlte und die Energie besaß, sich zu beklagen.

»Sie ist ein Kind. Die erholen sich schnell.«

»Ich bin auch noch nicht senil.«

»Verglichen mit ihr, bist du ein alter Knacker. Und jetzt hör auf zu jaulen und trink dein Gerstenwasser!«

»Warum? Es kommt ja doch nur wieder hoch.«

Danny fing an, die Bettdecke nach unten zu ziehen.

Ross klammerte sich daran wie eine verängstigte Jungfrau. »Was machst du da?«

Sie versuchte, ihm die Decke aus den Händen zu reißen. »Lass mich schauen!«

Er griff fester zu. »Du hast es schon gesehen!«

»Nicht das, du Trottel! Ich will sehen, wie dehydriert du bist.«

»Mir auf den Schniedel zu schauen wird dir verraten, wie dehydriert ich bin?«

Ross wirkte so schockiert, dass Danny anfing zu lachen. Sie schob die Decke nach unten, kniff sanft mit Daumen und Zeigefinger in seine Bauchdecke und ließ wieder los. »Nein, aber das.« Sie betrachtete ihn nachdenklich. »Wenn du nicht bald aufhörst zu reihern, brauchst du intravenös Flüssigkeit.«

Ross griff nach seinem Gerstenwasser.

Danny lächelte anerkennend. »Braver Junge!«

Er nippte langsam und grummelte: »Ich dachte, Leute zu pflegen hätte etwas mit Fürsorglichkeit zu tun.«

Eine Weile später wurde Ross von dem Geräusch von Druckluftbremsen in der Einfahrt geweckt, gefolgt von einem Klopfen an der Haustür. Nach ein paar Minuten stapfte Danny an der Tür vorbei, und hinter ihr kamen zwei Männer, von denen jeder ein Ende eines plastikverpackten Sofas trug. Ross hatte völlig vergessen, Danny davon zu erzählen. Zwei Sessel und ein Polsterhocker folgten. Als die Lieferanten wieder verschwunden waren, stellte Danny sich am Fuß des Bettes auf, die Arme verschränkt und die Lippen zusammengekniffen. »Ich erinnere mich nicht dran, dich gebeten zu haben, irgendwelche Möbel zu kaufen.«
»Es sollte eine Überraschung sein«, wand Ross sich heraus.
»Nächster Versuch, Ross!«
»Ich wollte keine weitere Nacht auf diesem schrecklichen Folterwerkzeug von Sofa verbringen.«
Danny verengte die Augen zu Schlitzen. »Hast du sonst noch etwas bestellt?«
»Nein«, log er.
»Bist du dir da *völlig* sicher? Weil momentan nicht die beste aller Zeiten ist, um mich gegen dich aufzubringen, Fabello.«
»Du würdest einen Mann treten, der bereits am Boden liegt?«
»Nicht irgendeinen Mann: *dich.*« Danny klopfte ungeduldig mit den Fingern auf ihre Arme und summte ein paar Takte eines Liedes. »Ich warte.«
Ross erkannte die Melodie. Es war ein Warnsignal. »Joe

kommt am Mittwoch, um mir dabei zu helfen, das Bad herauszureißen.«

»Oh, tut er das?«

»Du hast gesagt, dass du das Haus repariert haben willst. Es ist okay, ich habe Lloyd und Deryl schon gefragt, und wir können ihr Bad benutzen, bis hier alles wieder läuft.«

Ross entschied sich dafür, die Augen zu schließen und sich tot zu stellen, bevor sie ihn umbrachte. Weil er sich Sorgen machte, was für schlechte Erinnerungen er wachgerufen hatte, weil Danny sich jetzt um eine andere kranke Person im Zimmer ihrer Schwester kümmern musste, beschloss er, dass jetzt nicht der richtige Zeitpunkt war, sie zu fragen, ob sie zu ihren Vorsorgeuntersuchungen ging. Sie war auf jeden Fall um einiges besser zu ertragen als seine Schwestern oder seine Mutter, die einen Riesenwirbel machten und ständig seine Symptome mit denen von Freunden verglichen, die meistens an dem, was er gerade gehabt hatte, gestorben waren. Ross erinnerte sich, wie er mit seiner Mutter darüber diskutiert hatte, dass niemand an einem eingewachsenen Zehennagel starb.

»Gott ist mein Zeuge, Una Docherty ist daran gestorben!«, hatte Breda erklärt. *»Egal, wie oft ein Krug zum Brunnen geht, am Ende bricht er.«*

Was Danny an Mitgefühl fehlte, das machte sie durch ruhige, sachliche Effektivität wieder wett. Sie besaß die einzigartige Begabung zu erkennen, wann sie ihm helfen musste und wann sie ihn besser in Frieden ließ. Ross genoss die Berührung ihrer kühlen geübten Hände und kam bald über die Peinlichkeit hinweg, dass sie seinen Eimer leerte. Danny hatte keine dämlichen kryptischen Ratschläge zu verteilen. Sie beschränkte sich auf die Tatsachen und war bisweilen fast schon beleidigend ehrlich.

»Sei nicht dämlich, Fabello!«, erklärte sie Ross, als er am ersten Tag seiner Krankheit unbedingt jedes Mal ins Bad wollte, wenn er sich übergeben musste. »Du wirst dich nur auf die Fresse legen, und dann muss ich deinen jämmerlichen Körper wieder vom Boden aufsammeln. Tu mir den Gefallen und kotz in den Eimer!«

Er zog weiterhin die Grenze bei den Zäpfchen.

»Hat man einen Hintern gesehen, hat man alle gesehen.«

Ross fühlte, wie sein Gesicht heiß wurde. »Nicht diesen Hintern.«

»Mein Gott! Bist du gerade rot geworden?«

Er *wurde* rot, als Danny ihn im Bett wusch.

»Wofür ist das?«, fragte Ross, als sie eine Schüssel, Seife und Handtücher in den Raum trug, nachdem sie die Kinder zur Schule gebracht hatte.

»Ich brauche es, um eine Atombombe zu bauen. Wonach sieht es denn aus?«, entgegnete sie sarkastisch. »Du brauchst ein Bad.«

»Nein, tue ich nicht.«

»Doch, tust du schon. Du stinkst.«

Ross schnüffelte kurz unter die Decke. Sie hatte nicht unrecht. »Ich werde duschen.« Er versuchte, sich aufzusetzen, aber ihm wurde schwindlig, und er fiel wieder nach hinten.

»Genau.« Danny füllte die Schüssel mit Wasser.

Ross ertrug die Waschung in gequältem Schweigen; zuerst, weil ihm peinlich war, wie schwach er war, und später dann, weil er steif wurde. Er verstand es nicht. Wieso fühlte sein Penis sich so fit, wenn der Rest von ihm starb? Warum war er nicht auch dehydriert? Dannys Berührung fühlte sich an wie Liebkosungen, und das sorgte dafür, dass er sich mehr und mehr verspannte. Unter normalen Umständen hätte Ross genau gewusst, wie er mit der

Situation umgehen musste, aber das hier waren keine normalen Umstände. Das war *Danny*. Er musste die Signale, die sie aussendete, falsch deuten, aber er war ziemlich geübt darin, diese Art von Signalen zu deuten. Er räusperte sich unbehaglich. »Den Rest kann ich selbst!«

»Es ist okay.« Sie seifte den Waschlappen ein und fing an, seinen Bauch zu waschen.

Ross schob ihre Hand weg. »Ich habe gesagt, das mache ich.«

»Ich biete doch nicht an, *das* zu waschen, ich wollte dir nur den Bauch …« Dannys Augen entdeckten den Zaunpfahl, der die Decke auf Hüfthöhe nach oben schob. »Oh.«

Ross beobachtete sie durch seine Wimpern. »Und wer wird jetzt rot?«

Danny hätte ihm am liebsten das Wasser über den Kopf geschüttet. Was tat sie hier? Das war Ross, der in ihrem Leben aufgetaucht war, es auf den Kopf gestellt hatte und sie in den Wahnsinn trieb. Sie ließ den seifigen Lappen in die Schüssel fallen und stand auf.

»Was ist los? Hat man einen Penis gesehen, hat man alle gesehen.«

Dannys Mund wurde plötzlich staubtrocken, und alle Feuchtigkeit schien sich stattdessen zwischen ihren Beinen zu sammeln.

Ihr Schweigen beschämte ihn. »Nimm es nicht persönlich!«

Das machte Danny wütend. Nimm es nicht persönlich! Wer war sie? Ein Troll? Als sie vor nicht allzu langer Zeit zwischen ihm und einer Bar eingeklemmt gewesen war, hatte Ross gewollt, dass sie *es* sehr persönlich nahm. Sie eilte aus dem Zimmer.

Patrick hatte die Macht besessen, Nella mit einem Blick

zerschmelzen zu lassen; und dann waren sie für den Rest des Tages im Schlafzimmer verschwunden. Danny hatte das halb angewidert und halb neidisch beobachtet. Wie wäre es wohl, solche Leidenschaft und solchen Hunger zu empfinden, wie sie sie in Patricks und Nellas Gesichtern gesehen hatte, bevor sie die Schlafzimmertür hinter sich schlossen? Aber einem Mann zu erlauben, ihnen so nahezukommen, hatte ihre Mutter und ihre Schwester geschwächt. Sie würde niemals erlauben, dass ihr dasselbe passierte.

♥

Matt war überzeugt, dass Ross sich seine Krankheit selbst eingebrockt hatte, indem er Frosch gegessen hatte. Als er sich wieder fähig fühlte, darüber zu diskutieren, dass er keinen Frosch gekocht hatte, beschloss Ross, dass es ihm wieder gut genug ging, um Ausflüge in die Welt außerhalb des Schlafzimmers zu unternehmen. Unglücklicherweise hatte Danny ihm seinen Laptop weggenommen und gab ihm sein Handy erst zurück, als sie ständig Anrufe von seiner Familie bekam, die Berichte über seinen Genesungsprozess erwartete.

Sie kam in sein Zimmer, um das Bettzeug zu wechseln und sich zu beschweren. »Deine Familie ist völlig verrückt. Irgendeine alte Dame hat heute Morgen angerufen und nach Rory gefragt – ich konnte kaum ein Wort verstehen. Es hat mich eine Weile gekostet, um zu verstehen, dass sie nach dir verlangt, und als ich sie gefragt habe, ob sie mit Ross sprechen will, hat sie einfach immer nur weiter ›Rory! Rory! Rory!‹ geschrien, und das mit dem schlimmsten irischen Akzent, den ich je gehört habe. Dann hat sie sich bei jemandem namens Fintan beschwert, dass sie die falsche Nummer hätte und am anderen Ende der Leitung kein Englisch gesprochen würde.«

Ross saß in dem Bugholz-Schaukelstuhl neben dem Bett. Danny hatte sich wieder am Haarmascara zu schaffen gemacht (heute war es Lavendel und Violett), sie hatte ein Loch im Schritt ihrer abgeschnittenen Hosen (orange mit purpurnen Blumen), und wie üblich trug sie unter ihrem bauchfreien Top (früher türkisfarben, jetzt ein kränkliches Blau) keinen BH.

»Das war dann wohl Granny O'Rourke. Wenn du mir mein Telefon nicht weggenommen hättest, hättest du in erster Linie mit keinem von ihnen reden müssen.« Er grub sich durch die Schicht aus zusammengeknüllten Taschentüchern, Wassergläsern, zwei von Mias Filzstiften und einem von Matts Büchern auf dem Nachttisch. »Ich kann das Ladegerät nicht finden.«

Danny holte es, stöpselte das Handy ein und fing an, das Bett abzuziehen. »Warum nennt Granny O'Rourke dich ›Rory‹?«

Ross stierte auf das Loch in Dannys Hose, als sie sich über das Bett lehnte. Sie trug weiße Unterhosen. »Das ist eine lange Geschichte.« Er schaute auf, als sie ein Laken ausschüttelte und es auf das Bett sinken ließ.

»Ich habe den ganzen Tag Zeit.« *Und ich könnte den ganzen Tag damit verbringen zu beobachten, wie deine Brüste sich bewegen, wenn du das tust.* Er ließ sich schließlich aus der Nase ziehen, dass seine Mutter und Großmutter einen heftigen Streit um seinen Namen gehabt hatten, als er geboren worden war. Breda Fabello hatte die Ross-Poldark-Romane gelesen und wollte ihn Ross nennen. Concepta O'Rourke erklärte, dass Rory besser wäre, und weigerte sich, ihren Enkel irgendwie anders zu nennen. Der andauernde Streit zwischen Breda und ihrer Mutter bildete nur ein Kapitel in der bizarren Familiengeschichte der Fabellos und O'Rourkes.

»Verwirrt dich das nicht?«, fragte Danny.

»Meine gesamte irische Verwandtschaft nennt mich Rory, und außerdem«, er zuckte mit den Achseln, »möchte ich die Gefühle des alten Mädchens nicht verletzen.«

Ross wusste nicht, warum er so scharf wurde, während er Danny dabei zuschaute, wie sie sein Bett machte. Wann immer sie zusammen zu Hause waren, wusste er ziemlich genau, wo sie war, als hätte er unter der Haut einen Sensor, der auf ihre Anwesenheit eingestellt war. Ross war klar, dass er öfter hinausmusste, und nach der Episode mit dem Bad überzeugte er sich selbst davon, dass er Sex brauchte.

Als Jeff und Christine mit ihrem kleinen Sohn JJ am nächsten Tag zu einem Überraschungsbesuch vorbeikamen, erinnerte Ross sich daran, dass Jeff angeboten hatte, ihm ein Date mit einer von Christines Cousinen zu vermitteln. Danny führte sie durch das Haus auf den Teil der Veranda, den Ross schon repariert hatte und wo er jetzt auf einem von zwei Holzsesseln saß. Er trug alte khakifarbene Shorts, ein verblichenes blaues Nirwana-T-Shirt und tief in die Stirn gezogen eine weiße Baseballkappe, auf der in Blau *San Diego Chargers* stand. Seine Füße waren nackt, er hatte einen Dreitagebart und wirkte absolut entspannt. Ross war so ins Schreiben vertieft, dass es ihn ein paar Momente kostete, überhaupt zu merken, dass er Besuch hatte. Er grinste und stellte seinen Laptop auf der Veranda ab. »Was macht ihr hier?«, fragte er und stand auf.

»Wir wollten uns die Leiche einmal anschauen«, antwortete Jeff.

Christine schlug ihn auf den Arm. »Sei nicht so geschmacklos!« Sie stellte sich auf die Zehenspitzen, um Ross einen Kuss zu geben, aber er hielt sie auf.
»Sosehr es mich auch schmerzt, den Kuss einer schönen Frau abzulehnen: Lass es besser, Chris! Ich habe erst gestern aufgehört, mich ständig zu übergeben, und Florence Nightingale hier behandelt mich immer noch, als hätte ich die Beulenpest.« Ross bot ihr seinen Stuhl an, aber Chris setzte sich mit JJ auf dem Schoß auf die verblichene Strandliege.
Diskret nahm Danny Jeff Rosemans Frau unter die Lupe. Sie war eine schlanke dunkelhaarige Maorifrau Anfang dreißig mit großen braunen Augen und fantastischer olivfarbener Haut. Sie wirkte in ihrem einfachen beigefarbenen Kleid mit den zierlichen goldenen Sandalen frisch und hübsch. Danny kam sich neben ihr vor wie eine Kuh, in ihren alten Caprihosen, nackten Füßen und dem formlosen orangefarbenen T-Shirt mit dem Aufdruck *An mir sieht das gut aus*.
Ross stellte sie vor.
Christine bewunderte Dannys Haare. »Ist das gefärbt?«
»Haarmascara«, erklärte Ross, »obwohl man im Notfall auch einen Marker verwenden kann.«
Danny ignorierte ihn. »Hätten Sie gern einen Kaffee? Ein Glas Wein? Oder ein Bier?«
»Ein Kaffee wäre wunderbar.« Christine reichte JJ ihrem Mann. »Ich helfe Ihnen.«
»Das ist wirklich nicht nötig.«
»Ich möchte aber.«
Jeff schaukelte seinen sabbernden Sohn auf den Knien und lächelte Danny warm an. »Ich hätte gern ein Bier, Danny.«
Ross schenkte ihm einen scharfen Blick. In der Art, wie Jeff mit Danny sprach, lag etwas Vertrautes, was seltsam

war, nachdem sie sich nicht mehr gesehen hatten, seit sie beim Krankenhaus den Truck schrottreif gefahren hatte.
»Ich nehme gern auch ein Bier«, sagte Ross.
»Nein, nimmst du nicht«, antwortete Danny, als sie mit Christine ins Haus ging. »Schau erst mal, ob dein Mittagessen drinbleibt.«
Ross setzte sich mit finsterer Miene.
Jeff lachte. »Also hat deine Krankheit dich vom Sofa runtergebracht?«
»Bis auf weiteres.« Er beäugte Jeff neugierig. »Wer hat dir erzählt, dass ich krank war?«
»Danny.«
Ross starrte ihn an. »Danny?«
Jeff wechselte das Thema zu den San Diego Chargers. Er hielt JJs klebrige Hände, als der Junge sich auf die Füße stemmte und auf den Schenkeln seines Vaters hüpfte. JJ schaute zu Ross und grinste breit.
Ross lächelte zurück und zwinkerte ihm zu.
Danny sah sein Zwinkern noch, als sie und Christine mit zwei Tabletts zurückkamen, beladen mit den Kaffeetassen, Jeffs Bier, einem Teller mit Käse und Crackern und einer Schüssel mit Ross' Mittagessen. Christine hatte laut aufgelacht, als sie gesehen hatte, was Danny ihm bereitete. Danny gab die Getränke aus und setzte sich neben Chris auf den Liegestuhl.
Ross starrte in seine Schüssel. Es sah aus wie das Zeug, das seine Schwestern ihren Kindern fütterten, wenn sie anfingen, feste Nahrung zu sich zu nehmen. Er beobachtete, wie JJ an einem Stück Käse lutschte, und fragte sich, ob es vielleicht zu einer Verwechslung gekommen war. »Was ist das?«
»Grießbrei«, antwortete Danny. »Das ist meine Spezialität – natürlich abgesehen von Haferbrei.«

Das Klingeln des Telefons im Haus ließ Danny aufstehen, und sie entschuldigte sich, um ranzugehen.

Ross verstand es einfach nicht. Wenn man bedachte, dass sie einen von Jeffs Trucks vernichtet hatte, hätte er erwartet, dass Danny in Jeffs Nähe nervös sein würde, aber sie war fröhlich und freundlich. Er schaute zu Jeff. »Seit wann seid ihr zwei befreundet?«

Jeff setzte JJ wieder auf seinen Schoß, um an seinem winzigen Schuh die Schleife neu zu binden. »Seitdem ich ihr einen Job angeboten habe.«

Das Baby klammerte sich mit seinen kleinen Händen an die Unterarme seines Vaters und beobachtete alles fasziniert.

»Du hast *was* getan?«

»Ich habe Danny einen Job angeboten.«

»Warum?«

»Die Dinge im Krankenhaus laufen nicht so glatt, wie ich es mir wünsche. Ich habe mit dem Krankenhaus-Management gesprochen, und wir sind übereingekommen, dass es im besten Interesse aller Seiten ist, ein Projektmanagement-Team aufzustellen, das aus dem Vorarbeiter, einem meiner Ingenieure und einem erfahrenen Mitarbeiter der Notaufnahme besteht, die zusammen alles koordinieren. Danny ist ideal.«

Christine nahm Jeff JJ wieder ab. »Ich wollte, ich könnte dasselbe über Lance Ashburn sagen.«

Jeff wirkte genervt. »Er hat einen Fehler gemacht, Christine. Es ist Zeit, das zu vergessen. Er ist ein verdammt guter Ingenieur.«

»Wer ist Lance Ashburn?«, wollte Ross wissen. »Und was meinst du damit, dass er einen Fehler gemacht hat?«

»Er hat sich auf der letzten Weihnachtsfeier betrunken, und die Dinge sind ein wenig ausgeufert«, erzählte Jeff kurz angebunden. »Glaubst du, dass du bald wieder auf den Beinen …«

»Ausgeufert!«, rief Christine. »Du nennst Sex mit der Ehefrau eines unserer größten Auftraggeber im Fahrerhaus eines Baggers *ein wenig ausufern?*«

Ross' schwarze Augen spießten Jeff quasi auf. »Sag mir, dass sie nur Spaß macht!«

Er zuckte nur mit den Achseln und verzog das Gesicht.

»Wir hatten Glück, dass ihr Ehemann nichts mitbekommen hat. So gut wie jeder hat Lances nackten Hintern und ihre in die Luft stehenden Beine gesehen«, erklärte Christine angewidert. »Er kann seine Hosen schon im Normalfall kaum anbehalten. Du glaubst also wirklich, dass er die beste Wahl für ein Krankenhaus voller Schwestern ist, die ihn ablenken?«

»Er ist ein verdammt guter Ingenieur«, wiederholte Jeff.

Christine schnaubte nur.

Ross wusste nicht genau, was ihn mehr beunruhigte: dass sein Freund Danny einen Job angeboten hatte oder dass Danny ihn annehmen und mit diesem Lance-Kerl zusammenarbeiten würde. »Ich will nicht, dass Danny für dich arbeitet. Finde jemand anders!«

»Was auch immer zwischen dir und Danny abgeht, ist euer Problem, aber meine Aufgabe ist sicherzustellen, dass der Krankenhausausbau innerhalb des Zeit- und Kostenplans beendet wird, und das ist es, was ich tun werde.«

»Danke vielmals, Freund.«

»Es ist nichts Persönliches, Ross.«

»So wie ich Danny kenne, wird sie sowieso ablehnen.«

»Zu spät, sie hat den Job schon angenommen.«

Danny war von ihrem neuen Job begeistert. Als sie angerufen und in ein Meeting mit dem Krankenhaus-Management gerufen worden war, hatte sie schreckliche Angst gehabt, dass sie gefeuert werden würde, weil sie sich freigenommen hatte, um Mia und Ross zu pflegen. Es war gut gewesen, dass sie sich hingesetzt hatte, als der Krankenhausmanager ihr Jeff Rosemans Angebot erläuterte, weil sie sonst wahrscheinlich zusammengebrochen wäre. Es bedeutete normale Arbeitszeiten von neun bis fünf Uhr, bis die Bauarbeiten abgeschlossen waren. Als Danny Sorgen darüber äußerte, dass sie Geld verlor, wenn sie keine Nachmittags- und Abendschichten mehr absolvierte, wurde ihr versichert, dass dieses Problem bereits besprochen worden war und sie sich darum keine Gedanken machen müsste.

»Der Manager der Notaufnahme wüsste es sehr zu schätzen, wenn Sie trotzdem für die ein oder andere Schicht zur Verfügung ständen, aber nur, wenn es sich nicht mit den Zeiten überschneidet, die im Vertrag für die Arbeit mit dem Baustellen-Ingenieur und dem Vorarbeiter festgeschrieben sind.«

Damit konnte Danny leben.

Damit konnte sie sogar sehr gut leben. Allerdings konnte sie sich nicht erklären, warum Jeff Roseman ausdrücklich nach ihr gefragt hatte. Er war Ross' Freund, und Danny hatte einen seiner Lastwagen geschrottet. Ihr kam das alte Sprichwort *Einem geschenkten Gaul schaut man nicht ins Maul* in den Sinn – und außerdem war es auch überfällig, dass sie und die Kinder einmal ein wenig Glück hatten.

Danny traf sich mit John Miller, dem neuen Vorarbeiter, und Lance Ashburn, dem Ingenieur, der für das Projekt verantwortlich war.

Sie mochte Miller, seine abrupte Art und seine absolute Unfähigkeit zu Small Talk. Er würde niemals einen Last-

wagen so abstellen, dass er die Einfahrt zur Notaufnahme blockierte.
Lance Ashburn war etwas völlig anderes. Er war groß, durchtrainiert, blond, blauäugig und trug blitzsaubere Jeans mit einer strengen Bügelfalte. Allein schon die Bügelfalte ließ Danny die Augenbrauen hochziehen, aber was sie wirklich irritierte, war Ashburns lässige Überzeugung, dass jede Frau, die er traf, ihn für Gottes Geschenk an die Menschheit hielt.
Sie hatte sich die Gelegenheit nicht entgehen lassen, Christine Roseman zu befragen, als sie in der Küche waren, und diese hatte ihr versichert, dass es zwei Dinge gab, die für Lance sprachen: Er verstand eine Menge von seinem Beruf, und er war durch und durch gutmütig.
»Er wirkt ein wenig dämlich«, meinte Danny.
Christine zuckte mit den Schultern. »Das ist er auch, wenn es um Frauen geht, aber bei allem, was mit dem Bau zu tun hat, ist der Mann ein Zauberer. Du wirst ihn auf Zack bringen müssen, wann immer seine Gedanken abwandern, und glaub mir: In einem Krankenhaus voller Schwestern wird das öfter der Fall sein! Die gute Nachricht ist, dass John Miller und Lance in Bezug auf ihre Arbeit absolute Perfektionisten sind, und wenn es irgendwelche Probleme gibt, kannst du immer Jeff anrufen.«
Danny dachte über Christines Worte nach und erinnerte sich an ihr erstes Treffen mit Lance.
»Möchten Sie mit mir zum Essen gehen?«, hatte er gefragt, sobald das Meeting zu Ende war.
Danny hatte ihn überrascht gemustert. »Nein.«
Lances selbstbewusstes Lächeln verrutschte ein wenig. »Nein?« Er war verwirrt. »Warum nicht?«
»Weil ich nicht möchte.«
Lance starrte Danny an, als erwartete er, dass sie jeden

Moment ihre Meinung änderte. »Sie meinen, Sie wollen wirklich nicht mit mir ausgehen?«
»Ich will *wirklich, wirklich* nicht mit Ihnen ausgehen.«
»Oh.«
Danny war noch nicht lange zu Hause gewesen, als Jeff und Christine auftauchten, um Ross zu besuchen, und deswegen hatte sie auch keine Zeit gefunden, Ross von ihrem neuen Job zu erzählen. Sie war ein wenig enttäuscht, als Jeff ihr die Show stahl. Sie rief Vanessa an, um ihr von dem Job, von Lance und seinem erstaunlichen Ego zu erzählen, in der Hoffnung, dass sie das zum Lachen bringen und wenigstens ein wenig den Riss kitten würde, der sich aufgetan hatte, als das Foto erschienen war, auf dem sie Ross küsste.
»Da hast du dir aber gar nicht in die Karten schauen lassen, Daneka«, hatte Vanessa gesagt, als sie die Bilder gesehen hatte. »Hast du mir nicht genug vertraut, um zu glauben, dass ich ein Geheimnis bewahren kann?«
»Da gibt es überhaupt kein Geheimnis zu bewahren!«, hatte Danny protestiert. »Ich habe ihn geküsst! Ich war betrunken!«
Vanessa kaufte ihr diese Erklärung nicht ab. »Als du die Kinder abgeholt hast, hattest du keinen Kater. Schläft er *wirklich* auf dem Sofa?«
Vanessa war nicht die Einzige, die davon ausging, dass Danny mit Ross schlief. Jane Clifford war grün vor Neid.
»Du hast solches Glück! Könntest du ihn wohl dazu bringen, meine Bücher zu signieren?«
»Jane, ich weiß, dass du ein großer Fan bist und alles.« Danny nahm sich eine Patientenakte vom Stapel. »Aber er ist einfach nur wie jeder andere Mann. Er klappt die Klobrille nicht wieder runter, kratzt sich nach dem Aufstehen morgens an den Eiern und ist ziemlich unentspannt, wenn in der Wäsche Socken verlorengehen.«

»Wen interessiert die Klobrille?«, gab Jane zurück. »Er ist RF O'Rourke!« Sie trat näher zu Danny. »Ist er so heiß, wie er aussieht?«

Danny lief rot an. »Woher soll ich das wissen? Er ist mein Schwager.«

»Du weißt, dass er sich morgens an den Eiern kratzt«, erklärte Jane.

»Tut er nicht! Ich habe nur Spaß gemacht, als ich das behauptet habe!«

Gabby Morgan, eine hübsche junge Schwester, die neu auf der Station war, mischte sich ein: »Ich habe auch einen Schwager, aber ich habe ihn noch nie geknutscht. Und was ist das für eine Geschichte mit dem Sockenfetisch?«

Danny bedauerte, dass sie je etwas gesagt hatte. Erst als Fotografen mit Teleobjektiven der Superklasse vor ihrem Haus aufgetaucht waren, hatte sie wirklich verstanden, wie weit Leute gingen, um Fotos von und Informationen über Ross zu bekommen. Man konnte mit RF O'Rourke Geld verdienen.

»Er hat keinen Sockenfetisch. Er bindet seine Socken nur zusammen, bevor er sie wäscht.«

»RF O'Rourke wäscht?« Gabby war völlig erstaunt.

Danny wagte nicht zu erwähnen, dass er auch kochte.

KAPITEL 15

Ross zog nicht aus Nellas Zimmer aus, als er sich erholt hatte, und Danny verlangte es auch nicht. Tatsächlich war es ihr lieber, den Raum wieder unordentlich und bewohnt zu sehen – Ross' Gegenwart half ihr und den Kindern dabei, ein paar der schlechten Erinnerungen zu tilgen.

In Nellas Zimmer zu schlafen, umgeben von all ihren Besitztümern, verstärkte nur Ross' gegenwärtige Besessenheit im Hinblick auf alles, das mit Zwillingen zu tun hatte.

Wanda konnte es kaum erwarten, dass Ross ihr weitere Kapitel des Buches schickte. »Ich habe dich noch nie so gut aus der weiblichen Perspektive schreiben sehen, Ross. Du bist wirklich in die Haut der zwei Schwestern geschlüpft. Es gibt ein paar interessante Fotos von dir und einem Mädchen mit blauen Haaren auf der Party von Findlays«, fügte sie hinzu. Wenn Wanda die Fotos gesehen hatte, standen die Chancen gut, dass auch seine Mutter und Schwestern sie bald sehen würden. »Was hast du dir dabei gedacht? Ich konnte meinen Augen kaum trauen.«

Wanda hatte schon früher Seiten von Ross zu Gesicht bekommen, die er vor der Öffentlichkeit versteckte. Als ihr vierter Ehemann vor ein paar Jahren unerwartet gestorben war, hatte Ross Wanda durch die schwierigen Tage danach begleitet. Louis war die Liebe ihres Lebens gewesen, der einzige ihrer Ehemänner, mit dem sie wirklich glücklich gewesen war.

»Ich habe überhaupt nicht gedacht. Wenn ich mit Danny zusammen bin, denke ich nicht, ich reagiere nur.«
»Ah.« Wanda wechselte taktvoll das Thema. »Vergiss nicht, dass du Ende November für die Werbetour für *John Doe* und die Premiere hierher zurückkommen musst.«
Endlose Tage voller Interviews in verschiedenen Städten entsprachen nicht gerade Ross' Vorstellung von Spaß, aber er konnte dem nicht entgehen. Wanda hatte auch Auftritte bei Oprah und David Letterman erwähnt. Er hätte seine Zeit viel lieber damit verbracht, mit Danny zu diskutieren und das Hausdach zu reparieren. Ross machte sich Sorgen, dass er alle Fortschritte, die er gemacht hatte, wieder aufgeben würde, wenn er zu lange verschwand. Aber letztendlich rief er seine Eltern an und informierte sie, dass er nach Hause kommen würde.
»Ich habe diese Fotos in den Zeitschriften gesehen«, sagte Vito. »Auf einem davon habt ihr euch scheinbar prima verstanden – auf dem anderen nicht so sehr. Ist es jetzt besser, wo du in das Haus gezogen bist?«
»Ich reiße gerade das Bad heraus.«
»Gut! Gut! Ich habe deiner Mutter erzählt, dass du alles in Ordnung bringen würdest. Sie ist ein hübsches Mädchen, Ross.«
»Ja«, stimmte er vorsichtig zu.
»Ich konnte es auf diesen Fotos sehen, die du deiner Mutter und mir geschickt hast.«
»Die Fotos, die ich euch geschickt habe, sind von Daniella, der Mutter der Kinder.«
»Das weiß ich, aber es sind passende Zwillinge, oder? Wie Annie und Aoife?« Vito nannte Zwillinge nie eineiig, sondern immer *passend*.
»Ja, aber …«
»Also hat man beide gesehen, wenn man eine gesehen hat.

Ja, sie ist ein hübsches Mädchen«, wiederholte Vito. »Blond, wie deine Mutter.«
Nein, im Moment *blau*.
»Deine Mutter will mit dir reden.«
Mit einem Klappern wurde der Telefonhörer abgelegt, und Ross hörte, wie seine Eltern kurz diskutierten.
»Sie ist ein süßes kleines Mädchen, oder, Ross?«, fragte Breda. »Ich habe gerade zu deinem Vater gesagt, als wir die Fotos angeschaut haben: ›Vito, das ist ein süßes kleines Mädchen‹, habe ich gesagt.«
Ross drückte sich Daumen und Zeigefinger auf die Augen. »Wer?«
»Natürlich die kleine Mia«, antwortete Breda unschuldig. »Wen sonst könnte ich meinen?«
Seine Mutter war nicht im Geringsten unschuldig. In einem anderen Leben wäre sie das kriminelle Superhirn einer Gang von Bankräubern geworden.
»Es war eine gute Idee, bei Danny einzuziehen.«
»Ich bin bei Danny und den Kindern eingezogen.«
»Ist sie auch eine Hebamme, Ross?«
»Wer? Mia?«
»Sei mal nicht so frech, wenn du mit deiner Mutter redest! Du wirst mich nicht ewig haben, weißt du.«
Wenn Petrus auch nur ein wenig Verstand besaß, würde er die Himmelspforten in dem Moment schließen, in dem ihm zu Ohren kam, dass Breda Fabello das Zeitliche gesegnet hatte.

»Bist du Hebamme?«, fragte er Danny.
»Nein. Warum?«, entgegnete sie. »Bist du schwanger?«
Danny schien mit dem neuen Job ziemlich beschäftigt

zu sein. Ein barsch klingender Kerl namens John und ein glatt und ölig klingender Trottel, der Lance Ashburn sein musste, riefen sie manchmal zu Hause an.

»Du solltest dich vor Lance Ashburn in Acht nehmen«, riet Ross ihr.

Sie zog die Augenbrauen hoch. »Wirklich? Warum?«

»Ihm eilt ein gewisser Ruf voraus.«

»Welcher denn?«

»Frag Christine!«, antwortete Ross angespannt.

»Vielleicht tue ich das. Oder ich frage Lance.«

Ross hätte sich am liebsten in den Hintern getreten, weil er so ein Idiot gewesen war. Wann hatte Danny je auf das gehört, was er sagte? Es war vielmehr ein sicherer Weg, sie in die andere Richtung zu treiben. Später am Nachmittag, als er und Joe über das Dach kletterten, um sich ein Bild vom Rost zu machen, kochte er immer noch innerlich. Joe arbeitete jetzt fast Vollzeit für Ross, und sie kamen gut miteinander aus. Joe sah den Humor in allem und war dickfellig wie ein Nashorn, also prallte Ross' launisches Knurren einfach von ihm ab. Ross schätzte Joes Sinn für Humor und die Tatsache, dass es ihn überhaupt nicht scherte, wer Ross war. Joe hielt die Paparazzi vor dem Haus für einen prima Witz und fragte sie immer wieder, ob sie ihn nicht fotografieren wollten.

»Wer sind Sie?«, hatte einer der Fotografen sich erkundigt.

»Der Klempner.« Joe grinste frech und zeigte dabei die große Lücke zwischen seinen oberen Schneidezähnen.

»Können Sie mir ein Interview mit RF O'Rourke verschaffen?«

»Nein. Aber wenn Sie jemals ein verstopftes Klo haben, rufen Sie mich an!«

»Hey, Ross!« Joe zeigte über die wogenden grünen Weiden. »Sind das nicht deine Schafe?«
Ross legte sich gegen die gleißende Sonne die Hand über die Augen. Es war ein glühend heißer Tag, und ihm tropfte der Schweiß von der Stirn auf die Nase. Das Wetter in Auckland riss ihn weiterhin nicht vom Hocker. Heute war es wie Hochsommer, aber Morgen konnte es schon aus Kübeln schütten. Ross beobachtete zwei wollige Formen – eine schwarz, eine grau –, die in Richtung Jarvis Wainwrights Farm davontrotteten. Ein kurzer Blick in den Garten enthüllte, dass Persil und Kohle weg und ein Teil des Zauns zusammengebrochen waren. Ross fluchte und warf seinen Hammer über den Zaun auf die Weiden.
»Hey, Bruder?«
»Was ist?«, blaffte Ross Joe an.
Dieser nickte in Richtung des Fotografen, der sein Tele auf sie richtete. »Ich glaube, er hat gerade ein Foto von dir gemacht, wie du einen Hammer wirfst.«
Ross' Beschreibung, was er dem Fotografen antun würde, sollte er ihn erwischen, brachte Joe so heftig zum Lachen, dass er vom Dach klettern musste.
Das Telefon klingelte bereits, als Ross in die Küche stürmte, um Jarvis wegen der Schafe anzurufen.
»Ist Danny da?«, fragte Jarvis.
»Nein, sie ist in der Arbeit.«
»Ich habe eure Schafe.«
»Ich weiß, ich …«
»Ich habe Danny versprochen, sie für sie zu scheren, also kann ich das auch jetzt tun. Sagen Sie es ihr aber.«
»Werde ich, Jarvis, vielen Da…«
»Dank von Ihnen brauche ich nicht«, erklärte Jarvis brüsk. »Ich tue es für sie. Sie können sie in einer halben Stunde abholen.«

»Abholen? Wie?«
»Da steht doch Ihr schicker Vierradantrieb vor Dannys Haus, oder? Wird langsam Zeit, dass er mal schmutzig wird.«

Einer der Fotografen konnte sein Glück kaum fassen, als er ein noch besseres Bild ergatterte als sein Kollege, der vernünftigerweise abgehauen war, als RF O'Rourke mit Mordlust im Blick vom Dach geklettert war. Bilder des einsiedlerischen Schriftstellers, wie er bis zur Hüfte nackt auf einem Dach herumkletterte, würden sich wie warme Semmeln an die Frauenmagazine verkaufen lassen, aber ein Bild von RF O'Rourke, der am Steuer seines makellosen dunkelgrünen SUV saß, mit zwei Schafen auf dem Rücksitz, und dazu dauerhaft fluchte, war einfach unbezahlbar. Der Fotograf zog sich hastig zurück, als O'Rourke sich knurrend aus dem Fahrersitz katapultierte.
Ross hatte genug von Danny Lawton, ihren Schafen und ihren irren Nachbarn. Er rief Jeff an und bat ihn, eine Verabredung mit Christines Cousine zu arrangieren.
»Selena ist klug, talentiert und attraktiv – und unterhaltsam«, erklärte Jeff ihm.
»Versprich mir nur, dass sie keine Stalkerin ist, noch eigene Zähne und eigene Haare hat und kein George-Clooney-Fan ist«, bat Ross.
»Selena ist geistig gesund, und die Zähne sind ihre eigenen. Aber was George Clooney angeht, kann ich nichts sagen. Selbst Chris steht irgendwie auf ihn. Ich lasse sie dich wegen Selenas Nummer anrufen.«

Nach einer Woche der Zusammenarbeit mit Lance Ashburn war Danny klar, dass sie einen Fehler gemacht hatte, als sie seine Einladung ausgeschlagen hatte, weil es ihn nur anzustacheln schien. Chris und Jeff hatten recht: Er war ein ausgezeichneter Ingenieur, was seine Fehler ausglich. Wäre er nicht so gut gewesen, hätte sie ihn wahrscheinlich mit seinen zusammengerollten Zeichnungen geschlagen. Danny hetzte ihn ein paar anderen Krankenschwestern in der Notaufnahme auf den Hals, aber Lance war wie ein Bumerang – er kam immer zurück. Sie versuchte sogar, ihn in Vanessas Richtung zu schieben, aber Vanessa bestand darauf, dass sie es sich zur Regel gemacht hatte, niemals mit jemandem auszugehen, der hübscher war als sie.

»Habe ich irgendetwas getan, um dich zu beleidigen, Daneka?«, fragte Lance immer wieder. Er nannte sie niemals Danny.

»Nein. Aber wenn du mich weiter belästigst, werde ich etwas tun, das ich später bereue, wie dich ins Betonfundament zu schubsen, wenn es noch feucht ist. Was ist mit Gabby, der Krankenschwester, die ich dir vorgestellt habe – sie ist wirklich nett. Warum gehst du nicht mit ihr aus?«

»Vielleicht ein andermal.« Lance ging wie selbstverständlich davon aus, dass Gabby noch interessiert wäre, wenn er sie wollte.

Danny schüttelte angewidert den Kopf. »Du bist vielleicht einer!«

»Bin ich das?«, fragte er vorsichtig.

»Absolut, Lance!«

Er war verwirrt und auch fasziniert. Er hatte in einem Frauenmagazin die Fotos gesehen und auch die Story über RF O'Rourke und Danny gelesen und glaubte nicht für eine Sekunde, dass der Kerl nur ihr Schwager war. Und das machte Daneka Lawton zu einer Herausforderung, und so etwas konnte Lance nie widerstehen …

Am Samstagabend lagen die Kinder vor dem Fernseher im Wohnzimmer, und Ross war in seinem Zimmer, um sich für seine Verabredung fertig zu machen, als das Telefon klingelte.

Danny saß am Küchentisch und las Zeitung. Sie hatte sich an Ross' Rotwein bedient und tat so, als würde es sie überhaupt nicht interessieren, wo er hinging. Sie starrte auf das Telefon auf der Küchenanrichte, als wäre es ein Instrument des Teufels, nippte an ihrem Wein und wartete, bis Ross ranging. Sie vermied es so weit wie möglich, mit der Familie zu reden, aber sie hörte unglaublich gern heimlich zu, wenn Ross mit seinem Vater Italienisch sprach. Zu diesen Zeiten wünschte sie sich besonders, dass er nicht ihr Fast-Schwager wäre.

Mia und Matt unterhielten sich lange mit den Fabello-Verwandten.

»Tante Aoife/Annie/Deirdre/Carmel hat angerufen«, erzählte Mia dann hinterher Danny. »Sie ist so witzig! Sie nennt sich selbst meinte *Taaan-te* und lacht, wenn ich sie meine *Tan-tee* nenne.«

»Tut sie das?« Danny bemühte sich sehr, nicht eifersüchtig zu werden. »Das klingt nett.«

»Wusstest du, dass ich und Mia acht Cousinen und vier Cousins haben?«, fragte Matt.

»Mia und ich.«

»Was?«

»Ist egal. Habt ihr?«

Sie verlor sie an die Fabellos.
Ross stiefelte in die Küche und zog einen Hemdsärmel unter einem seidigen tabakfarbenen Jackett zurecht. Danny schnüffelte, als er an ihr vorbeiging. Er roch toll. Und er sah noch besser aus. Sie wusste es – er hatte eine Verabredung.
»Könntest du nicht deinen Hintern heben, um ranzugehen?«, brummte er.
»Nö.«
Er drückte sich den Hörer ans Ohr. »Hallo?«
Schweigen.
»Hat sie?«
Schweigen.
»Ist sie okay?«
Er grinste, und Dannys Herzschlag beschleunigte sich.
»Und das Baby? Ich wette, Tom ist außer sich vor Freude, dass es ein Junge ist.«
Danny hob ihr Weinglas. Genau das, was die Welt gebraucht hatte: noch einen männlichen Fabello! Sie ging davon aus, dass seine Schwester Carmel ihr Baby bekommen hatte.
Ross runzelte die Stirn.
Danny stoppte mit dem Weinglas halb am Mund.
Sein Stirnrunzeln wurde tiefer. »Nein!«
Danny stand von ihrem Stuhl auf und trat näher.
»Gibt es irgendetwas, das sie tun können? Eine Operation oder irgendetwas?«, erkundigte er sich.
Sie legte ihm eine Hand auf den Arm.
Ross war so überrascht, dass er völlig den Faden verlor. »Was, Annie? Das habe ich nicht gehört.« Er beendete das Telefonat mit Annie und legte auf.
Danny schaute zu ihm auf, und ihre goldenen Augen waren voller Sorge. »Was ist? Stimmt etwas nicht mit dem Baby?«

Das letzte Mal, dass sie Ross so angesehen hatte, war an dem Abend von Findlays' Party gewesen. Ross beobachtete die Bewegung ihrer Lippen und erinnerte sich daran, wie sie geschmeckt hatten.

Danny schüttelte sanft seinen Arm. »Ross? Ist alles in Ordnung mit dem Baby?«

»Mmmm? Ja. Ich meine – nein – ich meine ... Annie sagt, es hat die Nase von Onkel Carmine, und Annie ist die letzte Person auf Erden, die jemals kritisieren würde – sie hat sogar Aoifes neugeborene Tochter Nicole als hübsch bezeichnet, als jeder andere noch erklärte, dass sie aussah, als wäre sie in ein Zugunglück verwickelt gewesen.«

»Nase?« Danny hob ungläubig die Stimme. »Er hat die Nase von welchem Onkel auch immer? Ich dachte, das arme kleine Ding hätte etwas Schlimmes!«

»Die Nase von Onkel Carmine ist etwas Schlimmes.«

Danny grub ihre Finger in seinen Arm.

Ross löste sie. »Es ist nicht mein Fehler, dass du die falschen Schlüsse gezogen hast.«

»Das war unverzeihlich, selbst für dich! Du hast eine Operation erwähnt, um Himmels willen!« Danny verließ die Küche.

»Wenn deine Kinder einen Zinken hätten wie den, würdest du auch über Operationen reden!«, rief Ross ihr hinterher. Es gab eine gute Chance, dass Kevin Kornecki der erste Säugling mit einer kosmetischen Nasen-OP werden würde.

Im Wohnzimmer schaute Mia Matt an und sagte: »Es geht wieder los.«

»Ja.« Matt zuckte mit den Achseln. »Ich bin dran mit der Fernbedienung.«

Bevor er ging, klopfte Ross an Dannys Schlafzimmertür – etwas, das er noch nie getan hatte. »Danny?«
»Ja?« Sie klang überrascht.
»Kann ich für einen Moment hereinkommen?«
»Ich nehme es an.«
Er öffnete die Tür.
Danny saß im Schneidersitz auf ihrem Bett, ein Fotoalbum auf dem Schoß. »Glückwünsche zum Baby«, sagte sie. »Tut mir leid, dass ich dich angefahren habe.«
»Das ist okay. Mir tut's leid, dass ich den falschen Eindruck vermittelt habe.«
»Sind sie beide in Ordnung?«
»Ja, obwohl Carmel es nicht mehr ins Krankenhaus geschafft hat: Ihr Ehemann Tom hat das Kind auf dem Boden des Esszimmers entbunden.«
Danny keuchte auf. »Ist er okay?«
»Oh ja, ihm geht's prima. Tom ist langsam ein alter Hase – ihr letztes Kind kam im Auto.«
Sie lächelten sich an, und Ross wünschte sich, er hätte keine Verabredung und sie könnten die Geburt mit einem Gläschen Wein feiern.
»Annie sagt, er – also das Baby – wäre völlig normal, abgesehen von der Nase.«
»Diese Nase«, hakte Danny nach, »ist sie größer als deine?«
»Ich habe *nicht* Onkel Carmines Nase.«
»Ganz ruhig! Ich brauche nur einen Vergleichswert.«
Ross sah ein Buch auf dem Boden neben dem Bett. Es war sein zweiter Roman, *Treulos*.
Danny schwang ihre Beine zur Seite und trat das Buch mit der Ferse unter das Bett. »Unternimmst du etwas Besonderes?«
»Nur Abendessen.«

Je mehr er ihr auswich, desto dringender wollte Danny eine Antwort bekommen. »Bleibst du über Nacht weg?«
»Mach dir keine Sorgen, ich habe meinen Schlüssel.«
»Prima!«, sagte sie durch die zusammengebissenen Zähne. »Dann gute Nacht.«
Danny drückte sich das Fotoalbum an die Brust und hörte zu, wie er davonfuhr. »Und denk dran, ein Kondom zu benutzen, du sexbesessene, italienisch-irische, riesennäsige … Nervensäge!«

♥

Christines Cousine Selena war entzückend.
Sie erinnerte Ross an Christine, nur waren Selenas Hüften runder und ihre Brüste etwas größer. Selena hatte warme schokoladenbraune Augen und lange braune Haare, die sie hochgesteckt hatte. Sie trug weite schwarze Hosen mit einem seitlichen Schlitz bis kurz über dem Knie. Ihr schimmerndes goldenes Top senkte sich vorn ab und enthüllte den Hauch eines Dekolletés. Selena war warm und geistreich, interessant und interessiert.
»Du magst *Crazy Frog?*«, fragte sie, als sie die CD in Ross' Auto entdeckte.
»Sie gehört meinem Neffen«, erklärte er.
»ABBAs *Greatest Hits?*«
»Meiner Nichte.«
Ross führte sie in ein Restaurant aus, das Christine ihm empfohlen hatte, und während sie auf ihre Vorspeisen warteten, fragte er Selena, was sie beruflich machte.
»Ich bin Journalistin.« Sie lächelte. »Wir haben eine Menge gemeinsam – ich schreibe und verdiene fast nichts, und du schreibst und verdienst Millionen.« Als sie Ross' Stirnrunzeln bemerkte, beugte sie sich vor und berührte sanft

seine Hand. »Es ist okay, Ross, ich habe kein Aufnahmegerät in meiner Handtasche und auch keinen Fotografen unter dem Tisch versteckt.«

Ross zwang sich zu einem Lächeln. Jeff hätte die Verabredung mit Selena nicht arrangiert, wenn sie nicht absolut diskret und verlässlich wäre. Es war einfach, sich mit ihr zu unterhalten, sie war schön anzusehen und – wenn man nach dem Blick in ihren Augen ging, als der Abend voranschritt – ziemlich angetan von ihrem Date.

Sie blieben noch beim Kaffee sitzen, bis Selena ihren Fuß unter dem Tisch über Ross' Schenkel gleiten ließ und damit andeutete, dass sie lange genug verweilt hatten. Er dachte an Danny, wie sie ihren Fuß gegen seinen Schenkel drückte, und zog sein Bein weg. Ross verlangte die Rechnung und fragte sich, warum er nicht den Hunger und die Leidenschaft empfand, die in Selenas braunen Augen lagen. Stattdessen sah er ständig zwei scharfe, zusammengekniffene goldene Augen in einem Gesicht, das nur aus harten Kanten und einem schmalen spitzen Kinn bestand.

Als sie ins Auto einstiegen, drehte Selena sich zu Ross um. Er legte seine Hand an ihre Wange und küsste sie. Sie war weich und sinnlich, hatte es nicht zu eilig, war nicht zu feucht und nicht zu trocken. Ross fühlte nicht den Hauch von Erregung, aber er vertiefte den Kuss trotzdem.

Selena stöhnte und zog sich zurück. »Können wir irgendwohin? Ich bin wirklich zu alt für Petting im Auto.«

Er hätte sie in sein Apartment mitnehmen können. Aber das tat er nicht; es erschien ihm zu persönlich. Stattdessen fuhr Ross zu einem guten Hotel und buchte eine Suite, nicht weil er sie beeindrucken wollte, sondern weil sie eine nette Frau war und außerdem Christines Cousine. Wäre sie nicht Christines Cousine gewesen, hätte er ihr für den netten Abend gedankt und sie nach Hause gefahren, aber weil er die Erregung in Selenas Augen sah, hatte Ross das Gefühl, ihr und sich selbst den Sex zu schulden. Sein unerklärlicher Mangel an Verlangen gegenüber so einer intelligenten, attraktiven Frau jagte ihm eine höllische Angst ein. Selena hatte klargemacht, dass sie ihn wollte, und Ross war sich sicher, dass er sie mindestens genauso begehren würde, wenn sie erst einmal nackt waren.

Sie stiegen zusammen in die schwarze Marmorbadewanne, mit einer Flasche Rotwein als Zugabe. Ross betrachtete Selenas liebreizende Brüste, umspült von duftendem Schaum. Er schaute auf die lange, elegante Kurve ihres Halses und das seidige dunkle Haar auf ihrem Kopf. Er ließ seine Hand über die glatte, weiche Kontur ihres Schenkels gleiten, als sie ihren Fuß auf seine rechte Schulter stellte – und nichts geschah.

Dieses spezielle Problem hatte Ross noch nie gehabt, und ihm wurde unheimlich. Als Selena ihren Arm ausstreckte und ihre Hand durch die nassen Haare auf seiner Brust gleiten ließ, musste er die Augen schließen und daran denken, wie Danny ihn wusch, damit sein Körper eine Reaktion zeigte.

Er entspannte sich.

Und das war so ungefähr die Voraussetzung für den Rest der Nacht. Die einzige Art, wie Ross etwas leisten konnte, war, sich selbst einzureden, unter ihm läge Danny, nicht Selena. Er fühlte sich furchtbar und gab sich schreckliche Mühe, um sicherzustellen, dass sie es genoss.

Schließlich brach Selena vor ihm auf dem Bett zusammen, blickte über ihre Schulter zu ihm zurück und keuchte: »Mein Gott ... hast du ... Unterricht genommen?«

Später lag Ross neben ihr und dachte darüber nach, wie

schade es war, dass Selena so nett war und er sie nicht mehr mochte. Er war fast die ganze Nacht wach und wünschte sich, er könnte zu Danny und den Kindern nach Hause gehen. Um sieben Uhr morgens stand er auf und zog sich an. Und um neun Uhr dreißig zwang er bei einem Frühstück mit Selena im Hotelzimmer ein Croissant und eine sehr gute Tasse Kaffee die Kehle hinunter, während er nur darüber nachdachte, wie er ihr klarmachen sollte, dass er nicht noch einmal mit ihr ausgehen würde.

Selena wusste es bereits, aber sie konnte sich bei Gott nicht erklären, warum es so war.

Ross wusste, warum. Er wollte es nur nicht zugeben.

♥

Danny hielt sich beschäftigt.

Beschäftigt sein hieß, nicht darüber nachzudenken, dass Ross die ganze Nacht unterwegs gewesen war und was er wohl getrieben hatte. Beschäftigt sein hieß auch, nicht darüber grübeln zu müssen, warum es ihr so viel ausmachte, sich vorzustellen, wie er mit einer anderen Frau in dem riesigen Bett seines Apartments schlief. Wer auch immer sie war, Danny verabscheute sie.

Was keinen Sinn ergab: Ross war wie ein Unkraut in ihrem Leben, erklärte Danny sich selbst streng, während sie gegen das Unkraut in Nellas vernachlässigtem Kräutergarten vorging. Aber irgendetwas war geschehen, während Ross krank gewesen war, etwas so Subtiles, dass es Dannys Radar unterlaufen hatte und bis jetzt unbemerkt geblieben war. Er hatte aufgehört, Ross, der Feind, zu sein und war zu Ross, dem Mann, geworden. Sie stritten sich immer noch, aber es war inzwischen eher ein Spiel daraus entstanden, weil es ihnen beiden *Spaß* machte, dem anderen Paroli zu bieten. Es war aufregend. Es machte süchtig. Tatsächlich kamen ihre Reibereien fast einem Vorspiel gleich. Danny ließ sich auf der warmen braunen Erde auf ihre Fersen zurücksinken.

Verdammte Scheiße! Was sollte sie tun? Sie schnappte sich ihren kleinen grünen Spaten und attackierte die Pflanze vor sich. Sie war so darauf konzentriert, ihre Wut an den Pflanzen auszulassen, dass sie Ross nicht bemerkte, bis er neben ihr stand.

»Das ist Basilikum.«

Danny zuckte zusammen und ließ den Spaten fallen.

Sie schaute auf. Ross beobachtete sie, während Mia an seiner Hand hing. Er trug andere Kleidung als gestern Abend; heute Morgen hatte er verblichene blaue Jeans und ein graues T-Shirt mit dem *San-Diego-Chargers*-Logo an. Seine dunklen Augen blickten traurig. Für einen Mann, der wahrscheinlich gerade flachgelegt worden war, wirkte er nicht gerade glücklich.

Ausnahmsweise startete Danny keinen verbalen Angriff. Sie glotzte dümmlich die Pflanze an, auf die sie eingehackt hatte. »Oh.«

Ross trat über den hölzernen Rand des Kräuterbeetes und kauerte sich neben sie. Dann nahm er Danny den Spaten weg. »Rutsch mal!«

Sie schob sich ein Stück zur Seite und beobachtete ihn, wie er anfing, um die Pflanzen herumzugraben.

Er zeigte auf die Pflanze und grub. »Basilikum.«

Danny nickte.

»Thymian.«

Nicken.

»Oregano.«

Danny schüttelte den Kopf.

Ross runzelte die Stirn. »Doch, ist es.«

»Nein, es ist *Origaaano*, nicht *Oreeeegano*.«
Seine Mundwinkel zuckten ein Stück nach oben. »Ich nehme alles zurück. Also, hör zu: Das hier sage ich nur ein Mal.« Als er lächelte, hörte Danny völlig auf, das zu beachten, was er ihr über die Kräuter erklärte.
Zusammen arbeiteten sie sich durch das Kräuterbeet, mit ein wenig Hilfe von Mia und später auch Matt. Danny lehnte sich zurück und beobachtete die Kinder und Ross beim Graben, Lachen und Kabbeln und musste Tränen zurückhalten. Ross schaute gerade rechtzeitig auf, um es zu bemerken. Sie wappnete sich gegen einen sarkastischen Kommentar, aber er wandte sich nur um, um eine Korianderpflanze vor Mia zu retten.
Das war um einiges ernster, als sie sich bis jetzt eingestanden hatte. Sie verliebte sich in Ross Fabello. Danny war so entnervt, so absolut erschüttert, dass sie den Rest der Woche um einiges ruhiger war als normalerweise, während sie versuchte herauszufinden, was sie tun sollte. Wie ging man damit um, wenn man sich in seinen Nicht-ganz-Schwager verliebte, der außerdem noch ein wohlhabender Bestsellerautor war, der es auf seine Nichte und seinen Neffen abgesehen hatte?
Ross war so verwirrt von Dannys untypischer Schweigsamkeit, dass er sie fragte, ob sie sich eine Krankheit eingefangen hatte.
Sie lief rot an. »Nein.«
»Bist du gerade rot geworden?«
»Nein. Es war eine Hitzewallung.«
»Du bist zu jung für Hitzewallungen.«
»Ich war schon immer reif für mein Alter.«
An einem Nachmittag nach der Arbeit nahm Danny Mia und Matt mit auf einen Spaziergang am Strand und ließ Ross, der gerade Pasta machte, im Haus zurück. Nicht etwa

das trockene Zeug oder das Zeug in den eingeschweißten Packungen aus den Kühlregalen im Supermarkt, das normale Sterbliche kauften und aßen – nein, er zauberte selbst Nudeln oder, wie Ross es nannte, *Anolini al ragu di prosciutto*. Er hatte darauf geachtet, das Kalbshirn, das normalerweise für die Füllung verwendet wurde, nicht zu erwähnen, und es gegen Hühnerleber ausgetauscht.

»Ist das Frosch?«, fragte Matt misstrauisch, als er hörte, was es zum Abendessen geben sollte.

»Nein, ich habe es kontrolliert – kein Frosch.« Danny setzte sich in den Sand, um beiläufig durch das Magazin zu blättern, das sie sich an der Tankstelle gekauft hatte. »Wenn ihr zwei gehen und euch die Gezeitentümpel anschauen wollt, dann los! Onkel Ross hat gesagt, wir sollen in einer Stunde zurück sein.«

Matt und Mia machten sich zum anderen Ende des Strandes auf.

Danny kaute auf ihrer Unterlippe und versuchte, einen Weg zu finden, wie sie mit ihrem aktuellen Dilemma umgehen sollte. Vielleicht brauchte sie andere männliche Gesellschaft? Es war einen Versuch wert. Sie blätterte sich durch die letzten Seiten des Magazins und wollte es gerade zuklappen, als sie ein Foto von Ross entdeckte, dem eine sinnlich aussehende Brünette am Arm hing. Die Frau trug ein schimmerndes goldenes Top, das ein fantastisches Paar Brüste präsentierte, und Ross trug das tabakfarbene Jackett, das er in jener Nacht angehabt hatte, in der er nicht nach Hause gekommen war. Sie überflog den Artikel und erfuhr, dass RF O'Rourke mit Selena Harrison, einer anerkannten Journalistin im Bereich Aktuelles, bei einem Abendessen in einem Restaurant in Auckland gesichtet worden war.

Danny klappte das Heft zu.

Es war nicht gerade schwierig zu erraten, mit wem Ross die Nacht verbracht hatte. Selena Wie-auch-immer hatte eine rundliche, üppige Figur, die zu ihrem sinnlichen Gesicht passte. Sie war eine ernstzunehmende Journalistin, und damit keiner von Ross' minderbemittelten Fans. Sie war echt.

Sobald Danny zu Hause war, rief sie Lance Ashburn an und erklärte ihm, dass er sie am Freitagabend ausführen durfte.

»Darf … darf ich?« Mr. Lässig war so überrascht, dass er kaum die Worte über die Lippen brachte, aber dann sprang sein normales Selbstbewusstsein wieder ein.

»Ich wusste, dass du deine Meinung ändern würdest, sobald du einmal mein wahres Ich erkannt hast, Daneka.«

»Genau, es war etwas in dieser Art.« Danny vergewisserte sich kurz, dass Ross nicht in Hörweite war. »Du kannst mich zum Essen ausführen. Mach dir nicht die Mühe, Kondome mitzubringen, weil du sie nicht brauchen wirst.«

»Danny …« Lance war so schockiert, dass er zum ersten Mal vergaß, sie Daneka zu nennen.

»Nur damit wir beide wissen, wo wir stehen«, fuhr sie fort. »Ich werde mit dir essen gehen, aber ich will keinen Sex. Du bekommst die Chance, genug Zeit jenseits der Arbeit mit mir zu verbringen, um festzustellen, dass wir niemals Yin und Yang sein werden, und ich bekomme ein nettes Abendessen in einem *teuren* Restaurant.« Sie hielt kurz inne, damit ihre Predigt sich setzen konnte. »Kannst du mich um halb acht abholen?«

»Ich … glaube schon – ich meine – *ja*.«

»Prima, dann ist es abgemacht.« Danny wollte gerade auflegen, als ihr noch etwas einfiel. »Oh, und Lance?«

»Ja?«, fragte er wachsam.

»Wenn du das auch nur einer einzigen Person im Krankenhaus erzählst, setze ich dich unter Drogen und bearbeite, während du nur halb bei Bewusstsein bist, deine Eier mit dem Defibrillator in der Notaufnahme. Verstanden?«

Es folgte längeres Schweigen. Danny erwartete fast, dass er ihr erklärte, er hätte seine Meinung geändert.

»Ich habe verstanden, Daneka.«

Verdammt! Dieser Kerl war echt verwegen – oder nicht ganz dicht.

Dannys Schweigegelübde galt nur für Lance. Sie erzählte es Vanessa.

»Du gehst mit *Lance Ashburn* aus?«

»Tu nicht so überrascht! Du bist diejenige, die mir ständig in den Ohren liegt, dass ich nicht genug ausgehe.«

»Du tust das, um Ross eifersüchtig zu machen, oder?«, rief Vanessa aus.

»Tue ich nicht!«

»Tust du doch!« Vanessa schüttelte den Kopf. »Tja, ich werde nicht da sein, um das böse Ende mitzubekommen, weil ich in Rarotonga in der Sonne liegen werde. Hat das Begehren dafür gesorgt, dass ich dich daran erinnern muss, meine Pflanzen zu gießen und meine Post aus dem Briefkasten zu holen, während ich weg bin?«

»Nein«, grummelte Danny, »hat es nicht.«

Vanessa feixte.

»Ich begehre niemanden.«

Zumindest nicht Lance Ashburn.

Kapitel 16

Lance erschien pünktlich um halb acht. Er trug ein cremefarbenes Leinenjackett über einem weißen T-Shirt, eine Segelhose und Segelschuhe mit Quasten. Danny entschied, dass er nur noch einen Hut brauchte, um genau auszusehen wie der Kapitän von *Love Boat*. Sie vermutete, dass Lance Strähnchen in seinem seidig blonden Haar hatte. Seine Augen leuchteten auf, als sie die Tür öffnete. »Daneka, du siehst fantastisch aus!«

Sie sah ziemlich gut aus. Sie hatte weiß Gott Stunden im Badezimmer damit verbracht, Körperteile zu rasieren, zu peelen und einzucremen, um die sie sich so lange nicht gekümmert hatte, dass es sie an ein Wiedersehen mit alten Freunden erinnerte.

Es war tief befriedigend, Ross die Nachricht zu überbringen, dass sie eine Verabredung hatte. Danny sagte es ihm, als sie gerade die Lunchboxen für die Kinder packten. »Könntest du Freitagabend auf die Kinder aufpassen?«

»Ich glaube schon.« Ross schaute von der Zeitung auf. Seine Gabel schwebte über dem Pilz-Camembert-Omelett, das er zum Frühstück gemacht hatte. »Warum? Gehst du aus?«

»Ja.« Sie polierte einen Apfel an ihrem T-Shirt direkt über ihren Brüsten.

Ross beobachtete sie. Als sie den Apfel in Matts Lunchbox steckte, starrte er ihr noch ein paar Momente auf die

Brust, bis ihm aufging, dass der Apfel weg war. Er räusperte sich. »Was machst du? Mädelabend mit Vanessa?«
»Nein.« Danny begann, die Getränkeflaschen zu füllen. »Habe ich es dir nicht erzählt? Vanessa macht einen einwöchigen Urlaub auf Rarotonga.«
»Nein, hast du nicht.«
»Na ja, sie ist auf jeden Fall weg, und ich habe die Schlüssel zu ihrem Haus.«
Matt und Mia stürmten in die Küche, um sich ihre Schulranzen und Lunchboxen zu schnappen, und Danny beendete das Gespräch und ging zur Arbeit.
Am Freitagnachmittag belegte sie für Stunden das neu eingerichtete Bad mit Beschlag, bevor sie schließlich in einem aufreizenden knielangen Trägerkleid in der Tür ihres Schlafzimmers erschien. Das Kleid hing an Spaghettiträgern von ihren Schultern, glitt über ihre Brüste und folgte den Kurven ihres Hinterns.
Ross war irritiert, weil Danny es geschafft hatte, für ein Date ihre Kleidung farblich zu koordinieren, während sie sich den Rest der Zeit, wenn nur er da war, nicht die Bohne dafür interessierte. Er war sich sicher, dass er durch den dünnen Stoff ihre Brustwarzen sehen konnte. Das Kleid war unzüchtig. Tatsächlich war es gar kein Kleid – es wirkte mehr wie ein Dessous. Und sie trug quasi nichts darunter; sicherlich keinen BH – *wie gewöhnlich*. Ross konnte nur einen Tanga ausmachen.
»Warum hängst du dir nicht gleich ein Schild um den Hals mit der Aufschrift: Komm und hol's dir?«
Danny griff sich ihre Schlüssel von der Küchenanrichte. »Warum läufst du nicht einfach ein?«
»Ich bin überrascht, dass du dir die Haare nicht pink gefärbt hast, damit sie zum Kleid passen.«
»Er mag mich natürlich.«

Wie Ross auch, aber trotzdem malte sie sich ihre Haare silbern und blau an. Er hatte sich daran gewöhnt, ihr Haar in allen Farben des Regenbogens zu sehen; ohne die Farbe sah sie gar nicht wirklich aus wie Danny.

Sie sprachen nicht, als es an der Tür klingelte und Danny losging, um zu öffnen. Ross erwartete, dass sie ging. Er wollte, dass sie einfach verschwand, so dass er nicht sehen musste, mit wem sie ausging. Aber sie kam mit einer großen blonden Tunte mit Strähnchen im Haar zurück. Ross wusste alles über Strähnchen: Seine Schwestern und mehrere frühere Freundinnen hatten darauf geschworen.

»Lance, das ist Ross Fabello, mein *Schwager*«, stellte Danny vor. »Ross, das ist Lance Ashburn. Er arbeitet für Criterion.«

Ross war so sauer über die Betonung, die sie auf seinen Schwager-Status gelegt hatte, dass es ihn einen Moment kostete, um wirklich zu verstehen, wer Lance Ashburn war.

Ashburn nahm Anstoß an der besitzergreifenden Art, mit der Ross seine Verabredung anstarrte, und legte einen Arm um Dannys Hüfte. Er nickte kühl. »Fabello.«

»Ashburn«, entgegnete Ross steif.

Mia kam in die Küche, um sich Lance anzusehen.

»Hallo! Wer ist denn die kleine Prinzessin?«, zog Lance sie mit einem breiten Lächeln auf.

Sie antwortete ihm nicht. »Wer ist das denn?«

»Mia!«, rief Danny. »Wo sind deine Manieren?«

Ross schaute zu Mia und zwinkerte ihr zu. Gutes Mädchen!

Danny nahm ihre Handtasche – ein hübsches, kleines, gerade einmal briefumschlaggroßes Ding, fiel Ross auf, nicht die schwarze Monstrosität, die sie zu der Verabredung mit ihm mitgeschleppt hatte. Wie wollte sie Ashburn denn mit so einer winzigen Tasche auf Abstand halten? Sie küsste Mia und nickte Ross kühl zu. »Warte nicht auf mich!«

Ashburns Augen glitzerten vor Aufregung. Ross wollte ihm seine Faust mitten in das perfekte, verweichlichte Gesicht boxen. Danny hatte Ashburn gerade quasi zu verstehen gegeben, dass er heute Abend auf seine Kosten kommen würde. Ross klammerte sich an die Tischkante, um sich davon abzuhalten, Danny hochzureißen und in ihr Schlafzimmer zu sperren.

Er folgte ihnen zur Haustür. »Hey, Ashburn?«

Der andere Mann hielt kurz an. »Ja?«

Ross starrte ihn an. »Kommen Sie nicht auf die Idee, ihr irgendwelches Baugerät zu zeigen.«

Lance wurde rot.

Danny runzelte die Stirn. »Wieso sollte er das tun?«

»Komm!« Lance führte sie die Stufen nach unten. »Sonst kommen wir zu spät.«

Danny war bereits langweilig. Sie fühlte sich schuldig, weil sie Lance so schamlos eingesetzt hatte, um Ross zu nerven; sie war nicht stolz auf sich, aber Junge, das war es wert gewesen! Ross hatte fast eifersüchtig gewirkt. Sie versuchte, sich auf Lance zu konzentrieren und halbwegs nett zu sein, aber ihr Herz war einfach nicht dabei.

Lance zog alle Register. Er hatte einen Tisch in einem tollen italienischen Restaurant reserviert, aber Danny verglich das Essen mit dem, was Ross zu Hause kochte, und fand es nicht so gut. Lance bemühte sich sogar, nicht über sich selbst zu reden, und er begaffte nur zwei der Frauen an anderen Tischen.

Danny stützte ihr Kinn auf die Faust und lauschte seinem endlosen Gelaber. Wäre eine der Frauen dreist genug gewesen, Lance um seine Telefonnummer zu bitten, hätte sie ihr noch einen Stift geliehen. Lance kapierte es einfach nicht. Sie konnte an dem sturen, entschlossenen Blick in seinen Augen erkennen, dass er vorhatte, sie mit seinem Charme umzuhauen, aber er war einfach zu hübsch, zu glatt, und er verstand ihre Witze nicht. Als der Hauptgang kam, wusste Danny bereits, dass sie das Dessert und einen Kaffee nicht mehr durchstehen würde.

Als Lance nach der Nachspeisenkarte fragte, brach es aus ihr heraus: »Nein!«

»Nein?«, wiederholte er.

»Ich bin satt! Ich kann nichts mehr essen!«

Lance lächelte sie träge an, und Danny hätte am liebsten laut aufgestöhnt. Dieser Idiot dachte, sie würde das Essen kurz halten, weil sie mit ihm ins Bett wollte!

»Kannst du mich nach Hause bringen?«

Sein Lächeln erstarb.

Auf der Heimfahrt wirkte er bedrückt. Danny war sich sicher, dass ihm das noch nie passiert war, und hatte fast Mitleid mit ihm. Als sie ihn zu Vanessas Haus leitete, leuchteten seine Augen auf.

»Platz, Bonzo!«, sagte Danny müde. »Du hast die falschen Schlüsse gezogen. Ich habe Vanessa versprochen, dass ich auf ihr Haus aufpasse, während sie weg ist.«

Lance parkte den Wagen vor Vanessas Haus und machte den Motor aus. Dann legte er seinen Arm über die Lehne von Dannys Sitz. Seine Lider sanken auf Halbmast, und er lächelte. Danny fragte sich, ob er das wohl vor dem Spiegel übte. »Lass mich mit reinkommen und auf dich aufpassen!«

Danny unterdrückte ein Gähnen und tätschelte ihm die

Wange. »Nein danke. Ich will nur schlafen.« Sie nahm ihre Tasche. »Danke für das Abendessen.«
Er starrte sie ungläubig an. »Bekomme ich nicht mal einen Kuss?«
»Okay, aber beeil dich!«
Es war, als hätte sie ihn herausgefordert. Lance drückte Danny nach hinten über seinen Arm und verbrachte lange Momente damit, ihr seine Zunge in den Hals zu schieben. Er gab alles.
»Bist du fertig?«, keuchte sie, als er sie kurz Atem holen ließ.
Lance deutete ihr Keuchen fälschlich als Erregung. »Kann ich jetzt mit reinkommen?«
Danny schüttelte den Kopf. »Nein.«
Er war verwirrt. »Nein?«
»Nein.« Sie öffnete die Tür und trat auf den Gehweg. »Danke noch mal, Lance, aber lass uns das nicht wiederholen, okay?« Sie verabschiedete sich und schloss die Haustür auf.
In ihrer Tasche hatte Danny ihre Zahnbürste und eine Unterhose zum Wechseln. Sie hatte absichtlich keine andere Kleidung mitgenommen, weil sie Lance nicht auf dumme Gedanken bringen und außerdem am Morgen in demselben Kleid nach Hause kommen wollte, in dem sie ausgegangen war. Sie würde sicherstellen, dass es ein wenig verknautscht und schlampig aussah, als wäre sie nach einer Nacht in Lances Bett wieder in ihr Kleid geklettert. Ross würde nie erfahren, dass sie die Nacht in Vanessas Haus verbracht, *Herr der Ringe* angeschaut und Schokolade gegessen hatte. Viggo Mortenson und eine Tafel Cadbury's gaben ihr um einiges mehr als Lance Ashburn.

Danny erschien ungefähr um halb elf am nächsten Morgen wieder in ihrem Haus und sah aus wie eine Frau, die die ganze Nacht Sex gehabt hatte. Sie tänzelte herein, ein kätzisches Lächeln auf den Lippen, die Schuhe in der Hand. Ihr pinkfarbenes Kleid war zerknittert, ihr Haar ungekämmt, und unter ihren Augen zogen sich Halbmonde aus Mascara entlang.

Ross wollte explodieren – oder sie schütteln, bis ihre Zähne klapperten.

»Wo warst du?«, fragte Matt missbilligend.

Ross' Ohren richteten sich aus wie Satellitenempfänger.

»Du weißt doch, dass ich gestern eine Verabredung hatte.«

Mia schürzte die Lippen. »Du bist nicht nach Hause gekommen. Ich habe in dein Bett geschaut, und du warst nicht da. Wo hast du geschlafen?«

Ja, dachte Ross, *wo hast du geschlafen?*

»Ich bin erwachsen, Mia. Ich kann wegbleiben, wenn ich will.« Danny warf Ross einen schrägen Blick zu. »Frag nur Onkel Ross!«

»Diese Waschbärenaugen erinnern mich an den Tag, an dem ich dich getroffen habe.« Er nahm Mias Hand. »Komm und iss deinen French Toast, Mia!«

Danny stolzierte ins Bad und verbrachte dort schmollend den Rest des Vormittags, weil Matt und Mia sich auf Ross' Seite geschlagen hatten.

Um Mittag herum wurden drei Dutzend langstielige Rosen geliefert. *Jesses!*, dachte Danny. »Wie wunderbar!« Sie hoffte nur, dass Lance *wirklich* verstanden hatte, dass sie nicht interessiert war.

»Es tut mir ja leid, dich von deiner Belohnung wegzureißen«, erklärte Ross kalt, »aber ich müsste mit dir über etwas reden.«

»Was meinst du mit *meiner Belohnung?*«, verlangte Danny aufgeregt zu wissen.
Er sprach durch seine zusammengebissenen Zähne. »Ich entschuldige mich. Dein persönliches Leben geht mich nichts an.«
Sie keuchte theatralisch auf. »Kannst du das wiederholen? Und kann ich dich filmen, während du es tust?«
»Ich gehe im November in die Staaten zurück.«
Hatte er gerade gesagt, dass er nach Amerika zurückging? Dass er *nach Hause* ging?
»Ich gehe, um …«
Sie hörte nichts mehr nach *Ich gehe*. Ross ging weg; er flog nach Hause. Warum schlug sie keine überschwenglichen Räder in der Küche? Es war doch, was sie wollte.
Oder?
»Danny, hörst du mir zu?«
»Du gehst nach Hause«, wiederholte sie fast lautlos. »Du gehst weg.«
Ross runzelte die Stirn. »Nur für ein paar Wochen. Anfang Dezember komme ich wieder.«
Die Erleichterung sorgte dafür, dass Danny schwindlig wurde. Er würde zurückkommen.
Er beäugte sie. »Bist du okay?«
Sie lächelte strahlend. »Ja, ich bin okay, nur ein bisschen müde.«
»Vielleicht gehst du dann besser und legst dich ein wenig hin«, schlug Ross eisig vor. »Um deine Batterien wieder aufzuladen. Ich gehe mit den Kindern an den Strand.«
»Ross, ich wollte nicht …«
Nachdem er mit Matt und Mia weggefahren war, ging Danny zu dem Kalender, der neben dem Kühlschrank hing, und blätterte zum November. Sie wollte den November einfach vergessen. Sie wollte direkt von Okto-

ber zu Dezember übergehen. Sie wollte den siebzehnten November aus allen Kalendern der kommenden Jahre tilgen.
Ihr erster Geburtstag ohne Nella.

Als der Oktober zu Ende ging und der November begann, wurde Danny immer bedrückter. Sie schien Ross' verbale Angriffe nicht zu registrieren, und die Eigenarten, die sie sonst an ihm auf die Palme brachten, bemerkte sie anscheinend kaum. Ihr war es egal, dass weiterhin Paparazzi das Haus belagerten und seine Familie weiterhin die Zeitdifferenz zwischen San Diego und Neuseeland falsch berechnete und zu allen Tages- und Nachtzeiten anrief. Als Ross sie nach ihrer Wunschfarbe für das neue Stahldach fragte, zuckte sie nur mit den Achseln und erklärte, er könnte entscheiden. Das Freche und Bissige, das ihn gewöhnlich in den Wahnsinn trieb, schien Danny verlassen zu haben. Sie bemühte sich, vor den Kindern alles normal aussehen zu lassen, aber Ross ließ sich nicht täuschen: Etwas belastete sie und machte sie traurig und deprimiert. Und einmal war nicht er der Schuldige.
Ross dachte, dass vielleicht Lance Ashburn der Verantwortliche war. Danny hatte sich nicht noch einmal mit ihm getroffen, und Jeff hatte ihm erzählt, dass Lance mit einer der Krankenschwestern aus der Notaufnahme ausging. Statt erfreut zu sein, verspürte Ross den Drang, Lance Ashburn seine hinterhältige Fresse zu polieren. »Ich dachte, er wäre mit Danny zusammen.«
Jeff schüttelte den Kopf. »Da habe ich etwas anderes gehört. John Miller hat mir erzählt, dass Lance scharf darauf war, Danny aber nicht. Er sagt, dass sie sich bemüht hat,

Lance in Richtung von Krankenschwester Gabby umzuleiten, seitdem sie zusammenarbeiten.«

Ross war verwirrt. Aber andererseits, welcher Mann verstand schon die Frauen?

Er vergaß seinen Geburtstag, bis die ersten Karten eintrudelten. Ross hatte erwähnt, dass Dannys Geburtstag am selben Tag war wie seiner, und seine Mutter und Schwestern schickten auch ihr Karten. Danny hielt Ross' Familie weiterhin auf Abstand, also war er sich nicht sicher, wie sie reagieren würde, wenn er ihr erzählte, dass sie Post bekommen hatte.

Sie betrachtete die roten, gelben und rosafarbenen Umschläge auf dem Kaminsims. Seine Karten lagen im ganzen Raum verteilt, auf den Tischen, dem Kaminsims und hinter die Vorhangstange geklemmt. Sie machte keine Anstalten, ihre Post an sich zu nehmen.

»Willst du sie nicht öffnen?«, fragte Ross.

»Später … Ich muss erst noch ein paar Sachen erledigen«, antwortete sie und verließ den Raum.

Ross war verletzt, weil sie die Freundlichkeit seiner Familie so zurückwies; warum war sie eine solche Zicke? Er bemerkte, dass Matt ihn nervös beobachtete. »Was ist los?«

Matt zuckte mit den Achseln. »Nichts.«

Mia vergrub ihr Gesicht in ihrer Puppe und drückte sich an seine Seite. Ross hatte das starke Gefühl, dass er gerade etwas Wichtiges nicht mitbekam. »Beschäftigt Tante Danny gerade etwas?«

Mia kaute an ihrem Daumennagel. Matt vor dem Fernseher wechselte den Kanal.

Als die Umschläge am nächsten Morgen immer noch unberührt auf dem Sims standen, suchte Ross Vanessas Telefonnummer heraus und rief sie an.

»Hi, hier ist Ross Fabello. Sie wissen schon – der Serienkiller?«
»Was wollen Sie?«
»Ich will wissen, was mit Danny nicht stimmt.«
»Was meinen Sie mit ›Was mit Danny nicht stimmt‹?«
»Sie ist unglücklich, und dies eine Mal habe ich nicht das Gefühl, dass ich schuld bin«, antwortete Ross. »Können wir jetzt das Gezicke lassen und einfach Klartext reden? Ist sie traurig, weil Lance Ashburn sie abgesägt hat?«
Vanessa schnaubte. »Lance Ashburn hat Danny nicht abgesägt, Sie Idiot! Sie hat *ihn* abgesägt! Sie ist nur mit ihm ausgegangen, um …« Ihre Stimme verklang im Nichts.
»Um was?«
»Um … ihm klarzumachen, dass sie nichts gemeinsam haben.«
Das war das Dämlichste, was er je gehört hatte. Ross wollte fragen, ob mit Ashburn zu schlafen auch Teil des Plans gewesen war, ihm zu zeigen, wie wenig sie gemeinsam hatten.
»Lance Ashburn treibt Danny in den Wahnsinn!«, erzählte Vanessa. »Sie versucht schon seit Wochen, ihn dazu zu bringen, mit Gabby auszugehen.«
Ross glaubte ihr kein Wort, aber auf das, was Vanessa als Nächstes sagte, war er nicht vorbereitet.
»Danny ist deprimiert wegen ihres Geburtstages. Es ist der erste ohne Daniella.«
Es war, als hätte jemand ihm einen Felsbrocken auf den Kopf geworfen. *Natürlich* graute es Danny vor ihrem Geburtstag! Sie war ein Zwilling. Ihre Geburtstage waren immer auch die Geburtstage ihrer Schwester gewesen. Deswegen wollte Danny ihre Karten nicht öffnen, und deswegen waren auch Matt und Mia so bedrückt.
»Ross? Sind Sie noch dran?«

»Ja. Ich bin ein Idiot, aber ich bin noch da.«
Vanessa klang fast freundlich. »Ich habe mir den Kopf zerbrochen, um einen Weg zu finden, wie ich ihr helfen kann, aber ich weiß nicht, was ich tun soll. Sie haben auch am siebzehnten November Geburtstag, oder?«
»Ja – ja, habe ich. Vanessa?«, murmelte Ross nachdenklich.
»Ja?«
»Können Sie sich am Abend des siebzehnten um die Kinder kümmern?«
»Warum? Was haben Sie vor?«
»Es ist ein Samstag, und am nächsten Tag muss Danny nicht arbeiten.«
»Sie wollen sie am Abend ausführen?«
»Und wenn ich sie selbst in ein Kleid stecken und mit Handschellen im Auto festbinden muss.«
»Ich fange an, Sie zu mögen, Ross.«
»Hoffentlich geht es Danny am Samstagabend ähnlich«, antwortete Ross grimmig. »Oh, und Vanessa?«
»Ja?«
»Lassen Sie uns das für uns behalten! Holen Sie die Kinder einfach gegen Mittag ab, okay? Ich werde ihnen sagen, dass es eine Überraschung ist und sie Danny nichts verraten dürfen.«
»Sie wissen, dass Mia nicht besonders gut darin ist, Geheimnisse zu bewahren.«
»Das stimmt, aber andererseits ist es einfach, sie zu bestechen.«

»Wir dürfen Tante Danny nichts vom nächsten Samstag erzählen«, wiederholte Matt feierlich.
Er und Mia saßen im Schneidersitz auf dem Trampolin und

hörten Ross zu, der die Chance genutzt hatte, mit ihnen zu sprechen, während Danny nicht da war. Ross schaute Mia an und erklärte langsam: »Du darfst *keinem* etwas von dem erzählen, was wir besprochen haben! *Niemandem!*«
Matt schüttelte den Kopf. »Wird nicht funktionieren: Mia kann den Mund nicht halten.«
»Kann ich wohl!«, rief sie beleidigt.
»Nein, kannst du nicht. Denk mal dran, wie Mum Dads Geburtstagsgeschenk unter deinem Bett versteckt hat und du es ihm gezeigt und ihm gesagt hast, was drin ist, bevor er es aufmachen konnte!«
»Da war ich noch klein. Jetzt bin ich schon acht!«
»Du bist immer noch ein Plappermaul.«
»Ich habe überhaupt niemandem von unseren Leistungsüberprüfungen erzählt!«, schrie Mia. Die Verlockung von mehr Taschengeld hatte ihr den Mund verschlossen wie eine Auster.
»Nur, damit du dich besser daran erinnerst, Mia: Ich werde euch beiden einen Anreiz geben«, offenbarte Ross.
Mia kniff die blauen Augen zusammen. »Ist ein Anreiz dasselbe wie eine Leistungsüberprüfung?«
»Es ist eine Bestechung«, erläuterte Matt.
Sie lächelte und wippte ein wenig auf dem Trampolin auf und ab.
»Wenn du deine Lippen verschlossen halten kannst, dann werde ich dir die *Black-Eyed-Peas*-CD kaufen, die du haben willst.« Und bei Gott, er würde ihr auch zuhören, wie sie mitsang!
»Cool!«
Matt eröffnete die Verhandlung. »Was ist mit mir?«
»Ich kaufe dir entweder das neue *Captain-Underpants*-Buch oder die *Stadium-Arcadium*-CD.«
Er dachte darüber nach. »Die CD ist teurer als das Buch.«

Ross zog eine Augenbraue hoch. »Und?«
»Also bleiben ein paar Dollar übrig, wenn ich das Buch kriege und Mia die CD.«
Ross überlegte. »Ich gleiche den Unterschied aus, indem ich dir ein paar von diesen Drachenmagneten kaufe.«
Jetzt dachte Matt nach. »Vier?«
»Zwei.«
»Drei?«
»Abgemacht.«
Matt boxte in die Luft. *»Jawoll!«*
Ross starrte sie streng an. »Und wenn einer von euch es ausplaudert, dann ist der Handel gestorben!« Er streckte seine Hand aus. »Jetzt schlagt ein!«

♥

Danny bemerkte weder die vielsagenden Blicke, die Ross mit den Kindern tauschte, noch dass viele Gespräche plötzlich erstarben, wenn sie in den Raum kam; sie war zu tief in ihrem Elend versunken. Weil es schließlich auch Ross' Geburtstag war, versuchte sie, tapfer zu sein. Am Samstagmorgen schaffte sie es irgendwie, die Geschenke von den Kindern zu öffnen. Matt und Mia hatten ihr und Ross CDs gekauft – *Split Enz* für Danny und *Nickelback* für Ross.
»Deryl hat uns zum Laden gefahren«, erzählte Mia. »Sie hat das Mädchen im Laden auch gefragt, ob sie *Perry-Como*-El-Pis hätten, aber die wusste nicht, wer Perry Como war oder was eine El Pi ist.«
Ross hob Dannys *Split-Enz*-CD hoch. »Wer ist das?«
»Eine der allerbesten neuseeländischen Bands.«
»Sie sind wirklich alt«, meinte Matt.
Ross fragte Danny nicht, ob sie mit seiner Familie reden

wollte, als sie anrief, um ihnen beiden zum Geburtstag zu gratulieren; er behauptete einfach, sie wäre nicht da. Danny war ihm dankbar … bis Vanessa auftauchte, um Matt und Mia abzuholen.

»Ich habe dich nicht gebeten zu babysitten.«

»Nein, aber Ross.«

Danny hob gleichzeitig mit ihren Augenbrauen auch ihre Stimme. *»Ross?!«*

»Ja«, antwortete Vanessa. »Ihr könnt sie morgen gegen Mittag wieder abholen.«

Und damit waren sie weg.

Danny fand Ross in der Sonne auf der Veranda, wo er *Der Horror in Camp Jelly Jam* las.

»Was führst du im Schilde, Fabello?«, wollte sie wissen.

Er hob das Buch. »Ich lese. Seite dreiundfünfzig.«

»Verarsch mich nicht«, blaffte sie ihn an. »Warum hast du die Kinder für den Abend zu Van abgeschoben?«

»Weil wir ausgehen.«

»Tun wir nicht!«

»Doch, tun wir.« Ross nickte. »Es ist mein Geburtstag.«

Was ist mit mir?, fragte Danny sich. *Es ist auch mein Geburtstag!* Aber sie zügelte sich. »Was, wenn ich nicht mit dir ausgehen will?«

Er war unbeeindruckt. »Hat mich das jemals abgehalten?«

Sie starrte ihn frustriert an. »Wo gehen wir hin?«

Er wandte sich wieder seinem Buch zu. »Das ist eine Überraschung.«

»Erwarte nicht, dass ich mich herausputze!«

Ross sah ihr T-Shirt an und zog eine Grimasse: Es war das mit dem Aufdruck *Ich habe mit nichts angefangen, und das meiste davon habe ich noch*, das er so sehr hasste. »Die Jeans sind okay, aber das T-Shirt muss verschwinden.«

»Ich mag es«, widersprach sie stur.

»Ich nicht, weil es nicht wahr ist.« Ross kuschelte sich tiefer in den Liegestuhl und blätterte um. »Wir wissen beide, dass du ganz schön was hast.«
Danny wusste nicht, was sie damit anfangen sollte.

♥

Das war zu einfach, dachte Ross, als er quer durch die Stadt zu seinem Apartment fuhr. Sie würde irgendwann austicken, anfangen, zu schreien und ihn zu schlagen.
»Was machen wir hier?«, fragte Danny, als er vor dem Gebäude parkte.
»Ich habe es dir schon gesagt: Es ist eine Überraschung.«
Sie folgte Ross in den Aufzug. »Erzähl es mir nicht: Ich werde in den Hexenzirkel aufgenommen.«
Er drückte einen Knopf. »Nicht heute – ich habe frei.«
Sie fuhren nach ganz oben.
Als sie im Wohnzimmer des Apartments ausstiegen, warteten zwei winzige asiatische Frauen in weißen Kitteln auf sie. Sie sahen aus wie Schönheitstherapeuten, und neben ihnen fühlte Danny sich wie ein Kutschenpferd, das nach einem langen Winter mit Schlamm im Fell in den Stall geführt wurde. Ihre Haare mussten gewaschen werden, ihre Fingernägel waren ungepflegt, und sie konnte sich nicht erinnern, wann sie das letzte Mal eine Pediküre gehabt hatte. Sie starrte Ross böse an. Er sah toll aus in seinem langärmligen Hemd über der Jeans, schwarzen Schuhen und seiner Pilotensonnenbrille.
Er interpretierte ihren Blick richtig, nahm die Sonnenbrille ab und musterte betont kritisch ihre Kleidung. Danny verstand die Botschaft: Es war nicht sein Fehler, dass sie furchtbar aussah.
»Guten Abend, Sir. Guten Abend, Madam«, begrüßte eine

der Frauen sie. Sie machte eine einladende Geste in Richtung Schlafzimmer. »Würden Sie uns folgen?«

Hatte Ross einen flotten Vierer arrangiert?

Ross las wieder ihre Gedanken und rollte seine Augen. »Sie meint dich.«

Danny erlaubte der Frau, sie ins Schlafzimmer zu führen.

»Obwohl«, rief Ross ihr nach, »bevor ich mich schlagen lasse, komme ich auch dazu.« Er grinste, als Danny zurückschrie: »Du bist bekloppt, Fabello!«

Es war himmlisch.

Ross hatte ihr den Himmel geschenkt – selbst wenn es nur für einen Tag war. Die Frauen hießen Hisayo und Noriko. Sie reichten Danny eine Champagnerflöte – »Von *Sir*« – und führten sie ins Badezimmer, wo das Jacuzzi sanft blubberte. Daneben stand die Flasche Champagner in einem Kühler.

»Sie weichen ein in Jacuzzi«, erläuterte Hisayo/Noriko. Warum sollte sie widersprechen? Danny konnte ihre Kleidung gar nicht schnell genug ablegen, um ins Wasser zu gleiten. Sie trank noch zwei Gläser Champagner und war nahe dran einzuschlafen, als sie eine sanfte Berührung an der Schulter fühlte.

»Sie kriegen Massage.«

Danny lächelte Hisayo/Noriko durch einen warmen Nebel hindurch an. Der einzig schwierige Moment war, als sie den Zustand von Dannys vernachlässigten Achselhöhlen, Beinen und der Bikinizone sahen. »Wir machen Arm-, Achsel- und Bikinizonen-Enthaarung?«

Danny nickte und ließ beschämt den Kopf hängen. Hisayo und Noriko waren wunderbar in ihrem Job, aber

Danny schrie trotzdem, als das Wachs abgezogen wurde. Noriko ließ ihr eine kosmetische Gesichtsbehandlung angedeihen, gefolgt von Augenbrauenzupfen und Wimpernfärben, während Hisayo Dannys Hände und Füße einweichte und sich dann an die Maniküre und Pediküre machte.

Sie belohnten sie mit einer Kopf-, Schulter- und Nackenmassage, nach der Danny sich fühlte, als könnte sie an die Decke gleiten. Ihre Muskeln schnurrten wie eine Schmusekatze.

Als Hisayo und Noriko gegangen waren, schwebte Danny mit der Flasche in der einen und ihrem Glas in der anderen Hand ins Wohnzimmer. Ross saß auf einem der Sofas, mit seinem Laptop vor sich auf dem Glascouchtisch. Sie trug einen weißen Bademantel; er hing ihr bis auf die Knöchel, und die Ärmel waren aufgerollt.

»Ich werde Hisayo und Noriko heiraten und ihre Kinder austragen«, sagte Danny träumerisch. Sie kippte die Champagnerflasche über ihrem Glas und war völlig perplex, als nur noch ein dünnes Rinnsal herausrann.

Ross beobachtete sie amüsiert. »Bist du betrunken?«

Sie spähte in die Flasche. »Noch nicht, aber demnächst.«

Er stand vom Sofa auf und nahm ihr die Flasche ab. »Lass dir ein wenig Zeit! Das Abendessen kommt bald, und dann kannst du noch etwas trinken.«

Ein Mal widersprach sie nicht.

Er führte sie zum Sofa. Danny setzte sich und zog die Füße unter sich. Ross nahm seinen Platz wieder ein und fuhr den Computer herunter.

»Warum bist du so nett zu mir?«, erkundigte sie sich. »Ich bin schrecklich zu dir.«

»Du bist nicht immer schrecklich.« Er klappte den Laptop zu. »Und manchmal *bin* ich nett.«

Sie beobachtete ihn. »Ja, bist du.«
Wenn Ross nicht gerade auf einer PR-Tour für seine Bücher war, musste man tief graben, um seine nette Seite zu finden. Er hielt sie gut versteckt. Er besaß keinerlei Geduld für Schwachsinn oder Idioten, und er konnte Schwindler schon auf eine Meile erkennen. Er war nicht hübsch oder charmant wie Lance Ashburn. Seine stechenden schwarzen Blicke und seine bösartige Zunge hatten die meisten Leute in die Flucht geschlagen. Aber er hatte gewusst, wie Danny sich heute fühlte. Er hatte gewusst, dass er ihr nicht Happy Birthday wünschen sollte; er hatte gar nichts gesagt – aber eine Menge getan.
Ross wirkte von ihrem Lob peinlich berührt.
Danny kicherte. »Du wirst rot!« Sie sank mit dem Rücken gegen die Armlehne des Sofas und pikte ihn mit ihren Zehen in den Schenkel.
Er hielt ihren Fuß an seinem Bein fest, und Danny knetete ihn mit den Zehen wie eine Katze. Ross beobachtete, wie der weiße Bademantel nach unten rutschte und zwischen ihren Schenkeln landete. Plötzlich waren seine Jeans zu eng und seine Haut zu heiß. War sie darunter nackt? Er ließ Dannys Knöchel los und seine Hand über ihren Unterschenkel in ihre Kniekehle gleiten. Dann erwachte sein Gewissen. Er sollte sie nicht so berühren – sie war betrunken. Widerwillig zog er seine Hand zurück.
Danny stellte ihren Fuß auf seine Brust. »Warum hast du aufgehört?«
Ihr Bademantel klaffte vorn auf, und er konnte die Andeutung ihrer Brüste sowie die seidige Haut dazwischen sehen. Er wandte den Blick ab. »Du bist betrunken.«
Sie schob sich auf die Ellbogen hoch und rief empört: »Bin ich nicht!«
Ross drehte sich zu ihr um, um dagegenzuhalten, ver-

gaß aber völlig, was er hatte sagen wollen. Die Aufschläge ihres Bademantels standen weit auseinander. Sein Blick zoomte auf eine rosig-braune Brustwarze, aufgerichtet wie eine Knospe. Danny mochte nicht betrunken sein, aber sie war erregt. Die Versuchung war zu viel für ihn. Er hob seine Hand und streckte sie nach ihr aus.

Es klingelte.

Beide zuckten zusammen. Danny schaute nach unten, um zu sehen, wonach Ross griff, schob den Bademantel wieder zusammen und rutschte auf dem Sofa nach hinten. »Wer ist das?«

Ross stand auf und rückte seine Hose zurecht. »Abendessen«, antwortete er schroff und ging, um die Tür zu öffnen.

Ross hatte betont, dass er ein kleines, ruhiges Dinner für zwei wünschte. Er konnte nur annehmen, dass der Partyservice davon ausgegangen war, dass es ein romantisches Dinner sein sollte. Er beobachtete, wie eine der Angestellten vom Partyservice zwei Plätze am Tisch herrichtete, komplett mit dicken weißen Kerzen in einem Kranz aus wachsartigen weißen Blumen und grünen Blättern. Er war aufgewühlt von dem, was auf dem Sofa passiert war. Danny war wie Rauch, der in ihn glitt und ihn dazu brachte, sie richtig berühren und schmecken zu wollen. Es war eigentlich gut, dass das Abendessen zu diesem Zeitpunkt geliefert wurde.

»Setz dich!«, ließ er brüsk in Dannys Richtung verlauten. »Essenszeit.«

Sie nahm schweigend Platz.

Die Kellnerin brachte den ersten Gang, angebratene Venusmuscheln in Limonensauce. Zum ersten Mal seit Tagen hatte Danny Appetit. Sie schloss die Augen und kaute langsam. »Oooohh!«, stöhnte sie. »Das ist wundervoll!«

Ross beobachtete sie, und die Hand mit der Weinflasche schwebte unbeweglich über ihrem Glas. Musste sie so stöhnen? »Wein?«, fragte er.
Ihre Augen öffneten sich mit flatternden Lidern. »Mmmm?«
»Möchtest du Wein?«
»Nein danke.«
Er füllte sein Glas und nahm einen kräftigen Schluck.
Die Kellnerin räumte den ersten Gang ab und erschien mit dem zweiten: gebratenes Barschfilet mit winzigem Gemüse.
Sie aßen schweigend. Die Schatten auf der gefliesten Terrasse jenseits der Glastüren wurden länger, und die Autos, die über die Harbour Bridge fuhren, verwandelten sich in tanzende Lichtpunkte, als die Fahrer ihre Schweinwerfer anmachten. Boote kehrten in den Westhaven-Jachthafen zurück, nach einem Tag, den sie fischend oder segelnd im Hauraki-Golf verbracht hatten. Danny betrachtete sie. »Es sieht aus wie ein Film – zu perfekt, um real zu sein.«
Ross beobachtete sie über den Rand seines Weinglases hinweg und stimmte ihr schweigend zu.
Als die Kellnerin den dritten Gang brachte, bemerkte er, dass Danny sie anstarrte. »Was stimmt nicht?«
Sie schaute weg. »Nichts.« Aber sie stürzte sich mit bei weitem weniger Begeisterung auf ihr Zitronen-Limetten-Sorbet als auf die vorherigen Gänge.
»Schmeckt es dir nicht?«, fragte Ross.
Danny grub lustlos mit ihrem Löffel im Dessert. »Es ist toll. Perfekt. Ich bin einfach nur voll.«
Die Kellnerin erschien wieder, um zu fragen, ob sie Kaffee wollten. Danny starrte sie wieder an und schüttelte dann wortlos den Kopf. Die Kellnerin ging.
Ross war verwirrt. »Du schaust sie ständig an, als hätte sie

plötzlich zwei Köpfe oder so.« Sie lehnte sich in ihrem Stuhl zurück und fixiert den Tisch. »Was stimmt nicht, Danny?«

Der Koch und die zwei Helferinnen packten ein. Als Ross aufstand, um ihnen zu danken und sie aus dem Raum zu führen, sah er sich die zwei Frauen genauer an. Er hatte gedacht, sie wären immer von derselben Kellnerin bedient worden. Aber er hatte sich geirrt. Es gab zwei Kellnerinnen.

Eineiige Zwillinge.

KAPITEL 17

Danny knotete und entknotete den Gürtel von Ross' Bademantel. Sie würde nicht zusammenbrechen und heulen wie ein Baby. Dann waren die Kellnerinnen eben Zwillinge. Es gab jede Menge Zwillinge auf der Welt; Ross hatte Zwillingsschwestern, um Himmels willen! Sie hatte irgendwann zwischen dem zweiten und dritten Gang gemerkt, dass sie von zwei verschiedenen Frauen bedient wurden, die exakt gleich aussahen, und hatte versucht, es zu ignorieren. Aber je länger das Essen dauerte, desto höher war der Schmerz aus ihrer Brust in ihre Kehle gestiegen und hatte es ihr schwergemacht zu schlucken. Die Tatsache, dass Ross anscheinend ungeduldig wurde, hatte nicht geholfen. Wie sollte sie ihm erklären, dass sie irre war?

Sie hörte, wie Ross den Koch und die Frauen verabschiedete.

Er tauchte wieder neben ihr auf. »Sie sind weg.«

Danny schaute auf und kleisterte sich ein Lächeln auf die Lippen. »Danke für den wunderbaren Tag und das tolle Essen, Ross! Ich schulde dir etwas.« Sie stützte ihre Hände auf dem Tisch ab und schob sich nach oben; sie traute ihren Beinen nicht, sie allein zu halten. Ross hatte ihr bereits gesagt, dass sie über Nacht im Apartment bleiben würden und sie im Gästezimmer schlafen würde. »Ich glaube, ich gehe jetzt lieber ins Bett.«

Er bewegte sich nicht. »Du kannst nicht weiter davor wegrennen, Danny.«

»Ich weiß nicht, wovon du redest.« Sie versuchte, um ihn herumzugehen.
Ross bewegte sich und blockierte ihren Weg. »Es wird immer Zwillinge in der Welt geben.«
Danny schob sich in die andere Richtung, aber er trat ihr wieder in den Weg.
»Du musst dich daran gewöhnen, Zwillinge zusammen zu sehen«, sagte er. »So wie du früher mit Daniella.«
Sein fehlendes Feingefühl erschütterte sie. »Halt's Maul!«
Danny versuchte, sich an ihm vorbeizudrängen. Ross griff sich ihren Arm und schüttelte sie kurz. »Du kannst nicht zu ihr in dieses Loch steigen!«
»Sie ist nicht in einem Loch! Wir haben sie verbrannt!« Sie schlug sich die Hand vor den Mund.
Ross fing ihre Handgelenke ein. »Aber du bist nicht tot, und du kannst dich nicht weiter benehmen, als wärst du es!«
Ihre Unterlippe zitterte, und ihre Augen standen voller Tränen. »Aber ich *fühle* mich tot! Ich *fühle* mich, als wäre ein Teil von mir gestorben! Und – ich kann es nicht *ertragen*!« Danny vergrub ihr Gesicht an seiner Brust und heulte wie ein Kind. *»Ich vermisse sie … ich vermisse sie!«*
Ross schlang seine Arme fest um sie. »Du bist am Leben!«, wiederholte er leidenschaftlich und küsste Danny auf den Kopf. »Du bist am Leben!« Er drückte seine Lippen auf ihren Hals und zog ihre Haut zwischen seine Zähne.
Danny jaulte auf.
»Hast du das gespürt?« Er hob den Kopf und biss sie nicht allzu sanft in die Unterlippe.
Sie keuchte wieder, direkt an seinem Mund.
»Spürst du das?«, fragte er harsch. Sein Herz schlug so schnell, dass er den Puls in seinen Ohren hören konnte.

Dannys Augen waren riesig. Sie schien nicht genug Luft in die Lungen zu bekommen. Ihre Brüste hoben und senkten sich schnell. Sie nickte.

Ross legte eine Hand um ihren Po und zog sie an sich. *»Fühlst du das?«*

Er war steinhart. *»Ja«*, flüsterte sie und lehnte sich gegen ihn.

Er nahm ihre Hand und führte sie ins Schlafzimmer. Er hielt am Ende des Bettes an und zog ihren Bademantel auseinander. Ross musterte ihren Körper aufmerksam und sagte mit rauher Stimme: »Ich frage mich seit der Nacht auf der verdammten Party, wie du nackt aussiehst.« Er schob den Bademantel von ihren Schultern und warf ihn auf den Boden.

Danny stockte der Atem. »Jetzt weißt du es.«

»Ja.« Ross streichelte mit seiner Fingerspitze die Unterseite einer ihrer Brüste. »Und jetzt weiß ich es.« Er senkte seinen Kopf und berührte ihre Brustwarze mit der Zunge. »Fühlst du das?«, fragte er heiser.

Tränen kullerten über ihre Wangen. Sie nickte.

Ross drückte sie nach unten auf das kühle weiße Bettzeug und zog mit Lippen und Zunge einen Pfad über ihre Brüste. Er bewegte sich nach unten, stoppte sich aber immer wieder kurz, um zu fragen: »Fühlst du das?«

Ihr Schluchzen beruhigte sich. Sie griff nach seinem Kopf und vergrub ihre Finger in seinen seidigen schwarzen Locken. Ross stippte seine Zunge in ihren Nabel. Danny zog sein Hemd nach oben und ließ ihre Hand über seine warme Haut gleiten. »*Zieh das aus …*«

Ross erhob sich vom Bett und entledigte sich seiner Kleidung.

Danny stützte sich auf die Ellbogen und schaute ihn an. Sie beugte ihre Knie und griff nach ihm. Er fing ihre

Knöchel ein, kniete sich auf die Bettkante und zog sie über das Bett auf sich zu.

»Was tust du?«

»Ich wette, du hast im Bett immer den Ton angegeben, oder, Danny?« Ross hob ihre Beine und legte sie sich über die Schultern.

»Was soll das heißen?« Sie bekam kaum Luft, und noch weniger konnte sie reden. Warum redete er so viel?

»Ich wette, die Kerle konnten ihr Glück kaum fassen. Ich wette, du hast ihr Innerstes nach außen gedreht – und dann bist du verschwunden. Richtig, Danny?«

Sie schlug ihn auf die Schulter. »Tu es einfach!«

»Du wirst mich nicht für einen schnellen Fick missbrauchen, Daneka! Du wirst meinen Schwanz nicht dafür benutzen, dich zu verstecken!« Er presste seine Hände gegen die Innenseiten ihrer Schenkel. Danny hielt dagegen. »Öffne dich für mich«, sagte Ross leise. *»Bitte!«*

Sie zögerte, dann öffnete sie langsam ihre Schenkel. Ross schaute nach unten. Er senkte seinen Kopf und berührte sie mit der Zunge.

Danny fiel nach hinten auf das Bett zurück. Sie schloss die Augen und umklammerte seine Schultern. Er war ihr Anker, als die Welt explodierte. Sie lag auf dem Bett wie eine Stoffpuppe; Ross' Schultern unter ihren Händen waren feucht vor Schweiß. Danny konnte seinen keuchenden Atem hören, als er sich kurz zurückzog. Die Nachttischschublade wurde geöffnet und wieder geschlossen. Ross legte sich neben sie. Danny fühlte seine Härte an ihrem Schenkel und wimmerte: *»Ich kann nicht!«*

»Wir haben die ganze Nacht Zeit, Danny.« Seine Worte standen im absoluten Gegensatz zu der Anspannung, die sie in ihm fühlen konnte.

Danny drehte den Kopf. Ross beobachtete sie. Der Blick

in diesen intensiven schwarzen Augen verbrannte sie; sie rieb ihren Schenkel gegen ihn. Ross schloss die Augen und atmete tief ein. Sie rollte sich auf die Seite und legte ein Bein über seine Hüfte. Seine Augen blitzten auf. Er fing ihr Bein ein und zog es höher. Danny fuhr mit ihrer Zungenspitze über seine geschlossenen Lippen, und als er sie für sie öffnete, ließ sie ihre Zunge in seinen Mund gleiten. Ross drängte sich in sie, und Danny spannte sich gierig an. Er legte eine Hand an ihren Po und veränderte den Winkel. *Sogar noch besser.* Danny kam nicht aus dem Takt. Zusammen erreichten sie erschaudernd den Höhepunkt.

»Bist du okay?«, fragte Ross, als er wieder sprechen konnte.

»Gut«, antwortete Danny, »*sehr, sehr* gut.«

Ross fing ihr Kinn ein und lächelte. »Aber böse kannst du noch besser.«

Er ging ins Badezimmer, um das Kondom loszuwerden, und starrte sich im Spiegel an, während er versuchte, sich mit dem auseinanderzusetzen, was eben geschehen war. Er hatte gerade mit Danny geschlafen. Und er wollte sofort wieder da hinausgehen und es noch einmal tun.

Danny war so verletzlich. Und seine bisherige Geschichte mit Frauen war unterirdisch. Er stützte seine Hände auf das Waschbecken, ließ den Kopf hängen und murmelte: »Scheiße!« Danny war nicht die einzige Person, die Sex als eine Flucht benutzte. Ross war dessen ebenfalls schuldig. Er hatte mit einer Menge Frauen geschlafen, aber niemals hatte er zu einer davon eine solche Verbindung gespürt wie heute Nacht mit ihr. Es war … *beunruhigend.*

Danny rollte sich auf den Bauch und versuchte zu entscheiden, was sie tun sollte. Woher hatte Ross gewusst, was sie sogar vor sich selbst zu verbergen suchte? Woher hatte er gewusst, dass sie sich seit Daniellas Tod wie eine

Amputierte fühlte – aber sie hatte nicht einen Arm oder ein Bein verloren, sondern einen Teil ihrer Seele. Was als Sex und Trost begonnen hatte, hatte sich zu etwas anderem entwickelt. Und Danny wollte mehr. Sie hatte das dumpfe Gefühl, dass sie immer mehr wollen würde, wenn es um Ross ging, und das wäre der direkte Weg in die Katastrophe. Sie überlegte gerade, ob sie sich anziehen sollte, als Ross wiederauftauchte. Ihr Herz begann beim Anblick seines nackten Körpers, der auf sie zukam, zu hämmern. Er wirkte so wachsam und unsicher, wie sie sich auch fühlte, und ein Teil von Dannys Anspannung verschwand.

Ross schaute sie an, wie sie ausgestreckt auf dem Bauch auf dem Bett lag. Sie hatte den Kopf in eine Hand gestützt und einen zurückhaltenden Ausdruck in den Augen. Sein Blick folgte der glatten sanften Kurve ihrer Wirbelsäule bis zu dem Punkt, wo sie sich zu ihrem knackigen kleinen Hintern hob. Er hielt am Beginn der zwei Hügel inne und riss die Augen auf.

»Ich wusste es«, rief er triumphierend und kam näher. »Ich wusste, dass du eine Tätowierung haben würdest!«

Danny versuchte, sich auf den Rücken zu rollen, aber Ross packte ihre Schultern und drehte sie wieder um. Sie versuchte, das Tattoo zu verdecken, aber er schob ihre Hand weg.

»Ich habe es vor Jahren machen lassen, als ich jung und dumm war! Jemand hat mich herausgefordert!«

Ross setzte sich aufs Bett und fuhr die Tätowierung mit einem Finger nach. Danny hatte drei kleine Muttermale auf einer Pobacke. Ein Würfel war um die Muttermale gezeichnet, und er sah aus, als würde er in ihre Pospalte rollen.

»Ich hätte wissen müssen, dass du keine Rose oder einen Vogel gewählt hast.«

Sie schaute ihn über ihre Schulter an. »Was hast du denn erwartet?«
»Einen Schädel mit gekreuzten Knochen.«
Sie schlug halbherzig nach ihm, und Ross nutzte ihren Schwung, um sie auf den Rücken zu rollen. Er fing ihre Hände ein, hob sie über ihren Kopf und bedeckte ihren Körper mit dem seinen.
»Du hast gesagt, ich könnte im Gästezimmer schlafen.«
»Du wirst nicht im Gästezimmer schlafen.«
Danny streichelte seinen Unterschenkel mit ihrer Fußsohle. »Nein? Warum nicht?«
»Weil«, Ross lächelte auf sie herunter, »ich glaube, dass ich Glück haben werde.«

Was den Sex betraf, passten sie perfekt zusammen. Sie ließen die Vorhänge offen, so dass das Mondlicht in den Raum fallen konnte, und liebten sich noch zwei Mal, bevor sie schließlich einschliefen.
Ross wachte gegen drei Uhr morgens auf und stellte fest, dass Danny im Schlaf weinte. Sie gab keine lauten Geräusche von sich oder wälzte sich nicht im Bett umher, sondern schluchzte nur leise, während Tränen nasse silbrige Spuren über ihre Wangen zogen. Sie zu beobachten sorgte dafür, dass sein Innerstes sich anfühlte, als hätte jemand darin herumgegraben. Ross berührte sie sanft an der Schulter. *»Danny.«*
Ihre Lider flatterten und öffneten sich. Sie hob den Kopf und schaute verwundert zu ihm auf. »Was …« Dann berührte sie ihre nasse Wange und verzog das Gesicht. »Ich habe davon geträumt, wie ich an die Tätowierung gekommen bin. Weißt du, wer mich herausgefordert hat?«

»Nella?«
Sie nickte.
Ross fing ihr nächstes Schluchzen mit seinem Mund auf und liebte sie langsam und sanft, drückte seinen großen Körper gegen ihren kleineren und versuchte, ihr wenigstens für kurze Zeit die Einsamkeit und die Trauer zu nehmen und gegen das Durcheinander von Zungen, Beinen und Armen auszutauschen – und gegen seine Härte, die tief in ihrer warmen Sanftheit vergraben war.
Als es vorbei war, schaute er auf Danny hinunter und sagte leise: »Happy Birthday!«
»Happy Birthday.« Ihre Unterlippe zitterte. »Ich habe dir nichts geschenkt.« Sie hoffte nur, dass er nichts Krasses entgegnen würde, wie zum Beispiel, dass sie sein Geschenk gewesen wäre.
»Es gibt etwas, das du für mich tun könntest, worüber ich mich wirklich freuen würde«, sagte Ross sanft.
Danny starrte ihn an. Wer war er? Das Duracell-Häschen?
»Erzähl mir, wo du meine Socken versteckt hast!«

Ross erwartete, dass Danny am nächsten Morgen darüber reden wollte, wie es *weiterging*. Frauen wollten immer darüber reden, wie es *weiterging*, nachdem ein Kerl zum ersten Mal mit ihnen geschlafen hatte. Darüber zu reden, wie es *weiterging*, bedeutete nicht, ein beiläufiges Gespräch zu führen, das auf Logik begründet war. Es hieß, etwas bis aufs Letzte zu sezieren, es aus jedem möglichen Blickwinkel zu betrachten, mögliche Ergebnisse der Situation sowohl aus positiver als auch aus negativer Sicht zu prophezeien – und generell etwas, das eigentlich einfach und unterhaltsam gewesen war, in etwas Nerviges und

Unangenehmes zu verwandeln. Ross wusste, dass er nicht gerade ein feinfühliger moderner Mann war, aber er war auch kein Neandertaler. Danny war an ihrem Geburtstag durch ein ziemliches Wechselbad der Gefühle gegangen, und selbst er betrachtete das, was ihnen passiert war, als ziemlich große Sache.

Auf der Rückfahrt über die Harbour Bridge sprach Danny über alles außer darüber, wie es *weiterging*. Sie hatte sich ein Paar seiner zu großen Boxershorts ausgeliehen, und der Anblick, wie sie über den Hosenbund ihrer Jeans hinausspitzten, machte ihn scharf. Völlig verzweifelt und zu seinem ewigen Bedauern sprach *er* an, wie es *weitergehen* sollte.

»Wie wird es denn mit uns weitergehen, wenn wir einmal zurück sind?«, fragte er.

Danny schaute ihn ausdruckslos an. »Mit uns?«

»Ja – mit uns. Oder: War das letzte Nacht eine einmalige Sache, oder haben wir vor, es fortzuführen?«

»Du meinst … noch mal Sex haben?«

Ross war verzweifelt. »Ja!« Als Danny nicht antwortete, beschlich ihn langsam eine böse Ahnung, wie es weitergehen würde. »Ein einfaches Ja oder Nein reicht aus«, meinte er schroff.

»Nein.«

Ross betete, dass er sich verhört hatte. *»Nein?«*

Danny starrte aus dem Beifahrerfenster. »Nein.«

Er war fassungslos. »Versuchst du, mir zu erklären, dass du die letzte Nacht nicht genossen hast?«

»Nein, ich erkläre dir, dass ich es nicht für eine gute Idee halte, es zu wiederholen.«

»Warum zur Hölle denn nicht?«

»Weil es hier nicht nur um uns geht – wir müssen auch an Matt und Mia denken.«

»Was hat, ob wir miteinander schlafen, mit Matt und Mia zu tun?«

»Jede Menge«, antwortete Danny. »Ich will nicht, dass sie auf diese Art an uns denken. Es wird schwer genug für sie werden, wenn du irgendwann gehst. Außerdem«, sie schürzte die Lippen, »ist es ja nicht so, als müsstest du *ohne* auskommen.«

»Du glaubst, ich habe noch jemand *anders?*«

»Nein, ich glaube du hast noch jede Menge andere.« Danny zuckte mit einem Desinteresse die Achseln, das sie nicht spürte. »So bist du nun mal. So sind *wir* nun mal. Wir binden uns nicht.«

Was noch von seinem Ego übrig war, fiel in sich zusammen und stöhnte wie ein Furzkissen. Dannys gleichgültige Haltung stand in völligem Widerspruch zu der leidenschaftlichen Frau, die er letzte Nacht geliebt hatte – und sie hatten sich geliebt, auf jeden Fall das letzte Mal, als sie im Schlaf geweint hatte – egal, wie entschlossen sie war, es als etwas anderes zu bezeichnen.

»Fühl dich nicht unter Druck gesetzt«, meinte er ausdruckslos. »Wenn du nicht mit mir schlafen willst, werde ich mit der Enttäuschung schon umgehen können.«

»Da bin ich mir sicher«, schoss Danny zurück. »Es gibt ja immer Selena.«

Für einen Moment hatte Ross keinen blassen Schimmer, von wem sie redete.

»Nicht zu vergessen die Irre aus dem Supermarkt. Du könntest ja einfach dort herumhängen, wenn Selena einmal lange arbeiten muss.«

»Und natürlich hast du ja immer Lance, wenn dich einmal der Hafer sticht«, konterte Ross.

»Ich habe nie mit …« Danny klappte schnell den Mund zu.

»Ach ja?« Ross lächelte fast, bis er sich an die Nacht erinnerte, die er damit verbracht hatte, sich zu fragen, wo sie war und was sie gerade mit Ashburn trieb. »Wo warst du dann in dieser Nacht? Du bist nicht nach Hause gekommen!«

»Das geht dich überhaupt nichts an!«

»Was war los?«, spottete Ross. »Hat er dich zurückgewiesen?«

»Nein! Als er mir die Zunge in den Hals gesteckt hatte, habe ich festgestellt, dass ich *ihn* nicht will!«

Ross würgte bei dem Bild, das ihre Worte in seinem Kopf zeichneten, heftig das Lenkrad. »Verdammter Mist!«

Danny wirbelte zu ihm herum. »Oh? Oh, wirklich? Also ist es nicht okay, wenn ich mit Lance Ashburn schlafe, aber es ist total in Ordnung, wenn du Selena Wie-auch-immer flachlegst? Das ist ja mal eine schöne Doppelmoral!«

Ross konnte ein wenig Zeit schinden, indem er vor einem Spurwechsel den Seitenspiegel kontrollierte, als sie auf die nördliche Schnellstraße abfuhren. »Was sollte ich denn tun? Sie ist Christines Cousine.«

Danny zog die Augenbrauen hoch und presste die Lippen zusammen. »Du hast sie *flachgelegt*, weil sie Christines Cousine ist?«

»Würdest du aufhören, das so zu nennen?« Ross rutschte auf seinem Sitz hin und her. »Sie ist eine nette Frau. Es schien irgendwie … unhöflich, es nicht zu tun.«

Sie riss ihre Hände nach oben. »Höre ich das gerade wirklich? Hast du gerade gesagt, dass du mit einer Frau geschlafen hast, weil sie die Cousine der Frau deines besten Freundes ist und es dir *unhöflich erschienen wäre*, es nicht zu tun? Wann genau kommt das Mutterschiff zurück, um dich einzusammeln, Ross?«

»Das passiert öfter, als du denkst«, verteidigte er sich.

»Was? Mitleidsficks?«
Ross verzog das Gesicht.
Danny zeigte mit dem Finger auf ihn. »Wage es nicht, meine Wortwahl zu kritisieren! Diese arme Frau! Wie würde sie sich wohl fühlen, wenn sie das wüsste?«
»Ich habe sichergestellt, dass sie es nicht weiß! Ich habe sichergestellt, dass sie ...« Ross hielt inne. Er hatte das Loch schon tief genug gegraben.
»Spaß hatte?«, flötete Danny. »Multiple Orgasmen hatte?«
Sie war *eifersüchtig*. Ross hatte mit Selena geteilt, was er letzte Nacht auch mit ihr geteilt hatte. Es war besser, jetzt darüber nachzudenken, jetzt die Wut und Eifersucht zu spüren, als sich etwas einzureden, das niemals da gewesen war.
»Sag mir, Ross, war ich auch einer von deinen Mitleidsficks?«
Der Explorer scherte plötzlich aus, und der Fahrer auf der nächsten Spur hupte. »Nein!«
Ross holte tief Luft und atmete langsam wieder aus. »Letzte Nacht war etwas anderes, Danny. Es war etwas völlig anderes.«
Sie schaute aus dem Fenster und dachte müde, dass es eigentlich keine Rolle spielte, weil sie es nicht noch einmal tun würde. »Was auch immer.«

Sie sammelten die Kinder bei Vanessa ein und fuhren nach Hause, während Matt und Mia aufgeregt von ihrem Besuch bei McDonald's und dem Film erzählten, den sie gesehen hatten. Ihr Geplapper füllte das Schweigen zwischen Danny und Ross.
»Hattet ihr einen schönen Geburtstag?«, fragte Mia.

»Ja«, antwortete Danny.
»Habt ihr etwas Besonderes gemacht?«, wollte Matt wissen.
Danny schwieg.
»Tante Danny hat sich massieren lassen und eine Maniküre bekommen und das ganze Mädchen-Zeug«, erklärte Ross, um die Stille zu unterbrechen.
Matt rollte mit den Augen. »Laaang-weilig.«
»Nein, ist es nicht. Es ist schön!«, entgegnete Mia mit Nachdruck. »Ich wette, es war wirklich schön, oder, Tante Danny?«
»Ja, es war … sehr schön.«
Es war viel besser als schön, dachte Ross niedergeschlagen, *und wird wahrscheinlich nie wiederholt*.
Er glaubte schon, Danny hätte ihre Meinung geändert, als sie am Abend dieses Tages an seine Tür klopfte, nachdem die Kinder schon im Bett waren. Sie trug eine grüne Pyjamahose und das passende Schlafjäckchen. Sie gab ihm ein kleines in blaues Geschenkpapier eingewickeltes Paket mit einer roten Schleife. »Dein Geburtstagsgeschenk.«
Er schaute auf ihre Brüste unter dem dünnen Pyjamaoberteil und erinnerte sich daran, wie sie sich letzte Nacht in seinen Händen und unter seiner Zunge angefühlt hatten.
»Du hast mir ein Geburtstagsgeschenk besorgt?«
»Es ist nicht nur für dich; es ist auch für die Familie.« Sie wandte sich ab und ging zu ihrem Schlafzimmer zurück. »Gute Nacht.«
Ross beobachtete ihren Abgang und fragte sich, warum sie sich ständig gegenseitig weh taten.
Er setzte sich aufs Bett, um das Geschenk zu öffnen, und dachte kurz, dass es ihn nicht überraschen würde, wenn es explodierte. Aber als er das Papier entfernte, entdeckte er ein kleines gelbes Fotoalbum voller Bilder von Pat, Dani-

ella und den Kindern. Es gab Fotos vom Anfang der Beziehung von Nella und Pat, aufgenommen am Strand beim Sonnenbaden und später am Abend an einem prasselnden Feuer, wo sie die Arme umeinandergeschlungen hatten.
Ross blätterte weiter. Eine hochschwangere Nella posierte vor Pat und lächelte in die Kamera. Pat hielt ihren Bauch mit seinen Händen. Das nächste Foto war im Kreißsaal aufgenommen, wie Ross annahm, bei Matts Geburt. Pat starrte auf ein wächsernes, feucht wirkendes Baby herunter, dem die schwarzen Haare am spitzen Kopf klebten, während eine müde und zerzaust aussehende Nella sich über seine Schulter lehnte.
Ross blätterte langsam durch die Seiten und beobachtete, wie sich vor seinen Augen das geheime Leben seines Bruders mit Dannys Schwester entwickelte. Das letzte Foto zeigte Matt und Mia ein paar Jahre jünger, als sie jetzt waren, wie sie am Meer neben ihren Eltern mit Luftmatratzen die Wellen durchpflügten.
»Pat, du verdammter Narr … Warum musstest du uns ausschließen?«
Er nahm das Album und klopfte an Dannys Tür.
Sie schien nicht überrascht, ihn zu sehen.
Er hielt das Fotoalbum hoch. »Danke«, sagte er heiser. *»Danke!«*
Seine Augen waren feucht. Heute Abend war er derjenige, der verletzlich war. Er betrauerte den Verlust von etwas, das er nie besessen hatte, eine verpasste Chance, die für immer vergangen war.
Danny seufzte und zog ihn in ihr Zimmer. Es gab immer einen Kerl, für den ein Mädchen zum Trottel wurde, und es schien, als wäre Danny doch auch nicht immun: Sie wurde für Ross Fabello zum Trottel.
»Ich bin nicht hergekommen, um zu …«

»Besser nicht.«
Sie schloss die Tür und stemmte die Hände in ihre Hüften. Letzte Nacht mit ihm zu schlafen hatte alles durcheinandergebracht, aber es war wunderbar gewesen, und Danny konnte es einfach nicht bereuen. Sie nahm ihm das Album ab und legte es auf ihre Kommode. Heute Nacht brauchte er sie. Danny zog Ross sanft an sich. »Komm her, Darth!«
Ross' Hände hingen in der Luft, während er sich fragte, ob er sich das alles nur einbildete, weil er sie so dringend brauchte. Dann seufzte er tief, schlang seine Arme um Danny und vergrub sein Gesicht an ihrem Nacken. Sie streichelte seinen Rücken und drehte ihren Kopf, um seine Lippen mit ihren zu finden.
»War das ein Mitleidskuss?«, fragte Ross, als sie sich schließlich wieder voneinander lösten.
»Vielleicht. Wie schlecht geht es dir?«
»Wirklich wirklich schlecht«, versicherte er schnell, und sie lachte kurz, nur um aufzuhören, als sie den Blick in seinen Augen sah.
»Ich fürchte, dann gibt es nichts außer einer Reise zum Todesstern.«
»Was?«
»Nichts. Komm ins Bett, Darth!«

Vanessa trieb Danny am nächsten Tag in der Arbeit in die Enge und bohrte: »Du hast mit ihm geschlafen, oder? Ich konnte gestern vor den Kindern nichts sagen.«
Danny wollte schon lügen, aber dann entschied sie, dass es sinnlos war.
»Glaubst du, dass auch alle anderen es merken werden?«, fragte sie nervös.

»Dir am Gesicht ablesen?«, entgegnete Vanessa trocken.
»Nein, aber ich würde versuchen, nicht weiter wie John Wayne zu laufen – O-Beine sind ein eindeutiges Zeichen.«
»Halt den Mund!«
»Also, war er gut?«
Danny schürzte die Lippen.
»Sei nicht grausam!«, bettelte Vanessa. »Wie sonst soll ich ein Sexualleben haben, wenn nicht indirekt durch meine Freunde?«
Danny sah sich um, um sicherzustellen, dass niemand sie belauschen konnte. »Er war toll«, murmelte sie.
»Wie toll?«, hakte Vanessa nach.
Wieder hielt sie nach Lauschern Ausschau. »Fantastisch.«
»Auf einer Skala von eins bis zehn?«
»Oh, um Himmels willen, Van! Wie alt bist du? Sechzehn?«
»Nein, dreiunddreißig und spitz wie Nachbars Lumpi.«
Danny erbarmte sich ihrer. »Du weißt doch, dass Cosmo immer diese Artikel über den G-Punkt hat.«
»Ja?«
»Also, Ross Fabello weiß exakt, wo er liegt. Er weiß auch, wo man zusätzlich noch H, I, J und K findet.«
»Du … glückliche … Sau!«
»Ja, ich weiß.« Danny hielt inne. »Aber es wird nicht wieder passieren.«
»Warum um alles in der Welt nicht?«
»Weil mein Leben hier stattfindet und seines in Amerika«, sagte sie bestimmt. »Und ich werde niemals sein wie Nella und darauf warten, dass mir Brotkrumen vom Tisch zufallen, wann immer Ross die Zeit findet, für einen kurzen Besuch zu Matt und Mia zu kommen.«
Vanessa runzelte die Stirn. »Danny, Ross ist überhaupt

nicht wie Patrick. Und du bist nicht wie Daniella. Nicht in einer Million Jahren wirst du je zum Fußabtreter irgendeines Kerls.«

Danny musterte sie nachdenklich. »Das Problem ist, dass er an einem unbestimmten Punkt aufgehört hat, irgendein Kerl zu sein.«

♥

Ross ging schnell auf, dass Dannys Aussetzer in der Nacht, als er das Geburtstagsgeschenk geöffnet hatte, sich definitiv nicht wiederholen würde, was ihn wütend machte, weil ihre zweite Nacht zusammen sogar noch besser gewesen war als die erste – und das hätte er vorher für unmöglich gehalten.

Danny versuchte, sich in einen Freund zu verwandeln. Wäre Ross nicht sexuell so frustriert gewesen, hätte es ihn vielleicht amüsiert zuzusehen, wie sie sich auf die Zunge biss, wann immer er versuchte, sie auf die Palme zu bringen. Für ihn war das der einzige Weg, ein wenig Dampf abzulassen. Er wollte nicht ihre Freundschaft – na ja, zumindest nicht diese lauwarme, höfliche Variante, die sie ihm anbot. Ross wollte sie wild und nackt unter sich, und wenn sie nicht dort war, dann wollte er ihre scharfe Zunge und ihren noch schärferen Verstand. Es war, als nähme man einen kräftigen Schluck von seinem Lieblingskaffee, nur um festzustellen, dass er mit fettarmer Milch angerührt war statt mit Vollmilch. Ross wollte Vollmilch. Er wollte *Danny* zurück. Aber je mehr er drängelte, um sie zurückzubekommen, desto mehr zog sie sich zurück.

♥

Es war eine Erleichterung, als es schließlich Zeit war, seine Taschen für den Ausflug in die Staaten zu packen.

An dem Morgen, als Ross abfuhr, weinte Mia und klammerte sich an ihn, und selbst Matt wirkte mitgenommen.

»Ich werde nur ein paar Wochen fort sein.« Er rieb Mia beruhigend den Rücken. »Bevor ihr euch umschaut, bin ich zurück.«

Er sah in Dannys ruhiges Gesicht und fühlte wieder den hilflosen, wütenden Frust, der zu seinem ständigen Begleiter geworden war. »Ich werde Mitte Dezember wieder hier sein. Ihr habt die Nummer, die ich euch gegeben habe, damit ihr mich jederzeit anrufen könnt?«

Sie nickte. »Ja. Uns wird's gutgehen. Robyn hat jemanden gefunden, der die Schulwegbegleitung übernimmt, während du weg bist.«

Ross starrte sie intensiv an.

Danny konzentrierte sich darauf, einen Tropfen Farbe von der Klinke der Haustür zu entfernen.

Er griff sich seine Koffer, warf sich eine lederne Tasche über die Schulter und sagte kurz angebunden: »Dann bis dann.«

»Ja.« Sie öffnete die Tür weit. »Bis dann.«

Kapitel 18

Es tat weh. Es tat wirklich weh. Es war genau das passiert, was sie hatte verhindern wollen. Danny fühlte seine Abwesenheit so deutlich, als hätte man der Luft plötzlich allen Sauerstoff entzogen.

Sie wechselte die Laken seines Bettes und musste sich hinsetzen, als ihr der Geruch seines Rasierwassers in die Nase stieg. Danny wusste den Namen nicht. Als sie das nächste Mal in eine Drogerie kam, fing sie an, wie ein Bluthund an den Testflaschen der Männerdüfte zu schnüffeln. In dem Moment, als sie eine bestimmte Flasche Dolce & Gabbana entdeckt hatte, begann sie zu schnüffeln wie ein Junkie.

»Kann ich Ihnen helfen?«, fragte die überraschte Angestellte.

»Nein, können Sie nicht. Entschuldigung.« Danny floh aus dem Laden.

In einem Moment sehnte sie sich nach Ross' Rückkehr, und im nächsten betete sie, er möge in Amerika bleiben, so dass sie nicht noch einmal eine schmerzhafte Verabschiedung durchleben musste. Wie hatte Nella das ausgehalten? Wie hatte sie es geschafft, Patrick mit einem Lächeln zu verabschieden, wann immer er wieder geflogen war? Danny stellte sich vor, wie sie sich an Ross' Knöcheln festklammerte, als er davonging. Vielleicht waren Nella und ihre Mutter deswegen so entgegenkommend gewesen: Sie gehen zu lassen hieß, dass sie zurückkommen würden. Vielleicht.

Joe arbeitete weiter am Haus und erledigte die kleinen Aufgaben, die er auch ohne Ross schaffen konnte. Ross hatte Danny angewiesen, Joe nicht auf das Dach zu lassen, bevor er zurück war. »Er hat immer noch Rückenprobleme, und ich will nicht, dass er allein da oben ist.«

Alle mochten Joe. Er war nett, witzig und völlig offen. Solange er rechtzeitig sein Geld und stetigen Nachschub von Tee und Kuchen für seine Frühstückspause bekam, war er glücklich. Danny fing an, ihm zu helfen, wenn sie nicht im Krankenhaus arbeitete. Sie reparierte gern Dinge, und wenn sie viel zu tun hatte, blieb ihr weniger Zeit, über Ross und die Zukunft nachzudenken.

»Wo sind deine Leute?«, erkundigte Joe sich eines Tages, als sie gerade eine Pause einlegten, nachdem sie die Veranda repariert hatten.

»Meine Leute?« Danny gab ihm eine Tasse Tee und das letzte Stück von einem Kuchen, den Deryl gemacht hatte.

»Deine *whanau* – deine Familie.« Er nahm die Tasse und den Kuchen und setzte sich auf ein paar Bohlen.

Plötzlich verstand sie; Joe war Maori. »Ich weiß, was *whanau* bedeutet, Joe«, sagte Danny. »Ich weiß nicht, wo meine *whanau* sind. Ich habe sie nie getroffen.«

Er biss ein Stück vom Kuchen ab. »Wieso?«

Danny schwieg. Manchmal fragte sie sich, ob Rose sich wohl geschämt hatte, eine unverheiratete Mutter zu sein, weil ihre Familie streng war und ihre illegitimen Kinder nicht akzeptiert hätte.

Joe schluckte und schaute Danny erwartungsvoll an.

Fast widerwillig fing sie an, ihm von ihrer Mutter zu erzählen.

»Sie war aus Rotorua?«, fragte er, als sie fertig war.

»Ja, aber das ist alles, was ich weiß; und ihr Nachname war Smith, was nicht wirklich hilft. Warum konnte es nicht etwas Ungewöhnliches sein? Wie Nebelhorn oder Opossumatem?«, scherzte Danny schwach.

Joe grinste. »Ich habe noch nie von irgendwelchen Nebelhörnern gehört, aber ich habe einen Cousin, auf den Opossumatem recht gut passt.«

Danny lächelte.

»Die Leute deiner Mum sind Te Arawa?«

Sie setzte sich neben ihn. »Soweit ich weiß, ja.«

Joe verputzte das letzte Stück Kuchen. »Hast du ein Foto von deiner Mum, das ich haben könnte?«

»Ja.« Danny war verwirrt. »Warum?«

»Meine Mum ist Te Arawa. Sie kennt jeden, und wenn sie sie nicht kennen sollte, dann kennt sie jemanden, der sie kennt. Wenn du mir ein Foto gibst, zeige ich es meiner Mutter.«

»Das würdest du tun?«, fragte Danny ungläubig.

Joe wirkte verlegen. »Sicher. Juckt mich ja nicht.«

»Danke dir, Joe.« Danny wollte ihn umarmen, aber sie wusste, dass ihm das nur peinlich gewesen wäre. Sie versuchte, etwas zu finden, wie sie ihm danken konnte. Dann hatte sie eine Idee. »Ich sage dir was: Ich backe dir einen Kuchen!«

Joes Lächeln verrutschte; Matt und Mia hatten ihn vor Dannys Kochkünsten gewarnt. »Danke … klasse!«

Ross rief an den meisten Abenden an. Nach der Episode in der Drogerie hatte Danny Angst, dass seine Stimme zu hören sie zu etwas ähnlich Unvernünftigem verleiten würde, wie zum Beispiel zu heulen wie ein Wolf – also hielt sie ihre Gespräche kurz und gab das Telefon schnell an eines der Kinder weiter.

»Alles okay?«, würde Ross höflich fragen.
»Ganz prima«, würde Danny genauso höflich antworten. »Ich hole die Kinder.«
Und alles war prima, bis Danny einen Anruf von der Schule bekam, weil Matt in eine Prügelei verwickelt gewesen war. Als sie ankam, um ihn abzuholen, war sie entsetzt zu sehen, dass seine Nase blutete und seine Kleidung zerrissen war. Matt weigerte sich genauso, Dannys Fragen zu beantworten wie die des Rektors, und als sie zu Hause eintrafen, schloss er sich in seinem Zimmer ein.
Danny war sich nicht sicher, wer mehr durcheinander war: Matt, Mia oder sie. Sie konnte nicht glauben, dass ihr Neffe sich geprügelt hatte. Gewalttätigkeiten lagen einfach nicht in seiner Natur. Mia hatte es gesehen und war losgelaufen, um Hilfe zu holen.
»Zwei Jungs haben Matt aufgezogen«, erzählte sie Danny. »Sie ziehen ihn ständig auf.«
»Was meinst du damit, dass sie ihn ständig aufziehen? Womit?«
»Seine Haare. Sie sagen, sie sehen aus wie die von einem Mädchen.« Mia fing wieder an zu weinen.
Danny hob sie auf ihren Schoß, um sie zu trösten, und wünschte sich, es wäre ebenso einfach, Matt zu trösten. Es war ihr Job, ihm Sicherheit zu geben, ihn vor der Bosheit der Welt zu beschützen, aber sie hatte versagt und wusste nicht, was sie tun sollte. Wie sollte sie Matt helfen, wenn er nicht einmal mit ihr sprechen wollte? Schlechter hatte Danny sich seit Nellas Tod nicht mehr gefühlt.
An diesem Abend rief Ross an.
»Geht es dir gut?«, erkundigte er sich, als Danny ans Telefon ging.
»Ja, prima«, antwortete sie.
»So klingst du aber nicht. Was ist los?«

Ein Klicken zeigte an, dass der Hörer im Wohnzimmer abgehoben wurde, und Mia schniefte: »Onkel Ross! Mattie ist in der Schule in einen Kampf geraten und hat eine blutige Nase und zerrissene Kleidung. Er wurde ins Büro vom Rektor geschickt, und Tante Danny musste kommen und ihn abholen.«

Dannys Herz sank. Jetzt wusste Ross, wie unfähig sie war.

»Leg den Hörer auf, Mia!«

»Ist er okay?«, fragte Ross scharf.

»Nein! Ich habe dir gesagt, dass er eine blutige Nase hat und sein Lieblings-T-Shirt ist zerrissen …«

»Leg auf, Mia!«, rief er.

»Aber …«

»Leg den Hörer auf!«, schrien Ross und Danny gleichzeitig.

Wieder ertönte ein leises Klicken, als Mia gehorchte.

»Erzähl mir, was passiert ist!«, verlangte Ross.

»Ich weiß es nicht genau. Ich habe einen Anruf vom Rektor bekommen, dass Matt in der Schule in eine Prügelei verwickelt war und sich weigerte, Fragen zu beantworten.« Danny traten Tränen in die Augen, als sie sich an den verletzlichen, verletzten Ausdruck in Matts Gesicht erinnerte.

Ross hörte das verräterische Schniefen und wünschte sich, er hätte dort sein können. Seine Stimme wurde sanfter. »Wo ist er jetzt?«

»In seinem Zimmer, und er will nicht rauskommen.«

»Nimm das Telefon und klopf bei ihm. Sag ihm, dass ich *jetzt* mit ihm reden will. Frag ihn nicht – *sag* es ihm!«

Danny bezweifelte, dass das klappen würde, aber sie tat, worum Ross sie gebeten hatte. Sie war überrascht, als Matt die Tür aufmachte, ihr den Hörer aus der Hand nahm und die Tür wieder schloss. Minuten vergingen, bevor Matt

schließlich die Tür öffnete und ihr das Telefon wieder entgegenhielt.
»Onkel Ross will mit dir reden.«
»Oh.« Sie trug den Apparat in die Küche zurück. »Hallo?«
»Bring ihn gleich morgen früh zum Friseur und lass ihm die Haare schneiden!«
»Morgen früh? Aber er muss in die Schule!«
»Vergiss die Schule! Er kann auch mal ein paar Stunden zu spät kommen. Lass ihm einfach die Haare schneiden!«
»Aber er wird nein sagen«, beharrte Danny. »Ich habe schon früher versucht, ihn dazu zu bringen, aber er lehnt es immer ab.«
»Wir haben darüber geredet, und er hat zugestimmt, sie schneiden zu lassen. Stell sicher, dass der Friseur seinen Job gut macht. Es muss wirklich *kurz* sein, oder er sieht aus, als trüge er eine Afroperücke.«
Danny lachte schwach.
»Kannst du meinen Vater anrufen und ihm erzählen, was passiert ist? Bitte ihn, mit Matt zu sprechen, okay?«
»Okay.«
»Lass auf keinen Fall meine Mutter mit ihm sprechen! Sie wird nur darüber reden, wie Dad mich und Pat zum ersten Mal zum Friseur geschleppt hat, weil wir uns in der Schule geprügelt haben.«
»Dir ist das auch passiert?«
»Ja. Ich habe öfter, als ich zählen kann, eins auf die Nuss bekommen, bis Dad aufgegangen ist, was da passierte, und mich zum Friseur brachte. Ma ist durch die Decke gegangen, als wir nach Hause kamen, aber ich habe mich nicht mehr geprügelt; na ja, zumindest nicht mehr wegen meiner Haare.«
Danny umklammerte den Hörer. »Danke, Ross.«

»Wenn Mia es nicht ausgeplaudert hätte, hättest du mir davon erzählt?« Er klang nicht besonders freundlich.
»Ich weiß nicht. Ich nehme es an … irgendwann«, mauerte sie.
»Du meinst nein«, antwortete Ross bissig.
»Ich – na ja – ich meine …« murmelte Danny. »Du hast viel zu tun.«
»Nicht zu viel für so etwas«, widersprach er kühl.
Was war sein Problem? Warum war er so wütend auf sie? Sie hatte es ihm erzählt.
»Wann wirst du endlich verstehen, Danny, dass dieser Deal auf fifty-fifty lautet? Matt und Mia sind halb Lawton und halb Fabello. Wir teilen uns die Verantwortung für sie.«
»Okay.«
Ross legte auf und knirschte mit den Zähnen. Sie meinte es nicht ernst: Wenn Mia den Mund nicht aufgemacht hätte, hätte er nie etwas erfahren. Er bemühte sich, nicht wütend zu werden. Danny litt an einer fast pathologischen Angst, abhängig zu sein – ein direktes Resultat ihrer Kindheit. Wenn es darum ging, sich auf andere Leute – besonders Männer – zu verlassen, griff Danny nur auf die Schlüsse zurück, die sie aus der Beziehung zwischen ihrer Mutter und ihrem Vater und der zwischen Nella und Patrick gezogen hatte. Hätte sie noch Großeltern oder Tanten und Onkel gehabt, wäre sie wahrscheinlich einem normalen Familienleben ausgesetzt gewesen. Sie wäre mit dem aufgewachsen, was Ross für selbstverständlich genommen hatte: seine Familie. Sie mochten sich ja überall einmischen und ihn manchmal in den Wahnsinn treiben, aber trotzdem liebte er sie, und er wusste auch, dass sie ihn liebten – so wie er Matt und Mia liebte.
Ross war nicht darauf vorbereitet gewesen, wie sehr er sie vermisste. Er hatte sich in den zweifelhaften Charme einer

achtjährigen Quasselstrippe verliebt, die eine Singstimme hatte, mit der man Farbe von den Wänden lösen konnte, und in einen frühreifen Elfjährigen, der nicht den geringsten Respekt für die Bücher oder die Kochkünste seines berühmten Onkels hegte.
Und in ihre Tante.

Joe trug seine leere Tasse in die Küche und wusch sie aus.
»Ich backe einen Bananenkuchen, Joe.« Danny starrte auf die Kuchenform im Ofen und versuchte, den Teig mit Geisteskraft dazu zu bringen aufzugehen. »Er sollte bald fertig sein. Willst du ein Stück?«
Ihre Kochkünste hatten seit dem verwirrenden Telefonat mit Ross noch einmal gelitten. Am Abend vorher war es ihr gelungen, eins der wenigen essbaren Gerichte zu versauen, die sie sonst hinkriegte: Chicken-Nuggets mit Pommes. Wenn Ross nicht bald nach Hause kam, würden sie alle verhungern oder von Haferbrei leben müssen.
Die Kinder teilten Dannys Meinung. Matt starrte auf die verbrannten Reste auf seinem Teller und sagte: »Ich vermisse Onkel Ross *wirklich*.«
Mia pikte ein verbranntes Pommes-Stück mit ihrer Gabel.
»Ich auch.«
Und mit mir sind's drei, dachte Danny trübselig, und nicht nur wegen seiner Kochkünste.
Joe beäugte den Kuchen im Ofen und warf Matt schnell einen Blick zu, der am Küchentisch seine Hausaufgaben machte. Der Junge schüttelte heftig den Kopf. »Ähm, vielleicht ein andermal, Danny. Meine Frau macht heute Abend Schweinebraten, und sie bringt mich um, wenn ich keinen Hunger habe.«

Danny starrte Joe böse an.
»Nicht, dass ich nicht hungrig wäre, nur weil ich deinen Kuchen gegessen habe, oder irgendwas in der Art. Ich habe dann nur vielleicht keinen Platz mehr für den Schweinebraten, weißt du?«
Joe stellte seine Tasse umgedreht auf das Abtropfgestell und zog ein Stück Papier aus seiner Hosentasche. »Übrigens, ich habe von meiner Mum gehört: Das ist die Telefonnummer deiner Oma in Rotorua.« Er hielt es ihr wie ein Friedensangebot entgegen.
Danny starrte den verknitterten Zettel ungläubig an. Hatte er gerade gesagt, dass er die *Telefonnummer ihrer Großmutter* hatte?
»Hat sich herausgestellt, dass du meine Cousine bist«, sagte Joe.
»Wir sind verwandt?«, fragte sie schwach.
»Jawohl.«
Danny war sprachlos. Er war ihr Cousin? Sie hatte einen Cousin? Sie hatte nicht erwartet, dass sich aus Joes Angebot, ihre Familie zu suchen, wirklich etwas ergab, und sicherlich nicht so schnell. Sie musterte ihn skeptisch. »Ersten oder zweiten Grades?«
»Hä?« Joe guckte sie verständnislos an.
»Cousin ersten oder zweiten Grades?«
Für Joe ergab das keinen Sinn. Pakeha – europäische Neuseeländer – kümmerten sich um so etwas wie genaue Verwandtschaftsgrade. In der Maori-Welt war man einfach nur verwandt.
»Weiß nicht. Wen kümmert's? Hier, nimm sie!« Er drückte ihr den Zettel in die Hand. »Das Witzige ist, dass Mum erzählt hat, dass schon mal irgend so ein Kerl da war und sich nach den Verwandten deiner Mutter erkundigt hat.«

Danny war es lieber, wenn die Bomben nicht alle gleichzeitig hochgingen. »Hat sie das? Wer war es?«
»Ein Fremder. Sie haben ihn an der Nase rumgeführt. Niemand hat ihm etwas Brauchbares erzählt.«
Ross war die einzige Person, die ihr einfiel, die jemanden losschicken würde, um Fragen über ihre Familie zu stellen. Warum? Weil er nicht wollte, dass sie allein war? Oder weil er einfacher weggehen konnte, wenn er wusste, dass Danny Verwandte hatte, an die sie sich wenden konnte? Sie glaubte das, was Ross darüber gesagt hatte, dass er sich auch für die Kinder verantwortlich fühlte, aber sie glaubte nicht, dass das auch sie einschloss. Er war eher zufällig nach Neuseeland gereist. Hätte jemand anders in seiner Familie die Reise antreten können, dann wäre er nicht hier gewesen. Danny wusste, dass die Kinder den Kontakt zu ihren amerikanischen Verwandten über das Telefon und über E-Mail halten würden, wenn er irgendwann ganz in die Staaten zurückging. Und vielleicht, wenn Matt und Mia einmal älter waren, würde Danny ihnen auch erlauben, in den Schulferien nach Amerika zu fliegen. Sobald Ross weg war, erwartete sie, nur noch von ihm zu hören, falls es ein Problem gab, weil das in seinen Aufgabenbereich als Problemlöser der Familie fiel.
Danny schaute auf den Zettel in ihrer Hand und wünschte sich, es wäre Ross gewesen, der ihn ihr gegeben hätte, weil sie sich dann hätte sicher sein können, dass die darauf enthaltene Information auch korrekt war. Ross würde nachprüfen und noch einmal nachprüfen, bevor er etwas sagte, das Danny Hoffnungen machen konnte. Sie schloss ihre Finger um das Papier. Sie konnte nur hoffen, dass Joe keinen Fehler gemacht hatte. »Bist du dir sicher, dass es die richtige Frau ist? Ich meine, was, wenn sie es nicht ist?«

Joe fragte sich, warum Frauen immer Probleme entdeckten, wo es gar keine gab. »Meine Mum hat deine Mum auf dem Foto erkannt. Sie kennt deine Nan. Wenn du mir nicht glaubst, ruf sie einfach an und finde es selbst raus!«
»Oh, Joe!« Danny drückte das Stück Papier fest an ihre Brust. »Wie kann ich dir nur danken?«
Er warf einen Blick auf den Ofen. »Kauf mir einen Lottoschein!«

KAPITEL 19

Dannys Großmutter hieß Pania.
Ihr Großvater hieß Ted.
Sie hatte drei Onkel – Henare, Hemi und Tipene (oder Henry, James und Stephen, wenn man die englischen Namen bevorzugte). Den Jungs, wie ihre Mutter sie nannte, war es egal, wie man sie nannte. Sie reagierten genauso auf ihre Maori-Namen wie auf ihre englischen und dann noch auf ein paar Spitznamen, die Pania nicht verriet. Rose war Teds und Panias einzige Tochter gewesen.
Dannys Anruf bei ihrer Großmutter war unheimlich gewesen: Pania klang wie eine ältere Version ihrer Mutter. Als sie die Stimme hörte, bildete sich in Dannys Kehle ein Kloß. Pania hatte schließlich Mitleid mit Dannys sprachlosen Pausen und sagte: »Wir reden vernünftig, wenn ihr hier seid. Ihr bleibt doch die Woche über, oder?«
Danny räusperte sich. »Ich kann nicht. Ich muss am Montag arbeiten, und die Kinder müssen in die Schule.«
»Oh.« Pania klang enttäuscht. »Na gut, aber das nächste Mal kommt ihr dann für einen Monat.«
»Okay, wenn du das möchtest.«
»Wir würden uns freuen«, erklärte Pania bestimmt.
Sie verabredeten einen Besuch am nächsten Wochenende. Danny schrieb die Adresse und die Wegbeschreibung auf.
»Dann bis Samstag.«
»Ja.«
»Ich lege jetzt auf.« Danny wollte nicht auflegen.

»Ja.«
»Also, tschüss.«
»Tschüss.«
Danny wartete darauf, dass Pania auflegte.
»Wie siehst du aus?«
Ihre Schultern sanken nach unten. Pania hoffte wahrscheinlich, dass sie aussah wie Rose. »Ich komme mehr nach meinem Vater als nach meiner Mutter, aber meine Augen sind braun … irgendwie.« Sie hatte die Verzweiflung in ihrer Stimme. »Du wirst vielleicht enttäuscht sein. Joes Mutter liegt womöglich falsch.«
»Kiri liegt nicht falsch.«
»Woher weißt du das?«
»Ist dir je aufgefallen, dass die Männer oder Frauen in einer Familie am Telefon alle ähnlich klingen?«
»Ja.«
»Du klingst genau wie Rose.«

Danny hinterließ eine Nachricht auf Ross' Mailbox, dass sie am Wochenende mit den Kindern nach Rotorua fahren würde. Sie war ein einziges Nervenbündel. Als ihr Handy am Morgen, als sie gerade das Auto für die Fahrt belud, anfing zu krähen, ließ sie es prompt fallen und musste es erst unter dem Wagen herausfischen.
»Hallo?«, keuchte sie ins Telefon.
Ross war immer noch genervt, dass Danny ihn wegen Matt nicht um Hilfe gebeten hatte, und nahm sich nicht die Zeit für eine Begrüßung. »Warum fahrt ihr nach Rotorua?«
Bei Danny klingelten alle Warnglocken. Was ging ihn das an? »Habe ich dich ins Kreuzverhör genommen, also du gesagt hast, dass du nach Amerika abzwitscherst?«

»Ich bin nicht abgezwitschert«, gab er zurück. »Das hier ist Arbeit.«
»Oh, genau, es muss wirklich schrecklich sein, den ganzen Tag vornübergebeugt zu verbringen, damit Fremde dir den Arsch küssen können.«
»Es ist harte Arbeit. Du würdest es keinen Tag durchstehen: Ich muss ständig Fremden wieder dasselbe erzählen und dabei nett sein.«
»Ich wäre toll.«
»Du wärst grauenhaft. Außerdem bin ich nicht in Amerika.«
»Was soll das heißen, du bist nicht in Amerika?« Wie konnte er es wagen, das Land zu wechseln, ohne es ihr zu erzählen? »Wo bist du?«
»Oh, schon kapiert, für dich ist es in Ordnung, nach Rotorua abzuhauen, aber ich darf nicht nach London düsen.« Ross schwieg kurz. »Du hast mir immer noch nicht gesagt, warum du nach Rotorua fährst.«
»Du hast recht, habe ich nicht. Was tust du in London? Weiß die Queen, dass sie dich ins Land gelassen haben?«
Wenn sie einmal angefangen hatten, konnten sie dieses Gefrotzel ewig aufrechterhalten. Ross entschied, dass es besser wäre, keine große Sache aus dem Trip nach Rotorua zu machen, obwohl er dringend wissen wollte, warum sie dorthin fuhr. Allan Nicolls hatte ihm den Bericht des Privatdetektivs geschickt, komplett mit den Namen und Adressen von Dannys Großeltern und ihren Onkeln und den Hintergrundinformationen über alle. Die Smiths schienen anständig genug; Edward und Pania Smith waren vor vier Jahren in Rente gegangen und in die Stadt gezogen, während einer ihrer Söhne die Farm weiterführte. Die anderen zwei Brüder besaßen zusammen eine Autowerkstatt in Rotorua. Die Farm der Familie war gleichmäßig zwi-

schen den Söhnen aufgeteilt worden. Wäre Dannys Mutter noch am Leben, hätte die Erbschaft all ihre finanziellen Probleme gelöst. Danny war Roses Erbin, also hatte sie von Rechts wegen einen Anspruch auf den Anteil ihrer Mutter an der Farm, aber Ross wusste, dass Danny nichts ferner lag, als an Geld zu denken – sie suchte nach einer Familie, nicht nach Dollars. Er hoffte, dass ihre Großeltern und ihre Onkel die Sache bereinigen würden, ohne dass er sich einschalten und dafür sorgen musste, dass Danny ihn noch mehr hasste, als sie es sowieso schon tat. Er hatte vorgehabt, ihr den Bericht zu geben, sobald er Allan und dem Detektiv noch ein paar Fragen gestellt hatte. Aber wie üblich hatte Danny seine Pläne über den Haufen geworfen.

»Ross? Bist du noch dran?«

»Ja.«

»Erzähl mir, was du getan hast. Du hasst es nicht wirklich, oder?«

»Mir war langweilig, also bin ich in den Tower eingebrochen, um die Kronjuwelen zu stehlen. Dumme Idee. Ich grabe mir gerade einen Fluchttunnel. Ich möchte, dass du mich in einem Jahr mit einem kleinen Schlauchboot unter der Tower Bridge erwartest.«

»Nur wenn du mir vorher das Geld für den Flug und das Boot schickst.«

»Ich stecke in einer Krise, und du versuchst, mir Geld aus den Rippen zu leiern?«

»Leg noch was für die Kinderbetreuung drauf; ich bin eine alleinerziehende Mutter.«

»Du bist ein Geizhals.«

»Das auch«, stimmte Danny zu. »Ist das Boot dafür, deine traurige Leiche aus der Themse zu fischen?«

»Hat dir schon einmal jemand gesagt, dass du herzlos bist?«

»Ja, aber zu dieser Zeit kotzte er gerade in einen Eimer, also habe ich nicht wirklich zugehört. Erzähl mir, warum du in London bist!«
»Heute Abend ist die Englandpremiere von *John Doe*. Ich bin mit Kevin rübergeflogen.«
»Kevin? Kevin wer?«
»Kevin Spacey.«
Sie keuchte auf. »Oh, mein Gott! Kannst du mir ein Autogramm besorgen?«
»Warum willst du sein Autogramm?«, fragte Ross irritiert. »Mich hast du nie um eins gebeten.«
»Wofür sollte ich dein Autogramm wollen?« Danny warf Matts Fußball und Mias Skateboard neben die Taschen im Kofferraum. »Aber Moment mal: Ist es etwas wert? Und wo ich jetzt darüber nachdenke: Glaubst du, ich könnte deine Schmutzwäsche verkaufen? Du hast auf jeden Fall genug im Wäschekorb gelassen.«
»Lass deine Hände von meiner Wäsche! Ich weiß genau, wie viel Paar Socken ich dagelassen habe!«
Danny schloss den Kofferraumdeckel und lehnte sich mit der Hüfte dagegen. Sie trug den blauen Rock mit dem Oberteil, das Ross so gern mochte, und ihre blauen Ballerinas; und aus Respekt gegenüber den Smiths waren ihre Haare *au naturel*. Sie wollte ihnen nicht schon beim ersten Besuch Angst einjagen.
»Diese Besessenheit in Bezug auf Socken ist nicht gesund, Fabello. Du brauchst Hilfe.«
»Danny, ich warne dich ...«
Sie seufzte wohlig. Es war wie in alten Zeiten. »Was willst du tun? Mir deinen Privatdetektiv auf den Hals hetzen?« Sie wartete mit angehaltenem Atem, aber Ross schwieg. Interessant! »Wie läuft es so?«
»Was? Du meinst den Film?«

»Hast du heute Morgen eine zusätzliche Dummheitspille geschluckt, Fabello? Natürlich meine ich den Film!«
Ross lächelte, als ihm aufging, wie sehr er Dannys freche Zunge und Art vermisst hatte, umgeben, wie er von Schleimern und Leuten war, die hingebungsvoll dafür sorgten, dass seine Welt perfekt war. Er taute noch ein wenig mehr auf. »Die Einnahmen sind super, also scheinen alle recht glücklich.«
»Fantastisch!«, antwortete sie zufrieden. »Das heißt, ich kann doppelt so viel für deine Socken verlangen, wenn ich sie auf eBay einstelle. Ich hoffe, du isst nicht zu viel Popcorn und hältst dich von der Cola fern – ich werde meine Preise senken müssen, wenn du fett wirst und Pickel kriegst.«
»Ich habe auf mich geachtet«, versicherte er. »Es landet sonst direkt auf den Hüften.«
Danny lächelte. Gott, wie sie das vermisste!
»Außerdem teile ich mir alles mit Kevin.« Er pausierte vielsagend. »Oder Marisa.«
Dannys Lächeln verrutschte. »Marisa? Wer ist Marisa?«
»Marisa Tomei. Sie spielt Maria, die Ehefrau.« Ross feixte. Man musste nur den richtigen Köder auswerfen und konnte sich darauf verlassen, dass Danny anbiss. »Dunkelhaarig, *sehr* hübsch, *tolle* Schauspielerin.«
»Wie schön für dich!«, höhnte sie. »Hättest du mich mitgenommen, hätten wir mit Kevin den flotten Vierer komplett gehabt.«
»Ich glaube nicht, dass er sich zu Frauen hingezogen fühlt, die Blaumänner und Clownshosen tragen.«
»Ich trage keinen Blaumann, und meine gelbe Hose ist keine Clownshose.« Danny stieß sich vom Auto ab und schüttelte ihren Rock aus. »Ich habe keine Zeit, hier herumzustehen und mit dir zu reden. Wir müssen los.«

»Nimm keine Anhalter mit; du würdest ihnen nur Angst einjagen.«
»Wenn ich jetzt nicht losfahre, werde ich zu spät kommen.«
Ross sprang auf. »Zu was?«
Danny biss nicht an. »Hab viel Spaß mit Kevin und Ma*risah*, und viel Erfolg beim Tunnelgraben! Wir sind am Sonntagabend zurück, falls du mit den Kindern reden willst.«
Aber erst, wenn sie einen Weg gefunden hatte, Mia zu bestechen, dass sie nicht alles ausplauderte; Danny hatte immer noch nicht herausgefunden, wie es Ross gelungen war, die Geburtstagsvorbereitungen geheim zu halten. Sie war sich sicher, dass es mehr gekostet hatte, als eine CD und ein paar Magnete zu versprechen.

♥

Vom Schlafzimmer seiner Hotelsuite in London aus beobachtete Ross, wie die Lichter der Tower Bridge sich auf der schwarzen Oberfläche der Themse spiegelten, und beschimpfte sich selbst, weil er so ein Narr war. Er wusste, dass Rotorua ein beliebter Ferienort war, mit Geysiren, heißem Schlamm und kulturellen Maori-Attraktionen, aber er war sich sicher, dass es sich nicht nur um einen Wochenendausflug für die Kinder handelte. Danny unternahm keine Wochenendausflüge.
Er hatte seit Wochen mit dem Gedanken gespielt, Allan Nicolls Dannys Familie finden zu lassen, nur um sich dann zu spät wirklich zu entscheiden. Auf ihre übliche unabhängige Art hatte Danny die Sache in die eigenen Hände genommen und sie selbst gefunden. So hatte sie wieder bewiesen, dass sie Ross nicht brauchte. Na ja, au-

ßer für ein neues Dach, Bad und um die kaputten Verandadielen auszutauschen. Und auch im Bett gefiel es Danny offensichtlich, wenn er da war. Es gefiel ihr so sehr, dass sie Panik bekommen und versucht hatte, ihre Beziehung auf eine Freundschaft zu reduzieren. Sie ließ ihre Barrieren nur fallen, wenn sie nackt waren, und jedes Mal, wenn sie sich liebten, fühlte er, wie eine weitere Schicht seiner zynischen Außenhülle abfiel und Licht auf Bereiche seines Selbst fiel, die viel zu lange im Dunkel gelegen hatten.

Ross redete sich selbst ein, dass er Dannys Verwandte hatte finden wollen, damit er Neuseeland mit reinem Gewissen verlassen konnte, weil er dann sicherging, dass sie nicht allein war. Aber wenn er ehrlich war, hatte er Allan kontaktiert, weil Danny ihre Familie brauchte und Ross einen Weg finden wollte, sie davon zu überzeugen, dass er nicht wie ihr Vater oder Patrick war; dass sie sich darauf verlassen konnte, dass er da war; dass er nicht verschwinden würde, wenn die Zeiten einmal härter wurden oder unangenehme Entscheidungen anstanden.

Aoife hatte ihm erklärt, dass er eine Frau brauchte, die ihn in den Hintern trat, und Danny erfüllte alle Kriterien. Sie würde ihn nicht nur in den Hintern treten, sie zog ihm auch den Boden unter den Füßen weg und verpasste ihm im Fallen noch einen rechten Haken. Sie hatte ihm den Spiegel vorgehalten und gezeigt, dass er ein arroganter, gereizter, egozentrischer Stinkstiefel geworden war.

Tausende Kilometer trennten sie, aber ihre Essenz war mit Ross gereist. Er dachte plötzlich mitten in einem Interview an etwas, das sie gesagt oder getan hatte, und musste den Reporter darum bitten, seine Frage noch einmal zu wiederholen. Matt hatte ihm ein paar Extrasongs auf seinen iPod geladen, die Ross sich auf Flügen und während der Autofahrten zwischen öffentlichen Auftritten anhören konnte, inklusive Dannys *Split-Enz*-CD. Sobald er »I See Red« gehört hatte, erkannte er es als jene Melodie, die Danny oft gesummt hatte, nachdem sie sich kennengelernt hatten. Über den Text musste er lachen. Jetzt verstand er – und ihm ging auch auf, warum sie das Lied kaum noch summte. Als er das schwermütige Lied »Message to My Girl« hörte, in dem Neil Finn sang, dass er Angst davor hatte zuzugeben, was er fühlte, weil er damit zu viel preisgeben könnte, wusste Ross genau, was er meinte. Er musste einen Weg finden, Danny hinter den Mauern herauszulocken, die sie um sich errichtet hatte, ohne ihr Angst einzujagen.

Was an ihrem Geburtstag passiert war, hatte nichts mit Verführung zu tun gehabt, es war Verlangen gewesen. Ross hatte es schon so lange nicht mehr nötig gehabt, eine Frau zu verführen, dass er sich nicht einmal sicher war, ob er noch wusste, wie es ging. Danny verführen zu wollen wäre ungefähr gewesen, wie mit einem Stachelschwein kuscheln zu wollen. Wenn sie auch nur vermuten sollte, dass er mehr wollte als nur ihren Körper, würde Lloyd vielleicht sein Versprechen einlösen müssen, Ross' Leiche im Garten auszugraben und in die Staaten zurückzuschicken. Ross wollte nicht Dannys Freund sein; er wollte die komplette Nummer. Seitdem er die Publicity-Tour für *John Doe* angetreten hatte, war Ross von schönen Frauen umgeben gewesen, die klargestellt hatten, dass sie ihn attraktiv fanden. Aber er kam nicht einmal in Versuchung. Keine von ihnen hatte blaue Haare oder kleidete sich wie eine Obdachlose. Er kehrte jede Nacht in sein einsames Bett zurück, starrte an fremde Decken und weigerte sich stur, seine Hände unter die Bettdecke zu schieben und etwas gegen den pulsierenden Schmerz in seinem Schritt zu unternehmen.

Das Telefon klingelte. Es war der Concierge. »Ihre Limousine ist da, Mr. O'Rourke.«
»Danke. Ich komme sofort.«
Ross schlüpfte in sein Anzugjackett, schloss die Manschettenknöpfe und griff sich für die Fahrt zu dem Londoner Kino, in dem die Premiere stattfand, seinen iPod. Als er aus der Tür ging, wusste er schon, dass er nichts von dem, was er auf der Leinwand sah oder hörte, wirklich aufnehmen würde; er würde zu sehr damit beschäftigt sein, sich auszumalen, was alles schiefgehen konnte, wenn Danny ihre Familie traf. Was, wenn sie sie so im Stich ließen wie ihre Mutter und ihr Vater? Selbst Danny hatte eine Belastungsgrenze, und wenn es um die Familie ging, war sie völlig wehrlos. Ross wünschte sich, er wäre nicht so weit weg. Er wollte da sein, falls sie ihn brauchte.
Er war kein Mann, der viel Zeit mit Beten verbrachte, aber jetzt schickte er schweigend ein Gebet in Richtung Neuseeland zu Edward und Pania Smith und ihren Söhnen.
Enttäuscht sie nicht! Tut ihr nicht weh! Sie hat so lange gewartet. Sie braucht euch.
Und ich brauche sie glücklich.

Mehrere Stunden später in Rotorua keuchte Danny auf, als ein roter Traktor in die Einfahrt zum Haus ihrer Großeltern raste und nur um ein Haar ihren hinteren Kotflügel verfehlte.
»Hemi!« Ted, ihr Großvater, stand vom Tisch auf, um gegen das Fenster zu klopfen. »Pass auf Dannys Auto und meine verdammten Rosen auf, hörst du?« Er war ein großer breiter Mann, der sich so gerade hielt wie ein Tor-

pfosten. Seine Augen waren strahlend blau, und er hatte leuchtend weiße Haare.

Danny hielt den Atem an, als der Traktor nach links abdrehte und kurz vor Henares schwarzem SUV und Tipenes Jeep anhielt. Der dunkelhäutige Fahrer machte den Motor aus und kletterte von seinem Sitz. »Hemi fährt … einen Traktor?« Sie hatte immer gedacht, es wäre nur ein Großstadtmythos, dass Farmer mit dem Traktor in die Stadt fuhren.

»Normalerweise nicht.« Pania Smith kam langsam mit einem Teller voller kleiner Pfannkuchen in der Hand auf den Tisch zu und stellte sie zu dem Obstkuchen, den Sandwiches und den Würstchen im Schlafrock auf die geblümte Tischdecke. »Aber er hat gerade auf der Farm gearbeitet, als wir ihn angerufen haben, um ihm zu sagen, dass du da bist, also war es wahrscheinlich am schnellsten, gleich rüberzukommen.«

Pania war winzig, ging vornübergebeugt und benutzte einen Gehstock. Als Danny ihr ins Gesicht sah, wusste sie, wie ihre Mutter ausgesehen hätte, wenn sie die Chance gehabt hätte, alt zu werden.

Hemi Smith trat in den Raum und füllte ihn sofort mit seiner Größe und seinem Lächeln aus. »Guten Morgen.« Er zwinkerte seinem Vater zu. »Deine Rosen sehen toll aus, Dad.«

Ted grummelte und setzte sich wieder an den Tisch.

Hemi schaute zu Danny, die am anderen Ende saß. »Du bist also Roses Mädchen.«

Wie Tipene und Henare vor ihm musterte Hemi Danny eingehend, bevor er vortrat, ihr die Hand schüttelte, die Wange küsste und sie dann gegen seine breite Brust drückte. Die Brüder waren sich so ähnlich, dass es Danny schwerfiel, sie auseinanderzuhalten. Glücklicherweise zeigte sich bei Henare ein Bauchansatz, Tipene kennzeichneten abstehende Ohren, und Hemi fehlte ein Vorderzahn.

Letzterer blickte aus dem Fenster zu Matt und Mia, die sich gerade den Traktor anschauten. »Sind das deine Kinder?«

»Nein«, antwortete Danny, »meine Nichte und mein Neffe.«

Er kratzte sich am Kopf und zog einen Stuhl heran. »Ist schwer, sich Rosie als Großmutter vorzustellen.«

Pania winkte Henare und Tipene an den Tisch und ließ sich dann vorsichtig auf den Stuhl sinken, den Ted für sie herausgezogen hatte. »Jetzt, wo wir alle da sind, können wir reden. Ich bin mir sicher, dass Danny jede Menge Fragen hat.« Sie nahm den Teller mit den Pfannkuchen und streckte ihn Danny entgegen. »Du hältst dich lieber ran, bevor diese drei alles verschlingen.«

Danny nahm sich gehorsam einen Minipfannkuchen, aber sie war zu nervös, um zu essen, und legte ihn einfach nur auf ihren Teller.

Ted zeigte auf die große Edelstahl-Teekanne und eine Stempelkanne für Kaffee. »Tee oder Kaffee?«

»Tee, bitte. Ich mag keinen Kaffee.«

»Ich auch nicht.« Pania gab Henare ihren Gehstock, der ihn über der Lehne ihres Stuhles einhängte. Sie sah Danny an. »Du hast länger gewartet, also solltest du anfangen. Was willst du wissen?«

Danny antwortete: »Alles.«

Rose Smith hatte ihr Zuhause verlassen, als sie neunzehn gewesen war, nachdem ihr Vater herausgefunden hatte, dass sie eine Affäre mit einem verheirateten Mann hatte.

»Ich habe ihr gesagt, dass ich sie nicht mehr unter meinem Dach haben will, wenn sie weiter ein Techtelmechtel mit einem Schuft wie Dave Blackstaff hätte.« Ted schüttelte den Kopf. »Ich hatte nicht damit gerechnet, dass sie wirklich gehen würde. Sie packte ihre Taschen und bat Blackstaff, seine Frau zu verlassen und sich zu ihr zu bekennen, aber er hatte nichts von dem, was er ihr versprochen hatte, jemals ernst gemeint. Und bevor wir wussten, was passierte, war sie nach Auckland verschwunden.«

»Wir haben versucht, sie zu finden«, erzählte Pania. »Die Jungs sind monatelang ständig nach Auckland gefahren.«

Henare griff die Geschichte auf. »Wir haben nie auch nur einen Hauch von ihr entdeckt; es war, als hätte sie sich in Luft aufgelöst. Rosie war immer ihr eigener schlimmster Feind. Sie lebte in einer Traumwelt und konnte es nicht hinnehmen, wenn man versuchte, die Dinge ins rechte Licht zu rücken.«

Tipene nickte zustimmend. »Wäre Schwachsinn Musik, hätte Rosie ihr eigenes Orchester gehabt.«

Danny warf ihren Großeltern einen kurzen Blick zu, die beide nickten.

»Dass sie so hübsch war, das war Rosies Problem«, verkündete Hemi. »Alle Jungs waren hinter ihr her.«

»Weswegen es mir so schwerfiel, sie mit einem Nichtsnutz wie Dave Blackstaff zusammen zu sehen«, fügte Ted bitter hinzu. »Sie hätte sie sich aussuchen können.«

»Wir drehen uns doch nur immer wieder im Kreis«, sagte Pania müde. »Es wird nichts ändern. Rose hat ihre Entscheidungen getroffen, und damit werden wir leben müssen.« Sie beobachtete, wie Matt und Mia in den Raum kamen und stoppten, als sie das ganze Essen auf dem Tisch sahen. »Wie wäre es, wenn ihr Kinder euch ein bisschen von dem Essen nehmt und fernseht, während die Erwachsenen langweiliges Erwachsenenzeug reden?«

Mia und Matt schauten fragend zu Danny, die nickte. Sie luden sich die Teller voller Pfannkuchen und Würstchen und gingen ins Wohnzimmer.

»Also, was ist mit ihr passiert?«, fragte Hemi, als sie außer Hörweite waren. »Wie war Rosies Leben?«

Danny erzählte es ihnen und ließ nichts aus. Als sie berichtete, dass Rose an Brustkrebs gestorben war, wirkten alle erschüttert.

»Und deine Schwester?«, murmelte Pania.

»Brustkrebs – Anfang des Jahres.«

Tipene schob seinen Stuhl zurück. »Diese verdammte Krankheit! Sie ist der Fluch der Familie.«

»Was meinst du damit?« Danny musterte die Gesichter. »Was meint er?«

Hemi murmelte: »Zwei von Mums Nichten und eine ihrer Schwestern sind an Brustkrebs gestorben.«

Dannys Hände zitterten. Sie presste sie auf den Tisch, und ein Paar faltige alte Hände legte sich darauf. Danny schaute in Panias warme braune Augen und sah tiefes Verständnis. »Ich bin noch da, Danny.« Der Griff ihrer Großmutter war überraschend fest. »Er hat meine Zwillingsschwester erwischt, aber nicht mich.«

Danny umklammerte ihre Hände. »Du bist ein Zwilling?«

Pania nickte. »Wir sind die Starken, du und ich; wir wurden aus gutem Grund verschont. Ted und deine Mutter und meine Jungs waren mein Grund.« Sie nickte in Richtung des Wohnzimmers, wo Matt und Mia vor dem Fernseher auf dem Boden lagen. »Sie sind deiner.«

»Tante Danny!«, schrie Mia.
»Dieses Mädchen hat ein ganz schönes Organ!«, bemerkte Tipene trocken.
»Tante Danny! Onkel Ross ist im Fernsehen!«
»Beeil dich!«, rief Matt. »Du verpasst alles!«
Danny rannte ins Wohnzimmer.
Ross' Aufenthalt in Neuseeland hatte genug örtliches Interesse erregt, dass die Nachrichten über die Premiere von *John Doe* berichteten. Das Interview war ein paar Stunden vorher aufgezeichnet worden. Ross stand außerhalb eines Londoner Filmtheaters auf dem roten Teppich, neben Kevin Spacey und Marisa Tomei, während die Massen in der Kälte vor Aufregung kreischten und schrien, weil sie ihre Idole sehen durften.
Danny musterte Marisa kritisch. So hübsch war sie gar nicht. Dann starrte sie hungrig auf Ross. Er hatte sich seit dem letzten Mal, als sie ihn gesehen hatte, die Haare schneiden lassen – seine schwarzen Locken waren gezähmt, und sein Kinn war glatt rasiert. Er trug einen dunklen Anzug mit weißem Hemd und wirkte vor der Kamera völlig entspannt und absolut zu Hause. Der oberste Knopf seines Hemdes stand offen und zeigte seine wunderbare olivfarbene Haus und das krause schwarze Haar an seinem Brustansatz.
Sarah, die Interviewerin, war die Europakorrespondentin eines neuseeländischen Senders. »Also, wann werden Sie nach Neuseeland zurückkehren, Ross?«, fragte sie und hielt ihm das Mikrofon entgegen.
»Anfang nächsten Monats. Ich muss noch das Dach fertig reparieren.«
»Er hat auch Probleme mit Schafen«, verriet Kevin, und Marisa lachte.
»Oh ja, die Schafe!«, rief Sarah. »In den letzten Monaten

waren ein paar sehr interessante Bilder von Ihnen im Umlauf.« Sie lächelte kokett in die Kamera, bevor sie sich wieder Ross zuwandte. »Wird es Ihnen jetzt zur Gewohnheit, zwei Schafe auf dem Rücksitz spazieren zu fahren?«

Ross zog eine Augenbraue hoch. »Und das muss ich einem Kiwi-Mädchen erklären? Die Schafe sind abgehauen. Wie sollte ich sie sonst nach Hause bringen?«

Sarah kicherte ihn an, und Danny wollte ihr eine Ohrfeige verpassen. Ross' vorübergehender Aufenthalt in Neuseeland schien ihn in den Ehren-Kiwi-Stand erhoben zu haben. Sarah stellte Ross, Kevin und Marisa noch ein paar Fragen über den Film. Nach dem lockeren Geplänkel und den Witzen, die sie auf Kosten der anderen machten, war es offensichtlich, dass sie sich miteinander wohl fühlten. Ross lächelte und umarmte Marisa, als sie sich darüber beschwerte, dass er und Kevin sich ständig gegen sie verbündeten. Danny knirschte mit den Zähnen. Sie wollte sie alle schlagen.

Jemand weiter hinten auf dem roten Teppich rief nach Ross und den Schauspielern, also bedankte Sarah sich für das Gespräch und wandte sich wieder der Kamera zu.

Ross blieb noch stehen. »Ist es okay, wenn ich noch meine Familie in Neuseeland grüße?«

Sarah strahlte. »Natürlich.« Sie gab ihm das Mikrofon.

Er lächelte in die Kamera. »Hi, Matt, hi, Mia! Ich hoffe, ihr bekommt noch etwas anderes zu essen als Haferbrei.«

Mia sprang aufgeregt auf und ab. »Das sind wir! Er redet mit uns!«

Matt brachte sie zum Schweigen.

Ross starrte direkt in die Kamera. Sein Lächeln wurde vertrauter und seine Stimme tiefer: »Hi, Danny!«

Dannys Magen machte einen Sprung. Sie fühlte sich, als würde sie durch die Kamera in Ross' warme dunkle Au-

gen gesaugt. Er gab Sarah das Mikrofon zurück, die sofort fragte: »Wer ist Danny?«
Ross lächelte. »Das wäre jetzt Tratsch.«
Sarah drehte sich zur Kamera und fing sofort an zu spekulieren, wer die mysteriöse Person mit dem Namen Danny sein könnte.
Unterdessen stand Danny plötzlich im Mittelpunkt der Aufmerksamkeit von jedem im Wohnzimmer.
»Wer«, wollte Ted wissen, »ist das?«

KAPITEL 20

Als sein Flugzeug in Auckland landete, hatte Ross genug Weihnachtsgeschenke dabei, um das Christkind für die nächsten fünf Jahre arbeitslos zu machen. Er hatte sich in New York kurz mit Wanda getroffen und dann bei seinen Eltern in San Diego vorbeigeschaut. Vorhersehbarerweise hatten seine Mutter und seine Schwestern die Gelegenheit ergriffen, ihn als Postbotenersatz für Matts, Mias und Dannys Weihnachtsgeschenke zu missbrauchen.

Erst als Ross mit einem Glas Single-malt Scotch in der Hand im Flugzeug saß, ging ihm auf, dass er hereingelegt worden war. Eines von Mias Geschenken stellte sich als ein batteriebetriebener Welpe heraus, der laut Kartonaufschrift so realistisch war, dass er alles konnte, außer sein Geschäft machen. Kaum hatte das Flugzeug abgehoben, fing der Welpe dauerhaft an zu bellen und nervte damit alle Passagiere der ersten Klasse. Ross und eine der Stewardessen mussten das ganze Fach ausräumen, bevor sie den Welpen fanden und dem kleinen Bastard die Batterien ausbauen konnten. Ross war nicht sonderlich überrascht, Deirdres Handschrift auf der Karte zu entdecken, die an dem zerrissenen Geschenkpapier hing.

»Wie viele Kinder haben Sie, Sir?«, fragte die Stewardess.

Er öffnete seinen Mund, um »keine« zu antworten, und hielt inne. »Zwei«, sagte Ross dann langsam, »ich habe zwei.«

Eine Mitreisende, die schon eine halbe Flasche Champa-

gner ausgetrunken hatte, meldete sich vom anderen Ende der Kabine. Sie hatte das geliftete, botoxstarre Gesicht einer Sechzigjährigen, die immer noch versuchte, auszusehen wie dreißig.
»Sagen Sie, O'Rourke«, lallte sie, »sind irgendwelche davon für Danny?«
Ihr Kommentar bereitete Ross ein wenig auf das vor, was er vorfand, als sein Taxi schließlich vor Dannys Haus hielt. Als er von hier abgereist war, hatten nur zwei oder drei Fotografen vor der Tür ausgeharrt, aber als er jetzt aus dem Taxi stieg, sprangen mindestens zehn von ihnen aus ihren Autos und tauchten ihn in ein Blitzlichtgewitter.

♥

Vor Monaten, als Ross zum ersten Mal nach Neuseeland geflogen war, hatte Danny tief und fest geschlafen und nichts geahnt. Beim zweiten Mal beobachtete sie den Digitalwecker auf ihrem Nachttisch, wie er auf fünf Uhr dreißig morgens umschaltete, und wusste, dass sein Flugzeug gerade in Auckland gelandet war. Genau wie Nella und vor ihr ihre Mutter beobachtete Danny die Uhr und zählte die Minuten, bis ein Mann durch die Haustür trat. Und genau wie sie hatte sie sich um ihr Aussehen bemüht und sich den blauen Rock mit der Bluse und den dazu passenden Schuhen angezogen, weil es Ross so gut gefiel. Sie hatte sich den Mascara aus den Haaren gewaschen, war dann aber im letzten Moment in Panik verfallen, weil sie das Gefühl hatte, das wäre einfach zu offensichtlich. Also waren die Haare jetzt silbern und blau, und in ihren Ohren steckten ihre Sicherheitsnadel-Ohrringe.
Sie musste sich am Kopf untersuchen lassen. Lawton-Frauen waren völlig nutzlos, wenn es um die Auswahl

von Männern ging. Sie hatten zwei genetische Prädispositionen: sich in den falschen Mann zu verlieben und jung zu sterben. Danny scheute davor zurück, das, was sie für Ross empfand, als Liebe zu bezeichnen – Lust war besser. Langfristige Bindungen waren genauso wenig Ross' Ding wie ihres. Er war siebenunddreißig Jahre alt und hatte trotzdem noch nicht einmal eine Ex-Frau oder ein uneheliches Kind vorzuweisen. Er lebte allein in einem Türmchenhaus und tauchte nur auf, wenn er Publicity für seine Bücher machen musste oder wenn etwas wie Patricks Tod ihn dazu zwang, mit einem Flugzeug ans andere Ende der Welt zu fliegen.
Aber als Ross durch die Tür trat und Glamour mit sich brachte wie eine Art hochwertiges Aphrodisiakum, wusste Danny, dass sie verloren war. Er war glatt rasiert, hatte klare Augen und trug einen schicken dunklen Anzug, ein nur zu zwei Dritteln zugeknöpftes Hemd und eine Fliegersonnenbrille. Er lächelte und wirkte verwegen und gefährlich. Der Serienkiller war nirgends zu entdecken. Und direkt hier im Flur, vor den Kindern, wollte Danny sich ihm an den Hals werfen.
Stattdessen beobachtete sie, wie Ross sein Gepäck und die Duty-free-Tüten auf die Bodendielen fallen ließ und Mia in seine Arme riss. »Autsch!« Sie kicherte. »Onkel Ross! Du drückst mich zu fest!«
Ross schnappte sich Matt und zog ihn in eine Umarmung. Er rieb eine Hand über Matts kurze Haare und erklärte ihm: »Coole Frisur, Matt! Sieht böse aus.« Matt duckte sich grinsend weg. Über den Köpfen der Kinder trafen sich Ross' und Dannys Blicke.
Ich habe dich vermisst.
Ich bin so glücklich, dass du wieder da bist.
Ross wollte sie an seine Brust ziehen und küssen, bis ihr

schwindlig war. Sie trug den blauen Rock, den er so mochte. Ross versuchte, nicht zu viel hineinzuinterpretieren; er hatte Danny dabei zugesehen, wie sie sich am Morgen anzog, als er in ihrem Bett geschlafen hatte, und gesehen, wie sie Kleidungsstücke aus dem Schrank zog, ohne sich darum zu kümmern, ob sie zusammenpassten. Trotzdem war es ungewöhnlich, dass sie dazu auch noch ihre blauen Ballerinas trug und ihr Haar sich nicht mit der Kleidung biss.

»Also«, sagte Ross gedehnt, »wenn das mal nicht Tante Danny ist!«

Es war, als wäre ein Schalter umgelegt worden, der plötzlich jegliche Feuchtigkeit aus ihrem Mund verschwinden ließ. Danny leckte sich die Lippen. »Von wegen Tante Danny! Weißt du eigentlich, was für Ärger ich seit deinem kleinen Fernsehauftritt hier hatte?«

Er betrachtete sie über Mias Kopf hinweg, und seine Augen blitzten. »Was habe ich getan?«

Danny starrte ihn böse an. »Du weißt genau, was du getan hast!«

Mia griff nach Ross' Kinn und drehte seinen Kopf zu ihr. »Du hast Tante Danny berühmt gemacht, Onkel Ross.«

Er keuchte spöttisch auf. »Habe ich das?«

Danny zog ein finsteres Gesicht. »Seitdem du ›Hi, Danny!‹ gesagt hast, rufen zu allen Uhrzeiten Journalisten an und möchten mich interviewen, und die Fotografen vor dem Haus haben sich explosionsartig vermehrt. Jedes Mal, wenn ich aus dem Fenster schaue, ist da einer mehr.«

Nachdem er schon so viel Zeit im Publicity-Zirkus verbracht hatte, war Ross gegen den Wirbel immun, aber er hatte auch ein gut eingespieltes Security-Team zur Verfügung gehabt, um die Irren und Übereifrigen unter Kontrolle zu halten. Danny und die Kinder hatten diesen Luxus nicht genossen. »Ich werde mich darum kümmern.«

Danny war noch nicht fertig. »Gestern hat mich eine Patientin gefragt, ob ich ›die Danny von diesem reichen Yankee-Schreiber‹ bin und ob sie mein Autogramm haben könnte.« Sie erzählte nicht, dass die Frau eigentlich ›reichen, heißen Yankee-Schreiber‹ gesagt hatte. »Es ist, als würde ich von einem Stalker verfolgt.«

Ross stellte Mia auf den Boden und spähte durch die Scheiben in der Haustür zu den Fotografen, die auf der Straße auf und ab wanderten wie Löwen, die auf die Fütterung warteten. »Ich verspreche, dass ich mich darum kümmern werde. In der Zwischenzeit sollten du und die Kinder einfach nicht in den Vorgarten gehen.«

Er hob seine Taschen auf und setzte sich in Richtung Küche in Bewegung.

Danny trat ihm in den Weg. »Wann wirst du etwas unternehmen?«

Er versuchte, an ihr vorbeizukommen, aber sie blockierte ihn wieder. Ross wirkte mehr amüsiert als genervt. »Ich weiß es nicht; ich habe meine Kristallkugel in den Staaten vergessen.«

»Was sollen wir tun, während du versuchst, dich zu entscheiden?«

»Geduld haben.« Clever wedelte er mit den Duty-free-Tüten in Matts und Mias Richtung. »Schaut! Ich habe Geschenke mitgebracht. Sollen wir sie in der Küche aufmachen?«

Die Kinder rasten los.

Danny erinnerte sich daran, dass er so eine Nummer schon mal abgezogen hatte; nur war es beim letzten Mal eine Starbucks- und keine Duty-free-Tüte gewesen, und sie hatte auf beiden Augen Veilchen gehabt. »Versuch nicht, mich mit billigem Schnaps oder Schlafmasken und Pantoffeln aus der Business-Klasse abzuspeisen!«, warnte sie ihn.

Er senkte die Lider, und seine Stimme wurde tiefer, genauso wie im Fernsehen. Ein Schauer lief Dannys Wirbelsäule hinunter. »Es ist kein billiger Schnaps, und ich fliege Erste Klasse.«
Danny blickte auf seinen Mund und erinnerte sich genau, wie es sich anfühlte, von ihm geküsst zu werden. »Das … darum geht es gar nicht.«
»Ich habe ein Geschenk für dich.« Ross neigte seinen Kopf zur Seite und lehnte sich näher zu ihr. »Willst du es sehen?«
Zwischen ihren Mündern lagen nur wenige Zentimeter. Es war eine zu große Versuchung für Ross. Er streifte seine Lippen über ihre.
»Onkel Ross! Tante Danny! Kommt ihr?«, schrie Matt aus der Küche.
Sie sprangen auseinander, und Ross stöhnte auf, als seine Nase mit Dannys zusammenstieß. Sie drehte sich in dem engen Flur erst in die eine Richtung, dann in die andere, wie ein Autoskooter ohne Fahrer. Ross gab ihr einen Stups in Richtung Küche.

♥

Er hatte den Kindern CDs und Bücher und Danny eine Flasche Parfüm mitgebracht. Als Ross Matts und Mias Geschenke verwechselte, verzog Danny ihre Lippen zu einem winzigen befriedigten Lächeln. Er war genauso aus der Fassung wie sie.
Er reichte ihr eine Tüte, und sie schaute hinein. »Parfüm? Für mich? Aber du weißt doch gar nicht, was ich mag.«
»Vertrau mir!«, bat er, und sie schnaubte. »Es ist perfekt für dich.«

Danny zog die eingewickelte Flasche aus der gelben Tüte. Es war eine Flasche *Poison*.
»Siehst du? Es steht sogar dein Name darauf.«

Mia und Matt baten Ross, das Abendessen zu kochen.
»Warum?«, fragte er. »Was habt ihr zu essen bekommen?«
»Verbrannte Chicken-Nuggets und Pommes«, antwortete Mia.
»Sie waren nicht immer verbrannt!«, protestierte Danny. »Und ich habe einen Kuchen gebacken.«
»Du hast die Eier vergessen«, sagte Matt. »Selbst Deryls Schweine wollten ihn nicht fressen.«
Ross lachte so heftig, dass Danny schon befürchtete, er würde einen Herzinfarkt erleiden. Dann verging ihm das Lachen, als die Kinder ihre neuen Verwandten in Rotorua erwähnten.
»Du hast Kontakt zu deiner Familie aufgenommen?«
Sie beobachtete sein Gesicht, um ein Zeichen zu entdecken, ob er für den Mann verantwortlich gewesen war, der sich nach ihrer Familie erkundigt hatte. »Ja. Es hat sich herausgestellt, dass Joes Großmutter meine Großmutter kennt.«
»Das ist toll, Danny. Das freut mich für dich.«
Bildete sie sich das nur ein, oder war sein Lächeln ein wenig schief? Danny wurde immer verwirrter. Warum war er so nett?
»Wir haben Fotos von Nana Pania und Grandad Ted und unseren Onkeln.« Matt zog los, um die Digitalkamera zu holen.
Als er zurückkam, starrte Ross für lange Zeit auf das Foto von Pania. »Du siehst ihr ähnlich.«
Dannys Wangen liefen rosa an. »Tue ich das?«

Er scrollte durch die weiteren Fotos. »Gibt es deine Onkel auch in anderen Größen als XL?«

Später an diesem Abend half Danny Ross dabei, die Weihnachtsgeschenke zu verstecken, die seine Familie ihm für Matt und Mia mitgegeben hatte, und hörte sich die guten, schlimmen und einfach nur irren Sachen an, die ihm während seiner Publicity-Reise passiert waren. Sie lachte, als er ihr erzählte, wie Deirdre ihn auf dem Flug mit dem kläffenden Welpen in Verlegenheit gebracht hatte. Je länger sie ihm zuhörte, desto verwirrter und verunsicherter wurde sie. Er war gutaussehend, charmant und liebenswürdig. Er war im Bett ein diplomiertes Genie, und sie musste ihm nur einmal in die Augen sehen, um zu wissen, dass er vorhatte, sie wieder ins Bett zu bekommen. Danny war schwer in Versuchung.

Ross achtete sorgfältig darauf, es nicht zu übertreiben. Wenn er sie zu sehr unter Druck setzte, würde Danny entweder fliehen oder ihn im Schlaf ermorden, also machte er es sich zum Prinzip, sie in regelmäßigen Abständen zu beleidigen, um sie im Ungewissen zu lassen.

In den ersten paar Tagen schrieb er nicht, sondern schenkte Danny und den Kindern seine ungeteilte Aufmerksamkeit. Es war Sommer. Die Hitze und die Luftfeuchtigkeit nahmen stetig zu. Ross stand frühmorgens auf, um am Strand zu joggen und zu schwimmen, bevor er nach Hause kam und sich für die Schulwegbegleitung fertig machte. Er trug ein T-Shirt, Shorts, seine Chargers-Kappe und die Fliegersonnenbrille, um die Versuche der Fotografen abzuschmettern, ein gutes Foto von ihm zu bekommen. Aber wenn er zurückkehrte, zog er zum Schreiben alles bis auf die Shorts aus.

Danny gab den Versuch auf, in der Küche zu essen, weil all diese nackte Haut und Muskeln sie einfach zu sehr ablenkten. Wenn das Verlangen übermächtig wurde, versuchte sie, hinter ihm vorbeizugehen und ihn zu berühren – aber dann interessierte Ross sich plötzlich brennend für etwas auf dem Bildschirm seines Laptops und lehnte sich mit auf den Tisch gestützten Ellbogen vor. Wann immer sie sah, dass er sich abwesend das Kinn rieb oder durch die Haare fuhr, musste sie den Raum verlassen, weil sie auf seinen Schoß springen und ihm anbieten wollte, das für ihn zu erledigen. Danny kannte nur eine Form der Verteidigung – Angriff –, also steigerte sie sich in ihren Ärger über die Paparazzi-Invasion hinein und legte regelmäßig Tobsuchtsanfälle hin, die einer Zweijährigen zur Ehre gereicht hätten.

Die Anwesenheit der Paparazzi auf der Türschwelle lud nicht gerade zu romantischen Momenten ein. Ross wusste genau, wie viele Fotografen jeden Morgen vor dem Haus lagerten, weil die meisten von ihnen ihm zum Strand folgten und ihn fotografierten. Er beobachtete ihr Kommen und Gehen und zählte sie manchmal durch, aber zu Dannys Ärger passierte sonst nicht viel.

»Was für einen Sinn macht es, sie zu zählen? Was für einen Sinn macht es, sie zu beobachten? Wie willst du sie loswerden? Warum rufst du nicht die Polizei an und verlangst, dass sie etwas unternehmen?«

»Du meinst, das hast du noch nicht getan?«

Sie nickte widerwillig.

»Und, was haben sie gemacht?«

»Sie haben gesagt, solange sie nicht die Straße blockieren oder den Zugang zu meinem Grundstück behindern, könnten sie nichts unternehmen.«

»Genau.« Ross machte sich wieder ans Zählen und Beobachten. »Wie gefällt deinen Nachbarn dieses gesamte Tohuwabohu?«
»Wie soll es ihnen schon gefallen? Sie hassen es.«
»Gut.«
Danny ballte ihre Hände zu Fäusten und stampfte mit dem Fuß auf.
»Treib mich nicht dazu, dich auf dein Zimmer zu schicken!«, warnte Ross. Zwei Tage später sagte er beim Frühstück: »Mir ist etwas eingefallen, wie wir die Fotografen loswerden können. Ich habe mit Lloyd und den anderen Nachbarn auf der Schulwegbegleiter-Route gesprochen, aber ich brauche Jarvis Wainwrights Telefonnummer.«
»Warum? Was willst du tun?«
»Ich werde es dir erzählen, wenn alles vorbereitet ist.«
Danny fühlte sich wie das einzige Kind in der Klasse, das nicht mit für den Abschlussball planen durfte. »Es wäre besser, wenn ich mit Jarvis rede. Er mag dich nicht, weißt du noch?«
»Gib mir einfach die Nummer, okay?«
Ross weigerte sich, ihr zu verraten, was er vorhatte. Er sagte nur, dass Danny Matt und Mia am Samstagmorgen zum Spielen zu Freunden schicken und sicherstellen sollte, dass sie alte Kleidung anhatte.
»Warum?«, wollte sie wissen.
»Habe ich alte Kleidung gesagt?«, fragte Ross. »Ich meinte, zieh dich ganz normal an.«
Danny wurde langsam mulmig. »Es ist nicht illegal, oder?«
»Nö.«
Es schien, als wäre jeder in der Nachbarschaft in den Plan eingeweiht außer Danny – selbst Joe wusste, was abging. Er kletterte jedes Mal auf das Dach, wenn Danny sich ihm

näherte, aber am Freitagnachmittag trieb sie ihn in die Enge, indem sie ihm den Weg zur Leiter abschnitt.

Sie bedachte ihn mit ihrem bösesten Blick. »Sag mir, was Ross für morgen geplant hat, Joe!«

»Jesses, lass das, Danny!«, entgegnete er nervös. »Meine Frau hat mich gestern Abend gezwungen, *American Werewolf in Paris* anzuschauen, und genau so hat der Werwolf geguckt, bevor er jemanden gebissen hat.«

»Erzähl mir, was morgen passieren wird, und ich verspreche, dich nicht zu beißen.«

Ross hatte recht: Danny war eine gefährliche Frau. »Ich kann nicht. Ross wird fuchsteufelswild, wenn ich es dir verrate.«

Sie drängte ihn nach hinten gegen die Leiter. »Ich bin deine Cousine, Joe!«

»Und Ross ist mein Freund und mein Boss.« Er rollte unruhig die Schultern, als Danny bösartig ihre Augen verengte. »Ich werde dir eines verraten.«

Sie lächelte triumphierend. »Was?«

»Kühe – jede Menge Kühe.«

♥

Sie bemühte sich vergeblich, Deryl Informationen zu entlocken, wurde aber für ihre Anstrengungen nur auf die Hand getätschelt, während Deryl kryptisch bemerkte: »Ross hat alles organisiert, Liebes, lass ihn nur mach'n! Ich werd froh sein, wenn wir diese Pastrami Kerle los sin', das kann ich dir sag'n, und ich werd ihnen noch was erzähl'n, bevor sie verschwind'n!«

Danny entschied, dass Deryl halluzinogene Drogen nehmen musste, weil nichts sonst den Beifall in Deryls Gesicht erklären konnte, wenn sie über Ross sprach, der

immer noch nicht angeboten hatte, das Haus zu verlassen oder eine anständige Frau aus Danny zu machen.
Um neun Uhr am Samstagmorgen waren Mia und Matt für den Tag bei ihren jeweiligen Freunden abgesetzt, und Danny trug ihre Lycra-Shorts, ihr *Ich-habe-mit-nichts-angefangen-und-das-meiste-davon-habe-ich-noch-*T-Shirt und ihre mit Bindfaden geschnürten Laufschuhe. Für die besondere Gelegenheit hatte sie ihr kurzes Haar orangegolden gefärbt. Es stand in Stacheln von ihrem Kopf und ließ sie, als sie zur Eingangstür rannte und die Fotografen zählte, aussehen wie einen hyperaktiven Fuchs. Sie erstattete Ross Bericht, der auf der Veranda in einem Stuhl lümmelte und tippte. Sie hoffte nur, dass der ganze Rummel nicht als große Enttäuschung enden würde – bis jetzt hatte Ross zur Feier des Tages lediglich abgeschnittene Jeans und ein kreischend fuchsia-pink-blaues Hawaiihemd angezogen, das so *überhaupt nicht* zu ihm passte.
Danny verliebte sich auf den ersten Blick. »Dieses Hemd ist widerlich. Kann ich es haben?«
»Als wüsste ich das nicht – und nein, kannst du nicht. Dein Schrankinhalt ist schon schlimm genug.« Ross hielt seine Augen auf den Computerbildschirm gerichtet. »Es war ein Geburtstagsgeschenk von Deirdre.«
»Ein Geschenk?« Danny konnte es nicht glauben. »Was hattest du ihr angetan?«
»Ich glaube, es war die Revanche für *Das große Braut-Handbuch für die Nachttischschublade*, das ich ihr zum letzten Geburtstag geschenkt habe.«
Sie musterte ihn mit zusammengekniffenen Augen. »Es gibt einen Grund, warum du es heute trägst, oder?«
»Ich werde heute fotografiert werden, und wenn ich Glück habe, sieht Deirdre die Fotos und schämt sich, wenn ich allen lautstark erzähle, dass sie es mir geschenkt hat.«

»Dein hinterhältiges Hirn arbeitet ständig, oder?«
Er lächelte bescheiden. »Ich gebe mir Mühe. Wie viele sind es jetzt?«
»Acht. Worauf genau warten wir?«, wollte Danny wissen.
Ross gähnte, streckte sich und schaute auf die Uhr. »Ich nehme an, dann sollten wir mal los.« Er kämpfte sich auf die Beine. »Ich muss nur noch ein paar Anrufe erledigen.«
Die Telefonate waren kurz und verrieten Danny keinen Deut mehr. »Gehen wir jetzt raus?«, fragte sie.
»Noch nicht.«
Ross nahm sich aus der Obstschale neben dem Telefon einen Apfel und steckte einen zweiten in seine Hosentasche. Er setzte sich an den Küchentisch, rieb den Apfel an seinem Hemd ab und biss hinein.
Danny setzte sich ihm gegenüber, stemmte ihre Ellbogen auf den Tisch, stützte ihr Gesicht in die Hände und beobachtete, wie er den Apfel aß. Eine Minute verging. »Gehen wir *jetzt* raus?«
»Nö.«
Mampf, mampf.
Sie trommelte mit den Fingern auf ihre Wangenknochen.
»Jetzt?«
»Nein.«
Mampf, mampf. Mampf, mampf, mampf.
»Was ist mit jetzt?«
Ross biss ein letztes Mal ab und schaute Danny an. Seine Augen leuchteten vor unterdrücktem Lachen.
Sie richtete sich auf. »Du Schwein!«
Er lachte und warf den Apfelbutzen in den Mülleimer neben dem Kühlschrank. »Komm, Rocky!«
Die ruhige Landstraße vor dem Haus war mit Dannys Nachbarn gefüllt, die alle auf ihren Grundstücken stan-

den und die Fotografen böse anstarrten. Danny war erleichtert zu sehen, dass niemand Mistgabeln oder Gewehre dabeihatte. Als sie zusammen mit Ross in den Vorgarten trat, fingen die Fotografen an, Bilder zu schießen.

Danny biss die Zähne zusammen. »Das sollte besser mal etwas Besonderes werden, Fabello!«

Ross zog den Apfel aus der Hosentasche und biss herzhaft hinein. Er schien die Kameras, die auf sie gerichtet waren, gar nicht zu bemerken.

»Was tun wir jetzt?«

»Wirst du gleich sehen.«

Allmählich drang entferntes Muhen vom klippennahen Ende der Straße zu ihnen herüber. Alle drehten sich in Richtung des Lärms und der Staubwolke, die ihn begleitete. Die Staubwolke wurde größer, und das Muhen wurde lauter. Langsam erschien ein Lächeln auf Dannys Gesicht, als zweihundert von Jarvis Wainwrights Kühen auf dem Hügel auftauchten, eine wandernde Decke aus Schwarz und Weiß, die sich über dem Asphalt der Straße und noch über die Seitenstreifen hinaus ausbreitete, bis dort, wo die Lattenzäune anfingen.

Es war wie etwas aus einem Spaghetti-Western. Es fehlten nur noch die Titelmelodie von *Zwei glorreiche Halunken* und mexikanische Banditen mit großen Hüten und Ponchos, die in die Luft schossen und *Jiii-hah!* schrien. Statt Banditen folgte der Herde Jarvis Wainwright in seinem Silver Shadow und drängte sie unaufhaltsam vorwärts, direkt auf die teuren, schicken SUVs, Audis, Volvos der Fotografen zu – darunter ein besonders nettes BMW-Cabrio –, die alle auf dem Grünstreifen neben der Straße geparkt waren.

Jarvis trat sanft auf das Gaspedal, und die Kühe fielen in Trab. Den Fotografen ging plötzlich auf, dass ihre vielgeliebten Autos sich auf Kollisionskurs mit einer Herde hungriger Kühe befanden, die auf die Weide voller saftigen Grases neben Deryls und Lloyds Haus zusteuerten. Sie rannten zu ihren Wagen, fummelten an den Türen herum und ließen in ihrer Hast, der Rinderapokalypse zu entkommen, sogar ihre Kameras fallen. Die Ankunft eines Polizeiautos am anderen Ende der Straße komplizierte alles noch, weil nun die Straße versperrt war.

Danny musterte die unheilige Schadenfreude in den Gesichtern ihrer Nachbarn und das Lächeln, das Ross' Mundwinkel nach oben zog, als er seinen Apfel aufaß. Sie warf ihre Arme in die Luft und jubelte. Das war besser, als im Lotto zu gewinnen!

Die Kühe erreichten Dannys Haus und bogen in Richtung von Deryls und Lloyds Tor ab. Im Vorbeitraben rammten sie ungeschickt die Autos. Der BMW bekam einen heftigen Tritt von einem nervösen Kalb ab, während der Besitzer des Wagens hinter dem Lenkrad in Deckung ging. Erst als das Tor hinter der letzten Kuh geschlossen worden war, fühlten die Fotografen sich sicher genug, um auszusteigen und den Schaden an ihren Wagen zu begutachten.

»Sie sind ein Arsch, O'Rourke!« Ein rothaariger Mann mit einem üblen Sonnenbrand zeigte auf die tiefe Delle im Kotflügel des BMW. »Schauen Sie sich meinen Wagen an!«

Ross warf den Apfelbutzen weg und wischte sich die Finger an seinem scheußlichen Hemd ab. »Mann, was für eine Schande! Sie werden einfach anfangen müssen zu laufen.«

»Ich werde Sie verklagen! Sie werden schon noch sehen, Sie selbstgefälliges Arschloch!« Rothaar trat in frische Kuhscheiße, rutschte aus und fiel auf den Hintern. »Scheiße!«

»Das ist das Ehrlichste, was ich je aus Ihrem Mund gehört habe, Hickford.«

Deryl stürzte sich wie ein Racheengel in Polyester auf den

glücklosen Hickford. »Sie hab'n nichts als Ärger gemacht, wie Sie vor unser'n Häusern rumgehang'n sind! Felicity und Chantal war'n so nervös, dass sie nich' mehr gefress'n hab'n!«

Als Ross ihr einen fragenden Blick zuwarf, formte Danny mit den Lippen das Wort »Schweine«. Er schüttelte den Kopf: Nur Deryl würde zwei Schweine Felicity und Chantal nennen.

»Hey, Hickford!«, rief Danny ausgelassen. »Wir pumpen nächste Woche die Jauchegrube aus. Wenn Sie Ihr Auto rechtzeitig repariert bekommen, sollten Sie vorbeikommen und uns dabei fotografieren. Man weiß ja nicht, vielleicht löst sich aus Versehen der Schlauch!«

Ross beobachtete, wie Danny in ihren hängenden Shorts und dem grauenhaften T-Shirt durch den Vorgarten tanzte, während das kurze orangefarbene Haar von ihrem Kopf abstand und sie aussehen ließ wie einen Punkrocker-Nymphensittich. Und er verstand zum ersten Mal, wieso Lloyd Deryl in ihrem schrecklichen Kleid mit den Kniestrümpfen schön fand.

♥

»Du warst brillant!« Danny tat so, als würde sie ihre Daumen in nicht vorhandene Hosenträger einhängen, und vollführte einen Kosakentanz um den Küchentisch herum. »Du warst brillant! *Du warst brillant!*«

Ross lehnte sich in den Türrahmen der Hintertür und betrachtete sie. Sie war aus ihrem emotionalen Bunker geklettert, aber hatte er genug getan, um sie davon abzuhalten, wieder darin zu verschwinden?

Danny hörte auf zu tanzen. »Warum schaust du mich so an?«

»Wie?«
»Als hätte ich plötzlich einen Bart oder müsste mir dringend die Nase putzen.«
Er schüttelte langsam den Kopf. »Du wirst mir niemals glauben.«
Sie stemmte ihre Hände in die Hüften. »Probier's aus!«
»Nein.«
Die Gelegenheit, in seinen Kopf zu schauen, war vorbei.
Danny öffnete die Spülmaschine und sah hinein. »Ist die hier sauber oder dreckig?«
»Sauber«, antwortete Ross. »Ich habe heute ein Interview in einem Hotel in Auckland ausgemacht«, fuhr er fort. »Wenn du die Sache wirklich beilegen willst, solltest du mitkommen.«
Sie füllte zwei Gläser mit Wasser, gab Ross eines und nahm aus ihrem eigenen einen Schluck. »Mitkommen? Warum?«
»Um allen zu erzählen, wer Danny ist.«
Danny verschluckte sich fast an ihrem Wasser. »Meinst du das ernst?«
»Bist du ein solcher Feigling?« Ross leerte sein Glas und stellte es ab. »Ich treffe mich um ein Uhr mit der Journalistin. Wenn du mitkommen willst, solltest du dich umziehen.«
»Ich will nicht mit.«
Er zuckte mit den Achseln. »Okay, wie du willst.« Er ging in Richtung Bad davon. »Aber wenn du dich dem Ganzen nicht stellst und die Luft rauslässt, sorgst du nur dafür, dass eine Eintagsfliege am Leben gehalten wird.«
»Ich müsste mich rein gar nichts stellen, wenn du in erster Linie nicht dein großes Maul aufgerissen hättest!« Danny ging zur Küchentür und schrie den Gang entlang. »Wenn ... wenn ich komme, dann werde ich meine Coco-der-Clown-Hosen tragen! Willst du mich immer noch dabeihaben?«

»Ich habe nichts dagegen.« Die Tür zum Bad schloss sich.
Als Ross aus der Dusche zurückkam, nackt bis auf ein Handtuch um die Hüfte, saß Danny im Schneidersitz auf seinem Bett. Er war überrascht; normalerweise vermied sie es, Nellas altes Zimmer zu betreten.
»Ich dachte, ich hätte es schon einmal gesagt: Wenn du nackte Männer sehen willst, kauf dir ein Magazin!«
»Die Heftklammern sind immer an den falschen Stellen.«
Er kämpfte mit einem Lächeln; sie wusste auf alles eine Antwort. Er griff nach dem Handtuch. »Ich lasse das jetzt fallen.«
»Das kannst du nicht. Ich bin eine Jungfrau, unberührt wie frischer Schnee.«
Ross löste den Knoten. »Es fällt jetzt – schließ die Augen!«
Das Handtuch fiel auf den Boden.
»Perverser!«, provozierte Danny ihn.
»Luder!«, entgegnete Ross.
Die Hitze in ihren goldenen Augen erregte ihn; er trat auf sie zu, aber Danny hielt eine Hand nach oben.
»Ich werde nichts sagen müssen, oder? Du wirst das Reden übernehmen?«
Ross atmete tief durch. Sie würde ihn noch ins Grab bringen! Er ging zum Schrank. »Okay, jetzt machst du mir Angst. Kommst du jetzt mit oder nicht?«
Danny kaute auf ihrer Unterlippe herum und schaute Ross hungrig an. Sie wollte nicht mit ihm zu einem Interview gehen, sie wollte mit ihm ins Bett. Aber das durfte sie nicht, und wenn sie nicht gleich ging, würde sie ihn in den Knackarsch beißen. Sie kletterte vom Bett.
»Ich werde schnell duschen und meine Clownshosen bügeln.«
Sein Kopf schoss nach oben. »Das wirst du verdammt

noch mal nicht – kannst du nicht den blauen Rock anziehen?«

»Ich habe auch noch andere hübsche Kleidung, und nur dieses eine Mal werde ich mich zusammenreißen und darauf achten, dass alles zueinanderpasst.«

♥

Eine Dreiviertelstunde später fuhren sie im Explorer über die Harbour Bridge. Ross trug Jeans, ein Baumwollhemd, Sonnenbrille und – Danny atmete tief durch – sein Dolce-&-Gabbana-Rasierwasser.

Danny trug lose fallende weiße Leinenhosen und ein cremefarbenes ärmelloses Wildseide-Oberteil, bestickt mit Rosen. Die cremefarbene Seide passte zu den bronzefarbenen und goldenen Strähnen in ihrem Haar, ihren honigfarbenen Augen und ihrer Haut. Ross starrte sie ständig an. Er war tief verwirrt. »Du siehst gut aus.«

»Ich sehe immer gut aus; wenn es um Mode geht, bin ich meiner Zeit voraus.«

»Ja genau, du bist das modische Vorbild für Obdachlose auf der ganzen Welt.« Ross schnüffelte. »Du trägst Poison.«

»Lass es dir nicht zu Kopf steigen.«

♥

Die Journalistin hieß Gaynor. Sie wartete in einer ruhigen Ecke des Hotelfoyers auf Ross. Sobald sie Danny sah, wurde ihr Blick interessiert. Gaynor schüttelte Ross die Hand und stellte den Fotografen vor, der sie begleitete. Danny beäugte ihn kritisch. Sie war fertig mit Fotografen.

Gaynors Augen schossen immer wieder zu Danny. Als sie alle auf den Sofas saßen, stellte Ross vor: »Das ist Daneka Lawton.«
»Ross' Schwägerin«, fügte Danny hinzu.
»Daneka?« Gaynor setzte sich aufrechter. »Werden Sie vielleicht auch Danny genannt?«
Danny wünschte sich, sie hätte den Mund gehalten. »Manchmal.«
Gaynor bestellte Drinks. Danny hätte für Gaynor am liebsten Arsen bestellt, akzeptierte aber stattdessen ein Glas Orangensaft und bemühte sich, unsichtbar zu werden. Gaynor hatte andere Ideen. Als Ross seine irisch-italienische Abstammung erwähnte, kommentierte Gaynor, was für eine leidenschaftliche Kombination das war, und schickte einen Blick zu Danny. »Und ist er es?«
Danny kaute gerade einen Eiswürfel. »Issawas?«
»Leidenschaftlich?«
Dannys Nackenhaare stellten sich auf. Wie jedes Mal, wenn jemand, den sie mochte, angegriffen wurde, bereitete sie sich darauf vor, ihn zu verteidigen, aber stattdessen eilte er zu ihrer Rettung herbei.
Er schaute Gaynor an und erklärte ausdruckslos: »Danny hat es Ihnen gesagt: Sie ist meine Schwägerin.«
Danny entspannte sich und ließ zu, dass Ross sich um alles kümmerte. Sie warf sich einen weiteren Eiswürfel in den Mund und hörte zu, während er Gaynors Fragen über seine Schriftstellerei beantwortete.
Gaynor war nicht die Einzige, die enttäuscht war, als das Interview zu Ende ging. Ross war eloquent, witzig und umsichtig. Wenn er über seine Bücher und seine Schriftstellerei sprach, wurde offensichtlich, wie sehr er seine Arbeit liebte.
Gaynor versuchte ein letztes Mal, Danny in das Interview

einzubinden. »Könnten wir ein Foto von Ihnen und Danny bekommen?«, bat sie freundlich.
»Nein«, erklärte Ross barsch.
Danny kaute auf ihrem Eiswürfel und lächelte. Daran könnte sie sich fast gewöhnen.
»Wann kann meine Agentin mit einem Probeabzug des Interviews rechnen?«

Der Portier fuhr Ross' Auto vor den Eingang des Hotels. Danny fummelte an einer der Rosen an ihrem Oberteil herum und beobachtete, wie Ross ihm fünfzig Dollar Trinkgeld gab. Ross wartete darauf, dass sie ihn anging, weil er so viel Geld verschenkte, aber sie sagte nichts, sondern kletterte nur auf den Beifahrersitz, als der Portier ihr die Tür öffnete.
»Okay«, begann Ross, als Danny immer noch schwieg, als sie losgefahren waren. »Was ist jetzt kaputt?«
»Ich glaube, Gaynor hat einen falschen Eindruck von uns bekommen.«
Ross wollte widersprechen: Nein, Gaynor hat überhaupt keinen falschen Eindruck bekommen. Stattdessen sagte er: »Ich habe kaum mit dir gesprochen. Wir haben das geschafft, was wir erreichen wollten.«
»Das glaube ich nicht. Ich bin mir sicher, dass Gaynor jetzt den falschen Eindruck hat.«
Er hielt an einer Ampel an. »Welchen Eindruck denn?«
»Dass wir ein Paar sind.«
Ross entschied sich, etwas zu wagen. »Wieso ist das falsch?«
Die Ampel schaltete um.
»Denk darüber nach«, sagte er.

KAPITEL 21

Zum Abendessen kochte er ein wunderbares irisches Gericht namens Colcannon. Matt und Mia schlangen es herunter, bevor sie ins Wohnzimmer verschwanden, um sich *Ein voll verrückter Freitag* auf DVD anzusehen.

Danny musterte die leeren Teller. »Du setzt sie unter Drogen, oder?«

Ross sah fast mit einem anzüglichen Blick zu ihrem Teller. »Meine Kochkünste sind die Droge.«

»Ich wollte nur nett sein.«

»Du weißt gar nicht, wie das geht.«

Er goss zwei Gläser Rotwein ein und nahm seinen Laptop. »Komm mit raus!«

Sie war immer noch erschüttert von dem, was er im Auto gesagt hatte. Er hatte nicht auf eine Antwort gedrängt, sondern einfach das Thema gewechselt und Matt und Mia abgeholt.

Danny blieb am Tisch sitzen. »Ich bin nicht so ein Mädchen.«

Seine Stimme wurde tiefer: »Oh doch, das bist du!«

Er verschwand durch die Hintertür in der Dunkelheit, den Laptop unter dem Arm.

Sie rollte ihre Zehen um die Querleiste an ihrem Stuhl. »Wenn du schreiben willst, komme ich nicht«, rief sie ihm hinterher.

»Ich will dir ein paar Bilder zeigen«, rief er zurück. »Bring den Wein mit!«

»Ja, Massa!« Danny stellte ihre Füße auf den Boden und murmelte: »Super, jetzt zeigt er mir seine Briefmarkensammlung!«
Sie informierte Matt und Mia, wo sie waren, griff sich die Weinflasche und die Gläser und folgte Ross nach draußen.
Er hatte den Laptop hochgefahren und saß an seinem Lieblingsplatz auf der Veranda. Das Licht des Bildschirms erleuchtete sein Gesicht. Danny nahm den anderen Stuhl und stellte den Wein und die Gläser auf den Boden zwischen ihnen. Sie dachte darüber nach, sich zu betrinken. Wenn sie komatös war, würde sie sich nicht so anstrengen müssen, die Finger von ihm zu lassen. Ross machte alles noch schlimmer, indem er Dannys Stuhl näher zog.
»Das sind Fotos von meiner Familie«, erklärte er. »Ich habe ja auch gesehen, wie deine aussieht.«
Sie trommelte nervös mit den Fingern auf ihre Armlehne. Es hatte etwas Ernstes, wenn ein Mann einer Frau Bilder seiner Familie zeigte. »Hast du auch eins von Onkel Carmines Nase?«
Ross ignorierte die Frage.
Breda Fabello hatte silbrig-blondes Haar und kaum Falten. Sie hatte Matts und Mias saphirblaue Augen und Ross' entschlossenes Kinn.
»Ich kann nicht glauben, dass sie deine Mutter ist«, scherzte Danny. »Dafür wirkt sie nicht verhärmt genug.«
»Wenn sie das nächste Mal anruft, bringe ich sie dazu, dir von der Nacht meiner Geburt zu erzählen – das sollte alle Zweifel ausräumen. Sie wird dir alle grausigen Details schildern, wie ich stecken geblieben bin und sie mich schließlich mit der Zange holen mussten. Es war ja nicht so, als hätte ich es geplant.«

Danny schaute auf seine Nase. »Ich wette, dass ich weiß, welcher Teil sich verklemmt hat.«
»Grausam, Daneka, wirklich grausam!«
Ross hatte seine schwarzen Augen von seinem Vater geerbt, aber nicht den nachgiebigen, zufriedenen Ausdruck darin. Vito war so dunkel wie Breda hell. Er hatte einen dichten schwarzen Schnauzbart, schwarzes Haar mit grauen Strähnen und ein breites attraktives Lächeln.
»Oh, mein Gott!« Danny lehnte sich vor. »Er ist so gutaussehend!«
Ross nahm sein Weinglas und nippte daran. »Ich komme ganz nach ihm.«
»Und so bescheiden!«, flötete Danny.
»Sie haben sich gestritten wie die Raben, als wir Kinder waren, und dann sind sie im Schlafzimmer verschwunden, um sich zu versöhnen. Natürlich sind sie im Alter ein wenig ruhiger geworden, aber das Feuer ist definitiv noch vorhanden.«
Danny dachte daran, wie Daniella und Patrick mitten am Tag verschwunden waren und wie sehr sie das missbilligt hatte. Das Wissen, dass seine Eltern ihre Auseinandersetzungen beilegten, indem sie sich liebten, schien Ross nicht geschadet zu haben. Er zeigte ihr ein Foto von einer hochschwangeren Frau mit langem blonden Haar und mandelförmigen Augen, die überraschenderweise muskatbraun waren. »Das ist Carmel, richtig?«
»Direkt bevor Kevin und seine erstaunliche Nase geschlüpft sind.«
»Wie geht's übrigens seiner Nase?«, fragte Danny nach.
»Als ich sie letzte Woche gesehen habe, blendend.«
»Sie sind rothaarig!«, rief sie, als Ross ihr ein Bild von Aoife und Annie zeigte. »Wo kommt das denn her?«
»Granny Concepta O'Rourke, die Liebe.«

Die Zwillinge hatten Locken wie Ross und Matt. Ihre Haare hingen in einem Wirbel aus Rot, Gold und Kupfer um ihre Schultern. Annie, die Künstlerin, hatte ein liebenswertes Lächeln und hellbraune Augen, aber Aoifes herausfordernder Blick und die wilde rote Mähne ließen Danny an eine Löwin denken.

»Ich muss mir merken, ihr das zu erzählen. Sie wird begeistert sein.« Ross zeigte auf den Bildschirm. »Das ist Deirdre, die Jüngste.«

»Die große Nachttischschubladenbraut?«

»Das große Braut-Handbuch für die Nachttischschublade.«

Danny schenkte sich Wein nach. »Sie sieht genauso aus wie Patrick, nur dass sie hellere Haut hat.«

Ross schwieg für einen Moment. »Pat hat sie von dem Moment an gehasst, als Ma sie aus dem Krankenhaus nach Hause gebracht hat.«

Sie wartete, ob er weiterreden würde, und als nichts kam, fragte sie: »Warum?«

»Weil er nicht mehr der Jüngste war. Er hat sie ununterbrochen gepiesackt, auf grausame, bösartige Weise. Wir mussten ständig auf ihn aufpassen. Einmal hat Pat Deirdre absichtlich auf einen Baum gelockt und sie dann dort weinend sitzengelassen, weil sie allein nicht mehr herunterkam.« Er starrte in Deirdres lächelndes Gesicht. »Meine Mutter fand immer Entschuldigungen für ihn, aber irgendwann verlor mein Vater die Geduld und verdrosch Pat nach Strich und Faden. Aber das hat ihn nur hinterhältiger werden lassen.«

Danny folgte Ross' Beispiel und hielt ihre Augen nur auf den Bildschirm gerichtet. »Ich mochte ihn nicht besonders.«

»Ich auch nicht«, gab er zu.

»Ich war eifersüchtig auf ihn.«

Ross wandte seinen Kopf zu Danny um. »Eifersüchtig?«

Sie sank in ihrem Stuhl zusammen. »Es hatte immer nur mich und Daniella gegeben, nur uns zwei, und plötzlich tauchte Patrick auf und … na ja, sie hatte jemand anders, der ihr so viel bedeutete wie ich, sogar *mehr*, wenn ich ehrlich bin.«

»Es musste irgendwann passieren. Daniella hätte wahrscheinlich genauso empfunden, wenn du jemanden gefunden hättest.«

Danny schnaubte. »Damit war nie zu rechnen. Nella war der Heim-und-Herd-Typ, nicht ich!«

Danny, du bist um einiges mehr »Heim und Herd«, als du dir eingestehst, dachte Ross, *wenn man danach geht, wie du diese Kinder beschützt.* Er fragte sich, ob ihr überhaupt bewusst war, wie tief sie in der Rolle derjenigen verwurzelt war, die die Familie beschützte. »Aoife und Annie sind das absolute Gegenteil – war es bei dir und Daniella genauso?«

Danny ließ sich für die Antwort Zeit. »Sie war der liebe, süße, *brave* Zwilling. Meine Mutter hat gesagt, ich wäre genau wie mein Vater, und er hat uns verlassen, als wir Teenager waren. Ich konnte schon ungezogen sein, aber so schlimm war ich nicht. Die Hälfte der Zeit habe ich Ärger bekommen, weil ich mich für Nella aus dem Fenster gehängt habe.« Alter Ärger kochte in ihrer Stimme.

Ross wünschte sich, er könnte aufnehmen, was sie gerade gesagt hatte, und es dann ihr und ihren Großeltern und Onkeln wieder vorspielen. Das würde Danny vielleicht klarmachen, wie mies sie in der Vergangenheit von ihrer Familie behandelt worden war, und sicherstellen, dass ihre neu entdeckten Verwandten sich in Zukunft besser um sie kümmerten.

»Danny, wie war es, als du herausgefunden hast, dass Nella Brustkrebs hat wie eure Mutter?«

Sie schien von der Frage überrascht – niemand hatte sie das jemals vorher gefragt.

»Sie sind nicht regelmäßig zu den Untersuchungen gegangen, und als ich es merkte …«, Danny zuckte mit den Achseln, »war es zu spät.«

Da war sie wieder, die stillschweigende Annahme, dass es ihr Job war, auf die Gesundheit ihrer Mutter und Schwester zu achten.

»Meine Großmutter ist auch ein Zwilling. Ihre Schwester ist an Brustkrebs gestorben und auch eine der Cousinen meiner Mutter.«

Ross kämpfte darum, seine Stimme ruhig zu halten. »Lässt du dich regelmäßig untersuchen?«

»Natürlich tue ich das! Ich habe bald einen Termin.«

Er umfasste Dannys Kinn und drehte ihr Gesicht zu sich. »Verpass nie einen Termin, hörst du? Niemals! Wenn du das tust, werde ich …«

Sie schien von seiner Eindringlichkeit aus der Bahn geworfen. »Was?«

Er zwang sich zu einem Lächeln. »Werde ich dich den Rest des Jahres dazu zwingen zu kochen.«

»Und wer ist jetzt hier grausam?«

»Danny …« Ross legte seine Hände an ihre Wangen. »Mal ernsthaft …«

Sie schüttelte den Kopf. Es war ein wunderschöner Tag gewesen. Warum sollten sie ihn versauen, indem sie über etwas so Scheußliches redeten? Es war eine wunderschöne Nacht. Er war wunderschön. Danny lehnte sich vor und küsste ihn.

Ross wehrte sich. »Können wir einfach …«

»Nein.« Sie küsste ihn wieder.

»Du versuchst nur, mich abzulenken.«
»Funktioniert es?«
Er fing ihre Arme ein und schob sie ein Stück von sich weg. »Danny, ich will mit dir darüber reden!«
»Ich nicht.« Sie schob ihre Hand in seine Haare und zog ihn wieder zu sich.
»Aua! Ist das deine Vorstellung von Verführung?«
So viel zu Mondlicht *oder* Verführung! »Nein, das hier ist Romantik.« Sie kniete sich hin. »Verführung kommt später, wenn ich dir mein Knie in die Eier ramme, du Schwachkopf.« Sie kletterte auf seinen Schoß und vergaß dabei völlig, dass dieser Platz bereits belegt war. Sein Laptop knallte auf den Boden. »Oh, mein Gott!«, keuchte Danny. »Ich habe ihn kaputt gemacht. Deine Arbeit!«
Ross war der Laptop völlig egal. »Vergiss es, ich habe Sicherungen.« Er schlang seine Arme um ihre Hüften. »Ich will mit dir über deine Brüste reden.«
Danny war genervt. Sie hatte gewollt, dass der Tag genauso endete wie ihr Geburtstag, aber er hatte es vermasselt. Sie griff nach dem Saum ihres cremefarbenen Seidenoberteils und riss es nach oben. Wie gewöhnlich trug sie keinen BH. »Hier!«, schrie sie. »Frag sie, was auch immer du willst!«
Überrascht senkte Ross seinen Blick und atmete tief durch, ein Zeichen von ehrlicher männlicher Anerkennung. »Hallo, meine Süßen.«
Dumme Idee, funkte Dannys linke Hirnhälfte an ihre rechte, *wirklich dumme Idee!* Sie versuchte, das Oberteil wieder nach unten zu ziehen, aber Ross presste ihre Hände gegen ihre Schultern.
»Könntest du mal Ruhe geben? Du unterbrichst ein Privatgespräch.«
Danny versuchte, sich ihm zu entwinden, aber er rutschte in seinem Stuhl tiefer und zog sie mit sich. Sie fing an zu

wanken und umklammerte mit den Knien seine Hüften, um nicht zu fallen. Als die Beule in seinen Jeans gegen ihren Schritt gedrückt wurde, gab sie den Kampf auf. Ein Mädchen konnte nur einem gewissen Level an Versuchung widerstehen, bevor sie nachgab. Sie ließ sich gegen ihn sinken. »Da bewahrst du also dein Laserschwert auf, Darth.«
Ross schob sich gegen sie. Danny drückte zurück und versuchte, ihre Beine um seine Hüften zu schlingen, aber der Stuhl war im Weg. Als er sich vorlehnte, um Platz zu machen, überkreuzte Danny ihre Knöchel hinter seinem Rücken und presste sich gegen ihn.
Ross riss ihr das Seidentop über den Kopf, ließ es auf den Boden fallen und küsste eine ihrer Brüste. Danny streckte ihren Rücken durch, während er an ihrem Busen saugte, und grub ihre Fersen in seinen Rücken. Sie griff zwischen ihn und sich, öffnete den Knopf seiner Jeans, schob den Reißverschluss nach unten und ließ ihre Hand in seine Hose gleiten.
»Tante Danny! Onkel Ross!«
Sie erstarrten.
»Mia!«, quietschte Danny, rutschte schnell nach hinten und fiel dabei von Ross' Schoß.
»Tante Danny! Onkel Ross! Wo seid ihr?«
Danny schnappte sich ihr Oberteil vom Boden. »Bleib, wo du bist, Mia! Ich bin in einer Minute da!«
Ross ließ sich mit der Hand über den Augen im Stuhl zurücksinken und schüttelte den Kopf. Wer brauchte schon Verhütung, wenn Mia im Haus war?
»Pack das weg!«, zischte sie.
Er schaute auf. »Was?«
Sie zeigte auf seinen offenen Hosenstall. *»Das!«*
»Mein Laserschwert? Komm wieder her, und dann tue ich es.«

»Wir können nicht!«
»Aber du willst, oder?« Nur mühsam gelang es ihm, seine Hose zu schließen.
Sie nickte.
»Tante Danny!«
»Einen Moment noch, Mia!«, schrie Danny zurück. »Geh in die Küche und warte auf mich!«
Ross atmete tief durch. »Es ist Zeit, dass die Kinder ins Bett kommen. Ich würde ja helfen, aber momentan bin ich ein wenig geistesabwesend. Wenn Matt und Mia in ihren Zimmern sind, gehen *wir* ins Bett; mir ist egal, ob in deines oder meines. Ich würde sogar den Hühnerstall akzeptieren und riskieren, dass mein nackter Hintern von diesen verdammten Hühnern attackiert wird.« Ross schaute auf die Uhr. »Du hast zwanzig Minuten.«
Sie drehte sich um und rannte.

Danny brachte die Kinder in Rekordzeit ins Bett. Ross war heute Abend anders gewesen, war schon den ganzen Tag anders gewesen. Er hatte sie in seinen Kopf schauen lassen und Bereiche seines Selbst enthüllt, die er normalerweise verbarg. Sie erinnerte sich an Gaynors gefesselte Miene, als Ross die Tür einen Spalt geöffnet hatte, um eine gefürchtete Journalistin hineinsehen zu lassen – und Danny wusste, dass Gaynor nicht diejenige war, für die er die Tür geöffnet hatte.
Als sie die Kinder ins Bett brachte, hörte sie, wie im Bad das Wasser lief – Ross duschte noch einmal, obwohl er sich erst am Morgen gewaschen hatte. Diese Geste sorgte nur dafür, dass Danny noch nervöser wurde. Sie duschte ebenfalls, putzte sich die Zähne und zog Ross' Rasierer

über ihre Beine. Sie sprühte sich mit *Poison* ein und zog ein kurzes purpurnes Negligé heraus, das Nella ihr zu irgendeinem längst vergangenen Weihnachten geschenkt und das sie noch nie getragen hatte.

Als Danny auf die Veranda trat, die von ihrem Zimmer bis zu seinem lief, hatte ein sanfter, feiner Regen eingesetzt. Er kühlte die von der Sonne erhitzte Erde und erfüllte die Luft mit einem erdigen Geruch. Sie ging näher zum Rand der Veranda und sog die Düfte des Gartens ein.

Eine der Fenstertüren öffnete sich, und das Licht aus Ross' Schlafzimmer erzeugte einen Lichtfleck auf den hölzernen Dielen. Seine Brust und seine Füße waren nackt, und er trug dieselben Jeans wie vorher, nur dass der Knopf schon geöffnet war. Danny beobachtete, wie er die Veranda absuchte und sie schließlich entdeckte.

Er gesellte sich zu ihr und schaute auf die dünne Seide, die sich an ihren Körper schmiegte. »Zieh es aus!«, bat er.

Sie blickte auf seine Jeans. »Du aber auch.«

Ross griff nach seinem Reißverschluss und sie nach dem Saum ihres Negligés.

Die Jeans fielen auf die Veranda.

Das Negligé landete auf einem Flachsbusch.

Der Wind drehte sich, und der Sommerregen fiel. Sie liebten sich im Mondlicht der warmen dunklen Nacht, mit dem heiseren Zirpen der Zikaden als Hintergrundmusik. Später, als der Regen aufgehört hatte, lagen sie im nassen Gras, Ross' Brust an Dannys Rücken, seine Knie zwischen ihren Schenkeln und seine Hände auf ihren Brüsten.

»Du hast einen Privatdetektiv nach Rotorua geschickt, um meine Familie ausfindig zu machen, oder?«

»Ja.«
»Das war …« Gab es ein Wort, das angemessen ausdrückte, was ihr das bedeutete? »Sehr lieb von dir.«
»Ich hätte wissen sollen, dass du meine Hilfe nicht brauchst«, grummelte er. »Es war Zeit- und Geldverschwendung.«
Danny streichelte sein Knie. Sein Bellen war so viel schlimmer als sein Biss. »War es teuer?«
»Ich werde einen Roman schreiben müssen, nur um die Kosten abzudecken«, beschwerte Ross sich schläfrig.
Ihre Hand glitt über seinen Oberschenkel. »Ich werde dir etwas dazugeben.«
Er war plötzlich hellwach. »Wie? Du lebst, wie du es so poetisch ausgedrückt hast, *von dem Schwarzen unter deinen Fingernägeln.*«
»Ich werde es abarbeiten«, versprach Danny.
Sie drückte ihn auf den Rücken und kletterte auf ihn. »Wie lange, glaubst du, wird es dauern?«
»Ungefähr fünfzig Jahre.« Er griff nach ihren Hüften, schob sie in die richtige Position und stöhnte. »Wenn du mich nicht vorher umbringst.«

Das Interview mit Gaynor wurde am nächsten Wochenende veröffentlicht, begleitet von einem Foto von Ross, das bei dem Interview geschossen worden war, und einem zweiten, bei dem er neben Kevin Spacey und Marisa Tomei auf dem roten Teppich bei der Premiere von *John Doe* stand. Gaynor war es gelungen, ein paar Andeutungen auf das wahre Verhältnis von RF O'Rourke mit der mysteriösen Danny einzustreuen, die weiterhin darauf bestand, nur seine Schwägerin zu sein.

»Kuh!«, fauchte Danny, als sie den Artikel fertiggelesen hatte. »Sie hat kein Recht, die Leute so auf den Holzweg zu führen.«
Ross lag in seinem Stuhl auf der Veranda, genoss den morgendlichen Sonnenschein und las den Sportteil. Er trug ein Paar zerrissene Jeans-Shorts und kein Hemd. Es amüsierte Danny zu sehen, dass er diese alten Hosen und sein Chargers-T-Shirt um einiges mehr mochte als den Armani-Anzug in seinem Schrank. »Weil wir gerade von Holz sprechen: Ich habe Schürfwunden an meinen Ellbogen und Knien. Können wir also einfach mit dem Unsinn aufhören und heute Nacht in mein Bett gehen?«, fragte er.
»Nein. All dieses heimliche Herumschleichen zwischen unseren Zimmern macht mich scharf.«
Danny wollte nicht, dass die Kinder mitbekamen, dass sie miteinander schliefen. Sie glaubte immer noch nicht, dass das, was sie mit Ross hatte, halten würde. Er zügelte seinen Frust. Physische Intimität verstand Danny; sie hatte Probleme mit der Intimität, die ein Paar teilte, nachdem es das Bett verlassen hatte. Sie dabei zu beobachten, wie sie damit kämpfte, war, wie einem Kind bei seinen ersten schwankenden Schritten zuzuschauen. Ross konnte nur da sein, um sie aufzufangen, wenn sie fiel.

♥

Er hatte diese Woche mit Dannys Großmutter gesprochen.
»Also, Sie sind Onkel Ross?«, fragte Pania.
»Ja, Ma'am«, antwortete Ross.
»›Ja, Ma'am‹, sagt er.« Sie klang amüsiert. »Sie klingen wie ein Pfadfinder, aber ich habe Sie im Fernsehen gesehen, und Sie sind kein Pfadfinder, Onkel Ross. Ich hoffe, dass Sie das Wohl meiner Enkelin im Blick haben.«

»Absolut, Mrs. Smith – und außerdem habe ich ein Bild von ihren Onkeln gesehen.«

Sie lachte leise. »Onkel Ross, ich glaube, ich könnte Sie mögen.«

Ross gab Danny den Telefonhörer. Sie drückte ihn an ihr Ohr. »Worum ging es da gerade?«

»Geht dich nichts an.«

Er *war* glücklich, dass sie Kontakt zur Familie ihrer Mutter aufgenommen hatte. Familie war wichtig. Eine Tatsache, von der Ross wusste, dass er sie in den letzten Jahren aus den Augen verloren hatte. Aber zur selben Zeit unterstützte es nur Dannys sture Entschlossenheit, weiter unabhängig zu bleiben und sich nie auf jemanden außer sich selbst zu verlassen. Bei diesem Tempo würde es Ross Jahre kosten, sie mürbe zu machen, aber er war mindestens so stur wie sie und würde nicht aufgeben, bis er sie vor den Altar gebracht und ihr einen Ring an den Finger gesteckt hatte – was ihn bis ins Mark erschütterte. Ross wusste, dass Danny ihn liebte. Ihr Körper verriet es ihm jede Nacht, wenn sie zusammen waren. Es war nur ihr Hirn, das Schwierigkeiten hatte, den Entwicklungen zu folgen. Es würde sich alles finden. Er musste ihr nur die Zeit und die Freiheit lassen, sich damit zu arrangieren.

Danny war mit einem Lächeln auf dem Gesicht und schwungvollem Schritt zu ihrer Vorsorgeuntersuchung aufgebrochen. Niemand, der klar bei Verstand war, genoss tatsächlich einen Besuch in der Brustkrebsklinik, aber Danny hatte das schon oft durchlaufen, und sie hatte viel *schönere* Dinge, die sie beschäftigten. Sie schloss die Augen, lauschte der Musik aus den Kopfhörern und dachte an das, was Ross in der vorigen Nacht im Gras vor seinem Schlafzimmer mit ihr angestellt hatte. *Zwei Mal.* Sie lächelte immer noch, als die Ärztin sie in ein kleines Zimmer mitnahm, um ihr zu sagen, dass sie eine leichte Veränderung in ihrer linken Brust entdeckt hätten.

Danny hörte schweigend zu – zu erschüttert, um wirklich aufzunehmen, was ihr erklärt wurde. Dann vereinbarte sie einen Termin für die nächste Woche.

Die Ärztin war über die Verzögerung nicht glücklich. »Danny, wir müssen uns das sofort anschauen. Es kann auch nichts bedeuten, aber wir müssen uns das anschauen.«

»Ich weiß, aber ich muss erst ein paar Vorbereitungen für die Kinder treffen. Bitte – geben Sie mir diese Woche, okay?«

Widerstrebend stimmte die Ärztin zu.

Sie berührte ihre linke Brust. Sie fühlte sich nicht anders an, und Ross hatte nie erwähnt, dass er etwas Seltsames gespürt hätte, und er kannte ihre Brüste sehr viel genauer als sie selbst. Der schlimmste Fall war letztendlich doch eingetreten.

Danny war zu betäubt, um zu weinen. Ihre ersten Gedanken waren darauf ausgerichtet sicherzustellen, dass es den Kindern in den kommenden Wochen und Monaten gutging, während sie sich daranmachte, das Monster zu bekämpfen, das immer wieder Leute tötete, die sie liebte.

Sie liebte Ross; er war ihre andere Hälfte, stand ihr näher, als selbst Nella es getan hatte. Er verstand sie besser, als es ihre Schwester je getan hatte, weil sie sich so ähnlich waren. Ross interessierte sich für sie, interessierte sich wirklich. Er machte keine leeren Versprechungen wie ihr Vater oder Patrick. Ross zeigte den Leuten, die er liebte, was er für sie empfand, indem er Dinge für sie tat – selbst Dinge, die er nicht tun wollte, wie zum Beispiel, nach

Neuseeland zu kommen, obwohl er viel lieber schreibend in seinem Turm geblieben wäre, oder indem er jemanden dafür zahlte, Dannys Familie zu finden, obwohl es in seinem Interesse gewesen wäre, sie abhängig von den Fabellos zu machen.

Danny verstand jetzt, warum Nella nicht gewollt hatte, dass Pat von ihrer Krankheit erfuhr. Sollte der Ausdruck in Ross' Augen, wenn er sie ansah, sich in Mitleid und Abscheu verwandeln, würde sie das sicherer umbringen als jeder Krebs. Danny wusste nicht, ob sie für Ross und die Kinder stark bleiben und gleichzeitig gegen die Krankheit kämpfen konnte.

Als sie Ross zum ersten Mal sagte, dass es vielleicht eine gute Idee wäre, wenn er Matt und Mia über Weihnachten nach San Diego mitnahm, wirkte er erfreut. »Du hast über Weihnachten Urlaub?«

»Nein, ich muss arbeiten. Welche Notaufnahme macht schon über Weihnachten zu?«

Er runzelte die Stirn. »Wieso sollte ich Matt und Mia nach San Diego mitnehmen wollen, wenn du nicht mitkannst?«

»Warum nicht?«, entgegnete Danny. »Du redest, seitdem du hier angekommen bist, wie gern deine Familie sie einmal treffen will. Ich werde die ganze Zeit arbeiten, also ist es doch nicht sinnvoll, wenn ihr drei hier herumhängt.«

Er suchte in ihrem Gesicht nach Hinweisen, aber Danny hatte ihr bestes Pokerface aufgesetzt. »Es macht dir nichts aus, wenn du an Weihnachten hier allein bist?«

»Ich werde nicht allein sein, ich habe ja Van und Dee und Lloyd. Zwischen Weihnachten und Neujahr schmeißt fast jeden Abend irgendjemand aus dem Krankenhaus eine Party, also werde ich nichts verpassen.«

»Ich glaube dir nicht«, erklärte Ross plötzlich. »Was stimmt nicht?«

Dannys Entschlossenheit geriet ins Wanken. »Nichts, ich brauche nur ein wenig Abstand. Du bist nicht der Einzige, der gern mal allein ist, weißt du. Ich dachte, wenn das jemand verstehen würde, dann du.« Sie setzte eine genervte Miene auf. »Komm schon, Ross, du weißt, dass keiner von uns dafür gemacht ist, nur die eine Hälfte eines Paares abzugeben! Dafür sind wir uns zu ähnlich.«
Ross' Gesichtsausdruck wurde hart. »Sprich für dich allein, Daneka! Nenn mich Idiot, aber ich dachte, wir würden so gut zusammenpassen, *weil* wir uns so ähnlich sind.«
Danny zuckte mit den Achseln.
»Weißt du, was du bist?«, fragte er.
»Nein, aber ich nehme an, du wirst es mir gleich sagen.« Sie wappnete sich.
»Du bist ein Feigling. Wann wirst du endlich aufhören, Ausflüchte zu finden, weil irgendetwas angeblich nicht passieren soll, und stattdessen anfangen, Gründe dafür zu finden, dass es richtig ist?«
Sie weigerte sich, ihn anzuschauen. »Sei still! Matt und Mia werden hören, dass wir uns streiten.«
»Hör auf, sie zu behandeln, als wären sie fünf Jahre alt! Leute streiten sich! Das Wichtige ist, dass sie lernen, Kompromisse einzugehen und sich wieder zu vertragen! Du hast nie gelernt, wie man Kompromisse macht.«
»Oh«, fauchte Danny, »aber du?« Die Wut verdrängte ihre Angst und Hilflosigkeit – wenn es etwas gab, worauf sie sich bei Ross verlassen konnte, war es ein guter Streit und ein noch besserer Fick. Danny verzog das Gesicht, als ihr aufging, wie leicht es war, etwas so Besonderes hässlich und vulgär klingen zu lassen.
»Dir ist klar, dass Matt weiß, dass wir miteinander schlafen?«
Das nahm ihr den Wind aus den Segeln. »Er weiß es?«

»Er ist nicht blind. Im nächsten Monat wird er zwölf.«
»Das ist mir klar.« Danny brauchte Ross nicht, damit er sie an Matts Geburtstag erinnerte; sie war an jedem einzelnen anwesend gewesen.
Ross war verletzt und wütend und attackierte sie mit der tödlichsten Waffe, die er besaß – seiner Zunge: »Du bist unfähig, eine positive, erwachsene Beziehung zu haben, weil du immer noch ein Kind bist. Du bist emotional zurückgeblieben, Danny!«
Sie zuckte zusammen.

Dank einer kurzfristigen Stornierung gelang es Ross, kurz vor Weihnachten drei Flüge in die USA zu buchen. Matt und Mia waren bei dem Gedanken, dass sie ihre amerikanische Familie treffen sollten, ganz aufgeregt, aber sie waren auch nervös, weil Danny sie nicht begleitete.
»Ich werde hier sein und auf euch warten, bis ihr wiederkommt«, versicherte sie ihnen. »Onkel Ross wird bei euch sein. Denkt nur daran, wie toll es wird, eure ganzen Cousins und Cousinen zu treffen!«
Danny und Ross redeten kaum miteinander, also gab sie Matt und Mia die Weihnachtsgeschenke.
»Ich rufe an, sobald wir bei meinen Eltern sind«, bemerkte Ross mit versteinerter Miene, als die Zeit kam aufzubrechen.
»Danke.« Ihr Lächeln wirkte angestrengt.
Zweifel nagten an ihm. »Danny, bist du dir sicher, dass alles okay ist?«
»Ja. Bis in zwei Wochen.«

KAPITEL 22

Ross verbrachte die ersten paar Tage im Haus seiner Eltern damit, Matt und Mia dabei zu helfen, ihre neuen Tanten, Onkel, Cousins und Cousinen wiederzuerkennen. Seine Mutter hatte den Rest der Familie gebeten, noch zu warten, bis Pats Kinder sich im engeren Familienkreis wohl fühlten, bevor die Cousins und Cousinen zweiten, dritten und vierten Grades hereinbrachen. Aber Ross wusste, dass es so sinnlos war, wie die Flut aufhalten zu wollen. Es war nur eine Frage der Zeit, bis sie auf der Türschwelle erschienen, beladen mit Geschenken, und die Kinder mit Umarmungen überfielen und in die Wangen zwickten.

»Denkt an zwei Dinge«, riet er Matt und Mia. »Sobald Tante Lucia euch umarmt, duckt euch und lauft weg, weil sie euch sonst in die Wangen kneift, und sie hat einen Griff wie ein Rottweiler. Das Zweite ist: Lasst euch nie von Cousin Bruno in den Schwitzkasten nehmen, so dass er euch die Knöchel über den Kopf reiben kann; er hat Hände wie aus Beton. Und spielt nicht Karten mit euren Cousins Brad und Raul, weil sie nämlich betrügen.«

Seine Eltern und Schwestern waren von Mias und Matts Akzent entzückt. Ross war stolz auf sie; sie hatten gute Manieren und waren gerade scheu genug, um reizvoll statt linkisch zu wirken. Breda brach in Tränen aus, als sie Matt sah, und auch Vito schneuzte sich lautstark in sein Taschentuch.

»Mögen sie mich nicht?«, flüsterte Matt ängstlich Ross zu.
»Sie weinen, weil du deinem Vater so ähnlich siehst«, erklärte er.
»Oh. Dann ist es okay.«
Mia klammerte sich an Ross. Sie schlich sich aus ihrem Zimmer und verbrachte jede Nacht an seinen Rücken gekuschelt bei ihm in seinem alten Kinderzimmer. Matt schlief im selben Zimmer, in Pats altem Bett.
Ross' Gedanken drehten sich um die scheußlichen Dinge, die er Danny an den Kopf geworfen hatte. Tagsüber setzte er eine tapfere Miene auf und versteckte seine Qual. Aber nachts wurde die Überzeugung, dass etwas mit Danny nicht stimmte, immer stärker. In London hatte er sich ähnlich gefühlt, als er instinktiv gewusst hatte, dass ihr gerade etwas Wichtiges widerfuhr. Es war, als säße ein Kobold auf seiner Schulter und würde ihn verspotten.
»Verdammt!«, murmelte er in die Dunkelheit und achtete sorgfältig darauf, weder Matt noch Mia zu wecken. »Ich habe mich in Dannys Zwilling verwandelt.«
Er erklärte seiner Familie, dass Danny nicht hatte kommen können, weil sie arbeiten musste, und alle stimmten überein, dass es eine Schande war, weil sie sie einmal treffen wollten. Ross rief an und hinterließ die Nachricht, dass sie gut angekommen waren, aber danach hatte er nur noch für Matt und Mia gewählt, wenn sie mit ihr sprechen wollten.
Seine Schwestern waren erstaunt, wie er sich um die Kinder kümmerte, als hätte er seit Jahren nichts anderes getan. Und um ehrlich zu sein, fühlte es sich genauso an.
Ross konnte sich sein Leben nicht mehr ohne sie vorstellen; es war, als hätte es sie immer gegeben. Mia fand den Weg auf seine Knie, wenn der Anblick von zu vielen

neuen Gesichtern sie überwältigte, und Matt schaute zu ihm, wenn er Rückhalt oder Bestätigung brauchte.

»Ich traue meinen Augen nicht!«, erklärte Carmel Aoife. »Es ist, als wären sie seine.«

»Ja.« Aoife lächelte bösartig. »Pat wäre ja *so* sauer!«

Am nächsten Tag entdeckte Ross Mia in der Garage, wo sie mit mehreren älteren Cousins spielte. Er schnappte sie sich und führte sie nachdrücklich in Richtung Garten davon. »Es ist keine gute Idee, mit älteren Cousins in der Garage zu spielen, Mia.«

Ross wusste alles darüber, was in der Garage passierte. Mit zehn hatte er dort sein erstes Paar nackte Brüste gesehen, eine Gefälligkeit seiner dreizehnjährigen Cousine Lucrezia. Er brachte Mia ins Haus und übergab sie mit einer kurzen Erklärung, wo er sie gefunden hatte, an Carmel. Diese packte das Mädchen Kevin auf den Schoß und sagte: »Hier, Süße, knuddel ihn – er ist für ein paar Jahre noch relativ sicher!«

»Ross, geh und sag deinem Vater, dass er sich mit dem Wein beeilen soll, das Mittagessen ist fast fertig!«, befahl Breda, als er versuchte, auf dem Weg in sein ruhiges Zimmer durch die Küche zu huschen. Widerwillig drehte er um und schob sich durch das Gedränge, bestehend aus mehreren seiner Tanten, ein paar Cousinen und Deirdre. Wie schaffte seine Mutter es, ohne Platz und in diesem Lärm irgendetwas zu kochen? Er hatte es schon fast bis zur Tür von Vitos Weinkeller geschafft, als Tante Lucia auftauchte und ihn sich schnappte.

»So gutaussehend!« Sie kniff ihn mit Daumen und Zeigefinger in die Wange und wackelte dabei mit dem Kopf. »So klug! So reich! Warum ist der hier noch nicht verheiratet, Breda?«

Breda schlug den langen Holzlöffel, mit dem sie gerade

den Kuchenteig rührte, gegen den Schüsselrand. »Fang nicht damit an, Lucia! Es ist ein schmerzvolles Thema.«
Deirdre kicherte.
»Ja, Tante Lucia.« Ross versuchte, sich ihr zu entziehen. »Lass sie nicht anfangen, darüber zu reden, warum Deirdre und ich noch nicht verheiratet sind!«
Deirdre zog eine Grimasse.
Pling! Pling!, ertönte der Löffel seiner Mutter.
Lucia zog Ross wieder nach unten. »Was ist los? Bist du schwul?«
Ross kämpfte sich frei.
»Er ist nicht schwul!«, rief Breda entrüstet.
»Er hat einfach nur eine Phobie gegen Bindungen, weißt du«, erklärte Deirdre.
»Aaaahhh!« Lucia und einige der Cousinen nickten verständnisvoll.
Er zog die Tür zum Keller auf und murmelte: »Um Himmels willen!«
»Ross Fabello! Keine Blasphemien!«, schrie Breda, als er die Tür hinter sich schloss.
Vito stand mit je einer Flasche Wein in der Hand im Keller, seine Brille auf der Nasenspitze, während er die Etiketten las. Der kühle schattige Raum war nach dem Chaos in der Küche eine Oase des Friedens. Vito schaute Ross über seine Brille hinweg an. »Lucia hat dich erwischt.«
Ross sank auf einen Hocker, den er als Elfjähriger im Werken angefertigt hatte. Die Beine waren nicht gleich lang, und er kippelte. Er rieb sich die misshandelte Wange. »Zwei Mal. Erst kniff sie mich in die Backe, und dann fragte sie mich, ob ich schwul sei, weil ich noch unverheiratet bin. Deirdre hat sich gleich eingemischt und erklärt, dass ich eine Bindungsphobie habe. Sie sind schlimmer als ein Hexenzirkel.«

»Es scheint dich nicht besonders zu stören«, merkte sein Vater an.

Ross zuckte mit den Achseln. »Natürlich nicht.«

Vito nickte nachdenklich. »Du hast dich verändert, seitdem du nach Neuseeland geflogen bist.« Er machte sich daran, eine Flasche Rotwein zu öffnen. »Du warst einmal ein Bündel aus Wut und Ungeduld. Irgendetwas stimmte immer nicht mit dir. Deine Mutter und ich haben uns Sorgen gemacht, aber als du wegen der Filmsache dort warst, haben wir einen Unterschied bemerkt. Du hast glücklicher gewirkt.«

Ross antwortete nicht. Er beobachtete einfach, wie sein Vater die Flasche öffnete. Vito behandelte Wein wie etwas Heiliges. Er konnte schon am Aroma oder der Farbe ablesen, ob die Trauben auf der sonnigen oder schattigen Seite des Hügels gewachsen waren. Er schnupperte nicht nur am Korken, sondern kontrollierte auch, wie groß und wie porös er war. Er probierte den Wein gern mit verschiedenen Nahrungsmitteln, erst Brot, dann gesalzenes Brot und schließlich Brot mit Käse.

»Als du dieses Mal nach Hause gekommen bist, hast du nicht mehr glücklich gewirkt. Stattdessen scheinst du traurig – sehr traurig und sehr besorgt.« Vito roch am Wein, nippte daran, ließ ihn über seine Zunge rollen und schluckte schließlich. »Ich habe darüber nachgedacht, und ich kenne den Grund, warum du unglücklich bist.« Er zog ein zweites Weinglas aus einem Wandregal und füllte es zur Hälfte. »Du liebst Danny, und du hast dich mit ihr gestritten.«

Ross nahm das Glas entgegen und nickte. »Versprich mir, dass du es Ma nicht erzählst!«

Vito lehnte den Kopf zurück und versuchte, im Nachgeschmack des Weins sein Aroma zu identifizieren. Schwarze Johannisbeere, Pflaume und Gewürze. »Okay.«

Ross erkaufte sich ein wenig Zeit, indem er am Wein roch, an ihm nippte und die Flüssigkeit über seine Zunge rollen ließ. »Wir hatten einen Streit, einen üblen. Ich habe einige schlimme Dinge gesagt, und dann hat sie mich quasi aus dem Haus geworfen. Sie behauptete, sie könnte nicht mit uns kommen, weil sie arbeiten muss.«

»Glaubst du ihr?«

»Nein.«

Vito nahm seine Brille ab und steckte sie in die Tasche des pflaumenfarbenen Pullovers, den Breda ihm zum vorigen Weihnachten gestrickt hatte. »Du weißt nicht, was zwischen dir und Danny nicht stimmt?«

»Ich habe nicht den Hauch einer Ahnung. Ich habe noch nie eine Frau getroffen, die so schwierig und unvernünftig und …« Er ließ den Satz unvollendet und schüttelte den Kopf.

»Klingt wie deine Mutter.«

Wenn das kein guter Grund war, sich von Danny fernzuhalten, was dann? Ross stemmte seine Ellbogen auf die Knie und rieb sich den Nacken. »Ich fühle einfach, dass etwas nicht stimmt, dass ich sie nicht hätte allein lassen sollen oder dass ich etwas übersehen habe.«

»Dann musst du nach Neuseeland zurück.«

Ross hörte auf zu reiben. »Glaubst du?«

Vito nickte. »Wenn du eine Stimme in dir drin hast, die sagt, dass etwas nicht stimmt, darfst du sie nicht ignorieren. Hätte ich das an dem Tag getan, an dem deine Mutter die Zwillinge bekommen hat, wären sie alle gestorben.«

Ross kannte die Geschichte, wie Vito plötzlich eine Ahnung beschlichen hatte, dass zu Hause etwas nicht stimmte. Auf die Gefahr hin, gefeuert zu werden, war er von seinem Arbeitsplatz nach Hause gefahren, um dort Breda in verfrühten Wehen und heftig blutend vorzufinden.

»Kannst du dir vorstellen, was passiert wäre, wenn ich diese Ahnung ignoriert hätte?«
Auf der hölzernen Treppe hörten sie schnelle Schritte, dann erschien Matt mit Ross' Handy in der Hand. »Es hat geklingelt, aber ich habe es nicht rechtzeitig gefunden. Laut Display war es Tante Danny. Sie hat eine Nachricht hinterlassen.« Er hielt Ross das Telefon entgegen.
Ross und Vito tauschten einen Blick.
Ross wählte die Nummer seiner Mailbox und hörte Danny sagen: »Ross, ich … ich bin's, Danny.« Sie klang nervös und aufgelöst. »Ich … ich habe mich gefragt, ob du …« Ihre Stimme brach: *»Ross, bitte komm nach Hause … Ich brauche dich!«*

Ross rekrutierte die Hilfe von Deirdre und seinem Schwager Tom, um den frühesten Flug nach Auckland zu finden, während Carmel und seine Mutter seinen Koffer packten. Er nahm Matt und Mia zur Seite und erklärte, dass er mit Tante Danny über etwas wirklich Wichtiges reden musste und dass er das nicht am Telefon tun konnte. Matt wirkte besorgt.
»Wirst du sie fragen, ob sie dich heiratet?«, fragte Mia.
Ross war für einen Moment sprachlos. Glücklicherweise kam ihm seine blühende Fantasie zu Hilfe. »Tante Danny ist mir zuvorgekommen. Sie hat mich schon am ersten Tag gefragt, als wir uns kennengelernt haben.« Oder zumindest entschied er sich jetzt, ihr ›Lauf ein‹ so auszulegen.
Mia riss die Augen auf. »Hat sie das?«
»Ja.«
»Was hast du gesagt?«
»Ich habe ihr erklärt, dass ich darüber nachdenken werde.«

Ross konnte sehen, dass Matt ihm das nicht abnahm.
»Das ist gut«, sagte Mia. »Wenn ihr weiter Sex miteinander macht, solltet ihr heiraten, sagt Deryl.«
»Mia!«, tadelte Breda. Sie, Lucia und die Cousinen belauschten das Gespräch völlig ohne Scham von der Küche aus.
»Tut mir leid, Granny Breda.«
»Ist schon in Ordnung, Liebes.« Breda schob sie von Ross weg und fügte hinzu: »Es ist ja nicht *dein* Fehler.« Dann pikte sie Tante Lucia. »Siehst du? Ich habe dir gesagt, dass er nicht schwul ist.«
»Was ist mit seiner Phobie?«, wollte Lucia wissen.
»Er hat sie überwunden«, antwortete Breda und schubste Mia weiter.
Aoife und Annie kamen mit ihren Ehemännern, Pete und Joe, und ihren Kindern an und wollten wissen, worum die ganze Aufregung ging. Vito erzählte ihnen von Ross' Gefühl, dass etwas mit Danny nicht in Ordnung wäre, und ihrem Anruf.
»Oh!«, hauchte Aoife. »Wer hätte gedacht, dass Ross sich je in einen feinfühligen modernen Mann verwandeln würde?«
Joe schaute zu Pete, der wiederum Tom ansah.
»Keiner von uns, so viel ist sicher«, erklärte Tom.
»Feinfühliger moderner Mann am Arsch«, schnaubte Aoife. »Er ist zu Dannys Zwilling geworden.«
»Wenn das so weitergeht, werde ich dieses verfickte Flugzeug niemals erwischen!«, brüllte der feinfühlige moderne Mann aus dem ersten Stock.
»Ross Igor Padraig Oreste Fabello, hüte deine Zunge!«, schrie Breda zurück. »Du gibst den Kindern ein schlechtes Beispiel!«
»Ich wette mit jedem von euch um einen Zwanziger, dass

Danny bei der Hochzeitszeremonie seine Namen durcheinanderbringt«, sagte Joe zu Tom und Pete, aber keiner von ihnen nahm die Wette an: Es war klar, dass jeder, der einen Fabello heiratete, diesen Teil der Zeremonie verbockte, weil alle Kinder je vier Namen hatten – und immer eine Mischung aus irischen und italienischen.
Ross eilte mit einer kleinen Tasche die Treppe hinunter und schlüpfte in seine schwarze Lederjacke. »Ich werde es nie schaffen.«
Pete winkte mit einem Schlüsselbund. »Aber sicher. Wir nehmen einfach den Streifenwagen.«

Ross kam um fünf Uhr dreißig Ortszeit in Auckland an, zwei Tage vor Weihnachten. Das Gesicht, das ihn aus dem Spiegel auf der Flugzeugtoilette anstarrte, war ausgezehrt, von blutunterlaufenen Augen und einem heftigen Dreitagebart gekennzeichnet. Er sah aus wie ein Serienkiller.
Die erste Klasse und auch die Businessclass waren voll, also musste er die Würdelosigkeit und den mangelnden Komfort der Touristenklasse ertragen. Er hatte nicht geschlafen und das Flugzeugessen verweigert. Der Flug schien ewig zu dauern: Hätte Ross aussteigen und das Flugzeug schieben können, hätte er es getan.
Es zog sich unendlich hin, bis er durch den Zoll kam, also geriet er in den Berufsverkehr und erreichte erst nach neun Uhr das Haus. Danny war nicht zu Hause, und ihr Auto stand nicht in der Garage. Neben dem Telefon lag ein Stück Papier mit einem blauen Logo und Dannys Namen, Geburtstag, Adresse und Krankenhausnummer in der oberen linken Ecke. Darunter stand der Termin für eine Biopsie wegen eines Knotens in ihrer linken Brust.

Ross sackte gegen die Arbeitsfläche.
Danny hatte einen Knoten in der Brust. Und sie hatte eine Biopsie ... *So ungefähr jetzt.*

Eine Empfangsdame saß hinter einem weißen Schreibtisch und tippte eifrig etwas in ihren Computer. Sie sah zu Ross auf, und ihr professionelles Willkommenslächeln brach in sich zusammen, als sie den ein Meter zweiundachtzig großen, müden, besorgten und leicht erregbaren italienisch-irischen Mann über sich musterte. Sie bemerkte seine verknitterte Kleidung, die blutunterlaufenen Augen und den Bartschatten und auch, wie seine schwarzen Locken an den Seiten seines Kopfes wie die Hörner des Teufels hochstanden, und erschauderte.
»Ich bin hier, um Daneka Lawton zu finden«, erklärte Ross ihr heiser. »Können Sie mir sagen, wo sie ist?« Er nannte ihr seinen Namen.
»Wenn Sie sich kurz setzen würden, Sir, werde ich schauen, ob wir jemanden mit diesem Namen hier haben.« Die Empfangsdame huschte davon.
Ross schaute sich im Wartezimmer um. Mehrere Frauen, die darauf warteten, aufgerufen zu werden, beobachteten ihn wachsam von hinter ihren Magazinen. Er verströmte Angst und Ungeduld, als wäre es Schweiß.
Minuten vergingen, während derer das Telefon klingelte, und trotzdem kehrte die Empfangsdame nicht zurück. Ross gab das Warten auf und lehnte sich über den Tisch, um auf den Computerbildschirm zu schauen. Daneka Lawton befand sich in Behandlungsraum 6 – er sah ein Schild, auf dem *Behandlungsräume* stand, und folgte dem Pfeil.
Er traf die Empfangsdame im Flur vor den Behandlungs-

räumen wieder. »Sie dürfen hier nicht sein!«, rief sie. Ross las die Nummern an den geschlossenen Türen und entschuldigte sich bei zwei Frauen, die, nur in fahlrosafarbene Krankenhaus-Nachthemden gekleidet, in einer Nische saßen. »Ich bin Danny Lawtons Verlobter.« Er erreichte den Behandlungsraum 6, griff nach der Türklinke und hoffte inständig, dass er sich nicht verlesen hatte.
Sie saß seitlich auf einem Untersuchungstisch und trug eines dieser rosafarbenen Hemden. Sie wirkte klein und verloren und unerträglich traurig. Als sie ihn sah, riss sie die Augen auf. »Ross!«
Er durchquerte den Raum, nahm sie in seine Arme und drückte sie so fest, dass es ihn wunderte, dass er ihr keine Rippe brach.
»Ich ... kann ... nicht ... atmen«, keuchte Danny.
»Tut mir leid.« Er ließ sie los und nahm ihr Gesicht in seine Hände. »Warum hast du es mir nicht erzählt?«
Sie schluckte und wischte die Tränen weg, die ihr über die Wangen liefen. »Habe ich doch.«
»Ich meine, warum hast du es mir nicht früher gesagt? Du wusstest es schon, bevor wir weggeflogen sind, oder?«
»Ich wollte keine Belastung sein.«
»Für eine intelligente Frau kannst du ganz schön dämlich sein.«
Danny schlang unter Ross' Lederjacke ihre Arme um seine Hüfte und lehnte ihre Wange gegen seine Brust. Sie seufzte und schloss die Augen. »Ich weiß.«
Die Tür sprang auf, und die Empfangsdame eilte in Begleitung eines Wachmannes in den Raum.
»Das ist er!«, rief sie. »Er hat auf meinen Bildschirm geschaut!« Sie drehte sich zu Danny um. »Geht es Ihnen gut?«
Der Wachmann sah zu Ross und dann zu Danny, die sich

an ihn geschmiegt hatte. Sie wirkte nicht wie eine Frau, die beschützt werden musste.
Die Empfangsdame fühlte sich jetzt, wo sie einen Wachmann im Schlepptau hatte, um einiges mutiger. »Er hat behauptet, er wäre Ihr Verlobter«, erklärte sie Danny.
Danny war egal, was Ross behauptet hatte.
»Sie müssen ihn hier rausbringen«, erklärte die Empfangsdame dem Wachmann.
Danny klammerte sich an Ross. »Aber ich brauche ihn!«
»Ist dieser Mann Ihr Verlobter?«, fragte der Wachmann.
»Ja«, antwortete sie.
Die Empfangsdame war nicht überzeugt. »Wo ist der Ring?«, erkundigte sie sich misstrauisch.
Danny merkte, dass Ross langsam wütend wurde, also sprach sie schnell, bevor er etwas tun konnte, wofür er doch hinausgeworfen wurde. »Glauben Sie wirklich, ich lasse den von ihm aussuchen? Ich will etwas Schönes und Glitzerndes. Auch wenn er vielleicht nicht so aussieht: Er würde sich für klein und geschmackvoll entscheiden.«
Falls irgendjemand es seltsam fand, dass eine Frau, die darauf wartete, dass ein Teil ihrer Brust entfernt wurde, über die Größe ihres Verlobungsrings nachdachte, erwähnte es zumindest niemand. Die Empfangsdame hatte schon seltsamere Dinge erlebt, und soweit es Danny anging – allein der Fakt, dass Ross da war, machte alles besser. Mit ihm an ihrer Seite konnte sie alles überstehen.
»Oh.« Die Empfangsdame wirkte enttäuscht. Es wäre nett gewesen, wenn zur Abwechslung einmal etwas Aufregendes passiert wäre. »Also dann, der Röntgentechniker wird jeden Moment kommen, um Ms. Lawton zu holen, und dann müssen Sie sich ins Wartezimmer setzen.«
Nicht in einer Million Jahre, dachte Ross, aber zwang sich Danny zuliebe zu einem Lächeln.

In dem Moment, als die Tür sich hinter den beiden schloss, hörte er auf zu lächeln. »Es tut mir leid, dass ich diese schrecklichen Dinge gesagt habe, als wir uns gestritten haben. Du bist nicht emotional …« Er konnte den Satz nicht beenden.

»Es ist egal. Ich habe dir schon Schlimmeres an den Kopf geworfen.« Sie streichelte seine Bartstoppeln. »Du siehst aus wie ein Serienkiller.«

»Danke.«

Danny umklammerte die Ränder ihres Hemdes. »Ich habe einen Knoten.«

»Ich weiß. Ich habe den Brief auf der Küchenarbeitsplatte gesehen und habe vermutet, dass du ihn für mich dort hast liegen lassen.« Ross legte seine Hände auf ihre und zog sanft das Krankenhaushemd auseinander. Er schaute auf Dannys kleine wunderschöne Brüste und dann in ihre tränengefüllten Augen mit diesem verletzlichen Ausdruck. »Wo?«, fragte er leise.

Sie drückte ihre Finger gegen eine Seite ihrer linken Brust.

Er legte seine große Hand so sanft über ihre Finger und ihre Brust, dass Danny wieder anfing zu weinen. »Mir wird wahrscheinlich eine Brust amputiert. Ich wünschte, ich könnte sie beide entfernen lassen, statt herumzusitzen und darauf zu warten, dass der Krebs mich erwischt.«

Er konnte nicht sprechen, nur nicken.

»Es würde dir nichts ausmachen?« Sie umklammerte seine Hand. »Die hier nicht zu haben?«

Ross bedeckte ihre beiden Brüste mit seinen Handflächen. »Ohne *die hier* kann ich auskommen.« Er drückte eine Hand auf ihr Herz. »Ohne *das hier* nicht.«

Tränen kullerten über Dannys Gesicht, und ihre Nase lief. »Du schlagfertiger Serienkiller, du!«, schluchzte sie. »Ich liebe dich.«

»Danke, meine Süße. Ich liebe dich auch. Weißt du, dass deine Nase läuft?«

Sie lachte, vergrub ihr Gesicht an seiner Brust und ließ sich von ihm halten, während sie auf den Röntgentechniker warteten. Er würde nicht vor Mitleid triefen und auf Samtpfoten um sie herumschleichen. Er würde sie in den Hintern treten und sie in ihrem Kampf unterstützen.

»Was hat dich dazu gebracht, deine Meinung zu ändern und mich anzurufen?«

Danny dachte darüber nach. »Ich bin erwachsen geworden«, sagte sie dann einfach.

Eine junge Frau in blauen Hosen und einem weißen Kittel trat in das Behandlungszimmer. Ihr fiel die Kinnlade herunter, als sie ihre Patientin auf dem Behandlungstisch sitzen sah, während ein großer zerzauster Mann ihre nackten Brüste hielt.

»Es ist okay«, erklärte Danny. »Er ist mein Verlobter.«

Ross wollte nicht gehen. Er blieb und hielt während der Biopsie Dannys Hand. Danny zuckte nicht einmal, aber Ross hatte das Gefühl, er würde jeden Moment in Ohnmacht fallen.

Die Ärztin sprach hinterher in ihrem Büro mit ihnen. Sie erklärte ihnen, dass es wegen der Weihnachtstage eine Weile dauern würde, bis die Ergebnisse kamen.

»Wie auch immer die Ergebnisse aussehen werden, Danny, wir haben es früh erwischt. In der Zwischenzeit versuchen Sie, sich etwas auszuruhen. Gehen Sie nicht arbeiten!« Sie schaute Ross an. »Können Sie dafür sorgen?«

»Ja, und wenn ich sie dafür ans Bett fesseln muss.«

Auf ihrem Weg aus der Klinik hielt die Empfangsdame sie auf. Einige der Patientinnen im Wartezimmer hatten ihr verraten, wer genau Ross war und wer Danny sein musste.

»Sagen Sie mir, sind Sie, für wen ich Sie halte?«, fragte sie.
»Nicht jetzt!«, entgegnete Ross kurz angebunden. Aber sie schaute Danny an, nicht ihn.
»Sie sind Danny! Die Schwägerin von diesem Autorentyp.«
Danny nickte.
Der Autorentyp schaute böse drein.
»Das ist er«, erklärte sie. »Der Autorentyp: RF O'Rourke.«
Die Empfangsdame hatte Ross immer noch nicht verziehen, dass er auf ihren Computer geschaut hatte. »Nie von ihm gehört.« Sie lächelte Danny an. »Ruhen Sie sich schön aus, ja, Liebes? Wir melden uns sofort, wenn wir die Ergebnisse haben.«

Sie verbrachten die Woche, in der sie auf die Ergebnisse warteten, damit, langsam die Küste entlang in Richtung Bay of Islands zu fahren. Ross war überrascht, wie stark und fröhlich Danny war, und wünschte sich, er besäße ihre Stärke und ihren Optimismus. Es beschämte ihn, als Danny ihm erklärte, dass ihre positive Stimmung hauptsächlich ihm zu verdanken war.
»Du hast mir gezeigt, dass das hier nicht das Schlimmste ist, was passieren kann. Wenn das Ergebnis positiv und es Krebs ist, werde ich mich behandeln lassen; wenn es negativ ist, kann ich von Glück reden.«
Die Bay of Islands war ein magischer Ort mit jadefarbenem Wasser, hübschen Inseln und goldenen Stränden, die von Pohutukawa-Bäumen in voller Blüte eingerahmt wurden. Danny hatte Ross gewarnt, dass es schwierig werden könnte, eine Übernachtungsmöglichkeit zu fin-

den, weil ganz Neuseeland Strandurlaub machte und das Land für einen Monat quasi dichtmachte.
Sie hatten Glück und fanden ein kleines Ferienhaus mit außenliegender Toilette und Bad. Opossums liefen nachts über das Dach, und Kuckuckskäuze riefen aus den Bäumen. Es war idyllisch und bot genau die Art von Ruhe, die der Arzt ihr verschrieben hatte. Sie riefen Matt und Mia an Weihnachten über die Freisprechanlage in Ross' Auto an, um ihnen ein frohes Fest zu wünschen.
»Ich habe dein Geschenk von Tante Danny aufgemacht, Onkel Ross«, erklärte Mia ihm.
Danny protestierte. »Mia, du sollst nicht die Geschenke von anderen Leuten aufmachen!«
»Was hat Tante Danny mir geschenkt, Mia?«, wollte Ross wissen.
»Jede Menge Socken – aber sie passen gar nicht zusammen.«
»Onkel Ross hat gesagt, dass du ihn gefragt hast, ob er dich heiraten will«, platzte Matt heraus.
»Nein, habe ich nicht«, protestierte Danny.
»Doch, hast du wohl!« Ross bestand darauf. »Wie kannst du etwas so Wichtiges vergessen?«
»Weil ich dich nie gefragt habe, deswegen!«
»Doch, hast du schon: Du hast mir gesagt, ich solle einlaufen – in den Hafen der Ehe.«
»Das heißt nicht …«
Ross küsste sie, um sie zum Schweigen zu bringen. Dann schaute er tief in Dannys überraschte goldene Augen und murmelte an ihrem Mund: »Ich werde darüber nachdenken.«
Drei Tage später bekam Danny die Ergebnisse: Sie hatte keinen Krebs.

KAPITEL 23

Im Februar saß Danny im Kodak Theatre in Los Angeles im Publikum und beobachtete, wie Ross für *John Doe* den Academy Award für das beste adaptierte Drehbuch entgegennahm. Er sah in seinem Armani-Smoking aus wie der feuchte Traum jeder Frau – groß, dunkel, gutaussehend und ein wenig verrückt. Dannys Kleidergeschmack war nicht besser geworden. Ross hatte ihr bernsteinfarbenes Marchesa-Kleid ausgesucht und extra für sie Ohrringe mit Topasen und Diamanten in der Form von Darth Vader anfertigen lassen. Danny hatte ihren persönlichen Akzent gesetzt und sich topasfarbene und goldene Strähnen in den Pony gefärbt.

Ross hatte das, was Danny, Aoife und Annie als sein »Zwillingsbuch« bezeichneten, fertig geschrieben und an Wanda geschickt, die es als sein bis jetzt bestes Werk bezeichnet hatte. Danach hatte er Danny und die Kinder nach Irland mitgenommen, um ihnen Granny O'Rourke und die Familie vorzustellen. Wie vorherzusehen gewesen war, konnte Concepta sich nicht mit Dannys Namen abfinden.

»Was für ein Name soll das sein, um Himmels willen?«, rief sie aus. »Jeder wird denken, dass Rory einen Mann heiratet.« Von diesem Moment an nannten alle irischen Verwandten sie Dymphna.

Nach Jahren der Einsamkeit hatte Danny plötzlich Familie in Irland, Italien, Amerika und Rotorua. Wie in

allen Familien gab es auch Schattenseiten, wie Granny O'Rourkes Namensänderung oder Bredas ständige Fragen, wann Ross und Danny sich endlich verloben und in den Hafen der Ehe einlaufen würden.
»Ihr werdet nicht jünger«, verkündete sie mit ihrem üblichen Taktgefühl. »Wenn ihr Matt und Mia noch einen Bruder oder eine Schwester schenken wollt, dann solltet ihr euch beeilen. Ich habe im Fernsehen etwas darüber gesehen, dass die Eizellen von Frauen schlecht werden, wenn sie mal fünfunddreißig sind.«
Danny schob die Schuld zu hundert Prozent Ross in die Schuhe. »Er hat noch nicht ja gesagt.«
»Er ist siebenunddreißig Jahre alt, und damit gehört er allgemein anerkannt zum alten Eisen. Ich nehme den Antrag in seinem Namen an.«
Für Deirdre sah es an der Heiratsfront vielversprechender aus. Breda wusste nicht, dass das Leuchten in den Augen ihrer jüngsten Tochter daher kam, dass der ruhige, bescheidene Darren Deirdre ihren ersten Orgasmus verschafft hatte und auch weiterhin sein Bestes gab.
»Er scheint ja ganz nett zu sein«, bemerkte Breda. »Ich wünschte mir nur, er wäre nicht so schrecklich still. Der arme Mann kann ja kaum zwei Sätze bilden!«
»Er ist so erschöpft«, antwortete Aoife, und Deirdre trat sie.
Ross hatte Dannys Großeltern und Onkel in Rotorua besucht und schien den Anforderungen genügt zu haben. Er hatte auf der Farm geholfen, mit einer Ansammlung von Dannys Cousins – inklusive Joe – Rugby gespielt und war über die richtige Aussprache des traditionellen Maori-Grußes *Kia Ora* belehrt worden.
»Weißt du noch, wie ich über die guten Gründe geredet habe?«, fragte Pania Danny, als sie beobachteten, wie ein

Maori-Hangi geöffnet wurde. Sie zeigte auf Ross, der völlig davon fasziniert war, wie das Essen im Boden gekocht wurde, und sich intensiv mit ein paar der älteren Frauen unterhielt. »Also, dieser Mann ist ein guter Grund. Lass ihn nicht entkommen!«

»Was ist mit mir?«, protestierte Danny. »Glaubst du nicht, dass er sich glücklich schätzen kann, mich zu haben?«

»Aber absolut!«, stimmte Ted ihr zu.

Danny und Ross hatten sich darauf geeinigt, den Großteil ihrer Zeit in Neuseeland zu verbringen und während der Schulferien seine Familie und sein Haus in San Diego zu besuchen. Sie bauten in Auckland das Haus aus, und Ross wollte wie an seinem Haus in San Diego einen Turm anbauen. Mia hatte bereits vorgeschlagen, dass man diesen dann auch zum Bungee-Jumping nutzen konnte.

Danny sah zu, wie Ross seinen Oscar entgegennahm und ans Rednerpult trat. Sie war voll des Glücks – von der guten, ruhigen Sorte, die anhielt, nicht von der Achterbahn-Variante, obwohl sie mit Ross im Bett auch einiges davon mitbekam. Sie hatte einen Mann, der sie liebte, selbst wenn sie unmöglich war, und zwei fantastische, glückliche Kinder.

Und ihre Gesundheit.

Es gab nichts mehr, was Danny sich wünschte.

Ross dankte der Academy für den Preis und den Leuten, die an der Produktion des Films beteiligt waren.

»Ich entschuldige mich schon im Voraus, dass ich keinen Psychiater oder Analytiker habe, dem ich danken kann; ich versichere Ihnen, hätte ich gewusst, dass ich wirklich eine Chance habe, diese Auszeichnung zu erhal-

ten, wäre ich sofort losgezogen und hätte mich bei einem angemeldet.«
»Ich möchte einen schönen Gruß und ein großes Danke meiner Mutter, meinem Vater, meinen Schwestern, Schwägern, Nichten und Neffen zukommen lassen, die in San Diego sitzen und wahrscheinlich die Nachbarschaft taub schreien. Und auch hallo und liebe Grüße an meine Verwandten in der Lombardei in Italien und County Clare, Irland.« Er hielt seinen Oscar hoch. »Schau, Granny O'Rourke, was Rory geschafft hat! *Kia ora* an meine Familie in Rotorua, Neuseeland. Vergebt mir die Aussprache, es kann nur besser werden!«
»Hi an meine zwei Kinder, Matt und Mia: Ich liebe euch, und eigentlich solltet ihr schon im Bett sein.«
Ross hielt inne und schaute dorthin, wo Danny saß, die ihn aus dem Publikum mit einem breiten Grinsen beobachtete.
»Und zu meiner wunderschönen Danny – ja, *die* Danny.« Seine Stimme wurde tiefer, wie es immer passierte, wenn er bewegt war. »Ich liebe dich, ich schätze dich, und ich bin so froh, dich zu haben. So wunderbar diese kleine goldene Statue auch ist, sie wird mir nie so viel bedeuten wie du und die Kinder.«
»Oh, und noch etwas, mein Liebling«, fügte Ross hinzu. »Ich sage ja.«

DANKSAGUNG

Ich muss den üblichen Verdächtigen danken: meiner Familie, weil sie es mit mir aushält, wenn ich schreibe, sowie Lorain Day und Kate Stone von HarperCollins, weil sie mein Geschreibsel in etwas Lesbares verwandeln.